TRAUER SPIEL

Karres zweiter Fall

Kriminalroman

TIM SVART

Die Originalausgabe
Trauerspiel – Karres zweiter Fall
Tim Svart
2. Auflage 04/2018

Copyright & Impressum
Copyright © 2017 Tim Svart
TRAUERSPIEL

Coverdesign: Stuart Bache

Webseite, Impressum und Newsletter: www.timsvart.de
ISBN: 9781521487761
Imprint: Independently published

Das vorliegende Buch unterliegt dem Urheberrecht des Autors und darf, ganz oder in Auszügen und unabhängig vor der Art des genutzten Mediums, nur mit dessen ausdrücklicher Genehmigung wiedergegeben werden.

Trauerspiel ist ein Roman. Ähnlichkeiten mit real existierenden Personen oder Handlungen sind rein zufällig und nicht vom Autor beabsichtigt.

Das Buch
Nach den dramatischen Ereignissen in »DAMENOPFER« bleibt Karre und dem Team des K3 keine Zeit zum Durchatmen: Der Doppelmord an einem jungen Paar stellt die Ermittler vor ein Rätsel. Denn niemand scheint ein Motiv für die kaltblütige Tat zu haben. Doch was zunächst wie ein wahlloser Mord erscheint, entpuppt sich mehr und mehr als mörderisches Komplott mit ungeahntem Ausmaß.

Je weiter Karre und seine Kollegen die Ermittlungen vorantreiben, desto mehr bringen sie sich und andere in tödliche Gefahr. Und schließlich gerät auch das Ermittlerteam in eine Spirale aus Tod und Verderben, aus der es kein Entrinnen gibt.

Der Autor
Tim Svart wurde im September 1976 geboren und begann schon während seiner Schulzeit, Geschichten über Geister und Vampire zu verfassen. Bei einem Vampir-Musical fungierte er als Co-Autor des Drehbuchs und führte selbst Regie (da er weder singen konnte noch ein Musikinstrument in ausreichendem Maße beherrschte, aber unbedingt an der Produktion teilnehmen wollte).

Tims erster Roman, der Horror-Thriller »Das Schloss«, stand über zwei Monate an der Spitze der Amazon-Horror-Bestseller und schaffte den Sprung in die KINDLE-Top10. Das Hörspiel zum Buch erschien als Folge 9 in der Reihe »Dark Mysteries«.

Die von Tim verfasste Lovecraft-Hommage »Musik der Finsternis« wurde als beste deutschsprachige Horror-/Mystery-Kurzgeschichte für den VINCENT PREIS nominiert.

»Damenopfer«, der erste Teil der Krimi-Reihe um Karre und Viktoria erreichte die TOP#3 der KINDLE-Bestseller.

Tim lebt in Essen, wo auch das Ermittlerteam um Hauptkommissar Karrenberg angesiedelt ist. Er ist verheiratet und hat zwei Kinder.

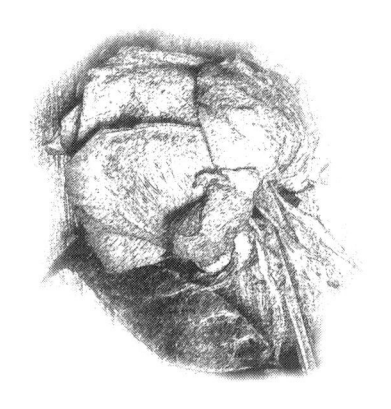

KAPITEL 1

Kurz bevor sie starb, lag sie auf dem Rücken und starrte in die Dunkelheit. Aus der anderen Hälfte des Bettes vernahm sie sein gleichmäßiges Atmen. Warum in Herrgotts Namen schlummerte er wie ein Baby, während sie trotz des anstrengenden Tages keinen Schlaf fand?

Die stickige Luft des Schlafzimmers verriet, dass die Erlösung in Gestalt des seit Tagen überfälligen Gewitters weiter auf sich warten ließ. Bevor sie zu Bett gegangen war, hatte sie den Ventilator auf den Umzugskarton gestellt, der vorläufig als Nachttisch diente. Der kleine Propeller aus Kunststoff hatte die stehende Luft in einen angenehm kühlen Luftstrom verwandelt. Nun stand das verfluchte Mistding still. Sollte es gleich in der ersten

Nacht den Geist aufgegeben haben?

Sie spürte den Durst. Vielleicht war er es, der sie wach hielt. Die Pizza mit extra Knoblauch, die sie für sich und ihre Umzugshelfer bestellt hatten, die Gratisflasche Lambrusco, die sie vor dem Schlafengehen zu zweit getrunken hatten, all das hatte pelzige Spuren auf Zunge und Gaumen hinterlassen.

Ohne ihren Blick von der Zimmerdecke abzuwenden, tastete sie nach dem Schalter der Nachttischlampe. Dabei stieß sie das Wasserglas um, das neben dem Ventilator auf dem Karton gestanden hatte und dessen Inhalt sich nun in das braune Papier des Kartons verflüchtigte - und in die Seiten des Taschenbuches, das eigentlich einer Freundin gehörte, das seine besten Zeiten nun aber definitiv hinter sich hatte. So viel konnte sie selbst im spärlichen, durch die gardinenlosen Fenster fallenden Mondlicht erkennen.

Wütend über das Missgeschick setzte sie sich auf und tastete mit beiden Händen nach dem Buch. Als sie es hochnahm, pappten die triefenden Seiten bereits aneinander und Wasser tropfte auf ihre Oberschenkel. Sie legte den aufgeweichten Klumpen zur Seite und suchte erneut nach dem Lichtschalter der Nachttischlampe. Ihre Finger glitten das Kabel entlang, bis sie den Kippschalter ertasteten. Es klickte, als sie ihn betätigte - ansonsten geschah nichts.

Sie fluchte innerlich, das durfte doch wohl nicht wahr sein. Es konnte doch unmöglich genug Wasser in dem Glas gewesen sein, um neben dem Buch auch die Nachttischlampe zu ruinieren. Sie stand auf, streifte ihren neben dem Bett liegenden Bademantel über und durchquerte den Raum mit vorsichtigen Schritten. Überall standen noch nicht ausgepackte Kisten und Kartons. Sie tastete sich durch die Schlafzimmertür hinaus in die Diele. Der

Schalter für die Deckenlampe befand sich neben der Tür. Wieder klickte es. Wieder geschah nichts. Es blieb dunkel. Sie seufzte.

So wie es aussah, kamen sie wohl nicht umhin, mit ihrem Vermieter über die Erneuerung der Elektroleitungen zu sprechen. Weder sie noch der Wohnungseigentümer legten besonderen Wert auf die mit einer umfangreichen Sanierung verbundenen Unannehmlichkeiten, aber so wie es aussah, war die Gnadenfrist des Innenlebens dieses alten Hauses abgelaufen.

Schon während des Einzugs war die Sicherung ein paarmal ohne ersichtlichen Grund rausgeflogen und hatte Bohrmaschinen und andere elektrische Geräte lahmgelegt. Sie mochte sich gar nicht vorstellen, was geschah, wenn beispielsweise der Gefrierschrank für mehrere Tage ausfiel, während sie im Urlaub waren.

Zum Glück wusste sie, wo sich der Sicherungskasten befand und so tastete sie sich durch die Dunkelheit bis zur Rückwand der an die Küche angrenzenden Speisekammer vor. Ein beklemmendes Gefühl überkam sie, das zunächst irgendwo tief in einer Ecke ihres Unterbewusstseins lauerte, sich aber stetig steigerte und mit jedem ihrer Schritte weiter an die Oberfläche stieg. Durch die Dunkelheit und die in der Wohnung herrschende Stille kam ihr die bei Tag so heimelige Umgebung plötzlich kalt und bedrohlich vor. Erschrocken hielt sie inne, als die Holzdielen unter ihren nackten Füßen laut knackten und knarzten.

Einen Moment lang überlegte sie, aus dem Fenster zu schauen, um zu prüfen, ob in den benachbarten Wohnungen Licht brannte. Allerdings war zu dieser Zeit wohl kaum damit zu rechnen. Sie sollte etwas trinken und so schnell wie möglich wieder ins Bett gehen, schließlich musste sie am nächsten Morgen zu einem wichtigen Seminar in der Uni.

Im Wohnzimmer war es still. Sie hörte nur das gleichmäßige Ticken der Wanduhr, einem Erbstück ihrer Großeltern, das oben auf einem Stapel Umzugskisten auf seine weitere Verwendung wartete. In der Stille der Nacht klang es unangenehm laut und sie fragte sich, warum sie das Geräusch bisher nie als störend wahrgenommen hatte.

Ihr Blick schweifte durch den Raum. Die Silhouetten der beiden abgewetzten Ledersessel, der mindestens dreißig Jahre jüngeren Couchgarnitur und der helle Holztisch grenzten sich düster gegen das trübe Mondlicht ab.

An der gegenüberliegenden Wand stand die noch leere Vitrine und weiter hinten der runde Esstisch mit vier unterschiedlichen Stühlen, von denen keiner so recht zum anderen passen wollte. *Gelsenkirchener Barock*, wie sie scherzhaft zu sagen pflegten.

Alles schien unverändert. So wie sie es wenige Stunden zuvor stehen und liegen gelassen hatten, nachdem ihre Körper nach einer Pause verlangten.

Auf dem Weg in die Küche passierte sie die Terrassentür, als ein heftiger Schmerz genau in dem Moment in ihren linken Fuß fuhr, als sie den Fußballen auf den Boden aufsetzte. Sie zuckte noch in der Bewegung zurück, fluchte leise und versuchte erneut, den Fuß auf den Boden aufzusetzen, aber augenblicklich setzte der stechende Schmerz erneut ein. Sie stützte sich mit einer Hand auf der Armlehne des Sofas ab und fuhr mit der anderen vorsichtig über ihre Fußsohle. An ihren Fingern spürte sie eine warme, klebrige Flüssigkeit und im durch die Terrassentür in das Zimmer fallenden Mondlicht, sah sie sofort, um was es sich dabei handelte: Blut.

Trotz der mangelhaften Lichtverhältnisse konnte sie den tiefen Schnitt erkennen. Eine schmale, dunkelrote Linie, die langsam breiter wurde und aus der kurz darauf das erste Blut auf den Boden tropfte. Sie wischte mit ihren Fingern über den Schnitt, fuhr dann mit ihrer Zunge über ihre blutigen Fingerkuppen, bevor sie sich vorsichtig hinkniete. Mit den Fingern tastete sie über den Boden und merkte sofort, was hier nicht stimmte: Der Boden lag voller Glassplitter.

Augenblicklich brach ihr der Schweiß aus. Nicht wegen der im Raum herrschenden Temperatur, sondern aufgrund der Erkenntnis, was die einzige Erklärung für die Glassplitter sein musste. Ein angstvoller Blick zur Terrassentür bestätigte ihre Befürchtung.

Unmittelbar neben der Türklinke wies die Glasscheibe ein Loch mit dem Durchmesser einer Untertasse auf. Jemand hatte den Türgriff nach unten gedrückt, die Tür war nicht mehr verschlossen. Plötzlich spürte sie die leichte Brise, die durch die geöffnete Tür wehte. Einsetzende Übelkeit paarte sich mit der erschreckenden Erkenntnis, dass jemand eingebrochen sein musste.

Einen Moment blieb sie regungslos sitzen. Mit angehaltenem Atem lauschte sie in die Wohnung hinein, aber außer dem Ticken der Uhr war kein Geräusch zu hören. Sollte sich tatsächlich jemand Zugang verschafft haben, hätte er vermutlich ziemlich schnell festgestellt, dass es hier nichts zu holen gab, und hatte schon längst wieder das Weite gesucht.

Trotzdem würde sie die Polizei verständigen. Sie ignorierte den zunehmend pochenden Schmerz in ihrem Fuß und wollte ihren Weg in die Küche fortsetzen, als sie den Schatten sah, der sich langsam und ohne ein Geräusch zu verursachen aus einem der beiden Ohrensessel erhob. Sie wollte schreien, doch ihre Kehle war wie zugeschnürt. Ihre Knie zitterten und sie musste all ihre Kraft aufwenden, nicht dem Impuls nachzugeben, in Ohnmacht zu fallen.

Der Schatten kam langsam auf sie zu. In der Hoffnung, etwas mehr zu erkennen, kniff sie die Augen zusammen. Falls das ein Scherz sein sollte, war es kein guter, dachte sie und wunderte sich selbst über den in dieser Situation vollkommen abwegigen Gedanken.

Es war kein Scherz. Das leise Ploppen, mit dem sich der Schuss aus der Waffe löste, hörte sie schon nicht mehr. Ihre Beine gaben den Kampf gegen die Schwerkraft zuerst auf, der Rest ihres Körpers folgte. Und bevor ihr Kopf auf dem Boden aufschlug, war sie tot.

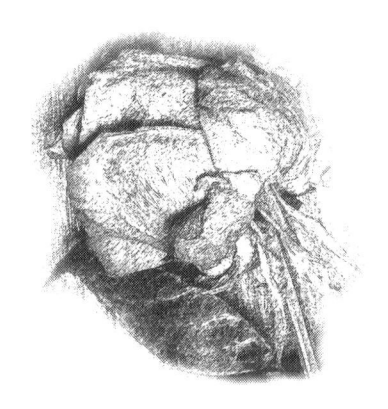

KAPITEL 2

Er stand am Abgrund und starrte in die Tiefe, über ihm spannte sich der wolkenlose Himmel wie ein strahlendblaues Zeltdach. Die Sonne wärmte seine Haut, doch innere Kälte ließ ihn frösteln. Unter seinen Füßen verlief ein schmaler Streifen grünen Plastikrasens und vor ihm klaffte das Loch. Es starrte ihn an, wie der gierige Schlund der Hölle. Doch tief unten loderte nicht etwa ein vom Fürsten der Finsternis entfachtes Feuer. Stattdessen fiel sein Blick auf einen weißen, mit Blumen verzierten Sarg.

Violettfarbene Gerbera.

Ihre Lieblingsblumen.

Karre hatte gewusst, dass dieser Tag kommen würde.

Und doch hatte er die Hoffnung bis zuletzt nicht aufgegeben. Selbst als sie in einer Notoperation einen Teil ihrer Schädeldecke entfernt hatten, um den Druckanstieg in ihrem Kopf zu stoppen, hatte er weiterhin gehofft, dass sich das Schicksal entgegen allen Prognosen zum Guten wenden würde. Dieser letzte Strohhalm hatte ihn über Wasser gehalten. Hatte ihn davon abgehalten aufzugeben. Ließ ihn weiterschwimmen, anstatt der Verlockung zu erliegen, in die unendliche Schwärze hinabzugleiten, um mit ihr gemeinsam die Grenze zu überschreiten, hinter der es kein Zurück gab.

Seine Gedanken kreisten um das Telefonat, in dem er über die Notwendigkeit der Operation informiert worden war. Gemeinsam mit seiner Kollegin Viktoria von Fürstenfeld stand er an einem menschenleeren Strand und blickte hinaus auf das nächtliche Meer, das sich wie ein tiefschwarzer Teppich vor ihnen ausbreitete. Während sich am Himmel ein heftiges Unwetter zusammenbraute, loderten auf der anderen Seite der Dünen noch immer meterhohe Flammen.

Das Team des K3 hatte eine Reihe von Morden aufgeklärt und einen weiteren in buchstäblich letzter Sekunde verhindert. Sie alle, Viktoria, Karim und allen voran er selbst, waren mit ihren Kräften am Ende gewesen. Und just in diesem Moment hatte sein vermaledeites Handy geklingelt. Und die Nachrichten hätten schlechter nicht sein können.

Die gutgemeinten Erklärungen des Professors ließ er geistesabwesend über sich ergehen. Mit geschlossenen Augen lauschte er der Telefonstimme, die sich mit dem Rauschen des Meeres und dem ohrenbetäubenden Heulen des aufziehenden Sturms vermischte, bis nur noch einzelne Wortfetzen ihren Weg durch das Mobilfunknetz in sein Ohr fanden. Wie die scharfkantigen Metallsplitter einer unmittelbar neben ihm explodierenden Granate, bohrten sie sich in seinen Gehörgang und suchten sich ihren Weg ins Innere seines Schädels.

Ein Schauer unbändiger Wut durchlief ihn bei dem Gedanken, in dieser schweren Stunde, in der es um Leben und Tod ging, nicht an dem einzigen Ort gewesen zu sein, an dem er hätte sein müssen.

Stattdessen hatte er auf dieser verfluchten Insel festgesessen.

Er schreckte aus einem unruhigen Schlaf hoch. Rote Leuchtziffern neben seinem Bett kündigten das unaufhaltsam nahende Ende der Nacht an. Die schwüle Hitze des vergangenen Tages, die auch das kurze, aber heftige Gewitter in den frühen Morgenstunden nicht hatte vertreiben können, hing unter den Dachbalken seiner Wohnung. Wie eine tödliche Glocke senkte sie sich auf ihn herab. Oberkörper, Gesicht und Beine waren mit Schweiß benetzt.

Minutenlang lag er da und starrte an die Zimmerdecke.

Der Traum.

Immer wieder schlich er sich in seinen Kopf, wie der Vorbote einer unausweichlichen Zukunft.

Seine fiebrig heiße Haut glühte, als er die Bettdecke zur Seite warf und sich langsam aufrichtete. Hinter seinen Schläfen pochte es heftig, während sein Kreislauf nur allmählich in Wallung kam. Er griff nach der Pappschachtel auf seinem Nachttisch, drückte die letzten beiden 400er Ibuprofen aus der Verpackung und schob sie sich in den Mund. Er hatte das Gefühl zu ersticken, als die beiden Tabletten auf halbem Wege in der Speiseröhre steckenblieben. Da er sie trotz mehrfachen Schluckens nicht dazu bewegen konnte, ihre Reise aus eigener Kraft fortzusetzen, stand er auf. Ohne das Licht einzuschalten, tastete er sich durch die dunkle Wohnung.

In der Küche griff er nach einer auf der Arbeitsplatte stehenden Wasserflasche, öffnete sie und trank einen großen Schluck. Die lauwarme, nur noch mit einem jämmerlichen Rest Kohlensäure versetzte Flüssigkeit, schmeckte widerlich, war aber allemal gut genug, die beiden noch immer in seiner Speiseröhre steckenden Fremdkörper mit sich zu reißen und hinunter an ihren Bestimmungsort zu spülen.

Er trat ans Fenster und blickte hinaus auf die auf der gegenüberliegenden Straßenseite liegende Schule. Schwarze Fenster starrten ihn an. Leblos und verlassen lag das Gebäude in der Dunkelheit. Die sonst vor Leben strotzenden Gänge und der vor dem Gebäude liegende Schulhof waren verwaist. Eine Katze huschte wie ein Geist an einer der den Haupteingang flankierenden Steinsäulen vorbei. Ein lautloser Schatten, der Sekundenbruchteile später mit der Dunkelheit verschmolz.

Vermutlich würden sich im Laufe des allmählich anbrechenden Tages ein paar Jugendliche auf dem Basketballfeld einfinden, um ein paar Körbe zu werfen. Vielleicht lungerten sie auch an einer der Tischtennisplatten herum und ließen Getränkeflaschen oder Zigaretten reihumgehen. In jedem Fall würden sie Spaß haben und einen unbeschwerten Sonntag verbringen. Für sie war es nur ein weiterer Tag in ihrem noch ganz am Anfang stehenden Leben. Und er würde ihnen dabei zusehen. Die Tage würden ins Land ziehen. Die Wochen, die Monate, die Jahre. Er würde sehen, wie sie älter würden. Wie sie ihr Abitur feierten und wie Jahr für Jahr die nächste Schülergeneration nachrückte. Er würde ihre Stimmen durch das gekippte Küchenfenster hören, ihr ausgelassenes Gelächter.

Gedanken, die ihn frösteln ließen. Er konnte es nicht ertragen. Nicht mehr. Weil Hanna all das wohl nicht mehr erleben würde.

Und dann holte ihn das Klingeln seines Handys zurück in die Realität.

*

Ihr Unbehagen stieg, je weiter sie sich dem Tatort näherte. Der Mini rollte die Straße entlang und passierte mehrere Streifenwagen, zwei Krankenwagen, sowie den Kleinbus der Spurensicherung. Auch der giftgrüne, in die Jahre gekommene Porsche des Rechtsmediziners Paul Grass reihte sich in die Fahrzeugansammlung ein, welche die ohnehin schmale Fahrspur noch weiter verengte.

Als sie ihren Wagen schließlich vor einer zu einem Garagenhof führenden Einfahrt abstellte, sah sie die beiden Leichenwagen.

Becker sagt, es sei ein Bild des Grauens. Die Worte ihres Chefs kamen ihr in den Sinn und unbewusst begann sie, die Umgebung nach seinem Volvo abzusuchen, konnte ihn aber nirgends entdecken.

Während sie ihren Anschnallgurt löste, vernahm sie ein deutlich hörbares Brummen in der Magengegend. Der Anruf ihres Chefs hatte sie erreicht, nachdem sie gerade zu ihrer morgendlichen Joggingrunde aufgebrochen war. Sowohl diese als auch das anschließend geplante Frühstück waren ausgefallen. Auf der Suche nach etwas Essbarem durchwühlte sie das Handschuhfach.

Vergeblich.

Ein kräftiges Klopfen an der Fensterscheibe ließ sie zusammenfahren. Sie schnellte hoch und fand sich einem tief nach unten gebeugten, ganz offensichtlich zu einem unübersehbar schlecht gelaunten Menschen gehörenden Gesicht gegenüber. Ein angriffslustig funkelndes Augenpaar mit buschigen Brauen glotzte ins Wageninnere.

Holger Becker.

Viktoria von Fürstenfeld öffnete die Tür, stieg aus dem Wagen und noch bevor sie den anderen auch nur hatte begrüßen können, legte dieser bereits los:

»Ah, schickt der Chef neuerdings das Gefolge, anstatt sich selbst die Ehre zu geben? Ist nicht seine Uhrzeit, oder? Na ja, dann sehen Sie sich die Sache mal an. Hoffentlich haben Sie keinen empfindlichen Magen. Haben Sie schon gefrühstückt?«

»Nein. Nein.« Sie stieg aus dem Wagen und warf die Tür hinter sich ins Schloss.

Sein Blick wanderte über ihren Körper. Viktoria entging nicht, welche Partien er auffallend lange begutachtete, bevor er schließlich fragte: »Was?«

Trotz seiner imposanten Statur und obwohl der Größenunterschied zwischen ihnen aufgrund ihrer flachen Schuhe noch größer als gewöhnlich war, hielt sie seinem Blick stand und sah ihm direkt in die Augen. »Was genau meinen Sie mit: was?«

»Was soll das heißen? *Nein. Nein.*«

»Die Antworten auf Ihre letzten beiden Fragen. Schon vergessen? Nein, ich habe keinen empfindlichen Magen. Nein, ich habe noch nicht gefrühstückt.« Sie griff in die Tasche ihrer Jeans und zog ein frisches Papiertaschentuch heraus. »Offensichtlich ganz im Gegensatz zu Ihnen.« Sie hielt ihm das Tuch hin, doch anstatt es anzunehmen, verengten sich seine Augen zu Schlitzen.

Auch durch das wutverzerrte Gesicht des Beamten ließ sich die junge Kommissarin nicht einschüchtern. »Was gab´s denn?«, fragte sie stattdessen und setzte ein süffisantes Lächeln auf. »Nutella? Oder einen warmen Kakao? Vielleicht sollten Sie sich das nächste Mal den Mund abwischen, wenn Sie zu einem Tatort gerufen werden.« Sie wandte sich von ihm ab und ging mit großen Schritten auf die Absperrung zu. Auf halbem Weg drehte sie sich noch einmal um. »Einen schönen Tag noch, Herr Polizeihauptmeister. Wir informieren Sie, falls es hier etwas gibt, das Sie wissen müssten.«

Und während sie über das rot-weiße Flatterband vor dem Hauseingang stieg, schickte Becker ihr wüste Schimpftiraden hinterher.

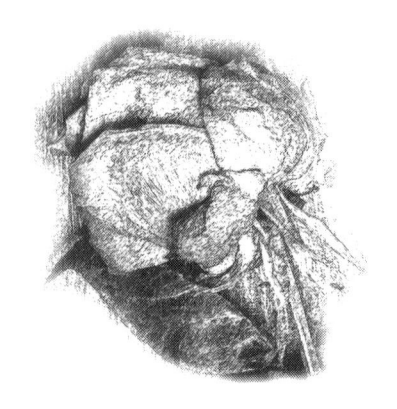

KAPITEL 3

Gedankenverloren starrte er aus dem Fenster. Die gesamte Fahrt über hatte er jegliche Kommunikationsversuche seines Chauffeurs durch beharrliches Schweigen oder einsilbige Antworten im Keim erstickt. In regelmäßigen Abständen wanderte sein Blick zu dem Taxameter, bevor er sich wieder den Häusern zuwandte, die sie passierten.

Warum musste ihn dieser verfluchte Wagen ausgerechnet heute im Stich lassen? Seit fast sechzehn Jahren, ziemlich genau seit Hannas Geburt, hatte er ihm zuverlässig zur Seite gestanden. Und ausgerechnet jetzt schwächelte der angeblich unverwüstliche Schwedenpanzer.

Die Ampel wechselte auf Grün und der Fahrer beschleunigte so ruckartig, dass Karre förmlich in den Beifahrersitz gepresst wurde. Dafür, dass der gute Mann die Strecke auch ohne Blaulicht in rekordverdächtiger Zeit zurückgelegt hatte, war er ihm ein anständiges Trinkgeld schuldig. Aus den Augenwinkeln heraus beobachtete er den Fahrer, der sichtlich Spaß an der morgendlichen Spritztour hatte. Es war eben etwas anderes, einen Kriminalhauptkommissar im Einsatz zu befördern, als ein paar betrunkene Jugendliche nach einem Diskobesuch nach Hause zu kutschieren. Bei Letzteren bestand zudem regelmäßig die Gefahr, dass sie ihm die Rückbank vollkotzten.

Bis dahin war Karre den Ausführungen seines Fahrers gefolgt. Aber als dieser begann, von seiner letzten Junggesellenabschiedstour zu berichten, waren seine Gedanken in ferne Welten entschwebt. Erst als der Wagen in die Zielstraße einbog, kam wieder Leben in den schweigsamen Fahrgast.

»Hier können Sie mich rauslassen.«

»Du lieber Himmel.« Der Taxifahrer starrte mit weit aufgerissenen Augen auf den Fuhrpark der Einsatzfahrzeuge. »Is wat Schlimmet passiert?«

»Könnte schon sein. Details kann ich Ihnen aber nicht nennen. Tut mir …«

»Kein Thema. Dienstgeheimnis. Ich weiß Bescheid. Machen´se sich keinen Kopp. Ich nehm Ihnen dat nich krumm.«

»Das ist nett. Vielen Dank«, erwiderte Karre leicht amüsiert. Nachdem der Wagen neben einem schwarzen Mini, den er als den Wagen seiner Kollegin identifizierte, zum Stehen gekommen war, rundete er den auf dem Taxameter aufleuchtenden Betrag großzügig auf.

»Stimmt so.« Er reichte dem Fahrer das Geld und stieg aus dem Wagen.

»Wow. Jetzt lässt sich der Herr Dezernatsleiter schon per Taxi zum Einsatzort bringen. Was kommt als Nächstes? Limousine mit Chauffeur?« Die Stimme in seinem Rücken erkannte Karre, ohne sich umzudrehen.

»Wer von euch beiden ist denn nicht fahrtauglich? Du oder dein Wagen?«, setzte Becker nach, noch bevor Karre etwas erwidert hatte.

»Pass auf, was du sagst«, antwortete Karre knapp und ließ Becker stehen, ohne ihn auch nur eines einzigen Blickes gewürdigt zu haben. Doch dieser ließ die Abfuhr nicht auf sich sitzen, eilte Karre hinterher und griff nach seiner Schulter.

Karre wirbelte herum und befreite sich mit einer geschmeidigen Bewegung aus dem Griff des uniformierten Kollegen. »Fass mich nicht an. Und wenn du hier weiterhin mit so dämlichen Sprüchen auffällst, werde ich persönlich dafür sorgen, dass du für den Rest deiner Polizeilaufbahn Akten sortierst.«

Becker spuckte knapp neben Karre auf den Asphalt. »Bist du immer noch nicht zufrieden? Reicht es dir nicht, dass du dich auf dem Platz bei der Kripo breitgemacht hast, der mir zugestanden hätte?«

»Dir zugestanden? Dass ich nicht lache. Soweit ich mich erinnere, wurden die Plätze für den gehobenen Dienst schon immer nach dem Leistungsprinzip vergeben. Du hattest die gleichen Chancen wie ich. Also halt gefälligst die Luft an. Mach du deinen Job und lass meine Kollegen und mich den unseren machen. Verstanden?«

»Wie geht´s deiner Tochter? Eine schreckliche Geschichte ...« Sein Tonfall hatte nichts Versöhnliches. Es war offensichtlich, dass die Frage ausschließlich als Provokation gemeint war.

Karre, der schon halb über das rot-weiße Absperrband gestiegen war, hielt inne. Er ließ das Kunststoffband los und ging zurück zu Becker. Die beiden in etwa gleichgroßen Männer standen sich gegenüber, wie zwei kampfbereite Hähne. Und jeder schien nur darauf zu lauern, dass der andere den ersten Angriff startete.

»Du bist so ein niederträchtiges, heruntergekommenes Arschloch. Aber das warst du ja schon immer. Und wenn du noch ein einziges Mal Hannas Namen in den Mund nimmst, dann wirst du deines Lebens nicht mehr froh, das schwöre ich dir. Bei allem, was mir heilig ist.«

»Dir ist was heilig? Das sind ja ganz neue Töne. Dir war doch nicht mal das Mädchen deines besten Freundes heilig.«

»Weißt du was? Bei dir sind wirklich Hopfen und Malz verloren. Hast du selbst nach all den Jahren noch immer nicht gerafft, dass Sandra nie etwas von dir gewollt hat? Selbst wenn ich ihr nie begegnet wäre, wärst du der allerletzte Mensch auf diesem Planeten gewesen, dem sie sich an den Hals geworfen hätte.«

»Eigentlich schade. Ich meine, vielleicht würde sie dann ja noch leben.«

»Halt dein Maul und sieh zu, dass du Land gewinnst. Bevor ich mich vergesse.« Karre drehte sich um und schenkte Becker keine weitere Beachtung. Es ärgerte ihn, dass er sich überhaupt so sehr von ihm hatte provozieren lassen. Aber sein ehemaliger Ausbildungsgefährte wusste ganz genau, wie er Karres wunden Punkt traf. Und Hanna auf diese Weise für seine Zwecke zu missbrauchen, war allerunterstes Niveau. Auf der anderen Seite kannte er Holger Becker schon lange genug um zu wissen, dass sich dieser nur mit unfairen Mitteln zu helfen wusste, sobald er sich in die Enge gedrängt fühlte.

Karre betrat das Gebäude und stieg die wenigen Treppenstufen bis zur Tür der Erdgeschosswohnung hinauf, wo er auf Viktoria traf, die sich mit einem glatzköpfigen

Mann unterhielt, bei dem es sich um Paul Grass, den Rechtsmediziner, handelte.

*

Viktoria blickte auf ihre Armbanduhr. »Himmel, wo warst du denn so lange? Ich habe gedacht, du bist schon längst hier, wenn ich ankomme.«

Karre rang sich zu einem verkrampften Lächeln durch.

»Davon bin ich auch ausgegangen. Aber da wusste ich noch nicht, dass mein Wagen mich eiskalt im Stich lässt.« Sein Blick taxierte die jüngere Kollegin. Ganz offensichtlich hatte sie andere Pläne für diesen Sonntagmorgen gehabt.

Sie trug eine eng anliegende, schwarze Laufhose, ein brombeerfarbenes Shirt, und dazu schwarze Joggingschuhe, deren Farbapplikationen perfekt zu ihrem Oberteil passten. Er wusste, dass sie regelmäßig lief, aber es war das erste Mal, dass er sie in einem derart sportlichen Outfit an einem Tatort antraf.

Sie sah ihn fragend an. Ihr blondes, nach hinten gekämmtes und im Nacken zu einem Pferdeschwanz zusammengerafftes Haar glänzte im durch das Flurfenster fallenden Licht der Morgensonne. Die Frisur gab den Blick auf ihre gleichmäßigen Gesichtszüge frei und ließ sie um einige Jahre jünger aussehen. Ihm fiel auf, dass sie im Gegensatz zu normalen Arbeitstagen kaum Schminke benutzt hatte. Sehr dezent, aber dennoch wirkungsvoll. Und vermutlich während der Autofahrt vor dem Innenspiegel ihres Wagens aufgetragen, mutmaßte Karre.

Er warf dem Rechtsmediziner einen kurzen Blick zu. »Moin, Paul. Was ist passiert?« Und seine Kollegin fragte er: »Hast du´s dir schon angeschaut?«

Viktoria schüttelte den Kopf.

»Sieht schlimm aus. Eine regelrechte Hinrichtung«, beschrieb Grass die vorgefundene Situation. »Kommt mit, ich zeig´s euch.«

Karre und Viktoria schlüpften in weiße Tyvek-Overalls, die Grass für sie bereitgehalten hatte, und folgten ihrem Kollegen in die Wohnung.

Schweigend stampfte Grass mit für seine kurzen Beine verhältnismäßig großen Schritten durch die schlauchartige, fensterlose Diele. Karre fielen die rechts und links entlang der Wand gestapelten Umzugskartons auf. Offenbar waren die Mieter erst kürzlich eingezogen, oder befanden sich mitten im Auszug. Die einzige Tür zu ihrer Linken war verschlossen. Karres fragenden Blick beantwortete Grass mit zwei Worten: »Nur Kartons.«

Die zu ihrer Rechten abzweigenden Türen standen offen. Die erste Tür führte in das einfach aber modern ausgestattete Badezimmer. Karre und Viktoria passierten es wortlos. Hinter der zweiten Tür lag das Schlafzimmer. Der Tatort, wie die allgegenwärtigen Blutspritzer nebst den von den Kollegen der Spurensicherung verteilten gelben Plastikaufsteller zeigten.

»Wartet«, unterbrach Grass seine Ermittlerkollegen, die den Raum bereits betreten wollten. »Wir beginnen im Wohnzimmer.«

»Im Wohnzimmer?«, fragte Viktoria mit hochgezogenen Augenbrauen. Doch sobald sie den am Ende der Diele liegenden Raum betraten, sah sie, weshalb. »Ach du Scheiße«, murmelte sie und warf Karre einen flüchtigen Blick zu, bevor sie sich wieder der auf dem Boden liegenden Toten zuwandte.

Die junge Frau, die vor ihnen ausgestreckt auf dem abgeschliffenen Holzdielenboden lag, schätzte Karre auf Anfang zwanzig. Ihr schulterlanges, schwarzes Haar hatte sich um ihren Kopf herum ausgebreitet. Der knielange

Bademantel aus weißem Satin war nicht zugeknotet, so dass der dünne Stoff rechts und links an ihren Flanken heruntergerutscht war.

Darunter trug sie nichts.

Karre betrachtete die blasse, aber bemerkenswert makellose Haut. Obwohl die junge Frau tot war und er nur seinen Job machte, kam er sich schäbig vor, sie so anzustarren. Das gleichmäßig geformte Gesicht mit den weichen Zügen hatte selbst im Tod nichts von seiner ursprünglichen Attraktivität eingebüßt. Lediglich die vor Entsetzen weit aufgerissenen Augen zerstörten den Eindruck des schlafenden Schneewittchens.

Und das klaffende Loch in ihrer Stirn.

Karre atmete hörbar aus. »Kaliber?«

»Ich vermute 38er.«

»Und das hat niemand im Haus gehört?«

»Das ist euer Job, aber bisher hat sich niemand aufgedrängt, uns sein Wissen mitzuteilen.«

»Sie liegt mit dem Kopf Richtung Tür«, bemerkte Viktoria.

Grass nickte anerkennend.

»Das bedeutet, der Täter oder die Täterin befand sich bereits im Wohnzimmer, als sie den Raum betrat?«

»Davon gehe ich aus.«

»Gab es Einbruchspuren?«

»Allerdings. Laut Vierstein hat jemand neben dem Türgriff ein untertassengroßes Loch in die Scheibe der Terrassentür geschlagen und sich auf diese Weise Zutritt verschafft. Fingerabdrücke gibt´s aber wohl keine.«

»Wo steckt Viktor überhaupt?« Erst jetzt fiel Karre auf, den Kollegen des Erkennungsdienstes noch nicht gesehen zu haben. »Sind seine Leute schon fertig?«

»Klar. Meinst du, sonst hätten sie mich rangelassen? Vierstein ist schon wieder weg. Hat irgendetwas von einem wichtigen Termin erzählt und seine Mannen einfach stehenlassen.«

Viktoria sah Karre an. »Ich glaube, er hat vor ein paar Tagen etwas von einer Hochzeit gesagt. Seine Nichte, oder so.«

»Dann gehe ich davon aus, dass wir seinen Bericht fix und fertig auf dem Schreibtisch haben, wenn wir nachher ins Präsidium kommen. Paul, was kannst du uns bisher sagen? Abgesehen von dem, was offensichtlich ist.«

Der Rechtsmediziner rieb sich das Kinn. Er war bekannt dafür, dass er sich ungern aus dem Fenster lehnte, bevor er seine Obduktion durchgeführt hatte. Doch ebenso war er dafür bekannt, dass sich seine Einschätzungen - sofern er sich denn dazu durchringen konnte - im Nachhinein durch eine hohe Treffsicherheit auszeichneten.

»Also«, begann er schließlich, »was ich bisher mit gutem Gewissen sagen kann, ist folgendes: Die Todesursache ist ein Schuss in die Stirn. Dieser wurde allem Anschein nach nicht aus nächster Nähe, sondern aus einiger Entfernung abgegeben. Offenbar haben wir es mit einem recht sicheren Schützen zu tun. Die Einschusswunde weist keine für einen Schuss aus nächster Nähe typischen Merkmale auf. Das heißt, wir sehen keinen Schmauchhof und keine eingesprengten oder aufgelagerten Pulverbestandteile. Es gibt keine Austrittswunde am Hinterkopf und die nach innen gerichtete, trichterförmige Stirnwunde ist offensichtlich auf den Einschuss zurückzuführen. Zum Schusskanal kann ich erst Genaueres sagen, wenn ich die Röntgenbilder des Schädels habe. Aber es sieht so aus, als wenn er leicht schräg von oben nach unten verläuft. Demzufolge wäre der Täter größer als sein Opfer gewesen.«

»War sie sofort tot?«, fragte Viktoria.

»Im Augenblick gehe ich davon aus, dass das Projektil die lebensnotwendigen Hirnstrukturen unmittelbar bei Eintritt in den Schädel zerstört hat. Demnach war sie tot, bevor ihren Beinen klar wurde, dass sie ihren Körper nicht mehr tragen können.«

»Wie lange?«

»Der Rücken zeigt schmetterlingsförmige Aussparungen der Leichenflecken im Bereich der Schultern und des Gesäßes. Die Flecken selbst sind bereits großflächig zusammengeflossen. Ein Prozess, der etwa zwei Stunden nach Eintritt des Todes einsetzt. Die Muster sind kongruent zum Fundort, das heißt, da sie auf einer weitgehend glatten Fläche liegt, sind diese Ausprägungen absolut typisch. In Kombination mit den übrigen Spuren gehe ich davon aus, dass der Fundort der Leiche dem Tatort entspricht. Auf Basis der Flecken dürfte der Tod vor etwas weniger als zwölf Stunden eingetreten sein. Legen wir uns sicherheitshalber vorerst auf zehn Uhr gestern Abend fest.«

»Deckt sich das mit der Totenstarre?«

Grass nickte. »Rigor mortis. Beinahe vollständig ausgeprägt. Spricht ebenfalls für maximal zwölf Stunden. Eher etwas weniger. Und bevor ihr fragt, ihre Körpertemperatur bestätigt diese Annahme. Ich habe rektal 28,6 Grad gemessen. Unter Berücksichtigung der Raumtemperatur von einundzwanzig Grad spricht das ebenfalls für unser Elf-Stunden-Fenster.«

»Was ist mit dem Schlafzimmer?«, beendete Viktoria die nach den Ausführungen des Kollegen eingetretene Stille.

Grass seufzte. »Kommt mit.«

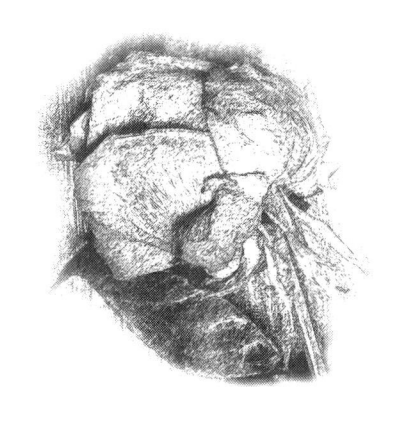

KAPITEL 4

Der junge Mann, der halb seitlich, halb bäuchlings, auf dem fliederfarbenen Laken lag, war ebenfalls nackt. Die Bettdecke hing über dem Fußende des Metallgestells, doch Karre vermutete, dass sie von Grass oder den Kollegen der Spurensicherung dorthin gelegt worden war. Viersteins Tatortbilder und Videos würden das sicher bestätigen.

Im Gegensatz zum Wohnzimmer glich die Szenerie hier einem Blutbad. Sowohl das Kopfkissen als auch das Laken darunter waren blutgetränkt. In der Rückseite des Schädels des Toten klaffte ein blutverkrusteter Krater.

»In diesem Fall wurde der Schuss aus nächster Nähe abgegeben.« Mit einer Pinzette schob Grass ein Büschel blutverschmierter Haare beiseite. »Aufgrund des Widerstands der Schädelknochen sind die Wundränder infolge eindringender Treibgase eingerissen. Daher die typische Einschussplatzwunde. Außerdem könnt ihr sehen, dass die Schmauchhöhle am Beginn des Wundkanals dunkel verfärbt ist. Das kommt durch schmauchhaltige Pulvergase, die beim Abgeben des Schusses ins Gewebe gelangt sind. Allerdings war es kein aufgesetzter Schuss, denn dann würden wir höchstwahrscheinlich eine Stanzmarke des Waffenlaufes sehen. Der Täter hat den Waffenlauf also wenige Zentimeter vor dem Hinterkopf es Opfers platziert. Ich vermute, vom Opfer unbemerkt. Die Austrittswunde befindet sich im Gesicht, knapp oberhalb der Nasenwurzel. An dieser Stelle sind die Knochenfragmente nach außen gebrochen.«

»Jemand hat ihn also von hinten im Schlaf erschossen«, fasste Viktoria die ernüchternden Fakten zusammen.

»Und der Todeszeitpunkt?«, erkundigte sich Karre. »Deckt er sich mit dem des Mädchens?«

»Das tut er. Hilf mir mal.« Grass machte sich mit Karres Hilfe daran, den Toten auf den Rücken zu drehen.

»Puh ...« Viktoria starrte auf den hellen Handabdruck auf dem ansonsten dunkel verfärbten Bauch der Leiche.

»Während er schlief, hat er auf seiner eigenen Hand gelegen. Bei der Ausbildung der Totenflecken haben sowohl die Hand als auch die Bettwäsche helle Aussparungen hinterlassen. Sieht gruselig aus, oder?«

»Paul, ich bitte dich.« Karre wusste um den bisweilen etwas saloppen Umgang des Kollegen mit seinen toten Patienten, aber selbst nach all den Jahren der Zusammenarbeit konnte er sich nicht so recht daran gewöhnen.

»Schon gut, aber ich wollte es euch wenigstens mal gezeigt haben.«

»Und das Projektil?«

»Ist nicht meine Baustelle, aber soweit ich weiß, haben

Viersteins Leute es in der Matratze gefunden und mit ins Labor genommen. Mehr kann ich euch dazu leider nicht sagen.«

»Okay.« Karre zog sein Handy aus seiner Tasche.

»Was machst du?« Seine Kollegin sah in fragend an.

»Ihn fragen.« Er hatte bereits die entsprechende Kurzwahltaste betätigt.

»Er ist auf einer Hochzeit.« Viktoria hörte das Freizeichen aus Karres Handylautsprecher.

»Aber nicht um diese Uhrzeit. Er ist bestenfalls auf dem Weg dorthin.«

Und als habe er Karres Worte gehört, nahm Vierstein das Gespräch nach zweimaligem Klingeln an. »Hauptkommissar Karrenberg. Hast du es auch schon an den Tatort geschafft? Sorry, ich musste leider weg. Meine Nichte heiratet heute.«

»Kein Problem, ich will dich auch gar nicht bei deiner Styling-Prozedur stören, aber kannst du mir kurz sagen, was mit dem Projektil aus dem Schlafzimmer ist? Habt ihr es gefunden?«

»Ja, steckte in der Matratze. Ist schon im Labor. Ich vermute, ein 38er.«

Grass lächelte zufrieden.

»Habt ihr Patronenhülsen gefunden?«

»Nein.«

Karre spürte die in ihm aufkeimende Enttäuschung. »Das bedeutet …«

»… der Täter hat entweder Zeit und Nerven gehabt, die Hülsen einzusammeln …«

»… oder die Waffe hat keine ausgeworfen«, vervollständigte Karre den Gedanken seines Kollegen.

Dieser stieß ein anerkennendes Pfeifen aus. »Kaliber 38 findet man häufig bei Revolvern. Neben 357er und 44er Magnum. Das könnte tatsächlich erklären, warum wir keine Hülsen gefunden haben. Wir haben das Projektil jedenfalls direkt an die Teckis weitergegeben. Die können sich Montag darum kümmern. Die andere Kugel muss Grass erst noch aus dem Schädel der Kleinen rausprockeln.«

Karre ignorierte die geschmacklose Bemerkung. »Wer von den Kriminaltechnikern übernimmt anschließend? Talkötter?«

»Keine Ahnung.«

»Gut, ich rede mit ihm. Danke dir. Und viel Spaß auf der Hochzeit.«

»Danke, und euch noch einen schönen Tag.« Dann war die Leitung tot.

Karre überlegte, ob es irgendetwas gab, was den Tag nach einem derart verkorksten Start doch noch zu einem schönen Tag machen konnte, doch er mochte es drehen und wenden wie er wollte, ihm fiel partout nichts ein.

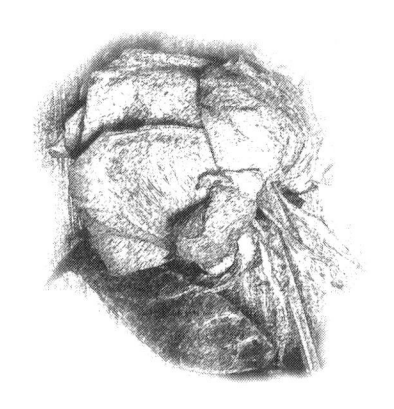

KAPITEL 5

Etwa eine Stunde später betrat Karre das verwaiste Büro des dritten Kommissariats, im täglichen Sprachgebrauch kurz K3 genannt. Sein Blick wanderte über die aus den Siebzigern des letzten Jahrtausends stammenden Holzschreibtische.
Trotz des Drängens seines Vorgesetzten, Kriminalrat Schumacher, hatte er sich noch nicht überwinden können, seinen Arbeitsplatz in das hinter einer Glasabtrennung liegende Referatsleiterbüro zu verlagern. Noch immer hoffte er auf eine baldige Rückkehr seines Chefs und Mentors Willi Hellmann und wollte sich während dessen Abwesenheit nur ungern an seinem Platz ausbreiten. Zudem schätzte er den während der Ermitt-

lungsarbeiten aus seiner Sicht absolut notwendigen Dialog mit den Kollegen, so dass ihm die Isolation in dem nach Hellmanns Tabakkonsum stinkenden Kabuff eher kontraproduktiv erschien.

Schumachers Gefasel von Distanz und Abgrenzung eines Vorgesetzten gegenüber seinen Mitarbeitern hingegen, ging ihm gehörig auf dem Wecker. Und so hatte er Schumacher ein ums andere Mal vertröstet, wenn dieser ihm wieder einmal mit dem so dringend notwendigen Umzug in den Ohren lag. Interessanterweise jedoch, schien Schumacher sich seit einigen Tagen einsichtig zu zeigen. Oder er hatte schlicht und einfach kapituliert. Jedenfalls schien ihn das Thema derzeit nicht weiter zu beschäftigen. Ein Umstand, den Karre durchaus zu schätzen wusste.

Ebenso wie die in diesem Moment herrschende Ruhe. Er nahm seine BVB-Tasse und ging zu der auf einem Sideboard platzierten Kaffeemaschine. Und just in dem Augenblick als er sie einschaltete, meldete sich sein Mobiltelefon.

»Karim. Gut, dass du anrufst. Ich weiß, es ist Wochenende, aber ...«

»Ich hab eben gesehen, dass du es ein paar Mal bei mir probiert hast. Sorry, aber hab´s nicht mitbekommen. Wo brennt´s denn?«

»Kein Problem. Ich weiß durchaus zu schätzen, dass du dich überhaupt meldest. Alles okay bei dir und Sila?« Karre wusste, dass Sila schwanger war und fragte daher öfter nach ihrem Befinden, als er es unter normalen Umständen getan hätte.

»Wir hatten eine etwas turbulente Nacht. Erzähle ich euch später. Aber es ist alles in Ordnung. Also, was ist los? Du wolltest doch bestimmt nicht nur fragen, ob ich gut geschlafen habe. Haben wir einen Toten?«

»Wenn´s nur das wäre.«

»Scheiße.« In der entstehenden Pause hörte Karre seinen Kollegen am anderen Ende der Leitung ins Mikrofon seines Telefons atmen. »Was genau?«

»Zwei.«

»Kacke.«

»Allerdings. Und die dampft ganz gewaltig. Kannst du ins Präsidium kommen? Ich erzähle dir hier, was los ist. Vicky kommt in einer Dreiviertelstunde.«

»War sie am Tatort?«

»Ja. Sie ist mitten in der Nacht aufgestanden, um zu joggen, und war gerade losgelaufen, als ich angerufen habe. Deshalb war sie auch ein paar Minuten später da. Sie ist aber kurz nach Hause gefahren, um sich umzuziehen. Kannst du in fünfundvierzig Minuten hier sein?«

»Kein Problem. Was ist mit Götz?«

»Keine Ahnung. Scheint offline zu sein. Ich habe ihm eine Nachricht geschickt. Wenn er sie liest, kommt er vielleicht dazu.«

»Oder er meldet sich wieder kurzfristig krank. Karre, ich mache mir echt Sorgen um ihn. Wenn er auch noch ausfällt, wird´s ziemlich eng. Wir arbeiten in einer Großstadt und operieren mit der Personaldecke einer Provinzwache. Vielleicht solltest du mal mit Schumacher über Verstärkung für unsere Truppe reden.«

Karre konnte seinem Kollegen nur beipflichten. Aber er wusste auch um Schumachers Einstellung bezüglich einer Ausweitung der Besetzung ihres Teams. »Das ist zwecklos«, antwortete er deshalb. »Solange nicht feststeht, ob und wann Willi zurückkommt, wird er sich diesbezüglich ganz sicher nicht aus dem Fenster lehnen.«

»Vermutlich hast du recht. Dann bleibt wohl mal wieder alles an uns hängen. Wir sehen uns gleich, bin schon auf dem Weg.«

Noch bevor Karre etwas erwidern konnte, hatte Karim aufgelegt. Und wieder einmal fragte sich der Hauptkommissar, wie er unter den gegebenen Umständen auch nur einigermaßen erfolgreich hätte arbeiten sollen, wenn er nicht Kollegen wie Karim und Viktoria in seinem Team gehabt hätte.

Wahrscheinlich hätte er schon längst alles hingeschmissen. Während er sich einen tiefschwarzen Kaffee einschenkte, ließ er sich auf seinen Schreibtischstuhl sinken und legte seine Beine auf dem neben dem Tisch stehenden Rollcontainer ab.

*

Der Erste, der eine gute halbe Stunde später das Büro betrat, war zu Karres großer Überraschung weder Viktoria noch Karim.

Der Mann, der bekleidet mit Bluejeans, weißem Hemd und braunem Cord-Sakko durch die Tür trat, kam langsam auf ihn zu und sah ihn mit kleinen, blutunterlaufenen Augen an. Dunkle Schatten in seinem mit Bartstoppeln überzogenen Gesicht zeugten von einer langen, schlaflosen Nacht.

Das in den letzten Jahren schütter gewordene und von grauen Strähnen durchzogene Haar stand wüst von seinem Kopf ab. Alles in allem ließ der derangierte Zustand seines Gegenübers keinen Zweifel daran, dass er während der Stunden seit ihrem letzten Zusammentreffen einiges durchgemacht hatte.

»Scheiße, Götz.« Karre richtete sich in seinem Stuhl auf. »Was ist denn mit dir los?«

In Wahrheit ahnte er allerdings, womit das traurige Bild, welches sein Kollege in diesem Moment abgab, zusammenhängen musste. Götz Bonhoff hatte das

Kommissariat am Freitag bereits gegen Mittag verlassen, um einen wichtigen Termin wahrzunehmen. Ihm war klar, dass es dabei nur um seine Tochter gehen konnte. Isabell litt seit einer verschleppten Grippe an einer schweren Herzmuskelentzündung und die behandelnden Ärzte befürchteten, dass ihr dauerhaft nur durch eine Organtransplantation geholfen werden konnte. Dramatischerweise war die drastische Verschlechterung von Isabells Zustand erheblich früher eingetreten, als von den Ärzten befürchtet. Bereits seit mehreren Wochen wurde sie stationär behandelt.

Zwar sprach Bonhoff mit seinen Teamkollegen nur wenig über die aktuellen Entwicklungen, doch aufgrund seines besorgniserregenden Allgemeinzustands brauchte Karre nur wenig Phantasie, um sich vorzustellen, wie es um die Tochter seines Kollegen bestellt war.

Als Bonhoff ausatmete, schloss Karre die Augen. »Wie bist du hergekommen? Etwa mit dem Wagen?«

»Taxi«, antwortete Bonhoff tonlos und ließ sich auf Viktorias Bürostuhl sinken. »Ich war die ganze Nacht unterwegs.«

»Dachte ich mir schon. In diesem Zustand willst du dich aber nicht ernsthaft an den Ermittlungen beteiligen, oder?«

Bonhoff sah ihn lauernd an. »Ich bin okay. Kein Problem. Ich mache mich ein bisschen frisch und dann stehe ich euch voll und ganz zur Verfügung.«

»Götz. Schau mal in den Spiegel. Du bist fix und alle.«

Die Augen des Kollegen musterten Karre. »Was denn? Werde ich deinen Ansprüchen nicht mehr gerecht? Kaum bist du Chef, suchst du dir selbst aus, wer gut genug für deine Elitetruppe ist, oder was?«

»Götz, ich verstehe ja, was in dir vorgeht, aber ...«

»Aber was?« Bonhoffs Stimme wurde zunehmend lauter

und Karre beobachtete die anschwellende Ader am Hals des Kollegen. »Ich will dir mal was sagen, mein Freund: Ich finde es in höchstem Maße bewundernswert ... Ja, du hast mich richtig verstanden, ich bewundere dich. Dass du bei dem ganzen Scheiß, der dir gerade um die Ohren fliegt, nicht nur einigermaßen die Fassung behältst. Dass du darüber hinaus sogar deinem Job nachgehst, so dass man glauben könnte, es wäre rein gar nichts passiert. Und dass du es zur Krönung auch noch schaffst, dass der Alte dich zu seinem Stellvertreter ernennt. Und wie der Teufel so will, kippt er drei Tage später aus den Latschen. Hey, da ist es doch super, dass wir unseren Vorzeigekommissar ... entschuldige ... Hauptkommissar ... an Bord haben, der sich nicht nur die Nächte bei seiner im Koma liegenden Tochter um die Ohren schlägt, sondern tagsüber auch noch ganz nebenbei Morde aufklärt. Kein Wunder, dass so jemand keinen Versager in seinem Team gebrauchen kann, den schon ein leichter Gegenwind völlig aus der Bahn wirft.«

»Götz, jetzt hör mir mal zu.« Karre griff nach dem Unterarm des Kollegen und sah ihm in die Augen. »Das, was du als ein bisschen Gegenwind beschreibst, ist so ziemlich das Schlimmste, was einem Vater passieren kann. Und niemand hier kann das so gut beurteilen wie ich. Was das angeht, sitzen wir beide im selben Boot. Ganz egal, ob dir das passt oder nicht.«

»Ja.« Bonhoff lachte sarkastisch auf. »Nur, dass du scheinbar noch nicht gemerkt hast, dass der Kahn schon lange am Absaufen ist. Oder willst du das nicht kapieren? Das Ding hat Löcher und läuft schneller voll, als du das Wasser rausschaufeln kannst. Und was machst du? Du ignorierst tapfer die Fakten und machst deine Arbeit, als wäre nichts gewesen. Aber ich kann das nicht. Kapierst du das? Ich ... kann ... das ... nicht!«

»Okay.« Karre stieß einen langen Seufzer aus. »Du hast Recht. Ich versuche, meinen Job zu machen, so gut es geht. Aber weißt du was? Ich habe mich mitnichten darum gerissen, in der ganzen Scheiße, wie du es vermutlich zu Recht nennst, auch noch zum Leiter dieses Kommissariats gemacht zu werden. Willi hat es mir angeboten. Nein, er hat mich inständig gebeten, ihm diese Bürde für eine Weile abzunehmen. Er wusste, dass mit ihm etwas nicht stimmt. Aber er hat sich zu spät entschieden, seine Konsequenzen aus dem zu ziehen, was seine innere Stimme ihm geflüstert hat. Und weißt du, was er noch wusste?«

Er sah seinen Kollegen an und als dieser nicht reagierte, fuhr er fort: »Er hat es nicht nur seiner eigenen Gesundheit wegen getan. Er hat lange vor mir gewusst, dass die Arbeit hier das Einzige sein wird, das mich einigermaßen über Wasser halten wird. Oder um es noch einmal mit deinen Worten auszudrücken: Das mich dazu bringt, immer weiter das Wasser aus dem Boot zu schaufeln, anstatt es einfach absaufen zu lassen und mit ihm unterzugehen.

Unser Job, so beschissen all das, was wir jeden Tag erleben, auch ist, lässt mich funktionieren. Und wenn Hanna stirbt, wird meine Aufgabe hier im Zweifel das Einzige sein, was mich davon abhält, von der nächstbesten Brücke zu springen. Es ist keinesfalls so, dass mir das alles hier so unbeschreiblich leicht fällt. Und schon gar nicht scheint mir den ganzen Tag die Sonne aus dem Arsch. Ich stürze mich in die Arbeit, damit ich alles andere überhaupt geregelt kriege.

Aber ich verstehe, wenn meine Methode bei dir nicht funktioniert. Ich kann nachvollziehen, wenn du mir sagst, dass du den Kopf nicht freibekommst und dass du nicht einfach so weitermachen kannst, als wäre nichts geschehen. Götz, ich verstehe das!

Aber wirf mir verdammt noch mal nie wieder vor, wie ich meinen Job mache.«

Bonhoff saß wie versteinert da und starrte ihn mit weit aufgerissenen Augen an. Nach einer Weile murmelte er: »Tut mir leid. Ich bin einfach fertig. Aber vielleicht hast du Recht und ein bisschen Ablenkung täte mir auch ganz gut.«

»Was ist mit dem Job im Kasino?« Vor einiger Zeit hatte Karre herausgefunden, dass Bonhoff einen Zweitjob als Sicherheitsberater in einem Spielkasino angenommen hatte, um die notwendigen Umbauten seines Hauses finanzieren zu können, falls Isabell eines Tages zu Hause gepflegt werden sollte.

»Hab hingeschmissen. Ich konnte mir nicht länger die Nächte um die Ohren schlagen.« Er schluckte. »Und außerdem ... sieht es im Augenblick nicht so aus, als wäre der Umbau nötig. Wir haben ganz andere Probleme.«

»So schlimm?«

Bonhoff nickte. »Aber lass uns jetzt nicht darüber reden. Erzähl mir lieber, um was es geht. Warum hast du angerufen?«

Karre sah seinem Kollegen lange und eindringlich in die Augen, bevor er weitersprach. »Bist du sicher, dass du heute in der Verfassung bist, dich mit einem Mordfall zu befassen?«

Bonhoffs Blick verriet Unsicherheit. »Ich ... na klar. Also, ich denke schon. Karre, schick mich jetzt nicht nach Hause. Nicht nach allem, was du mir eben erzählt hast. Vielleicht ist es wirklich der beste Weg für mich, wieder auf die Beine zu kommen. Und noch was: Ich war dir nie wirklich böse, dass Willi dich zu seinem Vertreter gemacht hat, denn wenn ich ganz ehrlich bin, möchte ich diesen Job nicht geschenkt haben.«

»Also gut. Wenn du willst, bist du dabei. Aber eins muss dir klar sein: Wenn du noch einmal in so einem Zustand und mit so einer Fahne zum Dienst auftauchst, schicke ich dich auf der Stelle nach Hause und lasse dich bis auf weiteres beurlauben.«

»Kommt nicht wieder vor. Versprochen.«

Karre klopfte seinem Kollegen auf die Schulter. »Geh dich frischmachen. Und dann trinken wir einen starken Kaffee, bevor Vicky und ich euch erzählen, worum es geht.«

*

Eine halbe Stunde später saßen Hauptkommissar Karrenberg, Viktoria von Fürstenfeld, Karim Gökhan und Götz Bonhoff am Besprechungstisch ihres Gemeinschaftbüros. Ein Flachbildschirm an der gegenüberliegenden Wand zeigte die Fotos und Videos vom Tatort in einer Endlosschleife.

»Kriminalrat Schumacher und die Staatsanwaltschaft habe ich informiert. Jetzt sind wir dran«, schloss Karre und lehnte sich in seinem Stuhl zurück, was das in die Jahre gekommene Möbel mit gequältem Ächzen quittierte.

Viktoria und er hatten die Ereignisse des frühen Morgens so ausführlich wie möglich zusammengefasst und blickten nun in die versteinerten Gesichter ihrer Kollegen.

»Das kann alles Mögliche sein«, brach Bonhoff schließlich das Schweigen. »Mord aus Eifersucht, Raubmord, ein schiefgegangener Einbruch. Ich würde nicht einmal gänzlich ausschließen, dass wir es mit einem Bandenkrieg zu tun haben. Das wäre dann allerdings eher ein Fall für das OK-Team.«

»Die beiden sahen für mich nicht aus, wie typische Bandenmitglieder«, warf Viktoria ein. »Und bevor wir den Fall vorschnell an die Kollegen der Organisierten Kriminalität abgeben, sollten wir uns erst einmal selbst Gedanken machen.«

Karim räusperte sich. »Wie sehen denn deiner Meinung nach typische Bandenmitglieder aus? Süd- oder osteuropäischer Einschlag?«

Viktoria warf ihrem türkischstämmigen Kollegen einen entschuldigenden Blick zu. »Sorry, so war´s natürlich nicht gemeint. Aber ich glaube nicht daran. Für mein Empfinden sahen sie einfach nur wie zwei junge Leute aus, die gerade ihre erste gemeinsame Wohnung bezogen haben.«

»Und noch bevor sie ihre Kisten ausgepackt haben, kommt jemand vorbei, um ihnen eine Kugel ins Hirn zu pusten? Wieso?«

Viktoria sah Bonhoff tadelnd an. »Ganz so lapidar würde ich es nicht formulieren, aber im Grunde hast du recht. Genau das ist die Frage.«

»Was genau?«

»Ob der Täter tatsächlich mit dem Vorsatz kam, sie zu töten, oder ob irgendetwas schiefgegangen ist.«

Karre wandte sich seiner Kollegin zu. »Was wissen wir über die Identität der Toten?«

Viktoria klappte das kleine Notizbuch auf, das vor ihr auf dem Tisch lag. »Gemäß der Personalausweise, die wir in der Wohnung gefunden haben, handelt es sich bei der jungen Frau um Kim Seibold, einundzwanzig Jahre alt. Der Name des Toten ist Tobias Weishaupt, vierundzwanzig. Vermutlich war er ihr Freund und so wie es aussieht, waren sie gerade dabei, zusammenzuziehen. In einem Umzugskarton mit Aktenordnern haben die Kollegen Gehaltsabrechnungen und Arbeitsverträge gefunden. Er war bei einer Versicherung als Sachbearbeiter tätig und hat ungefähr tausendsechshundert Euro netto verdient. Kim Seibold studierte hier in Essen Kommunikationswissenschaften im vierten Semester. Das war´s. Meine Notizen vom Tatort habe ich abfotografiert und euch geschickt.«

»Nicht besonders spektakulär.« Karre sah seine Kollegen der Reihe nach an. »Irgendwelche Ergänzungen?«

Schweigen.

»Dann schlage ich vor, dass Götz bei der Meldestelle die Adressen der Eltern organisiert. Vicky und ich fahren zu Seibolds, Karim und Götz, ihr übernehmt den Besuch bei Familie Weishaupt.«

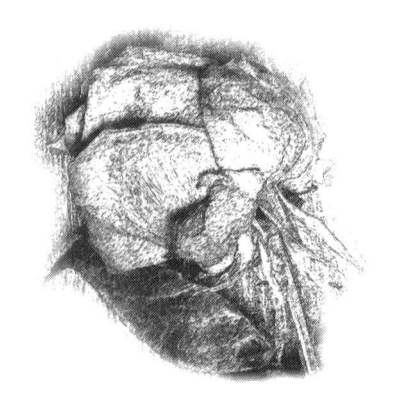

KAPITEL 6

Die weiß verputzte Doppelhaushälfte lag in einem jener Neubaugebiete im Essener Süden, zu denen Karre von jeher ein gestörtes Verhältnis hatte. Hektarweise Feld- und Waldflächen waren hier während der letzten Jahre gnadenlos zubetoniert worden. Anstelle von Bäumen wuchsen heute einzig die Immobilienpreise in rasantem Tempo gen Himmel. Darüber hinaus standen die erst vor wenigen Jahren errichteten Häuser dermaßen dicht beieinander, dass Karre beim Verlassen des Wagens unfreiwilliger Zeuge eines Streitgespräches wurde, das in einem auf der gegenüberliegenden Straßenseite stehenden Haus geführt wurde.

Durch das gekippte Küchenfenster vernahm er mehr als

deutlich, dass sich die Dame des Hauses offenbar in unmittelbarem Konkurrenzkampf mit einer erheblich jüngeren Nebenbuhlerin wähnte, was ihr werter Gatte allerdings vehement bestritt.

»Wusstest du, dass dieses Neubaugebiet bei den Alteingesessenen nur *weiße Hölle* genannt wird?«, fragte er seine Kollegin.

Vor dem Garagentor parkte ein schwarzer Audi A6. Aus dem gegenüberliegenden Haus drang ein hysterisches Kreischen zu ihnen nach draußen. Sekunden später schlug jemand das Küchenfenster zu.

Karre sah sich um. Hier wohnten Familien des gut situierten Mittelstandes mit all ihren menschlichen Problemen und Nöten. Mitglieder der »Oberen Mitte«, wie es im Jargon der Politiker neuerdings hieß. Was die Häuser betraf, so wusste er, dass sie schon bei ihrer Erstellung für knapp unter einer halben Million Euro angeboten worden waren. Und nach den jüngsten Preissteigerungen am Immobilienmarkt musste man heute sicherlich erheblich tiefer in die Tasche greifen, um einen dieser weißen Betonklötze sein Eigen nennen zu können.

Er sah Viktoria fragend an, während er den Zeigefinger auf den Klingelknopf aus gebürstetem Edelstahl legte. Als sie nickte, drückte er, woraufhin im Inneren des Hauses ein zenartiger Gong ertönte. Karres Meinung nach hätte dieser zwar eher in einen buddhistischen Tempel gepasst und weniger in eine moderne Doppelhaushälfte, doch im Laufe seiner Ermittlerjahre hatte er zu viel gesehen und gehört, als dass er sich ernstlich darüber wunderte.

Die perfekt gestylte Frau, die den beiden Polizisten die Tür öffnete, schätze er auf Mitte vierzig. Das dunkle, hochgesteckte Haar betonte ihre Wangenknochen und das sorgfältig aufgetragene Rouge verlieh ihrem ansonsten blassen Teint eine frische Lebendigkeit. Mit rauchgrauen

Augen musterte sie die Ermittler.

»Mein Name ist Karrenberg.« Er deutete auf Viktoria. »Meine Kollegin, Frau von Fürstenfeld. Sind Sie Karolin Seibold?«

Die Frau sah ihn fragend an, bevor sie schließlich nickte.

»Wir sind von der Polizei.« Viktoria sprach nicht lauter als unbedingt nötig.

»Polizei? Ist etwas passiert?«

Karre beobachtete, wie sich Nervosität auf ihrem Gesicht ausbreitete.

»Dürfen wir einen Augenblick reinkommen?«, fragte Viktoria.

Frau Seibold nickte und trat wortlos einen Schritt zur Seite. Sie führte Karre und Viktoria durch eine Glastür ins Wohnzimmer.

Durch die breite Glasfront am Ende des Raumes konnte Karre über die Terrasse hinweg in den Garten sehen. Dieser endete nach etwa sechs oder sieben Metern vor einem Zaun, hinter dem sich bereits das nächste Haus befand.

Auf einer schwarzen Ledercouch saß ein Mann, der sich die Fußball-Highlights vom Vortag auf einem riesigen Flatscreen anschaute. Vermutlich war er nicht oder nur unwesentlich älter als seine Frau, doch sein dichtes schwarzes Haar war von zahlreichen grauen Strähnen durchzogen. Als er Karre und Viktoria sah, stellte er seinen Kaffeebecher auf dem gläsernen Couchtisch ab, schaltete den Fernseher aus und erhob sich.

»Mein Mann, Thomas Seibold«, stellte Karolin Seibold ihn vor. »Thomas, die Herrschaften sind von der Polizei. Herr Karrenberg und Frau von …« Sie sah Viktoria entschuldigend an.

»Fürstenfeld«, ergänzte diese und reichte Thomas Seibold die Hand.

»Polizei? Ich wüsste nicht, warum sich die Polizei für uns interessieren sollte. Für welches Dezernat arbeiten Sie denn, wenn ich fragen darf?«

Karre schluckte, doch der Kloß in seinem Hals erwies sich als außerordentlich widerspenstig. »Gewalt- und Tötungsdelikte«, presste er mit heiserer Stimme hervor.

Viktoria, die um die Schwäche ihres Kollegen wusste, wenn es um derartige Gespräche ging, registrierte Karres Blick und verstand die unausgesprochene Bitte. »Frau Seibold, Herr Seibold, ich fürchte, wir haben eine sehr traurige Nachricht für Sie.«

In diesem Augenblick verstand Karolin Seibold und ihre Augen füllten sich von einer Sekunde zur anderen mit Tränen. »Kim?«, fragte sie mit kaum hörbarer Stimme.

Thomas Seibold starrte sie mit offenem Mund an, bevor er auf den hinter ihm stehenden Sessel sank.

Karre schluckte und hoffte inständig, dass es sich bei dem toten Mädchen nicht um Kim handelte, so unwahrscheinlich dies auch sein mochte. Insgesamt hätte es die Angelegenheit nicht besser gemacht – das Mädchen war schließlich tot und selbst wenn es sich nicht um Kim handelte, würde es eine andere Familie geben, deren Normalität von einer Sekunde zur anderen in einen Abgrund stürzte.

Aber für den Moment würde es die Sache vereinfachen.

Doch seine Hoffnung wurde in dem Augenblick zerstört, als ein Mädchen das Wohnzimmer betrat, das der Toten wie aus dem Gesicht geschnitten war.

*

Er starrte die junge Frau an, die wie versteinert im Türrahmen stand und sie mit weit aufgerissenen Augen ansah.

»Das ist Anna, Kims Schwester«, erklärte Thomas Seibold. Überflüssigerweise, denn die Ähnlichkeit der beiden jungen Frauen war verblüffend.

»Haben Sie gerade …«, begann Anna Seibold, aber ihre Stimme versagte. Sie räusperte sich, bevor sie einen zweiten Anlauf nahm. »Haben Sie gerade *Tötungsdelikte* gesagt?«

»Anna, bitte setzen Sie sich«, antwortete Viktoria ausweichend und bedeutete der jungen Frau, neben ihr auf der Couch Platz zu nehmen.

»Was ist passiert?«, fragte Karolin Seibold mit bebender Stimme. »Was ist mit meiner Kim passiert?«

»Offenbar ist heute Nacht jemand in die Wohnung eingedrungen, in die Kim mit ihrem Freund gezogen ist. Jedenfalls nehmen wir an, dass Tobias Weishaupt Kims Freund war?«

»War? Tobias …« Frau Seibold sah Karre und Viktoria abwechselnd mit glasigen Augen an. »Er … ja natürlich … ihr Freund.« Sie nickte bestätigend. »Ist er … auch …?« Sie schaffte es nicht, den Satz zu beenden.

»Frau Seibold, Herr Seibold, Anna.« Karres Blick wanderte zwischen den Familienmitgliedern reihum. »Kim und ihr Freund wurden letzte Nacht in ihrer Wohnung Opfer eines Gewaltverbrechens. Es tut mir leid.«

Nun brachen bei Karolin Seibold alle Dämme. Die Gewissheit, die mit Karres Worten über sie hereinbrach, war mehr, als sie mit Fassung zu tragen imstande war.

Karre schwieg. Unzählige Male hatte er Situationen wie diese erlebt und er wusste nur zu gut, dass es nichts gab, das Kims Mutter in diesem Augenblick helfen konnte. Mit einer Mischung aus Irritation und Verwunderung beobachtete er hingegen die Reaktion von Thomas Seibold. Anstatt seine Frau tröstend in den Arm zu nehmen, stand er auf, ging zum Fenster und starrte wortlos hinaus in den Garten. Anna Seibold saß wie versteinert auf dem Sofa, während dicke Tränen über ihre Wangen liefen.

»Wann haben Sie Kim zum letzten Mal gesehen?«, fragte Viktoria, nachdem sie der Familie ein paar Minuten Zeit gegeben hatten, wenigstens den allerersten Schock zu verdauen.

Schließlich war es Anna, die zuerst die Fassung wiedergewann. »Erst gestern. Wir haben ihr beim Umzug geholfen.«

»Sie und ihr Freund sind erst gestern umgezogen?«

»Ja. Die Möbel waren größtenteils von Tobias. Kim hatte nur ein paar Kisten mit Büchern, CDs und Klamotten aus ihrem Kinderzimmer zusammengepackt. Alles in allem haben wir nur ein paar Stunden gebraucht. Dad hat auch geholfen.« Sie sah ihren Vater an, der noch immer mit dem Rücken zu ihnen gewandt aus dem Fenster sah.

Schließlich drehte er sich um. Tränen liefen über sein Gesicht, als er wortlos zu ihnen zurückkam und sich neben seiner jüngeren Tochter auf die Couch sinken ließ.

»Wann war das?«, fragte Viktoria.

»Wir haben uns um zehn Uhr hier bei uns getroffen.«

»Wir?«

»Tobias und Kim. Sie hatten bei seinen Eltern übernachtet. Unsere Eltern und ich. Wir haben alle zusammen gefrühstückt, dann haben wir die Kisten gepackt und haben sie mit einem Kleintransporter zu der neuen Wohnung gefahren. Das heißt, Tobi und Kim. Wir sind ihnen mit Dad´s Auto gefolgt.«

»Was war das für ein Transporter?«

Anna zuckte mit den Schultern. »Irgendwas von Avis. So ein Sprinter oder wie die Dinger heißen.«

Karre sah Thomas Seibold an.

»Es war ein Peugeot. Keine Ahnung, was genau. Ist das

wichtig?«

Karre schüttelte den Kopf. »Wahrscheinlich nicht. Wann sind Sie von hier losgefahren?«

»So gegen eins. Um halb vier waren wir fertig. Tobi hat Pizza für uns vier bestellt und um fünf sind Dad und ich nach Hause gefahren.«

»Haben Sie abends noch etwas gemacht?«

»Ich war mit Freunden unterwegs. Nichts Besonderes.«

»Hat sich Kim noch einmal bei Ihnen gemeldet, nachdem sie weg waren?«

»Sie hat eine WhatsApp geschickt und sich für die Hilfe bedankt.«

»Wann war das?«

»Augenblick.« Sie zog ihr Handy aus der Gesäßtasche ihrer Jeans. »Um 20:13 Uhr.«

»Haben Sie ihr geantwortet?«

Sie hielt Karre ihr Handy hin. Die Antwort war ein Emoticon mit Kussmund. 20:14 Uhr. Danach endete der Chatverlauf.

»Und Sie?« Viktoria sah Thomas und Karolin Seibold abwechselnd an.

»Wir waren zu Hause. Den ganzen Abend. Kim hat uns die gleiche Nachricht geschickt, aber wir haben sie erst heute Morgen gelesen.«

»Und da war sie wahrscheinlich schon tot.« Karolin Seibold brach erneut in Tränen aus. »Sie haben uns noch immer nicht gesagt, was genau eigentlich passiert ist«, schluchzte sie.

Viktoria seufzte. Sie wusste, was nun folgte, war der Alptraum aller Eltern. Auch wenn sie selbst keine Kinder hatte, konnte sie sich sehr gut vorstellen, durch welche Hölle Karolin und Thomas Seibold in den nächsten Minuten, Stunden, Tagen, Jahren und vielleicht sogar für den Rest ihres Lebens gingen.

Jedes Mal, wenn sie derartige Katastrophennachrichten zu überbringen hatte, fragte sie sich, ob Eltern den Tod ihres Kindes jemals verwinden konnten. Schlimmer als eine Todesnachricht war nur die Ungewissheit. Ein verschwundenes Kind, von dem seine Eltern nie wieder etwas hörten. Das ständige Auf und Ab zwischen Hoffnung und Verzweiflung. Das ewige Warten auf eine Nachricht. Die ewige Angst vor der endgültigen Gewissheit. Eine unsägliche Qual, die für viele Eltern, Geschwister und Verwandte ein Leben lang anhielt.

Das wusste sie aus eigener Erfahrung.

*

»Oh Mann!«, keuchte Karim, der verzweifelt gegen den immer wieder aufkeimenden Brechreiz ankämpfte und mit blutunterlaufenen Augen auf das tote Stück Fleisch starrte, das vor ihm auf der Edelstahlplatte lag. Tränen liefen über seine Wangen. »Welcher Verrückte macht denn sowas?«

Bonhoff grinste, wilderte mit seiner rosafarbenen Plastikgabel auf Karims Teller und schob sich vergnügt ein Stück von dessen Rindsbratwurst in den Mund. Dann wandte er sich dem Mann im Inneren des Verkaufswagens zu. »Wolle, hast du mal ein Glas Milch für meinen Kumpel? Der krepiert mir hier noch.«

Der Wurstbudenbesitzer, den alle nur als Wolle kannten, stand mit seinem Imbisswagen meistens auf dem Vorplatz des neuen, für einen Regionalligisten reichlich überdimensionierten Fußballstadions. Entgegen anders lautenden Behauptungen vieler Kunden, hieß Wolle im wahren Leben nicht Wolfgang, sondern Heinz. Seinen Spitznamen verdankte er vielmehr den fusseligen Wollpullis, die er unabhängig von Wetter oder Jahreszeiten trug, und die ihm bei den im Sommer in seinem Grillwagen herrschenden Temperaturen schon längst den Hitzetod hätten bescheren müssen.

Mit vor dem muskulösen Oberkörper verschränkten Armen und sichtlich amüsiert beobachtete der glatzköpfige Mittfünfziger, wie der Polizist mit den Nachwehen des Currysoßen-Experiments kämpfte, zu dem sein Stammkunde Götz Bonhoff ihn eingeladen hatte.

»Wat stellt der Jung sich denn so an?«, rief er so laut, dass auch die an den übrigen Stehtischen essenden Kunden gar nicht anders konnten, als den weiteren Gesprächsverlauf zu verfolgen. Dann wandte er sich direkt an Karim: »Nu mach dir ma nich gleich ins Hemd, war doch nur ne D-Soße. Also grad mal eine Vier auf einer Skala von Eins bis Zehn. Hat bloß an die hunderttausend Scoville. Das Teil essen sonst die Kiddies, wenn sie aus der Schule kommen.« Mit demonstrativer Gelassenheit kraulte er seinen dichten, aber vollständig ergrauten Biker-Bart.

»Klar! Und wahrscheinlich trinken sie dazu ein Glas Tabasco!«, schnaubte Karim. »Mann, das glaubst du doch selbst nicht. Deine D-Wurst ist gemeingefährlich. Ich zeige dich an - wegen unerlaubter Sterbehilfe.«

Wolle reichte ein Glas Milch über den Tresen, das Karim dankend entgegennahm und gierig mit einem einzigen Zug leerte.

»Und sowas isst du freiwillig?«, fragte er Bonhoff, sobald sich seine Geschmacksnerven halbwegs von dem unerwarteten Schärfeschock erholt hatten. Nachdem die Milch ihre neutralisierende Wirkung entfaltet hatte, musste er immerhin nicht mehr befürchten, innerlich zu verbrennen.

»Ist doch halb so wild.« Und als wollte er seine Aussage damit bewusst untermauern, nahm er ein weiteres Stück

Wurst von Karims Teller, schob es sich in den Mund und kaute genüsslich darauf herum.

»Das nehme ich dir echt übel. Ich werde in ein paar Monaten Vater und du bringst mich fast um. Mit so´ner scheiß Wurst!«

»Wenn ich gewusst hätte, dass du so empfindlich bist, hätte ich dir einen Kinderteller mit Chicken-Nuggets und Fritten bestellt.«

»Musste es denn unbedingt so ein Brandbeschleuniger sein? Eine ganz normale Currywurst hätte es auch getan.«

»Ich weiß echt nicht, was du hast. Für mich ist die ganz normal. Darf ich?« Er deutete auf die restlichen Stücke auf Karims Teller.

»Nur zu, mein Bedarf ist vorerst gedeckt. Und auf die Schnelle fällt mir auch niemand ein, den ich damit vergiften könnte. Außerdem hast du ja bezahlt.« Mit einer Serviette wischte er sich den Milchbart ab und befreite seine noch immer wie Feuer brennenden Lippen von den Überresten der diabolischen Soße. Anschließend faltete er das Papier zusammen und legte es auf den inzwischen leeren Teller. »Mach mal lieber einen Vorschlag, wie wir weitermachen. Siehst du nach dem Gespräch mit den Eltern von Tobias Weißhaupt irgendeinen Ansatzpunkt für uns? Irgendwas, wo du denkst, da sollten wir mal nachbohren?«

Götz Bonhoff überlegte kurz, schüttelte dann aber den Kopf. »Nein, der Typ scheint so langweilig gewesen zu sein, dass mir beim besten Willen kein Grund einfällt, warum ihn jemand hätte umbringen sollen.«

»Nicht, dass genau darin das Motiv für den Mord liegt.«

»Du meinst, er hat jemanden derart gelangweilt, dass derjenige ihn umgebracht hat?«

Karim schüttelte den Kopf. »Vergiss es, war ein blöder Witz.«

»Aber ich wette, wenn wir seine Verkehrssünderkartei abfragen, hat er noch nicht mal ein Knöllchen wegen Falschparkens kassiert.«

Karim konnte seinem Kollegen nur beipflichten. Tatsächlich war das Gespräch mit den Eltern des Toten so frei von möglichen Anhaltspunkten verlaufen, dass auch ihm kein einziger Ansatz einfiel, wie sie in diese Richtung weiter hätten ermitteln können. Gemäß der Aussage seiner Eltern hatte Tobias Weishaupt keine Feinde, hatte sich mit niemandem zerstritten. Nach mehrmaligem Nachfragen gab seine Mutter schließlich zu, dass enge Freunde, die man hätte befragen können, ebenso Fehlanzeige waren. Das Bild, welches das Ehepaar Weishaupt von seinem Sohn zeichnete, war dermaßen langweilig und gleichzeitig makellos, dass es den beiden Ermittlern schon beinahe verdächtig vorgekommen war. Jedoch änderte ihr Bauchgefühl nichts an der Tatsache, dass sich aus dem Gespräch einfach keine weiteren Ansätze ergaben.

»Ich fürchte, dass wir mit unseren Ermittlungen in dieser Richtung schon am Ende sind«, fasste Karim die Situation noch einmal zusammen.

»Jedenfalls solange niemand freiwillig zu uns kommt und das gesamte Bild, das wir bisher von Tobias Weishaupt haben, komplett neu zeichnet.«

»Vielleicht haben Karre und Vicky ja mehr zu berichten.« Er sah auf die Uhr. »Lass uns zurück ins Präsidium fahren und hören, wie es den beiden bei Seibolds ergangen ist.« Im Gehen wandte Karim sich noch einmal in Richtung des Imbisswagens um.

Wolle stand hinter der Theke und rief ihnen amüsiert hinterher: »Hat mich gefreut! Bis zum nächsten Mal!«

»Ja, falls ich jemanden umbringen möchte oder etwas Wirksames gegen Ungeziefer brauche, komme ich ganz sicher auf dich zurück!«

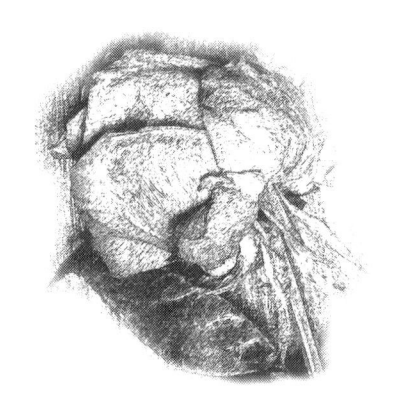

KAPITEL 7

Nachdem die vier Ermittler die Ergebnisse der ersten Befragungen untereinander ausgetauscht hatten, waren sie sich einig, dass es zunächst wenig Sinn machte, im Umfeld der beiden Mordopfer weiterzusuchen. Wie sie es auch drehten und wendeten, es gab keine offensichtlichen Anknüpfungspunkte für die weiteren Ermittlungen. Im Verlauf des Gespräches hatte Karre zwei Hypothesen aufgestellt:

Erstens, der Mord war lediglich das Ergebnis eines aus dem Ruder gelaufenen Einbruchs. Folglich gab es keine Verbindung zwischen Täter und Opfer. In diesem Fall, da waren sich alle einig, würde es verflucht schwer werden, den Verantwortlichen zu fassen. In vergleichbaren Fällen waren es meistens Zufälle, die dazu führten, dass der Mörder der Polizei ins Netz ging. Glücklicherweise gab es aber in weit über neunzig Prozent der Fälle sehr wohl eine direkte Verbindung zwischen Täter und Opfer. Die Aufgabe der Ermittler bestand darin, diese zu finden.

Karres alternative Hypothese unterstellte, dass der Mord sehr wohl zielgerichtet verübt worden war. Allerdings, so mutmaßte er, hatte der Täter nicht gewusst, dass Kim Seibold und Tobias Weishaupt erst seit wenigen Stunden die neuen Mieter der Wohnung waren. Vielmehr hatte er damit gerechnet, auf deren Vormieter zu treffen. Warum er in diesem Fall seinen Irrtum nicht erkannte und seine Mordabsichten dennoch in die Tat umsetzte, vermochte Karre zum jetzigen Zeitpunkt allerdings nicht zu beantworten.

»Möglicherweise kannte er das Opfer gar nicht persönlich«, schlug Viktoria vor.

»In diesem Fall hätten wir es mit einem Auftragsmord zu tun.« Karres Stirn zeigte tiefe Falten, während er über die Worte seiner Kollegin nachdachte.

»Gehen wir einen Schritt zurück. Vermutlich wurde Kim Seibold zuerst getötet. Falls der Täter sie nicht kannte, könnte das bedeuten, dass er sie für eine in der Wohnung übernachtende Freundin hielt und seinen Irrtum, falls überhaupt, erst zu spät bemerkte. Und zwar als er am Bett von Tobias Weishaupt stand und ihm die Waffe an den Kopf hielt. Hinzu kommt, dass er ihn von hinten erschossen hat und sein Gesicht möglicherweise überhaupt nicht gesehen hat. Allerdings halte ich diesen Punkt für vernachlässigbar, denn zu diesem Zeitpunkt gab es für ihn ohnehin kein Zurück mehr. Folglich hat er die Sache eiskalt durchgezogen.«

Karre, der die unterschiedlichen Szenarien in einem wirren Schaubild auf seinem iPad skizziert hatte, klappte den

Deckel des Tablets zu und legte es vor sich auf dem Tisch ab. »Was es uns auch nicht unbedingt leichter macht, ihn zu finden. Aber wie auch immer wir es drehen, wir sollten mit diesem Vormieter reden. Oder mit der Vormieterin, je nachdem. Vielleicht ergibt sich daraus etwas, wo wir ansetzen können.«

*

Er kauerte auf dem Stuhl, der während der vergangenen Wochen zu so etwas wie seinem zweiten Zuhause geworden war. An vieles hatte er sich gewöhnt. An den in der Luft hängenden Geruch von Krankheit und Tod. An die auf den Gängen wie Zombies umherwandelnden Angehörigen, zu denen auch er gehörte. An die mit den Schichten wechselnden Ärzte und Schwestern. Selbst an die schlechte Laune, die der eine oder andere Klinikmitarbeiter am Ende eines viel zu langen und oftmals allen arbeitsrechtlichen Vorgaben widersprechenden Arbeitstages an den Tag legte. An all das hatte er sich im Laufe der Zeit gewöhnt, oder sich wenigstens einigermaßen damit arrangiert.

Aber nicht an die Stille, die abseits des Piepen und Summens der zahlreichen Geräte herrschte. An die Tatsache, dass Hanna seit dem Tag des Unfalls kein einziges Wort mit ihm gesprochen hatte. Dass er ihre Stimme seither nicht mehr gehört hatte – und sie vielleicht auch nie wieder hören würde. Außer auf den Handyvideos, die er sich immer wieder mit Tränen in den Augen ansah. Kurze Filme, die, wenn auch nur für wenige Sekunden, eine lebendige Hanna in sein Leben zauberten.

Er hörte ihr Lachen, ihr Rufen. Er sah, wie sie mit der Geschmeidigkeit einer Katze davonlief oder alberne Grimassen schnitt, weil sie keine Lust hatte, sich von ihm filmen zu lassen. Die kurzen Augenblicke ihres Erscheinens kamen ihm vor wie ein Hologramm. Beinahe lebensecht, doch der Zauber endete, sobald er das kleine Gerät in seiner Hand ausschaltete.

Auch nach unzähligen Tagen und Nächten, die er an der Seite seiner Tochter auf der Intensivstation des Essener Uniklinikums verbracht hatte, trieb ihn die Stille an den Rand des Wahnsinns. Und wenn er darüber nachdachte, inzwischen eigentlich mehr denn je. Selbst Jennifer, eine junge Krankenschwester, die sich besonders liebevoll um Hanna kümmerte und die er vor einigen Wochen zu einem gemeinsamen Abendessen eingeladen hatte, vermochte ihn nicht mehr aus der Lethargie zu befreien, die ihn überkam, sobald er die Glastür von Hannas Einzelzimmer hinter sich schloss.

In den ersten Wochen nach dem Unfall hatte er ihr jeden Abend von seinen aktuellen Ermittlungen erzählt. Zum einen, weil sich Hanna schon früher dafür interessiert hatte und zum anderen, weil es darüber hinaus kaum etwas zu berichten gab. Er hatte ihr Geschichten aus den Büchern vorgelesen, von denen er wusste, dass sie sie liebte. Ihr Musik vorgespielt, die er auf ihrem Smartphone gefunden hatte. Doch zu alldem konnte er sich immer seltener aufraffen.

Stattdessen saß er stundenlang schweigend an Hannas Bett und hielt ihre Hand. Manchmal, so wie heute, schweiften seine Gedanken nach einer Weile ab und kreisten um seinen aktuellen Fall. Hätte es sich nicht um einen kaltblütigen Doppelmord gehandelt, wäre er vielleicht sogar ein wenig dankbar für die Ablenkung gewesen, die ihm dieser verschaffte. So aber weilte er in Gedanken bei den Familien der Opfer. Aus heiterem Himmel hatte sie die Katastrophe ereilt und im Gegensatz zu ihm hatten sie nicht einmal die Zeit gehabt, sich von ihren Kindern zu verabschieden.

In diesem Augenblick fragte er sich, welches wohl das härtere Schicksal sein mochte: Sein Kind von einem Moment auf den anderen aus den Händen gerissen zu bekommen oder, wie in seinem Fall, Wochen oder gar Monate am Bett seines sterbenden Kindes zu sitzen und dessen längst verlorenen Kampf jeden Tag und jede Nacht aufs Neue mit ansehen zu müssen.

Schwerfällig wie ein Greis erhob er sich von seinem Stuhl, trat an Hannas Bett und drückte ihr einen Kuss auf die Stirn. Und wie jedes Mal wünschte er sich anschließend, auf ihrem Gesicht irgendeine Reaktion ablesen zu können. Nur ein kleines Zucken ihrer Muskeln, ein leichtes Zittern der Augenlider oder eine noch so kleine Bewegung ihrer Mundwinkel, in denen sich früher bei jedem Lächeln winzige Grübchen gebildet hatten. Doch vergeblich. Es geschah nichts, außer dass sich ihr Brustkorb im monotonen Rhythmus der Beatmungsmaschine langsam hob und senkte.

Er überlegte, was er mit dem Rest dieses trostlosen Tages anfangen sollte. Das Letzte wonach ihm der Sinn stand, war ein weiterer einsamer Abend auf der Couch, an dem er mit sich und seinen Gedanken alleine war. An dem er sich vom vollkommen belanglosen Sommerpausenfernsehprogramm einlullen ließ, bis ihm vor Müdigkeit und Langeweile die Augen zufielen.

*

Etwa eine halbe Stunde später hatte Karre knapp die Hälfte des Weges zum Parkhaus zurückgelegt, als das Telefon in seiner Hosentasche vibrierte. Es war Viktoria. Nach der Anzeige auf dem Display zu urteilen, saß sie noch immer an ihrem Schreibtisch im Präsidium.

»Du solltest längst zu Hause sein«, sagte er anstelle einer Begrüßung.

»Ich weiß, aber hör mir mal zu. Ich habe mich um den Vormieter unserer beiden Mordopfer gekümmert. Ich meine, wenn wir wirklich bei unserer Einschätzung bleiben, dass es im Umfeld der beiden eigentlich keinen Grund für diesen Mord gibt, zumindest keinen offensichtlichen, dann sollten wir uns in jedem Fall einmal mit diesem Martin Redmann unterhalten.«

»Martin Redmann? Ist das der Vormieter?«

»Ja, genau. Sein ehemaliger Vermieter hat übrigens erwähnt, dass er ziemlich überstürzt ausgezogen ist. Und Martin Redmann ist noch immer in seiner alten Wohnung gemeldet. Das heißt, wir haben keine aktuelle Anschrift. Ich habe aber die Adresse seiner Eltern herausgefunden. Ich schlage vor, dass wir morgen mal dort vorbeischauen. Die werden ja wissen, wo ihr Sohn hingezogen ist. Was denkst du?«

»Es kann nicht schaden, mit ihm zu sprechen, aber ich finde, wir sollten Kim und Tobias noch nicht endgültig aus den Augen verlieren. Nicht immer ist ein Motiv gleich auf den ersten Blick offensichtlich.«

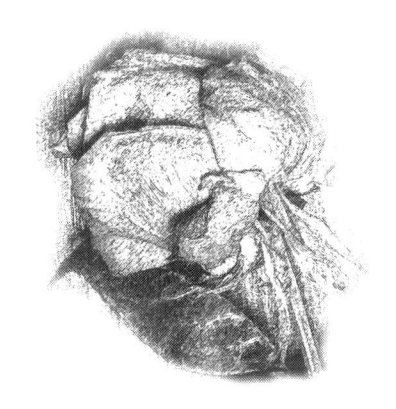

KAPITEL 8

Er betrat die Werkstatt um kurz nach neun am Morgen. Auf einer der drei Hebebühnen stand der Ford Mustang vom Vortag. Er musste noch die Bremsbeläge tauschen, ansonsten war er fertig. Die andere Bühne war noch leer, was für diese Uhrzeit eher ungewöhnlich war. Er stellte die mitgebrachte Flasche Cola und die Brötchentüte auf einem der Werkzeugwagen ab.

»Morgen, Alter! Ganz schön spät dran.« Mike Soller kam auf ihn zu und reichte ihm die Hand. »Wo warst du so lange? Wenn der Alte mitkriegt, dass du schon wieder spät dran bist, macht er wieder Terror. Der will, dass die Corvette hinten auf dem Hof auf jeden Fall heute fertig wird.«

»Dann fang schon mal an. Ich mach den da noch eben fertig.« Er deutete auf den Ford. »Und dann schau´n wir uns das Ding mal an. Übrigens war ich gerade beim Alten.«

»Was wolltest du denn von dem? Sonst gehst du ihm doch eher aus dem Weg.« Er fuhr sich mit der Hand über das stoppelkurz rasierte Haar.

»Ich hab gekündigt.«

»Nee, nicht wahr. Du verarschst mich!«

Er schüttelte den Kopf. »Ne, ich hab hingeschmissen. In den Sack gehauen. Der Alte kann mich in Zukunft kreuzweise.«

»Du bist vielleicht ein Arschloch. Damals warst du ziemlich happy, dass ich dir diesen Job hier besorgt habe. Und jetzt haust du einfach ab und lässt mich hier sitzen.«

»Mal sehen, wenn´s gut läuft, hol ich dich hinterher. Aber lass mich das erst mal abwarten. Der Job hier ist ja ganz gut bezahlt. Sei froh, dass du ihn hast.«

»Ja, stimmt schon. Und was machst du dann?«

»Ich bin ab sofort mein eigener Herr.«

»Haste etwa ne eigene Werkstatt übernommen?«

»Einen Schrottplatz. Ziemlich lukratives Geschäft. Glauben die wenigsten, ist aber so.«

Soller sah ihn zweifelnd an. »Und woher haste die Kohle? Ist doch bestimmt nicht billig, bei so was einzusteigen.«

Er lächelte und betrachtete die auf seinen Handrücken tätowierte Spinne. »Sagen wir mal, ich habe ein paar Leuten den einen oder anderen Gefallen getan und sie haben sich dafür revanchiert.«

»Wow.« Er nickte anerkennend. »Solche Leute möchte ich auch mal kennen.«

»Wie gesagt, wenn´s gut läuft, bist du dabei. Wenn du willst.«

»Klar will ich, aber jetzt kümmere ich mich mal um den Ford da oben.«

Er wollte gerade gehen, drehte sich aber noch einmal zu Soller um. »Übrigens hab ich was gefunden. Komm mal mit.« Er lotste seinen Kollegen in den kleinen Nebenraum, in dem sich neben zwei Duschen auch Spinde für Kleidung und Wertgegenstände der Werkstattmitarbeiter befanden. Er ging zu einer der rot lackierten Metalltüren, kramte einen Schlüssel aus der Brusttasche seiner schwarzen Latzhose und öffnete den Schrank. Nachdem er sich vergewissert hatte, dass niemand in der Nähe war, zog er etwas heraus und reichte es seinem Kollegen.

Dieser faltete das kleine Stückchen Spitzenstoff auseinander und betrachtete den weinroten String-Tanga mit aufgerissenen Augen. »Scheiße, woher hast du das? Und sag mir nicht, dass du das Ding aus einem Kundenfahrzeug geklaut hast.«

»Viel besser.« Sein Grinsen wurde so breit, dass es Soller beinahe unheimlich war.

»Nun red schon. Woher hast du das? Muss ja ein ziemliches Püppchen sein. Größe 34. Mann, du hast es echt faustdick hinter den Ohren. Also, woher?«

»Ich war gestern Abend noch auf Tour und hab mir ne kleine Trophäe mitgebracht.«

»Auf Tour? Du meinst, du warst im Puff?«

Er lächelte, knüllte den Stoff in seiner Hand zusammen, drückte ihn gegen sein Gesicht und atmete tief durch die Nase ein. Doch bevor er etwas erwidern konnte, wurde er von einer Bewegung draußen auf dem Werkstatthof abgelenkt, wo gerade ein silberner Audi auf einen der für Kunden reservierten Stellplätze rollte.

Während er beobachtete, wie der Wagen anhielt und die beiden Vordertüren von innen geöffnet wurden, ließ er seine Trophäe beiläufig in der Hosentasche verschwinden. »Hui, wer kommt denn da? Nicht schlecht, oder?«

»Ja, ziemlich niedlich. Also, reiß dich zusammen und benimm dich!« Soller schlug ihm kumpelhaft auf die Schulter, während der Fahrer des Wagens, ein Mann, den er auf maximal Anfang vierzig schätzte, und dessen Beifahrerin direkt auf sie zusteuerten. Die Frau trug eine eng anliegende, olivgrüne Stoffhose und eine weiße Jacke. Ihr blondes Haar fiel offen über die Schultern. Schon von weitem wirkte sie auf ihn äußerst anziehend. Obwohl er noch nicht gearbeitet hatte, wischte er sich die Hände an seiner Arbeitshose ab.

Als die beiden das Werkstatttor erreicht hatten, machte er einen Schritt auf sie zu. Die beiden grüßten und der Mann stellte sich mit Karrenberg vor, den Namen seiner Begleitung behielt er für sich. Vermutlich handelte es sich um seine Frau.

»Ist Hanno da? Wir wollen meinen Wagen abholen. Den Volvo da drüben.«

»Der Chef ist im Büro. Das ist da drüben.« Er deutete mit dem Zeigefinger in Richtung einer kleinen Baracke.

»Danke«, sagte die Frau und schenkte ihm ein Lächeln, dass ihm beinahe schwindelig wurde. Und als die beiden in Richtung der Ausstellungsräume davongingen, sah er ihr hinterher und fragte sich, warum er nie das Glück gehabt hatte, bei einer so scharfen Braut zu landen, ohne dafür ein halbes Vermögen hinblättern zu müssen.

»Glotz ihr nicht so auf den Arsch!«, riss Soller ihn aus seinen Gedanken. »So wie du sie anstarrst, spürt sie das selbst von hinten.«

»Schon gut«, sagte er und mit einem letzten wehmütigen Blick auf die Frau, die in diesem Moment durch die Bürotür verschwand, wandte er sich ab. »Dann lass uns anfangen, ich will heute früher Schluss machen.«

*

Wenige Minuten später verließen Karre und Viktoria das Werkstattbüro von Hanno Gerber. Karre reichte ihr den Schlüssel des Audi. »Wir fahren am Präsidium vorbei, stellen meinen Wagen ab und dann statten wir Familie Redmann einen Besuch ab. Was meinst du?«

Viktoria nickte und nahm den Schlüssel entgegen, während sie den Typ in der Werkstatt musterte, der sie nicht aus den Augen gelassen hatte, seitdem sie aus dem Büro ins Freie getreten waren. »Ist gebongt. Aber vorher brauche ich einen Kaffee.«

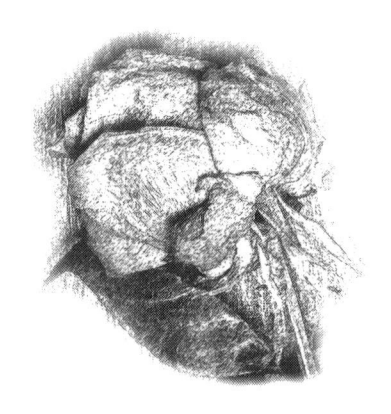

KAPITEL 9

Als Karre und Viktoria wenig später das Gemeinschaftsbüro des K3 im Polizeipräsidium an der Büscherstraße betraten, erwartete sie bereits eine aufgeregt winkende Corinna Müller. »Gut, dass Sie kommen. Sie werden schon gesucht«, begann die Assistentin des K3-Teams, ohne auch nur eine Sekunde an überflüssige Begrüßungsfloskeln zu verschwenden. Eine Tatsache, die dem Nesthäkchen des Teams überhaupt nicht ähnlichsah.

»Himmel, wo brennt´s denn? Jetzt trinken wir erst mal Ihren weltbesten Kaffee und Sie erzählen mir in Ruhe, was eigentlich los ist«, versuchte Karre vergeblich, sie zu beruhigen. Sein Blick fiel auf seinen Kaffeebecher, der auf Corinnas Schreibtisch stand. Normalerweise füllte sie diese für ihn jeden Morgen mit rabenschwarzem Kaffee, bei dem es sich seiner Meinung nach um den besten der Welt handelte. Mindestens. Heute jedoch schob sie die leere Tasse mit einer unauffälligen Handbewegung beiseite.

»Es tut mir leid, aber ich glaube, dafür haben wir keine Zeit«, sagte sie und deutete mit einer knappen Kopfbewegung hinaus auf den Flur, um mit gesenkter Stimme fortzufahren: »Kriminalrat Schumacher möchte Sie sprechen.«

»Schumacher? Und das kann nicht bis nach dem Kaffee warten?« Karre konnte sich Schumachers Auftritt lebhaft vorstellen. Denn wenn dieser etwas loswerden wollte, wirkte der ohnehin nicht gerade für seine ruhige und besonnene Art bekannte Vorgesetzte noch fahriger und ungehaltener.

»Hat er Sie angeschrien?«, fragte er Corinna. Es wäre nichts das erste Mal gewesen, dass Schumacher seinen Unmut über das Nichtantreffen seiner Mitarbeiter an der jungen Assistentin ausgelassen hätte.

Sie schüttelte den Kopf. »Nein.«

»Dann ist es auch nichts Dramatisches.«

»Aber er wirkte ziemlich nervös. Er scheint schon ein wichtiges Anliegen zu haben.«

»Dann gehe ich mal in die Höhle des Löwen und sehe nach, was ihm fehlt.«

»Lassen Sie sich nicht fressen.«

»Keine Sorge.« Er verließ den Raum und folgte dem mit grauem Linoleum ausgelegten Gang. Trotz seines Alters und den seit Jahren notwendigen und immer wieder verschobenen Renovierungsarbeiten hatte sich das Gebäude einen ganz besonderen Charme erhalten. Und nachdem Karre sich an die eine oder andere Unzulänglichkeit des alten Bauwerkes gewöhnt hatte, fühlte er sich hier eigentlich ganz wohl. Er nahm den Weg durch das Treppenhaus in die dritte Etage, folgte einem weiteren dunklen, leicht muffig riechenden Flur und blieb vor einer dunkelbraunen Holztür stehen. Auf einem an der Wand montierten Kunststoffschild stand in schwarzen Buchstaben:

W. SCHUMACHER
KRIMINALRAT

Und es schien, als habe eben dieser wie ein Bluthund hinter der Türe gelauert, denn noch bevor Karre die Hand zum Anklopfen erhoben hatte, bellte eine Stimme von innen: »Kommen Sie rein!«

Karre drückte die messingfarbene Klinke herunter, öffnete die Tür und betrat Schumachers Büro. Dieser saß nicht hinter seinem Schreibtisch, sondern lief unentwegt vor selbigem auf und ab. Jedes Mal, wenn er sich auf Höhe der Tischmitte befand, gaben die unter dem Linoleum liegenden Holzdielen ein ächzendes Geräusch von sich. Karre musste schmunzeln, als er sah, dass Schumacher bei dem Geräusch jedes Mal aufs Neue zusammenzuckte.

»Gut, dass Sie da sind«, sagte er, unterbrach seinen Morgenspaziergang und ließ sich in seinen ledernen Schreibtischstuhl fallen. »Gut, dass Sie da sind«, wiederholte er. »Nehmen Sie Platz.« Er deutete auf einen der beiden vor seinem Schreibtisch stehenden Stühle. »Es gibt zwei wichtige Angelegenheiten, über die wir uns unterhalten müssen.«

Karre setzte sich und sah ihn erwartungsvoll an.

»Wie laufen die Ermittlungen hinsichtlich des Doppelmordes? Schlimm genug, dass so etwas überhaupt passiert. Es ist eine Schande. Zwei junge Menschen kaltblütig erschossen. In unserer Stadt. Also, wie weit sind Sie?«

»Die Kollegen der Schutzpolizei haben die Nachbarn des Paares befragt. Niemand hat in der Tatnacht etwas gesehen oder gehört. Wir haben mit den Angehörigen gesprochen, allerdings scheint es sowohl im Umfeld von Tobias Weishaupt als auch bei Kim Seibold keine Ansatzpunkte für uns zu geben.«

»Was soll das heißen?«

»Das heißt, dass wir im Augenblick keinen Hinweis auf ein mögliches Motiv haben. Darüber hinaus wissen Sie selbst, wie es derzeit um unsere personelle Situation bestellt ist. Wir können nur sehr punktuell agieren, dementsprechend langsam geht es voran.«

»Sie sind also noch keinen Schritt weitergekommen. Nun gut, warten wir die nächsten Tage ab. Aber Ihnen muss klar sein, dass von uns in einem solchen Fall Resultate erwartet werden. Ich habe keine Lust auf eine Schlammschlacht mit der Presse. Also, geben Sie sich Mühe.«

»Natürlich«, erwiderte Karre tonlos und wollte sich schon von seinem Stuhl erheben, als Schumacher ihm mit einem kurzen Kopfschütteln signalisierte, sitzen zu bleiben.

»Und ich verstehe, dass Sie auf Ihre knappe Personalsituation anspielen. An dieser kann ich derzeit allerdings nichts ändern. So gern ich das täte. Das können Sie mir glauben.«

Karre wusste, dass Schumacher nicht besonders viel davon hielt, dass Willi Hellmann Karre eigenmächtig zu seinem Interimsvertreter bestimmt hatte, weil er selbst aus gesundheitlichen Gründen vorübergehend kürzertreten wollte. Dass Karre aufgrund des Herzanfalls von Hellmann nur wenige Tage später tatsächlich zum Leiter des Ermittlerteams geworden war, hatte Schumacher offenkundig missfallen. Allerdings war er auch davor zurückgeschreckt, seine Hellmann gegenüber gemachte Zusage zu widerrufen. Wenn auch nur aus Mangel an Alternativen, dachte Karre und wurde noch im selben Augenblick in seiner Vermutung bestätigt.

»Karrenberg, ich halte Sie für einen durchaus kompetenten Ermittler. Ich habe aber auch nie einen Hehl daraus gemacht, dass ich Sie in Ihrer derzeitigen Verfassung nicht in der Position eines Dezernatsleiters sehe. Wir alle haben Verständnis für Ihre Situation und bedauern diese Sache mit Ihrer Frau ...«

Exfrau, dachte Karre. *Langsam solltest du es begriffen haben.*

»... und Ihrer Tochter. Aber ich kann dieses Thema auch nicht ignorieren.«

»Sie wissen, dass ich mich nie um diesen Posten gerissen habe. Es steht Ihnen also vollkommen frei, jemand anderen zu benennen. Ich werde mich nicht querstellen.«

Schumachers Augen verengten sich zu Schlitzen und auf seiner Stirn bildeten sich tiefe Falten. »Und Sie wissen mindestens genauso gut, dass ich keine Alternative hatte.«

Natürlich kannte Karre die nun folgende Argumentation, aber er verkniff es sich, etwas dazu zu sagen.

»Sie wissen, dass ich den Kollegen Bonhoff – und ich wiederhole noch einmal, bei allem Respekt für Ihre Fähigkeiten – für die geeignetere Führungspersönlichkeit halte. Aber wir beide wissen auch, dass er im Moment vollkommen neben sich steht. Sie machen sich beide große Sorgen um Ihre Kinder, aber er scheint anders damit umzugehen als Sie. Das muss ich zugeben. Er ist im Augenblick nicht er selbst und das Letzte, was ich in dieser verzwickten Lage gebrauchen kann, ist eine für Mitarbeiter und Ermittlungen verantwortliche Führungskraft, die mit ihrem Kopf unter dem Arm herumläuft.

Kollege Gökhan wird in Kürze zum ersten Mal Vater und wird mit seinen Gedanken auch woanders sein. Von Urlaub oder einer möglichen Elternzeit ganz zu schweigen. Und außerdem müsste er vorher befördert werden. Er ist ja nur Kommissar.«

Das war der wahre Grund, warum er in Schumachers Plänen nicht vorkam. Karre schmunzelte in sich hinein. Ein Hoch auf die Bürokratie.

»Und Frau von Fürstenfeld? Ich meine, sie ist auch nur Kommissarin, aber …«

»Die ist zu jung!«, blaffte Schumacher und stütze seinen Kopf in die Handflächen.

Wahrscheinlich bekommt er Migräne und meldet sich für den Rest des Tages krank, dachte Karre, der Ähnliches mehr als einmal bei Schumacher erlebt hatte.

»Und was noch?«

»Wie bitte?« Schumacher blickte auf und Karre sah die zahlreichen roten Äderchen in dessen Augen.

»Sie wollten mit mir über zwei Dinge reden. Ich nehme an, der aktuelle Fall und unsere Personalsituation waren das Eine. Was ist das Andere?«

»Ach ja, das hatte ich ja fast vergessen«, seufzte er und fuhr mit gequälter Stimme fort: »Ich denke, das wird Sie besonders begeistern.« Er lehnte sich in seinem Stuhl zurück und schloss die Augen.

Karre dachte schon, Schumacher sei auf seinem Stuhl eingeschlafen, da öffnete dieser plötzlich die Augen und begann weiterzusprechen. »Sie müssen umziehen«, sagte er und vermied es dabei, Karre direkt in die Augen zu sehen.

»Wer muss umziehen? Und wohin?«

Schumacher seufzte schwer, so als rechnete er damit, dass die nachfolgenden Worte ihm körperliche Schmerzen bereiten würden. »Ihr Team zieht um. Wie Sie wissen, ist das große Thema unseres werten Polizeipräsidenten die Bekämpfung der Organisierten Kriminalität.«

Karre nickte. Er hatte die Reden des noch nicht lange im Amt befindlichen Polizeipräsidenten noch gut im Ohr. Schon bei seiner Antrittsrede, aber auch bei jeder sich später bietenden Gelegenheit, hatte er betont, dass er sich mit aller Kraft gegen die in Essen und in den umliegenden Ruhrgebietsstädten zu einem immer größeren Problem werdende Bandenkriminalität einsetzen werde. Alle ihm zur Verfügung stehenden Mittel, hatte er gesagt, werde er zum Erreichen dieses Ziels einsetzen. Schon damals hatte Karre sich gefragt, was dies für die anderen Bereiche der Polizeiarbeit bedeuten würde. Nun schien seine Frage beantwortet zu werden.

»Demzufolge«, fuhr Schumacher fort, »erhalten die Kollegen von der OK derzeit jede erdenkliche Unterstützung.«

»Ich nehme an, eine solche Zusage betrifft auch die personelle Ausstattung«, stellte Karre fest. Er konnte sich bereits denken, worauf dieses Gespräch hinauslief.

Schumacher nickte und sein Gesichtsausdruck wirkte zunehmend gequälter. »Ganz recht. Die OK bekommt Unterstützung von mehreren neuen Kollegen. Und bevor Sie fragen: Ja, ich habe sehr wohl versucht, auch für Ihr Team Verstärkung zu bekommen, aber momentan ...«

»... erhalten die Kollegen der OK jede erdenkliche Unterstützung«, wiederholte Karre.

»Ja, wie gesagt.«

»Und aus diesem Grund, haben Sie gedacht ...«

»Stop!« Schumacher machte eine abwehrende Handbewegung. Von einer Sekunde zur anderen schien jegliche Lethargie, die seinen Körper während des bisherigen Gesprächsverlaufes gelähmt hatte, verflogen zu sein. »Nicht ich habe gedacht, sondern unser Polizeipräsident persönlich hat diese Bitte an mich herangetragen. Und da konnte ich ja kaum ablehnen. Genaugenommen war es auch keine Bitte, sondern eine Anweisung.«

»Gut. Oder auch nicht.« Karre, der wusste, dass es keinen Sinn hatte, an dieser Stelle weiter zu diskutieren, gab sich geschlagen. »Wohin ziehen wir also? In die Zweite oder Dritte?«

»Weder noch.« Schumacher griff nach einem auf seinem Tisch liegenden, akkurat gespitzten Bleistift und klammerte sich an diesem fest, als wäre er der sprichwörtliche letzte Strohhalm. »Sie ziehen in die alte Polizeischule an der Norbertstraße.«

In der darauffolgenden Stille hätte man eine Stecknadel fallen hören können. Die beiden Männer sahen sich an. Karre musterte sein Gegenüber so eindringlich, dass dieser schließlich nachgab und seinen Blick wieder auf den Bleistift richtete. Dann begann der Kriminalrat, große und kleine Kreise auf ein Blatt Papier zu malen. Das Kratzen der bleiernen Miene auf dem weißen Papier schien während der Phase anhaltenden Schweigens zu dröhnen, wie ein herannahender Düsenjet.

»Nee, ne? Das ist jetzt nicht Ihr Ernst.« Mehr sagte Karre nicht. Doch es reichte, um die im Hauptkommissar aufkeimende Wut zum Ausdruck zu bringen.

»Es tut mir leid.«

»Sie wissen doch ganz genau, in welchem Zustand sich dieses Gebäude befindet. Es ist durch und durch marode. Eigentlich hilft da nur noch eine Abrissbirne. Ich kann nicht glauben, dass Sie uns in dieses Dreckloch abschieben wollen.«

»Von wollen kann gar keine Rede sein. Aber die Angelegenheit ist, wie unsere Bundeskanzlerin zu sagen pflegt, alternativlos. Außerdem sollen die Räumlichkeiten ja saniert werden.«

»Ja, seit ungefähr zehn Jahren. Und vielleicht werden sie das eines Tages tatsächlich. Das heißt, wenn uns vorher nicht buchstäblich die Decke auf den Kopf gefallen ist. Sie glauben doch nicht ernsthaft, dass sich dort in den nächsten Jahren etwas tut?«

»Was ich glaube, ist vollkommen irrelevant. Tatsache ist, dass die Kollegen der OK ...«

»Warum ziehen denn die Kollegen nicht dort ein? Immerhin scheinen sie ja zunehmend größeren Platzbedarf zu haben. Und wenn sie ihre Zelte dort aufschlagen, können sie problemlos noch mehrere hundert Leute einstellen.«

»Bitte unterlassen Sie die Polemik. Ich kann ja verstehen, dass Sie nicht gerade begeistert sind. Aber ich kann in dieser Angelegenheit wirklich nichts für Sie tun. Befehl von oben, sozusagen.«

Karre, den es nicht mehr auf seinem Stuhl hielt, war schon auf dem Weg zur Tür, als er sich noch einmal umdrehte. »Ganz abgesehen davon, dass es eine Zumutung ist, in diesen Räumen arbeiten zu müssen, haben wir im Moment weiß Gott nicht die Kapazitäten, uns auch noch um einen Umzug zu kümmern.«

»Vielleicht kann Frau Müller Sie ja unterstützen. Sie zieht zwar nicht mit Ihnen um, aber ...«

»Wie bitte?« Karre schrie mehr, als dass er sprach. »Das soll wohl ein Witz sein! Und wann hatten Sie vor, mich darüber zu informieren?«

»Wenn Sie nicht aufgesprungen wären, wie ein HB-Männchen, hätte ich es Ihnen schon noch mitgeteilt. Frau Müller wird bis auf weiteres als Assistentin für die neuen Kollegen der OK fungieren. Aber sobald es eine andere Möglichkeit gibt, werde ich mich dafür einsetzen, dass Frau Müller Ihnen wieder zur Verfügung steht. Sie haben mein Wort.«

»Vielen Dank! Das können Sie ihr aber persönlich mitteilen. Ich schicke sie gleich zu Ihnen rauf.« Er griff nach der Türklinke. »Und wann soll dieser Umzug stattfinden?«

»Nun, ich würde es sehr begrüßen, wenn Sie im Laufe dieser Woche …« Weiter kam er nicht. Das Letzte was er hörte, war das Zuknallen seiner Bürotür.

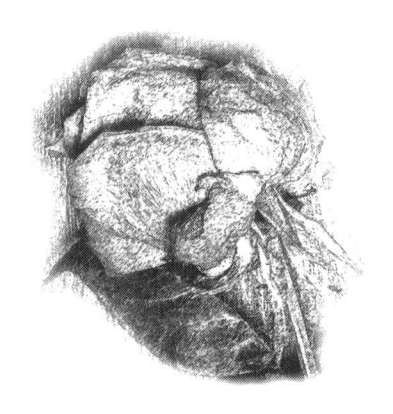

KAPITEL 10

Das kleine Einfamilienhaus zeigte sichtbare Spuren jahrelanger Vernachlässigung. Die ehemals weiße Putzfassade tarnte sich in dezentem Schmutzgrau. In dem kleinen Vorgarten wucherten Disteln, Löwenzahn, Brennnesseln und auch zwischen den Gehwegplatten grünte es beachtlich. Stufen aus dunklem Naturstein führten zu einer Haustür mit silberfarbenem Rahmen und Drahtglasfüllung, wie sie in den 80er-Jahren des letzten Jahrtausends häufig verbaut worden waren.

Karre, dessen Wut über das Gespräch mit Schumacher sich noch immer nicht gelegt hatte, der es aber bisher vermieden hatte, seine Kollegen mit der Hiobsbotschaft zu belasten, hatte dreimal klingeln müssen, bis sich im

Inneren des Hauses schließlich die Silhouette einer menschlichen Gestalt auf die Tür zubewegte.

Die Frau, die ihnen öffnete, trug einen Hausanzug aus schwarzem Frottee. Karre schätze sie auf Mitte fünfzig, wenngleich sie aufgrund der tiefen Falten in ihrem Gesicht deutlich älter wirkte. Ihre braunen, von grauen Strähnen durchzogenen Haare hatte sie irgendwann einmal zu einem modischen Kurzhaarschnitt frisieren lassen, der in den Monaten nach dem letzten Friseurbesuch allerdings gründlich seiner ursprünglichen Form entwachsen war. Eingesunkene, glanzlose Augen musterten erst ihn, dann Viktoria.

»Ja?«, fragte sie schließlich. »Ich kaufe nichts. Und spenden werde ich auch nicht.«

»Monika Redmann?«, fragte Karre.

Sie nickte, ohne etwas zu erwidern.

Karre stellte zuerst Viktoria, anschließend sich selbst vor.

»Polizei? Was wollen Sie?«

»Dürfen wir kurz reinkommen? Wir haben nur ein paar Fragen. Es geht um Ihren Sohn.«

»Um Martin? Oh Gott, es ist doch nichts passiert? Hatte er einen Unfall?«

Karre schüttelte den Kopf. »Nein, es ist alles in Ordnung. Wie gesagt, wir haben nur ein paar Fragen. Es geht um seine Wohnung.«

»Was ist denn damit?«

»Dürfen wir?« Karre deutete ins Innere des Hauses.

Frau Redmann trat zur Seite. »Bitte, kommen Sie.«

Sie folgten ihr durch die Diele ins Wohnzimmer. Im Gegensatz zum äußeren Erscheinungsbild des Hauses herrschte hier penible Ordnung. Karres Blick streifte gerahmte Familienfotos an der Wand über einem Sideboard aus dunkler Eiche. Frau Redmann dirigierte sie an einen runden Esstisch.

»Bitte, nehmen Sie Platz.«

Viktoria setzte sich, während Karre aus dem Fenster hinaus in den Garten blickte. Auch hier hatte unerwünschte Begleitvegetation das Sagen. »Viel Arbeit, so ein Garten, oder?«, fragte er, ohne sich umzudrehen.

»Viel zu viel. Seit Oliver nicht mehr ist, schaffe ich das überhaupt nicht mehr. Eigentlich müsste ich einen Gärtner kommen lassen, aber vielleicht wissen Sie ja, wie das ist. Mit dem man *müsste mal*.«

Karre nickte verständnisvoll. Es tat ihm leid, wenn sie mit ihrem Besuch alte Wunden aufrissen.

»Ihr Mann ist verstorben?«, fragte Viktoria, überrascht von der plötzlichen Offenheit Monika Redmanns.

»Für tot erklärt, wie es im Beamtendeutsch heißt. Er ist verschwunden. Vor knapp drei Jahren.«

»Das tut uns leid.«

Karre wandte sich vom Garten ab und sah sich im Wohnzimmer um. Der Anblick einer Flasche Asbach auf dem Couchtisch nebst einem Glas aus schwer anmutendem Kristall bestätigte, was ihm seine Nase bereits an der Haustür souffliert hatte. Und mit einem Mal spürte er die Traurigkeit, die den Raum erfüllte und allmählich Besitz von ihm ergriff. Leere und Einsamkeit, wie er sie nur allzu gut aus seiner eigenen Wohnung kannte.

»Sie sagten, Sie wären wegen der Wohnung meines Sohnes gekommen?«

Monika Redmanns Frage holte ihn aus seinen Gedanken zurück ins Hier und Jetzt.

»Was ist damit?«, fuhr sie fort. »Gibt es ein Problem? Und warum fragen sie ihn nicht selbst?«

»Wissen Sie, wo er sich derzeit aufhält?«

»Im Augenblick nicht, aber er ist ziemlich überstürzt in sein altes Zimmer gezogen. Jedenfalls übernachtet er dort seit ein paar Tagen. Tagsüber ist er allerdings meistens unterwegs. Ehrlich gesagt hat mich das gewundert, denn er schien mit der Wohnung eigentlich ganz glücklich zu sein.«

»Haben Sie ihn nicht gefragt, was der Grund für seine plötzliche Rückkehr war?«

»Natürlich habe ich das. Er hat gesagt, er hätte seine Wohnung für einige Nächte einem befreundeten Paar überlassen.« Der Ansatz eines Lächelns huschte über ihr Gesicht, verflüchtigte sich aber gleich wieder. »War das gelogen?«

»Nicht so ganz.« Karre musterte sie, bevor er weitersprach. Ihr Gesicht hatte weiter an Farbe verloren. Die zunehmende Sorge um ihren Sohn hatte es in eine graue Maske verwandelt. »Tatsächlich hat er die Wohnung einem jungen Paar überlassen.«

Monika Redmann sah ihn fragend an. »Wo ist dann das Problem«, las Karre in ihren Augen.

»Warum reden Sie so lange um den heißen Brei?«

»Ihr Sohn hat den beiden die Wohnung nicht nur für ein paar Tage überlassen. Sie sind seine Nachmieter.«

Monika Redmanns Gesichtsausdruck wechselte von besorgt zu verständnislos. »Nachmieter? Das heißt, er hat die Wohnung gekündigt? Er hat mir gar nichts davon erzählt, dass er eine andere hat.«

»Sie sagten, ihr Sohn schläft in seinem alten Zimmer, wenn er bei Ihnen übernachtet?«, fragte Viktoria.

»Ja. Er hat damals außer seiner Kleidung nicht viel mitgenommen. Das Meiste ist noch hier.«

»Dürfen wir uns sein Zimmer eventuell einmal ansehen?«

»Wenn Sie mir vorher verraten, warum Sie sich so für sein Zimmer und seine Wohnung interessieren.«

»In der Wohnung, in der Ihr Sohn bis vor kurzem gewohnt hat, ist ein Verbrechen verübt worden. Wir gehen nicht davon aus, dass Ihr Sohn etwas damit zu tun hat, aber wir haben in diesem Zusammenhang ein paar Fragen an ihn. Vielleicht kann er uns helfen, einige Dinge zu klären. Insbesondere, warum er scheinbar Hals über Kopf ausgezogen ist. Jedenfalls hat uns das sein ehemaliger Vermieter erzählt und bisher deckt sich diese Aussage durchaus mit Ihren Schilderungen. Aber ehrlich gesagt, würde ich gerne seine Version der Geschichte hören.«

»Also gut.« Monika Redmann erhob sich umständlich von ihrem Stuhl. »Kommen Sie. Martins Zimmer ist oben.«

*

»Macht es Ihnen etwas aus, wenn ich Sie für einen Augenblick alleine lasse?«, fragte Monika Redmann. »Ich muss kurz etwas erledigen.«

»Kein Problem. Wir bringen nichts durcheinander. Versprochen.« Viktoria sah Karre überrascht an. Normalerweise mussten Sie regelrecht darum kämpfen, sich ohne einen vorliegenden Durchsuchungsbeschluss unbeobachtet in einem Raum umsehen zu dürfen.

Monika Redmann verließ das Zimmer ihres Sohnes und die beiden Ermittler hörten, wie sie die Treppe ins Erdgeschoss hinunterging. »Was glaubst du, was sie tut?«, fragte Viktoria. »Etwas trinken?«

»Es ist dir also auch aufgefallen?«

»Die Flasche und ihre Fahne? Klar.«

»Vielleicht ruft sie auch ihren Sohn an. Komm, sehen wir uns mal um.«

Es war offensichtlich, dass das Zimmer von Martin Redmann zuletzt bewohnt worden war, wie das zerwühlte Bett zweifelsfrei belegte. Darüber hinaus erschien die

Einrichtung den beiden Ermittlern in keiner Weise ungewöhnlich. Eine Schrankwand aus schwarzem Holz mit integriertem Schreibtisch. Auf einem Lowboard thronte ein kleiner Flachbildfernseher, während hinter getönten Glastüren eine dem Musikstreaming-Zeitalter zum Opfer gefallene Stereoanlage mit Kassettendeck und integriertem Plattenteller darauf wartete, noch einmal aus ihrem Dornröschenschlaf erweckt zu werden. Über dem Bett hing ein gerahmtes Filmplakat. *War Games.*

Viktoria blieb vor einem Bücherregal stehen. »Martin scheint ein Computerfreak zu sein. Das sind fast alles Fachbücher. Sie zog ein willkürliches Exemplar heraus. *Network Hacking.*

»Spannend.« Sie blätterte flüchtig durch die Seiten. »Glaubst du, das könnte eine Spur sein? Vielleicht hat er sich irgendwo eingemischt und sich damit die Finger verbrannt?«

»Du meinst, er ist ausgezogen, weil ihm jemand zu sehr auf die Pelle gerückt ist?«

»Könnte doch sein, dass er jemandem auf die Füße getreten ist?« Sie zog etwas aus dem Buch.

»Was ist das?«

»Nur ein Foto.«

Er trat neben seine Kollegin und betrachtete den Bildabzug, den sie in den Händen hielt. Er zeigte einen jungen Mann mit Anzug und Krawatte. Karre schätzte ihn auf Mitte bis Ende zwanzig, vielleicht Anfang dreißig. Die attraktive Blondine in seinem Arm erschien ihm deutlich jünger. Im Hintergrund ragte der Eiffelturm in einen strahlend blauen Pariser Himmel.

»Die beiden sehen glücklich aus«, bemerkte Viktoria.

»Ich weiß, wer das ist.«

Viktoria sah ihn fragend an. »Das ist nicht Frau Redmann, oder?«

»Nein, vermutlich nicht.«
»Wer denn dann?«
»Wer die Frau ist, weiß ich nicht. Aber ich kann dir sagen, wer er ist.«

*

»Woher haben Sie das?« Monika Redmann hatte sich vor ihnen aufgebaut. Ihre Lippen bebten vor Wut und Karre bemerkte die aufsteigenden Tränen, die sie mit Mühe unterdrückte.

»Ich habe es im Zimmer Ihres Sohnes gefunden. Es steckte in einem …«

»Geben Sie das her. Sofort.« Monika Redmann streckte ihre zitternde Hand nach dem Bild aus.

Viktoria überreichte es ihr.

»Sie wollen uns also nicht sagen, was es damit auf sich hat?«, versuchte Karre es noch einmal.

»Nein. Das geht Sie nichts an.« Sie zog eine Schublade der hinter ihr stehenden Kommode auf und schob das Foto hinein. »Sind wir dann fertig?«

»Ja, wir wollten sowieso gerade gehen.« Karre zog eine Visitenkarte aus der Innentasche seiner Jacke. »Können Sie Ihrem Sohn bitte ausrichten, dass wir ihn dringend sprechen müssen? Am besten, er kommt morgen Vormittag zu uns ins Präsidium. Die Adresse steht auf der Karte.«

»Und wenn er nicht kommt?« Frau Redmann klang nun wieder so abweisend wie zu Beginn ihres Gespräches.

»Dann werden wir ihn offiziell vorladen müssen.«

»Und notfalls auch abholen lassen«, ergänzte Karre die Antwort seiner Kollegin.

»Ich werde es ihm ausrichten.« Sie legte die Visitenkarte auf der Kommode ab. »Auf Wiedersehen.«

»Auf Wiedersehen.« Bevor er die Tür hinter sich ins Schloss zog, drehte Karre sich noch einmal um. »Frau Redmann, wann haben Sie und Ihr Mann eigentlich geheiratet?«

Sie musterte ihn mit zusammengekniffenen, beinahe feindselig funkelnden Augen. »Ich möchte, dass Sie jetzt gehen. Sofort.«

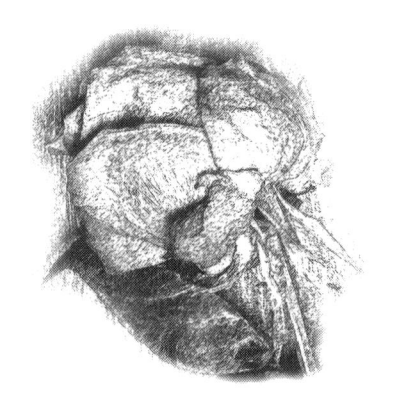

KAPITEL 11

»Im Grunde genommen kann ich nicht viel Neues berichten.« Grass lehnte mit dem Rücken an einem der Metalltische des Autopsieraumes und musterte das Gesicht der Kommissarin, auf dem er einen Anflug leichter Enttäuschung zu erkennen glaubte. »In beiden Fällen haben sich meine vorläufigen Annahmen bestätigt. Die tödlichen Verletzungen wurden durch einen relativen Nahschuss verursacht, die Projektile stammen aus einer Faustfeuerwaffe. Mehr kann ich dir dazu nicht sagen. Ich weiß nicht, was Talkötter eventuell daraus machen kann, ohne die Patronenhülsen zu kennen.« Der Rechtsmediziner zuckte in einer bedauernden Geste mit den Achseln.

»Kannst du mit Sicherheit sagen, dass beide Kugeln aus

derselben Waffe abgefeuert wurden?«

»Sorry, aber das müsst ihr mit Jo klären. Er ist der Spezialist. Aber auf mich macht es den Anschein.«

»Das würde bedeuten, wir hätten es mit einem einzelnen Täter zu tun, der die beiden nacheinander getötet hat. Da im Wohnzimmer alles darauf hingedeutet hat, dass der Täter schon dort war, als Kim den Raum betrat, lässt das eigentlich nur den Schluss zu, dass er sie zuerst erschossen hat. Sie wäre sicher wachgeworden, wenn er ihren Freund direkt neben ihr im Bett erschossen hätte. Außerdem hätte sie versucht, zu fliehen. Und dann wäre er nicht vor ihr im Wohnzimmer gewesen, sondern ihr dorthin gefolgt.«

Grass nickte lediglich, sagte aber nichts.

»Und was ist mit dem Todeszeitpunkt? Legst du dich weiter auf 22 Uhr fest?«

»Ich habe nichts gefunden, was einen anderen Schluss zulässt. Insofern: Ja, ich bleibe dabei.«

*

Jo Talkötter stand neben Karres Schreibtisch, wippte unruhig auf den Hacken auf und ab und musterte den Hauptkommissar durch seine dicken Brillengläser. »Tut mir echt leid, aber nur anhand des Projektils kann ich den Waffentyp nicht mit Bestimmtheit identifizieren.«

Die tiefe Furche auf seiner Stirn war ein deutliches Indiz für seine Unzufriedenheit, denn der ehrgeizige Kriminaltechniker mochte es ganz und gar nicht, auf die Fragen der Ermittler keine befriedigenden Antworten geben zu können. »Zumal das Projektil mit keinem in unserer Datenbank gespeicherten übereinstimmt. Die Waffe ist also jungfräulich. Jedenfalls was Fälle betrifft, mit denen wir uns näher befasst haben. Für eine genauere Aussage zum

Waffentyp müsste ich dann schon eine Patronenhülse haben. Allerdings habe ich eine Hypothese. Das heißt, falls du dich auf dieses Spekulationsniveau herablassen willst.«

»Habe ich eine Wahl?«

»Du könntest zurück an den Tatort gehen und nach einer Hülse suchen, vielleicht hat Vierstein ja was übersehen.«

»Kann ich mir ehrlich gesagt nicht vorstellen. Seine Jungs sind mehr als gründlich. Also, was sagt dein Spürsinn?«

»Wie gesagt, es ist lediglich eine Hypothese. Unterstellen wir mal, dass der Täter die Hülsen aus der Mordwaffe nicht eingesammelt hat, sondern dass es tatsächlich keine gab.«

»Hältst du das für wahrscheinlich?«, unterbrach Karre ihn.

»Ich sagte ja, es ist nur eine Hypothese. Wir gehen vor, wie bei einer mathematischen Beweisführung.«

»Das bedeutet so viel wie …?«

»Weißt du, was ein Axiom ist?«

»Jo, bitte. Mach es nicht so kompliziert.«

»Ein Axiom …«, fuhr Talkötter unbeirrt fort, »… ist der Grundsatz einer Theorie, den wir im Rahmen unseres Beweises weder begründen noch deduktiv herleiten werden. Wir setzen ihn einfach als Prämisse voraus. Okay?«

»Mach weiter.«

»Wir sehen es als gegeben an, dass der Täter die Patronenhülsen nicht eingesammelt hat, sondern dass seine Waffe keine ausgespuckt hat.«

»Du willst darauf hinaus, dass es sich um einen Revolver handelt? Aber dann hätte jemand den Schuss …«

Mit mahnendem Blick brachte Talkötter ihn zum Schweigen. »Auch wenn du auf der richtigen Fährte bist, lass mich bitte ausreden. Unser Täter hat also einen Revolver benutzt. Vermutlich wolltest du sagen, dass ein Revolver als Tatwaffe insofern unwahrscheinlich ist, weil wir davon ausgehen müssen, dass die Schüsse relativ wenig Lärm gemacht haben.

Zum Einen habt ihr bisher niemanden aus der Nachbarschaft gefunden, der sich auch nur an einen der beiden Schüsse erinnert. Recht unwahrscheinlich, schließlich war es spät am Abend und da ist es in einem Haus im Allgemeinen recht ruhig. Zum anderen hätte der junge Mann im Bett sicher nicht seelenruhig weitergeschlafen, während seine Freundin nebenan mit einer Faustfeuerwaffe ohne Schalldämpfer erschossen wird. Das bringt mich zu meiner zweiten spekulativen, wenn auch in diesem Fall durchaus begründeten Annahme: Der Täter hat einen Schalldämpfer benutzt.«

»Einen Revolver mit Schalldämpfer? Ich dachte, das gibt es nicht.«

»Das ist der entscheidende Punkt meiner Hypothese. Bauartbedingt gibt es bei einem Revolver einen Spalt zwischen Trommel und Lauf. An dieser Stelle tritt beim Abfeuern eines Schusses der Schall aus, was einen auf den Lauf aufgeschraubten Schalldämpfer mehr oder weniger nutzlos macht. Allerdings gibt es eine Ausnahme. Zumindest nur eine, die mir bekannt ist. Wenn du einen Revolver suchst, den man sinnvoll mit einem Schalldämpfer bestücken kann, muss sich der Spalt zwischen Laufansatz und Trommel beim Abfeuern der Waffe verschließen. Der Revolver ist damit quasi gasdicht. Und so eine Waffe ist der Nagant M1895.«

»Nie gehört.«

»Die Waffe wurde in Belgien entwickelt und ab 1895 im großen Stil nach Russland verkauft. Ursprünglich diente sie als Ordonnanzwaffe des Militärs und der Polizei des

Zarenreiches, später wurde sie auch von der Roten Armee eingesetzt. Wenn du mir eine Hülse besorgst, kann ich es dir mit Gewissheit sagen. Die Waffe wird nämlich mit einer speziellen Nagant-Munition bestückt, die 1890 für diese gasdichte Waffe entwickelt wurde und eine einzigartige Form hat. Es ist ein Kaliber 7,62 x 38mm. Da es sich bei unserem Projektil grundsätzlich um ein 38er handelt, könnte es also passen. Jetzt müsst ihr nur noch rausfinden, wo ihr eine passende Patronenhülse herbekommt, die meine These bestätigt. Oder sie widerlegt.«

»Wenn´s mehr nicht ist«, erwiderte Karre mit ratlosem Blick und sah zu, wie Talkötter das Büro verließ und die Tür hinter sich ins Schloss zog.

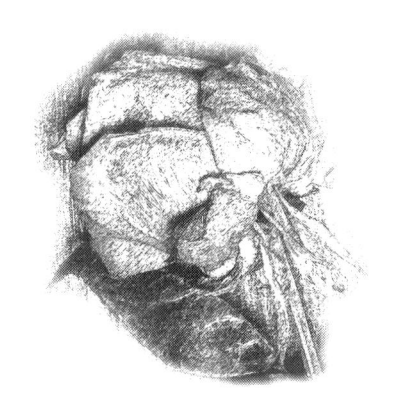

KAPITEL 12

»Das soll es also sein? Unser neues Quartier?« Viktoria sah sich in dem Raum der alten Polizeischule um, in dem das K3-Team demnächst seine Zelte aufschlagen sollte. Jedenfalls, wenn es nach Schumacher ging. Es war Dienstagmorgen und die vier Mitglieder des Ermittlerteams hatten sich zu einer Vor-Ort-Besichtigung verabredet.

Karre sah seine Kollegin an. Sie wirkte niedergeschlagen. Oder waren es doch eher Wut und Empörung, die sich in ihren Augen spiegelten? Jedenfalls war sie alles andere als glücklich, so viel stand ohne jeden Zweifel fest. Ob es nun an dem allgegenwärtigen beißenden Gestank lag, der vermutlich von den maroden, weitgehend über Putz verlegten Leitungen verursacht wurde, oder doch eher am desaströsen visuellen Eindruck, vermochte er nicht zu sagen, ging aber davon aus, dass es eine Mischung aus beidem war.

»Wahrscheinlich tropft es nur deshalb nicht durch die Decke, weil es gerade nicht regnet«, sagte Bonhoff. Sein skeptischer Blick ruhte auf dem braunschwarzen Schimmelfleck an der Zimmerdecke. Die etwa einen Quadratmeter große Fläche wölbte sich auf bemerkenswerte Art und Weise gen Erdboden.

»Wenn hier mal ein Fenster oder eine Tür knallt, kommt bestimmt der gesamte Putz runter«, ergänzte Karim mit Blick zu seinem Chef.

»Dann müsst ihr euch eben ausnahmsweise mal zusammenreißen und die Türklinken benutzen.« Er hatte es scherzhaft gemeint, aber die Rakete zündete nicht. »Hört zu Leute, ich weiß, das hier ist ganz große Scheiße und ich habe genauso wenig Bock auf dieses vermoderte Loch wie ihr. Aber Schumacher hat ziemlich deutlich gemacht, dass es beschlossene Sache ist. Zumindest vorerst werden wir diese Kröte wohl schlucken müssen.«

»Von mir aus kann er die Kröte selber fressen und daran ersticken.« Karim war ans Fenster getreten und blickte durch die gesprungene Glasscheibe hinaus auf das unter ihm liegende Vordach, aus dem ein etwa einen Meter hoher Wald junger Buchen emporwuchs. »Immerhin gibt´s ne schöne Dachbegrünung. Man muss ja auch mal das Positive sehen.«

Bonhoff sah in die Runde. »Positiv ist auch, dass sie vor ein paar Jahren Duschcontainer unten im Hof aufgestellt haben. Wegen des Legionellen-Befalls. Ja, diese alten Leitungen haben´s echt in sich.«

»Zum Kaffeekochen sollten wir das Wasser jedenfalls nicht unbedingt benutzen.«

»Immerhin kann man nach dem Sport duschen.« Karim

war neben ihn getreten und deutete hinunter auf den Hof. »In diesen blauen Boxen da unten?«

Bonhoff schüttelte den Kopf. »Nein, das ist ein mobiles Heizwerk, das vor ein paar Jahren installiert wurde, um die Räume im Winter wenigstens halbwegs warmzuhalten. Und wie die Kollegen berichten, funktioniert das immerhin so gut, dass sie bei Minustemperaturen innen keine Eisblumen mehr an den Scheiben haben.«

»Ich frage mich, warum sie dieses Ungetüm von Gebäude nicht schon längst abgerissen haben. Das wieder instand zu setzen kostet doch ein Vermögen.«

»Denkmalschutz«, erwiderte Bonhoff, der das Gebäude noch aus der Zeit seiner Ausbildung kannte. Damals, als man die Räumlichkeiten noch mit gutem Gewissen jemandem als Büro oder Ausbildungsstätte hatte anbieten können. Als das Regenwasser noch außen an der Fassade herablief und nicht innen.

Er kannte die fünf parallel nebeneinanderstehenden Gebäude, die durch einen langen Querriegel miteinander verbunden wurden, wie seine Westentasche. Aus der Luft betrachtet sah der gesamte Komplex aus wie ein überdimensionaler Kamm, umgeben von Sport- und Tennisplätzen, welche die Natur inzwischen allesamt zurückerobert hatte.

»Vielleicht gilt das mit dem Denkmalschutz dann ja auch für uns«, frotzelte Karim, in dessen Stimme eine gehörige Portion Galgenhumor mitschwang.

»Es scheint ein Parkhaus zu geben.« Viktoria tippte mit dem Finger auf einen vergilbten Wandplan, dessen Ecken sich mehr oder weniger gleichmäßig aufzurollen begannen. Sie fand, dass das Ding etwas von einer alten Schatzkarte hatte.

»Soweit ich weiß, ist es gesperrt. Früher nur die oberste Ebene, aber ich glaube, sie haben es inzwischen komplett geschlossen. Einsturzgefahr.«

»Dann können wir ja nur beten, dass der Rest dieser Anlage nicht auch irgendwann über uns zusammenbricht. Ich verstehe schon, warum der neue OK-Leiter mit seinen Leuten nicht hier einziehen will. Und ganz ehrlich: Wenn Schumacher mich gefragt hätte, würde ich unser Büro auch vorziehen. Das ist zwar auch nicht mehr so der Hit, aber verglichen mit dem hier …« Viktoria warf noch einen letzten Blick auf die verwitterten Wände und den abbröckelnden Putz, bevor sie Richtung Tür davonging.

»Ja, man weiß immer erst, wie schön etwas ist, wenn es einem plötzlich weggenommen wird.« Bonhoff wandte sich vom Fenster ab und folgte der Kollegin.

»Wir müssen halt das Beste draus machen«, versuchte Karre zu vermitteln.

»Soll ich euch noch ein bisschen rumführen? Wie gesagt, ich kenne mich hier ganz gut aus.«

»Nein danke Götz, ich habe genug gesehen«, erwiderte Viktoria im Gehen, ohne sich noch einmal umzudrehen. »Außerdem muss ich jetzt erst mal was frühstücken.«

*

Die Stimmung war gedrückt, als die Mitglieder des K3-Teams geschlossen in ihr Noch-Büro zurückkehrten. Die Räumlichkeiten ihrer zukünftigen Wirkungsstätte hatten einen nachhaltigen Eindruck hinterlassen, der bezüglich ihrer neuen Bleibe nicht gerade ein Feuerwerk der Vorfreude entfachte.

Karre öffnete die Tür und trat ein. Die anderen folgten ihm. Plötzlich blieb er wie angewurzelt stehen. An seinem Schreibtisch saß jemand. Das heißt, eigentlich lag derjenige mehr auf dem Schreibtischstuhl, als dass er saß, seine schwarzglänzenden Lederschuhe lagerten auf der Schreibtischplatte.

Als der unangemeldete Gast Karre und seine Kollegen erblickte, erhob er sich schwungvoll aus seiner Liegeposition und ging zielstrebig auf Karre zu. Er war nur wenige Zentimeter größer als der Hauptkommissar, aber sein Körperbau verhieß einen deutlich sportlicheren Lebenswandel. Das Sakko des schwarzen Anzugs spannte leicht über den breiten Schultern und unter dem engen und ebenfalls schwarzen T-Shirt, das er anstelle eines Hemdes trug, deuteten sich gut trainierte Bauchmuskeln an. Sein kurzgeschnittenes, dunkelblondes Haar war von ersten grauen Strähnen durchzogen. In dem männlich wirkenden Gesicht leuchteten stahlblaue Augen.

»Zuerst die Dame«, waren seine ersten Worte, mit denen er Viktoria die Hand reichte. »Alexander Notthoff.«

Nachdem er sich auch Karim und Götz Bonhoff vorgestellt hatte, wandte er sich Karre zu. »Karrenberg? Alexander Notthoff. Mein Team und ich werden euch hier demnächst Gesellschaft leisten.«

Sein Händedruck war übertrieben kräftig und Karre vermutete, dass Notthoff gleich zu Beginn einen ersten Pflock einschlagen wollte, um sein Revier abzustecken.

»Ich nehme an, Sie sind der neue Leiter des OK-Teams«, konstatierte Karre, während der Schmerz in seiner Hand nur allmählich abklang.

Notthoff nickte.

»Dann trifft Ihre Formulierung, *Gesellschaft leisten,* es nicht so ganz. Wir ziehen nämlich aus.«

»Tatsächlich?« Notthoffs Gesicht nahm einen überraschten Ausdruck an. »Hoffentlich nicht wegen uns?«

Und bevor Karre etwas erwidern konnte, fügte er hinzu: »Das war nicht meine Absicht. Tut mir leid.«

Natürlich. Notthoff wusste also ganz genau, was Sache

war. Karre kochte innerlich, aber er schwieg.

»Wir beide sollten uns in nächster Zeit einmal zusammensetzen und besprechen, wie wir uns die zukünftige Zusammenarbeit vorstellen.«

»Zusammenarbeit? Da man uns in Räumlichkeiten außerhalb dieses Gebäudes abgeschoben hat, war mir nicht klar, dass wir überhaupt zusammenarbeiten sollen.«

»Die Erfahrung zeigt, dass es immer wieder Schnittpunkte zwischen dem Dezernat für Gewaltverbrechen und dem für Organisierte Kriminalität gibt. Mir ist wichtig, dass die Kommunikation zwischen uns funktioniert. Ich möchte nicht gegen Sie arbeiten, sondern mit Ihnen. Und genau dasselbe erwarte ich auch von Ihnen. Und von Ihren Leuten.« Er warf Viktoria einen kurzen Blick zu.

»An uns soll´s nicht liegen.« Karre war wenig überzeugt von den Worten des Neuen.

»Wunderbar. Corinna, meine Sekretärin, wird sich dann bei Ihnen wegen eines Termins melden.

Und wo Sie gerade das Thema Umzug angesprochen haben: Ich würde es sehr begrüßen, wenn meine Leute im Laufe der Woche in dieses Büro einziehen könnten. Tut mir wirklich leid, dass wir Sie so vertreiben, aber wir haben sonst nicht genügend Plätze.«

Natürlich nicht, dachte Karre. Willkommen im Dezernat der unbegrenzten Möglichkeiten. In ihm brodelte es, doch zu seiner eigenen Überraschung war seine Wut auf Notthoff nicht so groß, wie die auf Schumacher. »Und was ist mit Ihnen?«

»Ich ziehe morgen früh in dieses Glaskabuff.« Er deutete auf den wegen seiner Glaswände von den Kollegen scherzhaft »Aquarium« genannten Besprechungsraum. »Es ist nicht perfekt, aber es könnte schlimmer sein. Wäre nett, wenn Sie es bis heute Abend einigermaßen geräumt haben, damit die Spedition wenigstens meine Umzugskisten reinstellen kann. Der Rest wird sich finden. Karrenberg, ich bin mir sicher, wir werden gut miteinander auskommen. Ich freue mich auf die Zusammenarbeit mit Ihnen und Ihrem Team. Der Ruf, der Ihnen vorauseilt, ist bemerkenswert.« Ohne eine Antwort abzuwarten drehte er sich um und eilte mit großen Schritten davon. Auf dem Weg zur Tür warf er Viktoria einen kurzen, aber intensiven Blick zu.

Sie konnte nicht anders, als sein Lächeln zu erwidern.

»Nur noch eins«, rief Karre ihm hinterher.

Notthoff blieb in der schon offenen Bürotür stehen, ohne sich umzudrehen.

»Corinna Müller ist *unsere* Teamassistentin. Es wäre wunderbar, wenn Sie sich so schnell wie möglich um eine anderweitige Besetzung der Sekretärinnenstelle in Ihrem Dezernat kümmern würden. Schumacher weiß Bescheid.«

Notthoff hob entschuldigend die Hand. »Selbstverständlich.« Dann zog er die Tür hinter sich zu.

»Was für ein aufgeblasenes Arschloch«, fauchte Karre. Wie gewohnt hatte er sich einen Kaffee einschenken wollen, doch da Corinna ihnen ab sofort nicht mehr zur Verfügung stand, war die Kanne leer. Er kramte Filter und gemahlenen Kaffee aus dem Sideboard und wollte damit beginnen, die Maschine zu befüllen, als Viktoria neben ihn trat.

»Gib schon her, ich mache das. Ich glaube nicht, dass Notthoff so ein Arschloch ist. Zugegeben, er weiß, was er will und er macht auch keinen Hehl daraus. Aber wahrscheinlich muss man so sein, wenn man in den Sümpfen der Verbrechen bestehen will, durch die er jeden Tag watet. Gib ihm eine Chance zu beweisen, dass er es mit der Zusammenarbeit ernst meint.«

Sie ging zum Waschbecken und füllte die Kanne mit

Wasser, um es anschließend in die Kaffeemaschine zu füllen.

»Gib ruhig zu, dass du ihn toll findest.«

»Das ist doch Blödsinn. Aber ich bin der Meinung, dass wir nicht zu vorschnell urteilen sollten.«

Karre starrte auf die Kaffeemaschine und beobachtete, wie die ersten Tropfen des tiefschwarzen Elixiers aus dem Filter in die Kanne liefen.

»Was meint ihr?« Sein Blick wanderte zwischen Karim und Bonhoff hin und her.

»Ich denke, Vicky hat recht«, ergriff Karim zuerst das Wort. »Im Grunde haben wir uns bisher doch nicht über Notthoff, sondern über Schumacher und seine Entscheidungen geärgert. Also, schauen wir mal, wie es läuft, und geben dem Ganzen eine Chance.«

»Götz?«

»Ich bin dabei.«

»Also gut. Aber sagt hinterher nicht, ich hätte euch nicht gewarnt. Jetzt trinken wir erst mal einen Kaffee und dann lasst uns unsere sieben Sachen packen. Kartons stehen da hinten in der Ecke. Übrigens, Vicky: Er findet dich auch toll.«

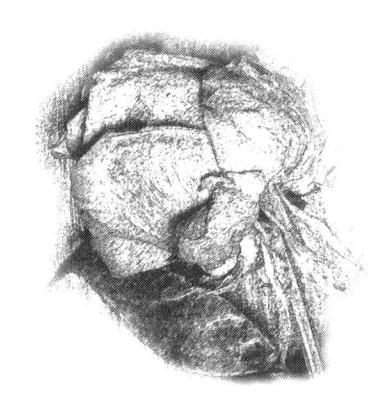

KAPITEL 13

Jemand hämmerte gegen die Tür, die sich daraufhin augenblicklich öffnete. Ein uniformierter Beamter der Schutzpolizei schob seinen Kopf durch den schmalen Spalt.

»Tschuldigung, dass ich störe.«

Karre bedeutete ihm mit einer knappen Kopfbewegung, einzutreten.

Der Kollege, der sich im Treppenhaus offensichtlich über seine gewohnten Verhältnisse hinaus verausgabt hatte, rang sichtlich nach Luft. Mit hochrotem Kopf presste er schließlich hervor: »Hier ist jemand, der Sie sprechen möchte. Er sagt, Sie würden auf ihn warten. Sein Name ist …«

Der Beamte drehte sich um und sah den hinter sich stehenden jungen Mann fragend an.

»Martin Redmann«, vervollständigte dieser den Satz des Polizisten, betrat das Büro und sah sich um. Er trug eng sitzende graue Jeans, einen schwarzen Kapuzen-Zipper und ein Halstuch mit Totenkopfmotiv. Das straßenköterblonde Deckhaar hatte er zu einem kurzen Pferdeschwanz zusammengebunden, während die Seiten stoppelkurz rasiert waren. Karre schätze ihn auf Anfang bis Mitte zwanzig. »Sie wollten mich sprechen?«

Karre stand auf und reichte ihm die Hand. »Danke, dass Sie gekommen sind. Wir haben ein paar Fragen an Sie. Es geht um Ihre Wohnung. Kommen Sie.« Er deutete zu dem am Ende des Raumes liegenden Glasabteil. »Da hinten können wir uns ungestört unterhalten. Meine Kollegin wird an dem Gespräch teilnehmen.«

Viktoria erhob sich ebenfalls von ihrem Stuhl und stellte sich dem Besucher vor, der sie mit unverhohlener Begeisterung musterte.

Martin Redmann folgte ihnen ins Aquarium, wo sie an einem runden Besprechungstisch Platz nahmen. Seine Jacke behielt er an, den Rucksack stellte er neben seinem Stuhl auf dem Fußboden ab. Dann sah er die beiden Ermittler fragend an. »Es geht um meine Wohnung?«

Karre nickte. »Genauer gesagt, um die Wohnung, die Sie scheinbar Hals über Kopf verlassen haben. Wir haben mit Ihrem ehemaligen Vermieter gesprochen. Er sagt, sie hätten Ihren Mietvertrag gekündigt und keine Woche später sogar einen Nachmieter präsentiert. Warum so schnell?«

»Zufall. Ich wollte sowieso ausziehen und der Freund eines Freundes kannte dieses Paar, das schon länger auf der Suche nach einer geeigneten Wohnung war. Sie haben sich die Wohnung angesehen und sofort zugesagt. Ging alles ganz fix. Aber wie gesagt, reiner Zufall.«

Karre musterte ihn. Der junge Mann wirkte auffallend ruhig. Machte er ihnen etwas vor? Oder hatte er tatsächlich keine Ahnung, was vorgefallen war?

»Wieso interessiert Sie das eigentlich? Vielleicht verraten Sie mir erst mal, worum es überhaupt geht.«

»In Ihrer Wohnung – Ihrer ehemaligen Wohnung – wurde ein Verbrechen verübt.«

Martin Redmann sah ihn ausdruckslos an, während er mit betonter Gelassenheit an den Bändern seiner Kapuzenjacke spielte. »Ein Verbrechen? Hat jemand eingebrochen?«

»Das auch, aber darum geht es nicht.«

»Sondern?«

»Dieser jemand hat Ihre Nachmieter ermordet.«

Karres Satz schlug bei Martin Redmann ein wie eine durchs Dachgebälk krachende Fliegerbombe. Von einer Sekunde zur anderen wich jegliche Farbe aus seinem Gesicht und die Selbstsicherheit, die der Hauptkommissar eben noch kritisch hinterfragt hatte, löste sich jäh in Luft auf.

Mit zitternder Stimme fragte er: »Ermordet? Sie wurden … ermordet?« Und nach einer kurzen Pause: »Wie?«

»Das dürfen wir Ihnen leider nicht sagen. Aber verstehen Sie jetzt, warum wir mit Ihnen sprechen wollten?«

»Ja. Und nein. Ich meine, es ist schrecklich. Wirklich grauenvoll. Aber was habe ich damit zu tun?«

»Genau das versuchen wir herauszufinden. Wissen Sie, unserer Ansicht nach gibt es drei Möglichkeiten. Erstens, es handelt sich um einen zufälligen Einbruch. Der oder die Täter werden überrascht, während sie die Wohnung durchsuchen. Sie reagieren panisch und töten die beiden. Zweitens: Irgendjemand wollte, dass die zwei sterben. Folglich sprechen wir über eine gezielte Tötung. Warum auch immer. Vielleicht aus Eifersucht? Habgier? Keine Ahnung.«

Karre blickte Martin Redmann direkt in dessen blaue Augen, deren Lider jetzt hektisch zuckten.

»Und drittens?«, krächzte Redmann, nachdem er zunächst vergeblich darauf gewartet hatte, dass Karre von sich aus weitersprach.

»Die dritte Möglichkeit: Der Mörder hatte es auf Sie abgesehen. Es war eine Verwechslung.«

Redmann hustete. »Auf mich? Wie kommen Sie denn darauf?

Viktoria beugte sich zu ihm über den Tisch. »Zunächst einmal haben wir bisher keine Anhaltspunkte, warum es jemand gezielt auf die beiden abgesehen haben könnte. Bliebe also nur Theorie eins: ein zufälliger Einbruch. Dass ein solcher Täter zum Mörder wird, ist allerdings höchst unwahrscheinlich. Normalerweise ergreift so jemand die Flucht. Gegen eine spontane Tötung sprechen zudem noch weitere Fakten, zu denen ich Ihnen allerdings keine weitere Auskunft geben darf. Nur so viel: Selbst wenn der Täter bereit gewesen wäre, einen zufälligen Zeugen zu beseitigen, hätte es keinerlei Notwendigkeit gegeben, auch den zweiten Mord zu begehen. Er hätte einfach verschwinden können.

Hinzu kommt die Art und Weise Ihres Auszugs. Dass jemand innerhalb weniger Tage kündigt und sofort auszieht, ist mehr als ungewöhnlich. Daran ändert auch die Sache mit den Nachmietern nichts. Insbesondere, da Sie nicht einmal eine neue Wohnung haben, sondern stattdessen zurück zu Ihrer Mutter gezogen sind. Wie ist es überhaupt dazu gekommen?«

Martin Redmann blickte zu Boden.

Viktoria fiel auf, dass er begonnen hatte, an seinen Fingernägeln zu knibbeln, während sein rechter Fuß unruhig auf und ab wippte.

»Sie waren doch bei ihr. Sie haben gesehen, wie schlecht es ihr geht. Seitdem mein Vater verschwunden ist, ist sie völlig neben der Spur. Das Haus selbst hält sie zwar in Schuss, aber der Garten ist total runtergekommen. Außerdem trinkt sie. Zigmal habe ich ihr vorgeschlagen, in eine Klinik zu gehen und sich helfen zu lassen. Aber sie will nichts davon wissen. Also habe ich mich dazu entschieden, wieder zu ihr zu ziehen, um sie etwas im Auge zu behalten.«

Karre war dem Gespräch mit geschlossenen Augen gefolgt. Nun, da Redmann seine Erklärungen scheinbar für beendet hielt, sah er ihn wieder an. »Was Sie sagen, klingt edel. Ich bin mir nur nicht sicher, ob es der Wahrheit entspricht. Ich bin ganz ehrlich: Selbst wenn das, was Sie uns eben geschildert haben, Ihre Beweggründe sein sollten, glaube ich, dass es da noch etwas anderes gibt. Etwas, dass Sie uns nicht erzählen wollen oder können.«

Redmann schüttelte den Kopf. »Alles schön und gut. Aber wer sollte mich töten wollen? Und vor allem: Warum?«

»Nun, ehrlich gesagt hatten wir gehofft, Sie könnten uns da vielleicht weiterhelfen. Sie können uns vertrauen, aber wir können Ihnen nur helfen, wenn Sie mit uns reden. Haben Sie Geldprobleme? Haben Sie vielleicht Schulden bei den falschen Leuten?«

Redmann lachte verächtlich auf. »So ein Blödsinn. Nein, natürlich nicht.«

»Sie interessieren sich für Computer, oder?«, fragte Viktoria.

»Das wissen Sie doch genau. Sie waren in meinem Zimmer.«

»Was machen Sie? Programmieren?«

Nicken.

»Geht´s vielleicht etwas genauer?«, bohrte Karre nach.

»Ich habe mich auf das Aufspüren von Sicherheitslücken in Firmennetzwerken spezialisiert und arbeite als Freelancer für verschiedene Unternehmen.«

»Das heißt, diese Firmen bezahlen Sie, damit Sie mögliche Schwachstellen in ihren Systemen finden?«

»So in etwa. Ja.«

»Würden Sie sich selbst als Hacker bezeichnen?«

»Nein. Ich tue nichts Illegales. Ganz im Gegenteil. Ich helfe Firmen dabei, zu verhindern, dass sie gehackt werden.«

»Und sind Sie dabei vielleicht jemandem auf die Füße getreten?«

»Wie meinen Sie das?«

»Hat einer Ihrer Auftraggeber einen Grund, sauer auf Sie zu sein?«

»Sie meinen, einen Grund mich umzubringen? Wohl kaum. Bisher waren alle sehr zufrieden mit meiner Arbeit. Ich arbeite ausschließlich auf Basis von Empfehlungen. Ich mache keine Werbung oder so was.«

»Könnten Sie uns bitte eine Liste aller Unternehmen geben, für die Sie aktuell arbeiten oder gearbeitet haben?«

»Wenn Sie mir zusagen können, dass Sie damit vertraulich umgehen. Es kommt in der Branche nicht besonders gut an, wenn man an die große Glocke hängt, wer sich über potenzielle Sicherheitslücken in seinem Unternehmen Gedanken macht.«

»Keine Sorge. Wir behandeln Ihre Informationen so vertraulich wie möglich.«

»Na prima.« Er klang nicht überzeugt. »Habe ich eine Wahl?«

Karre lächelte und Viktoria schob eine ihrer Visitenkarten über die Tischplatte. »Schicken Sie mir die Liste einfach per Mail.«

Redmann steckte die Karte ein. »War´s das? Kann ich gehen?«

»Wir können Sie nicht aufhalten. Aber eins noch. Wissen Sie eigentlich, wann Ihre Eltern geheiratet haben?«

Für seine Frage erntete Karre verständnislose Blicke seines Gegenübers.

»Im Mai 1989, glaube ich. Wieso interessiert Sie das?«

Karre schob ihm einen Ausdruck des Fotos zu, das Viktoria in seinem Zimmer entdeckt hatte.

Redmanns Augen weiteten sich. »Woher haben Sie das?«

»Ach, kommen Sie. Müssen wir Ihnen das wirklich erklären?«

»Durften Sie das überhaupt mitnehmen? Ohne Durchsuchungsdings …«

»Ohne Durchsuchungsbeschluss? Wir haben nichts mitgenommen, sondern lediglich ein Foto abfotografiert. Das Original liegt wohlbehalten bei Ihrer Mutter.«

Redmann sprang so plötzlich auf, dass sein Stuhl nach hinten kippte und mit der Lehne hart auf dem Boden aufschlug. »Sie haben das Bild meiner Mutter gegeben? Sind Sie noch ganz bei Trost?«

»Setzen Sie sich.« Karres Tonfall ließ keinen Widerspruch zu und Redmann parierte prompt. »Heißt das, dass Ihre Mutter dieses Bild nicht kannte?«

»Was denken Sie denn? Natürlich nicht.«

Zum ersten Mal kam Karre der Verdacht, einen Fehler gemacht zu haben, indem er Monika Redmann zu dem Foto befragt hatte. »Wie kommen Sie denn dann an das Bild, wenn ich fragen darf?«

»Ich habe es vor ein paar Jahren in den Unterlagen meines Vaters gefunden. Nach seinem Verschwinden.«

»Und Sie haben es Ihrer Mutter nie gezeigt?«

»Das sagte ich ja bereits.«

»Aber Sie wussten, dass es nach der Hochzeit Ihrer Eltern aufgenommen worden sein musste?«

Redmanns fragenden Blick beantwortete Karre, indem er ihm einen Ausdruck der Rückseite des Fotos zuschob. »Der Datumsstempel des Entwicklungslabors.«

Martin Redmann schloss die Augen und sank gegen die Rückenlehne seines Stuhls. »Also gut. Ja, ich habe das Bild gefunden und mir war sofort klar, dass meine Eltern schon verheiratet waren, als die Aufnahme gemacht wurde. Genau deshalb habe ich es meiner Mutter auch nicht gezeigt. Ich habe keine Ahnung, ob sie davon weiß oder etwas ahnt, aber nach dem Verschwinden meines Vaters war sie auch so fertig genug. Sofern sie es nicht wusste, musste sie es auch nicht erfahren. Aber dank Ihnen ist sie jetzt ja bestens informiert.«

Karre erwog für einen Moment, sich bei ihm zu entschuldigen, entschied sich aber dagegen. »Kennen Sie die Frau auf dem Foto?«

»Nein.«

»Sicher?«

»Zum Teufel, ja. Woher bitte sollte ich sie kennen? Das Bild wurde zwei Jahre vor meiner Geburt aufgenommen.«

»Warum haben Sie es aufbewahrt?«

»Damit meine Mutter es nicht findet.«

»Sie hätten es auch einfach vernichten können.«

»Ja, hab ich aber nicht. Auf dem Foto ist mein Vater, der seit drei Jahren spurlos verschwunden ist. Können Sie sich vorstellen, dass ich es vielleicht einfach wegen ihm behalten habe? Und noch einmal: Ich habe keine Ahnung, wer die Frau auf dem Foto ist. Und wenn Sie nichts dagegen haben, würde ich jetzt wirklich gerne gehen.«

Karre nickte und sah zu, wie Martin Redmann seinen Rucksack schulterte und das Büro verließ, ohne sich noch einmal zu verabschieden.

Nachdem Redmann die Tür hinter sich zugezogen hatte,

sah Karre seine Kollegin an und sagte nur: »Scheiße.«

*

Martin Redmann stand am Fußgängerüberweg Zweigertstraße, Ecke Haumannplatz. Nach dem Büromief des Präsidiums erschien ihm die von Autoabgasen geschwängerte Hauptstraßenluft als regelrechte Befreiung. Auf der gegenüberliegenden Straßenseite erhob sich der langgezogene Gebäudekomplex des Amts- und Landgerichts in den blauen Himmel. Ein gläserner Tunnel, der das Bauwerk auf Höhe der dritten Etage mit den Büros der Essener Staatsanwaltschaft verband, reflektierte das Sonnenlicht wie ein übergroßer Juwel.

Er nahm den Rucksack ab, kramte sein Handy hervor und tippte auf eine Nummer aus seiner Kontaktliste.

»Hi! Was gibt´s?«, trällerte die Frauenstimme am anderen Ende der Leitung. »Alles in Ordnung?«

»Sie sind tot.«

»Häh? Was? Wer ist tot? Martin, wovon redest du?«

»Die beiden, die meine Wohnung übernommen haben. Sie sind tot. Ich war gerade bei der Polizei. Sie haben es mir erzählt.«

»Du warst bei der Polizei? Wieso das denn? Wissen die was?«

»Nein, sie wollten hören, ob ich eine Idee habe, warum die beiden umgebracht wurden.« Nach einer kurzen Pause, in der er den dicken Kloß in seinem Hals hinunterwürgte, sprach er weiter. »Sie wollten wissen, ob ich möglicherweise derjenige war, der getötet werden sollte.«

»Und?«

»Und was?«

»Was hast du gesagt?«

»Dass ich mir das nicht vorstellen kann.«

»Und?«, fragte sie wieder.

Allmählich nervte es ihn. »Und? Und? Und? Kannst du vielleicht noch was anderes sagen? Verdammte Scheiße! Ich hab keine Ahnung!«

»Reg dich ab! Glaubst du, dass *sie* es waren?«

»Herrgott, woher soll ich das wissen? Aber findest du nicht, dass es ein seltsamer Zufall wäre?«

»Schon.«

»Da ist noch was.«

Schweigen.

»Die Bullen waren bei meiner Mutter. Sie haben das Foto gefunden.«

»Das Foto? Welches Foto? Etwa das aus Paris?«

»Ja«, murmelte er kleinlaut, doch in diesem Augenblick donnerte der Sattelschlepper eines Discounters an ihm vorbei und übertönte seine Antwort.

»Was?«

»Ja!« Dieses Mal brüllte er die Antwort ins Mikrofon seines Handys.

»Na super. Und? Was hast du gesagt?«

Wieder dieses *und*. »Dass ich keine Ahnung habe. Dass ich das Bild bei den Unterlagen meines Vaters gefunden habe.«

»Und jetzt?«

»Ich weiß nicht. Wahrscheinlich tauche ich für ein paar Tage unter.«

»Wo willst du denn hin?«

»Ich hab mir ein Zimmer im Ibis am Bahnhof genommen.«

»Pass auf, ich muss für ein paar Tage in die USA. Dienstlich. Barkmann will das Material mit Sicherheit vorher haben, weil sein Chef sich weigert, ihn weiter an der Story arbeiten zu lassen, solange er ihm keine Beweise vorlegt. Scheinbar glaubt er das Ganze nicht.«

»Eigentlich ist es ja auch kaum zu glauben.«

»Kannst du mir das Material vorher geben? Ich schlage ihm vor, dass wir uns vor dem Check-in am Flughafen treffen und ich ihm alles übergebe. Dann kann er loslegen, während ich in den USA bin.«

»Du meinst, wir sind bereit, in die Offensive zu gehen?«

»Auf jeden Fall. Wir sollten es durchziehen, bevor sie etwas ahnen.«

»Bist du sicher, dass sie noch nichts wissen?« Er wusste, dass sie sehr wohl wussten, dass ihnen gerade jemand gehörig in die Suppe spuckte. Und sie waren ihnen auf den Fersen. Aber das würde er vorerst für sich behalten.

»Absolut. Die haben keine Ahnung. Also, wann kann ich kommen?«

»Heute Abend? Ich ziehe alles auf einen Stick. Zimmer 501. So gegen acht?«

»Alles klar, bis nachher!«

»Pass auf, dass dir niemand folgt!«

»Keine Sorge! Ich mach das schon. Wir sehen uns um acht!«

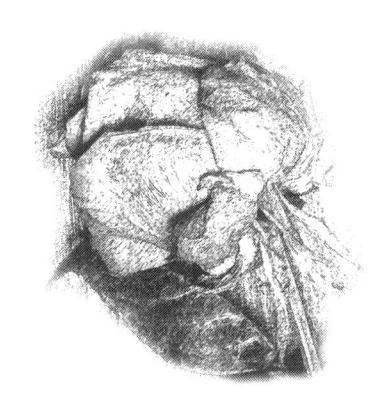

KAPITEL 14

Die Umgebung schien seltsam still und die ungewöhnliche Ruhe wirkte auf sie aus irgendeinem Grund unheimlich. Vielleicht lag es an den langen Schatten der hohen Tannen am Ende des Grundstücks, hinter denen sich der weitläufige Friedhof erstreckte. Sie griffen nach ihr, wie knöcherne Finger einer skelettierten Hand. Sie spürte die Restwärme der selbstgemachten Kirschmarmelade, während sich ihre eigenen Finger um das Glas verkrampften.

Mit der freien Hand drückte Elisabeth Fried die Klinke des kleinen Törchens nach unten, das in Kombination mit dem hölzernen Jägerzaun die Grenze zum Garten ihrer Nachbarin markierte. Die Scharniere hatten im Lauf der Jahre Rost angesetzt und das schrille Quietschen der Angeln zerriss die Stille, als sie das Tor öffnete, hindurchging und es sorgfältig hinter sich schloss.

Über kurz oder lang würde sich jemand darum kümmern müssen. So wie um den Garten. Das knöchelhohe Gras – von Rasen konnte in Anbetracht des wildwuchernden Grüns wahrlich keine Rede mehr sein – kitzelte an ihren Knöcheln, während sie sich mit eiligen Schritten der Rückseite des Nachbarhauses näherte. Seit Oliver Redmann nicht mehr lebte, gab es niemanden, der Haus und Grundstück die Aufmerksamkeit widmete, die beides erforderte. Mehr als einmal hatte sie ihrer zehn Jahre jüngeren Nachbarin ans Herz gelegt, einen Gärtner zu engagieren, um wenigstens die gröbsten Arbeiten erledigen zu lassen. Doch bisher hatte sich diese nicht dazu aufraffen können.

Überhaupt schien es ihr an Antrieb zu fehlen. Und dann war da noch die Sache mit dem Alkohol. Zunächst hatte sie dem Geschwätz der Leute keine Beachtung geschenkt, aber im Laufe der Zeit war es ihr selbst das eine oder andere Mal aufgefallen. Zuletzt bei einem zufälligen Aufeinandertreffen im Supermarkt. Ein einziger Blick in den Einkaufswagen hatte ausgereicht, um sowohl die Gerüchte der Anderen als auch ihre eigenen Befürchtungen zu bestätigen.

»Ich bekomme heute Abend Besuch«, hatte Monika entschuldigend erklärt, nachdem sie den skeptischen Blick ihrer Nachbarin bemerkt hatte. Elisabeth war nicht weiter darauf eingegangen, doch sie wusste es besser. Monika bekam nie Besuch. Sie war einsam. Selbst Martin, ihr Sohn, kam nur gelegentlich vorbei, um nach dem Rechten zu sehen. Wobei, wenn sie darüber nachdachte, war er ihr während der letzten Tage auffallend häufig begegnet. War er eventuell wieder bei seiner Mutter eingezogen? Sie wünschte es ihr, denn Monika brauchte jemanden, der sich um sie kümmerte. Ansonsten, so befürchtete sie, würde die bis zum Tod ihres Mannes attraktive und lebensfrohe Frau vor die Hunde gehen.

Sie betrat die Terrasse. Ein grüner Schleier hatte sich über die Betonplatten gelegt, aus deren Fugen munter das Unkraut spross. Die Plane, welche die Sitzgruppe aus braunem Rattan vor Wind und Wetter schützen sollte, war beim letzten Sturm in der Mitte eingerissen und seitdem nicht ausgetauscht worden.

Zuerst fiel ihr Blick auf die eingeschlagene Scheibe der Terrassentür und in das dahinter liegende Wohnzimmer. Dann fiel das Marmeladenglas. Es fiel und explodierte schließlich mit einem für ihr Empfinden viel zu lauten Knall vor ihren Füßen. Heißer, dickflüssiger, klebrigsüßer Saft spritze in alle Himmelsrichtungen und hinterließ blutrote Flecken auf ihren Schuhen und der beigefarbenen Hose. Als sie vor Entsetzen aufschrie, erhob sich eine Krähe mit lautem Flügelschlagen schimpfend aus einem der umstehenden Bäume.

Dann war es wieder still. Totenstill.

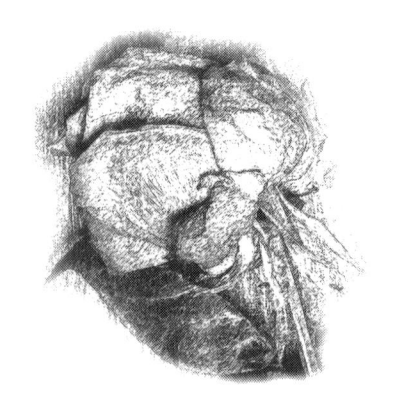

KAPITEL 15

Zum zweiten Mal innerhalb von vierundzwanzig Stunden stellte Karre den Audi vor dem Haus von Monika Redmann ab. Der Anruf war etwa eine Stunde zuvor in der Notrufzentrale eingegangen, aber es hatte sowohl einiger Zeit als auch der aktiven Unterstützung durch den Kollegen Kommissar Zufall bedurft, bis Karre und sein Team davon erfahren hatten. Dass sie überhaupt informiert worden waren, war schon ein kleines Wunder. Schließlich war das K3 nicht für Einbruchsdelikte zuständig.

»Die Kollegen sind fast fertig«, empfing sie der uniformierte Beamte der Schutzpolizei, der sich wie ein Türsteher neben der offenstehenden Haustür aufgebaut hatte und nun mit übertriebener Gewissenhaftigkeit die

Dienstausweise von Karre und Viktoria studierte.

Während er ungeduldig wartete, zog Karre ein Kaugummipäckchen aus seiner Hosentasche und nahm einen Streifen heraus. Nachdem er diesen von seinem Papier und der silbrig glänzenden Folie befreit hatte, schob er ihn in den Mund.

»Sie können reingehen.« Der Beamte, der seinen Namen bei ihrem Eintreffen zwar genannt, den Karre Sekunden später aber schon wieder vergessen hatte, händigte den beiden Ermittlern ihre Ausweise aus.

Wortlos nahm Karre seinen Ausweis entgegen und betrat, gefolgt von Viktoria, das Haus von Frau Redmann. Von der Ordnung, die ihm bei ihrem ersten Besuch aufgefallen war, war nichts mehr zu sehen. Schon in der Diele kündigte sich an, was Küche und Wohnzimmer auf dramatische Weise bestätigten. Der oder die Täter hatten keinen einzigen Schrank unberührt gelassen. Die Inhalte sämtlicher Fächer und Schubladen lagen überall herum.

Lebensmittel, zerbrochenes Geschirr, Handtücher und Haushaltsgeräte bedeckten den Küchenboden. Im Wohnzimmer waren es vor allem Bücher, Schallplatten und CDs. Aber auch Scherben teurer Kristallgläser und ein zertrümmertes Porzellanservice mit Wildrosenmuster verteilten sich im ganzen Raum.

»Mein Gott!«, stöhnte Viktoria. »Hier hat jemand ganze Arbeit geleistet.«

Karres Blick fiel auf den Fernseher, der von seinem Schrank gestoßen worden war und nun mit zersplittertem Display inmitten des übrigen Chaos lag.

»Oben sieht es genauso aus.« Der uniformierte Kollege hatte seinen Posten an der Haustür verlassen und war, von Karre und Viktoria unbemerkt, hinter sie getreten.

»Ich nehme nicht an, dass man in dem Durcheinander abschätzen kann, ob etwas fehlt.« Es war eher eine Feststellung, als eine Frage.

»Nein.«

»Zeigen Sie uns doch bitte den Rest des Hauses. Wir gehen einmal zusammen durch. Vielleicht fällt uns ja etwas auf.«

»Wie Sie meinen.« Der Uniformierte machte auf dem Absatz kehrt und schlurfte in Richtung der in die obere Etage führenden Treppe davon. Karre und Viktoria folgten ihm schweigend.

Auf halbem Weg nach oben fragte Karre: »War niemand zu Hause, als die Täter ins Haus eingedrungen sind?«

»Sieht nicht so aus. Im Augenblick ist jedenfalls niemand hier.«

»Frau Redmann hat einen erwachsenen Sohn. Martin. Haben Sie schon Kontakt mit ihm oder seiner Mutter aufgenommen? Sie sollten wissen, was passiert ist.«

»Nein, haben wir nicht.«

»Ich kann es mal bei ihm versuchen. Er hat uns seine Handynummer gegeben.« Viktoria zog ihr Mobiltelefon aus der Tasche und wählte die gespeicherte Nummer. Einmal mehr zahlte es sich aus, dass sie alle mit einer Ermittlung in Zusammenhang stehenden Telefonnummern in ihrem Mobiltelefon ablegte.

Sie betraten das Zimmer von Martin Redmann. Auch dieser Raum war offensichtlich gründlich durchsucht worden.

»Nicht erreichbar«, sagte sie nach einer Weile und ließ das Telefon zurück in ihre Jackentasche gleiten.

Ein weiterer uniformierter Beamter trat zu ihnen. In der rechten Hand hielt er zwei Beweisbeutel aus Cellophan. Er wandte sich an Karre:

»Sehen Sie mal, was wir gefunden haben.« Er reichte die beiden Tüten dem Hauptkommissar, der ihren Inhalt in Augenschein nahm.

»Ein Schlüsselbund. Inklusive Autoschlüssel.« Er drehte sich zu dem Beamten um. »Steht der Wagen in der Garage?«

»Ja, hat uns auch gewundert. Weit kann sie also nicht sein.«

»Zumal sie ihren Hausschlüssel offenbar nicht mitgenommen hat. Aber im Haus ist niemand?«

»Nein.«

Karre sah sich den Inhalt des zweiten Beutels an. Ein mit krakeliger Handschrift beschriebener Zettel.

»Hallo, musste für ein paar Tage weg. Mach dir keine Sorgen. Melde mich. Liebe Grüße, M.«

»Wir sollten nachsehen, ob wir etwas finden, anhand dessen wir die Handschrift vergleichen können. Ich möchte sicher sein, dass diese Nachricht wirklich von Martin Redmann ist.« Karre gab die beiden Beutel dem Kollegen zurück.

»Du glaubst, die Nachricht könnte von jemand anderem geschrieben worden sein?« Viktoria sah sich in Martins Zimmer um.

»Denkbar. Oder was meinst du?«

»Nicht, dass er entführt wurde. Und seine Mutter? Wo steckt die?«

»Falls es sich wirklich um eine Entführung handelt, sollte seine Mutter offenbar glauben, ihr Sohn sei weggefahren.«

»Und dieses Durcheinander?«

»Offensichtlich hat jemand etwas gesucht.«

»Fragt sich nur, ob er es auch gefunden hat.«

»Das werden wir im Augenblick nicht mit Sicherheit beantworten können. Lass uns gehen.«

»Warte mal.« Noch immer wanderte Viktorias Blick durch den Raum. »Ist der Laptop noch da?«

»Der Laptop?« Karre sah sie überrascht an. »Welcher

Laptop?«

»Als wir das letzte Mal hier waren, stand auf dem Schreibtisch ein Notebook. Ganz sicher. Ich kann es aber nirgendwo entdecken.«

»Also, sofern es wirklich weg ist, gibt es zwei Möglichkeiten: Martin ist tatsächlich für ein paar Tage weggefahren. In diesem Fall hat er den Computer wahrscheinlich mitgenommen. Oder ...«

»... derjenige, der dieses Chaos veranstaltet hat, hatte es genau darauf abgesehen.«

»Wir fahren zurück ins Präsidium und erzählen Götz und Karim, was passiert ist. Vielleicht hat einer von den beiden ja eine bessere Idee als wir.«

*

Auf dem Weg zu ihrem Wagen blieb Karre neben einer Mülltonne stehen, die in einer gemauerten Nische im Vorgarten des Hauses stand. Er zog das Kaugummipapier aus der Hosentasche, spuckte den Kaugummi hinein und warf alles zusammen in die Tonne. Während er den schwarzen Kunststoffdeckel zuklappte, stutzte er. »Vicky!«

Viktoria war vorausgegangen und stand bereits neben ihrem Wagen. Als Karre sie rief, ging sie zu ihm zurück. »Was ist denn?«

»Was hältst du davon?« Er klappte den Deckel der Tonne auf und ließ ihn nach hinten überkippen.

»Ups. War da plötzlich jemand seine Tiefkühlgerichte leid?«

»Das Teil ist randvoll von dem Zeug.« Karre zog ein paar Pappschachteln aus der Tonne. Tatsächlich beinhaltete sie nahezu keinen Müll, sondern ausschließlich originalverpackte Fertiggerichte.

»Nimm mal.« Er reichte Viktoria eine der Schachteln. »Fällt dir was auf?«

Sie betrachtete die Schachtel von allen Seiten, drehte und wendete sie, aber die bahnbrechende Erkenntnis wollte sich zunächst nicht einstellen. »Kartoffel-Brokkoli-Auflauf mit Käse überbacken. Immerhin Bio. Noch nicht abgelaufen. Isst du so was? Kannst du für heute Abend mitnehmen, ist sogar noch gefroren.« Die Erkenntnis traf sie in dem Augenblick, in dem sie es aussprach. Mit weit aufgerissenen Augen starrte sie Karre an.

Dann rannten sie gleichzeitig zurück zum Haus.

*

»Gibt es im Haus eine Gefriertruhe?«

Der uniformierte Beamte sah Karre verständnislos an. Sein Gesicht, das sich zu einer schiefen Fratze verzog, ließ keinen Zweifel daran, dass er den Hauptkommissar für vollkommen übergeschnappt hielt. »Eine ... was?«

»Gefriertruhe! So eine große, eckige ...« Er deutete mit den Händen die beschriebene Form an.

»Ich weiß, was eine Gefriertruhe ist«, entgegnete sein Gegenüber barsch.

»Na also. Und? Haben Sie eine gesehen? Vielleicht im Keller?«

»Äh ... ja, ich meine, kann schon sein. Also, wenn Sie die Treppe ...«

Karre und Viktoria ließen ihn trotz seiner noch immer andauernden Erklärungsversuche stehen. Anstatt weiter zu versuchen, Informationen aus ihm herauszuquetschen, liefen sie ins Haus und nahmen die vom Flur abzweigende Treppe hinunter in den Keller.

Die erste Tür, die Karre aufriss, führte in den Hausanschlussraum. Heizkessel, eine Waschmaschine, ein

Trockner. Rechts neben der Tür ein offenes Regal, in dem sich bunte Wasch- und Putzmittelflaschen aneinanderreihten.

Keine Gefriertruhe.

»Hier ist nichts«, keuchte Karre, von dem kurzen Sprint noch ein wenig außer Atem. »Weiter. Nächster Raum.«

Vom Kellerflur zweigten zwei weitere Türen ab.

»Du hier, ich da!« Viktoria deutete auf die Tür am Ende des Ganges, während Karre schon die Klinke zu seiner Rechten herunterdrückte.

Der sich vor ihm ausbreitende Raum empfing ihn mit vollkommener Finsternis. Wenigstens kam es ihm so vor, denn seine Augen hatten sich nach dem beleuchteten Kellergang noch nicht an das minimale Zwielicht gewöhnt. Lediglich durch ein schlitzartiges Fenster auf der anderen Seite des Raumes, welches zu einem Lichtschacht führte, fiel spärliches Tageslicht.

Sein Blick wanderte in der Dunkelheit umher. Kantige Schatten entlang der Wände, welche sein Gehirn mit Regalen oder Schränken assoziierte. Etwas niedriges, das auf den ersten Blick eine Kühltruhe hätte sein können, sah er nicht. Dafür fiel sein Blick – nachdem die Größe seiner Pupillen sich an die schummrigen Lichtverhältnisse angepasst hatte - direkt auf den in der hintersten, am schlechtesten ausgeleuchteten Ecke des Raumes von der Decke baumelnden Körper.

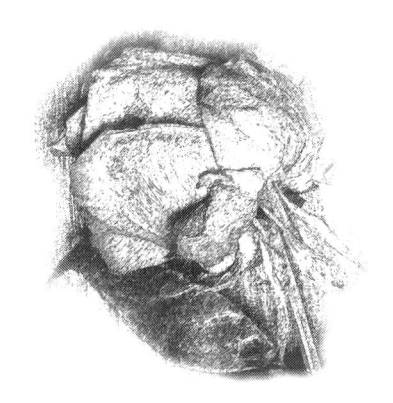

KAPITEL 16

Die Wasserstoffblondine strahlte ihn mit blauen Funkelaugen an. Dabei stieß sie mit dem kugelförmigen Piercing in ihrer Zunge unentwegt gegen ihre oberen, für seinen Geschmack etwas zu groß geratenen und zudem mit Spuren von rosafarbenem Lipgloss beschmierten Schneidezähne. Das dabei entstehende Klackern schien sie seltsamerweise zu beruhigen.

Ihn machte es nervös.

»Prepaid?«, fragte sie, dabei hatte er seinen Wunsch doch erst wenige Sekunden zuvor sehr ausführlich erläutert.

»Ja, bitte. Telefon und Internet.«

Mit pink lackierten Nägeln, die eigentlich einen Waffenschein erfordert hätten, tippte sie auf einer Computertastatur herum, wobei sie konzentriert auf den dazugehörigen Bildschirm starrte.

Wieder dieses Geräusch. Klack. Fingernagel auf Tastatur. Klack. Metallkugel auf Schneidezahn. Klack. Tastatur. Klack. Schneidezahn. Klack. Klack. Klack.

Es machte ihn rasend.

Als Martin Redmann das Geschäft verließ, hatte er die neue und in bar bezahlte SIM-Karte bereits in sein Smartphone eingelegt. Die alte Karte, die nunmehr aus zwei in etwa gleichgroßen Hälften bestand, trieb einige Meter unter ihm durch das städtische Abwassersystem Richtung Kläranlage davon.

Zufrieden ließ er das Handy in seine Hosentasche gleiten. Man konnte nicht vorsichtig genug sein.

*

Viktoria drückte die Klinke herunter – und prallte mit vollem Schwung gegen die verschlossene Kellertür. Nachdem sie sich einen Moment gesammelt hatte, probierte sie es noch einmal, indem sie sich bei gedrückter Klinke gezielt gegen die Tür warf, die sich von ihren Bemühungen jedoch gänzlich unbeeindruckt zeigte.

Mehr als ein dumpfes Geräusch, mit dem Viktorias Schulter gegen das Holzfurnier schlug, war ihr nicht zu entlocken. Fluchend sah die Kommissarin sich um. Aus ihrem eigenen Haus wusste sie, dass die Innentüren meistens mit Einheitsschlössern bestückt waren, so dass ihre Schlüssel problemlos untereinander ausgetauscht werden konnten.

Mit wenigen Schritten hatte sie die Tür zum Hausanschlussraum erreicht.

Kein Schlüssel.

Das gleiche Bild bot die Tür des Raumes, in dem ihr Kollege vor wenigen Augenblicken verschwunden war. Sie stürmte die Treppe nach oben. Das Schloss der Gästebadtür besaß keinen Schlüssel, sondern einen fest installierten Drehknauf. Im Obergeschoss wurde sie schließlich fündig. Sie sammelte die Schlüssel sämtlicher Türschlösser ein und rannte zurück in den Keller.

*

Hektisch suchte Karre in der Dunkelheit nach einem Lichtschalter, doch seine Finger glitten lediglich die glatt verputzten Wände entlang. Nach etlichen Versuchen ertastete er schließlich einen Schalter. Mit ein paar Sekunden Verzögerung, die ihm wie eine Ewigkeit vorkamen, erwachte die Neonröhre unter der Decke flackernd zum Leben.

Der kopflose Körper, dessen Silhouette er im Zwielicht lediglich schemenhaft wahrgenommen hatte, leuchtete vom Hals abwärts in blutigem Rot. Er sah weder Hände noch Füße. Arme und Beine endeten jeweils knapp oberhalb der Handgelenke und Knöchel. Jemand hatte ihn an einem in die Decke geschraubten Haken aufgehängt, wo er vermutlich seit dem letzten Skiurlaub geduldig auf seinen nächsten Einsatz wartete. Karre atmete erleichtert auf, als er an weiteren Haken noch einen schwarzen und einen dunkelblauen Overall entdeckte.

Sein Blick wanderte durch den inzwischen von kaltem Neonlicht erfüllten Raum. Entlang der Wände zog sich ein durchgehendes Regalsystem, bei dessen Bestückung jeder Quadratzentimeter gnadenlos ausgenutzt worden war. Kisten, Verpackungen diverser Elektrogeräte und ausrangierte Einrichtungsaccessoires drängten sich dicht an dicht auf den blechernen Ablageflächen.

»Karre, hierher!« Viktorias Ruf schallte durch die Kellerräume.

Karre machte auf dem Absatz kehrt und lief zu seiner Kollegin. Aus dem Augenwinkel nahm er mehrere Schlüssel wahr, die auf dem Fußboden neben der Tür verstreut lagen, die in den dritten Raum führte. Viktoria stand in dem rechteckigen Keller, an dessen Längsseite eine etwa zwei Meter lange Tiefkühltruhe stand. Der breite Griff, das sah er auf den ersten Blick, war mit schwarzem Kabelbinder verschlossen worden.

»Hast du ein Messer?«, fragte Viktoria, ohne sich umzudrehen, während sie mit dem Mut der Verzweiflung am Deckel der Truhe riss. Doch dank des Plastikstreifens, der deutlich breiter war, als die Modelle, die sich als Handschellenersatz bei Polizisten zunehmend großer Beliebtheit erfreuten, bewegte sich der stattliche Deckel keinen Millimeter nach oben.

»Schauen Sie mal, was wir im Garten gefunden haben.« Der Kollege der Schutzpolizei, der den Raum von Karre und Viktoria unbemerkt betreten hatte, schwenkte einmal mehr einen der durchsichtigen Beweisbeutel. »Schlüssel«, fuhr er fort. »Vermutlich aus …«

»Haben Sie ein Messer?«, unterbrach Karre ihn.

»Ein Messer? Aber wieso …«

»Himmelherrgottnochmal. Muss man euch alles dreimal fragen? Ein Taschenmesser?«

Deutlich pikiert kramte der Kollege in der Seitentasche seiner schwarzen Cargohose und förderte ein stattliches Multifunktionswerkzeug zutage. »So was?«

Karre nahm ihm das Werkzeug ab. »Genau so was.« Er klappte das Messer auf, dessen Klinge er unter den Kabelbinder am Griff der Kühltruhe schob. Nach mehreren Versuchen gab der Kunststoff nach und der durchtrennte Plastikstreifen fiel zu Boden.

Karre riss den Deckel der Truhe so heftig nach oben, dass der Griff gegen die Kellerwand schlug.

»Oh Scheiße«, entfuhr es Karre und Viktoria beim Anblick des Inhalts der Truhe wie aus einem Munde.

»Ist sie tot?«, fragte Viktoria mit Blick auf die Frau, mit der sie noch am Vortag gesprochen hatten. Ihre Handgelenke und Knöchel waren ebenfalls mit Kabelbinder aneinandergefesselt worden. Auf ihrer Brust lag ein weißes DIN A4 Blatt. Die von Hand daraufgeschriebene Botschaft lautete kurz und knapp: *»Letzte Warnung!«*

Viktoria beobachtete, wie Karre am Hals von Monika Redmann nach einem Puls suchte.

»Nein, sie lebt.« Er drehte sich zu dem Kollegen um, der wie angewurzelt hinter ihm stand und mit offenem Mund in die Gefriertruhe starrte. »Los, helfen Sie mir! Die Frau muss so schnell wie möglich hier raus! Vicky, wir brauchen einen Krankenwagen. Oder besser: einen Hubschrauber!«

Gemeinsam mit dem Kollegen der Schutzpolizei befreite Karre Monika Redmann aus ihrem eisigen Gefängnis und legte sie auf dem Fußboden ab. Ihre Gesichtshaut hatte einen bedrohlich wirkenden Graustich und fühlte sich rau und hart an, als Karre vorsichtig ihre Wange berührte. Ebenso ihre Hände.

»Holen Sie eine Rettungsdecke aus dem Einsatzwagen«, sagte er dem Kollegen zugewandt. »Die Frau ist total unterkühlt.«

»Hier, ich habe eine Bettdecke aus dem Schlafzimmer geholt!« Viktoria war in den Keller zurückgekehrt. Karre kniete vor dem scheinbar leblosen Körper von Frau Redmann, als diese plötzlich ihre Augen einen Spaltbreit öffnete.

»Ich … er war … die …«, flüsterte sie, doch Karre legte den Zeigefinger auf seine Lippen.

»Psst. Nicht reden. Wir haben eine Decke für Sie und dann bringen wir Sie ins Krankenhaus.« Gemeinsam mit Viktoria breitete er die Bettdecke über Beine und Oberkörper der immer wieder zwischen Bewusstlosigkeit und dämmrigem Wachzustand schwebenden Frau aus. Doch anstatt auf ihn zu hören, unternahm Monika Redmann einen weiteren Versuch, Karre etwas mitzuteilen.

»Ich muss … Ihnen … etwas sagen«, presste sie mit schwacher, kaum hörbarer Stimme hervor. »Die Frau … auf dem Foto. Ihr Name ist …« Ihre Augen fielen zu, öffneten sich wie in Zeitlupe einmal mehr zu zwei schmalen Schlitzen, bevor sie sich endgültig schlossen.

»Wissen Sie, wer Ihnen das angetan hat?«, fragte Karre, obwohl er wusste, dass Frau Redmann seine Fragen nicht würde beantworten können. »Haben Sie den oder die Täter erkannt? Können Sie uns sagen, wo ihr Sohn ist?«

Keine Reaktion.

»Hier!« Der uniformierte Kollege war mit einer beschichteten Rettungsfolie aus dem Streifenwagen zurückgekehrt, die er nun über der Patientin ausbreitete. In diesem Moment hörten Sie aus der Ferne das Rotorengeräusch des nahenden Rettungshubschraubers.

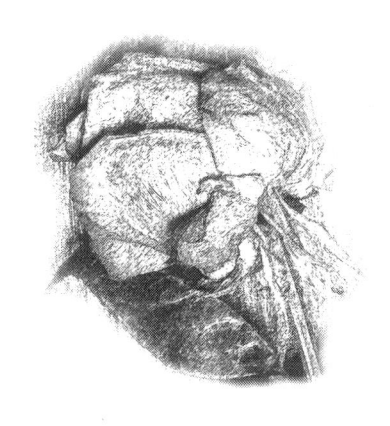

KAPITEL 17

»Was heißt das, wir können ihn nicht finden?« Der Mann im schwarzen Designeranzug drehte sich in seinem hochlehnigen Drehstuhl um einhundertachtzig Grad, so dass er ihr den Rücken zuwandte und aus dem Fenster blickte.

Sie trat hinter ihn, packte die Stuhllehne und drehte ihn ruckartig zurück in seine ursprüngliche Position. »Bei seiner Mutter war er nicht, aber er hat ihr eine Nachricht hinterlassen. So wie es aussieht, hat das Vögelchen sein Nest verlassen und sich irgendwo im Unterholz verkrochen.« Sie stand dicht vor ihm. So dicht, dass er ihr Parfüm riechen konnte.

Hypnotic Poison. Verführerisch. Schwer. Unwiderstehlich. Magisch. Sämtlichst Attribute, die ebenso gut auf die über zwanzig Jahre jüngere Frau zutrafen, in deren eisblaue Augen er blickte.

Sie hatte es seinetwegen aufgetragen. Mit der gleichen Sorgfalt und Berechnung, mit der sie erst in sein Büro gekommen war, nachdem die meisten Angestellten nach Hause gegangen waren. Nachdem der Bullterrier von Sekretärin nicht mehr zähnefletschenderweise vor seiner Tür lauerte.

Unmittelbar nachdem sie das Büro betreten hatte, schloss sie die Tür. Sie wusste um seine Wirkung auf ihn. Sie trieb ihn an den Rand des Wahnsinns - und war dennoch so unnahbar wie ein im Meer treibender Eisberg. Bei all der über Wasser im Licht der Sonne glitzernden, eisblauen Schönheit, vermochte er selbst nach all den Jahren nicht einzuschätzen, wie weit er sich ihr gefahrlos nähern konnte, bevor ihn die unter Wasser verborgenen, messerscharfen Eiskanten aufschlitzten und versenkten.

So blieb es trotz der knisternden Erotik, die bei den meisten ihrer Aufeinandertreffen den Raum erfüllte, bei der strategischen Allianz, die ihn mit seiner Computerspezialistin verband.

Doch auch sie liebte dieses Katz und Maus Spiel. Aus diesem Grund setzte sie sich in ihrem kurzen Rock auf die Tischplatte und legte ihren rechten Fuß mit dem schwarzen Wildederstiletto in seinem Schritt ab.

Die Reaktion in seiner Hose ließ nicht lange auf sich warten.

»Handy-Ortung?«, fragte er mit kratziger Stimme, überlegte aufzustehen und das Spiel damit zu beenden.

Er blieb sitzen.

»Haben wir versucht. Vermutlich hat er die SIM-Karte gewechselt. Dumm ist er nicht.«

»Natürlich nicht. Sonst hätte er es wohl kaum geschafft, uns diesen Trojaner unterzuschieben.«

»Ich weiß, dass du eine Schwäche für unser Küken hast, aber vergiss nicht, dass dieses Mädchen maßgeblich an der Misere beteiligt ist. Du hast das Überwachungsvideo gesehen. Oder spüre ich da so etwas wie Welpenschutz?«

»Mitnichten.« Sein Blick wanderte ihr schlankes, in schwarzes Nylon gehülltes Bein entlang, und verharrte für einen Moment zwischen ihren Schenkeln. »Ganz im Gegenteil. Wie ist der Stand der Dinge?«

Sie lächelte und genoss sichtlich die Begierde, die ihr Körper in ihm entfachte. Dann erhob sie sich ruckartig und ging in Richtung der Bürotür davon. Sie hatte bereits die Klinke heruntergedrückt und die Tür einen Spalt geöffnet, da drehte sie sich noch einmal zu ihm um. »Die Kleine steht unter Beobachtung. Wenn sie zu ihm geht, haben wir ihn.«

»In Ordnung. Aber deine Leute sollen sich vorsehen, damit sie nichts merkt. Wenn sie erst mal für ein paar Tage aus dem Weg ist, können wir uns um ihn kümmern und in Ruhe überlegen, was wir nach ihrer Rückkehr mit ihr anstellen wollen.«

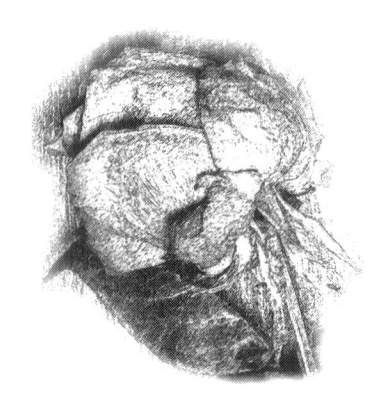

KAPITEL 18

Sie standen auf der abgesperrten Straße, während sich der Helikopter wie eine übergroße Libelle in den blauen Frühsommerhimmel erhob. Die Traube der Umherstehenden, die sich binnen weniger Minuten rund um das Geschehen eingefunden hatte, löste sich unter dem Lärm der Rotoren und dem durch sie verursachten Sturm genauso schnell auf, wie sie entstanden war.

In kleinen Grüppchen und miteinander tuschelnd und diskutierend, gingen die Schaulustigen wieder ihrer Wege. Der Tagesbedarf an Klatsch- und Tratschgeschichten schien fürs Erste gedeckt.

Karre wollte sich gerade abwenden und zurück zu seinem Wagen gehen, als jemand am Ärmel seiner Jacke zupfte. Er drehte sich um und blickte in das pausbäckige Gesicht eines vielleicht sieben- oder achtjährigen Jungen. Sein braunes Haar stand kreuz und quer von dem runden Kopf mit den braunen Knopfaugen ab.

»Kann ich dir helfen?«, fragte Karre.

»Hast du meine Drohne gesehen?«

»Deine Drohne?«

»Ja. Weißt du nicht, was das ist?«

Karre nickte, während er darüber nachdachte, was so ein Knirps wohl mit einer Drohne anstellte. Er selbst hatte in diesem Alter mit Segelfliegern aus Styropor gespielt, die er für eine Mark an der Trinkhalle gekauft hatte. Die besseren Modelle hatten einen kleinen Plastikpropeller, den man vorne auf die Spitze setzen konnte und der durch den Luftstrom in Rotation versetzt wurde, sobald man das Flugzeug in die Luft warf. Später hatte er dann ein ferngesteuertes Auto gehabt, das er auf einer alten und inzwischen begrünten Schlackehalde hatte fahren lassen. Aber eine Drohne? Er war sich nicht einmal sicher, ob es das Wort während seiner Jugend überhaupt schon gegeben hatte.

»Natürlich weiß ich das«, antwortete er knapp und wollte seinen Weg zum Wagen fortsetzen, aber der Junge folgte ihm. So einfach wollte er sich offensichtlich nicht abspeisen lassen.

»Hast Du sie vielleicht gesehen? Sie ist abgestürzt. Ich glaube, hinten im Garten.« Er deutete auf das Haus der Redmanns.

»Tut mir leid, aber ich weiß nicht, wo deine Drohne ist.«

»Sie ist weiß und die Propeller sind orange.«

»Sie hat mehrere?«

»Ja, vier. Und auf der Unterseite ist eine Kamera. Das Teil war ziemlich teuer und ich krieg echt Ärger, wenn es weg ist. Mein Dad sagt nämlich immer, ich soll sie nur da fliegen lassen, wo ich auch wieder drankomme, wenn sie runterkommt. Also, kann ich vielleicht nachsehen?« Wieder deutete er auf das Haus. »Im Garten, meine ich.«

»Tut mir leid, aber der Garten ist möglicherweise ein Tatort, da kann ich dich leider nicht rumlaufen lassen. Meine Kollegen müssen erst alle Spuren sichern.«

»Ein Tatort?«, fragte der Junge. Seine Augen funkelten bei der plötzlichen Aussicht auf ein handfestes Abenteuer. »Ist jemand ermordet worden?«

Karre wunderte sich, dass der Junge derartige Fragen stellte. Offensichtlich wusste er über Dinge Bescheid, von denen ein Kind seines Alters eigentlich nichts wissen sollte. »Nein, kein Mord. Aber trotzdem. Ich mache dir einen Vorschlag: Wenn wir mit der Spurensicherung fertig sind, komme ich noch einmal zurück und sehe mich im Garten um. Wenn ich deine Drohne dort finde, bringe ich sie dir persönlich vorbei. Ist das ein Angebot?«

Der Junge strahlte ihn an. »Ehrlich? Versprochen?«

»Polizistenehrenwort. Du musst mir allerdings deinen Namen und deine Adresse verraten.«

Der Junge gab bereitwillig Auskunft. Er hieß Felix Millberg und wohnte zwei Häuser weiter auf der gegenüberliegenden Straßenseite.

»Sag mal Felix …«, fragte Karre, nachdem er sich die Kontaktdaten notiert hatte. »… ist dir in den letzten Stunden hier in der Straße vielleicht irgendetwas aufgefallen?«

Felix überlegte kurz. »Nein, aber ich war ja auch in der Schule. Seitdem ich hier bin, ist nichts Aufregendes passiert. Na ja, abgesehen von dem Hubschrauber. Das war voll fett. Das muss ich morgen unbedingt meinen Freunden erzählen.«

Karre lächelte und verabschiedete sich mit dem Versprechen, zu einem späteren Zeitpunkt noch einmal zurückzukehren, um nach dem verlorengegangenen Flugobjekt Ausschau zu halten. Allerdings, so glaubte er, würde Felix über den Zaun klettern und selbst den Garten absuchen, sobald die Polizei sich vom Acker gemacht hatte.

Er musste an seine eigene Kindheit denken und kam zu dem Schluss, dass er genau das getan hätte.

*

Es war bereits später Nachmittag, als Viktoria und Karim vor dem Eingang zur Intensivstation standen. Karre hatte es vorgezogen, nach einer kurzen Besprechung im Präsidium erneut zum Haus von Monika Redmann zu fahren und sich noch einmal auf ihrem Grundstück umzusehen. Eine Entscheidung, die Viktoria gut nachvollziehen konnte. Schließlich verbrachte ihr Chef im Augenblick mehr als genug Zeit an Krankenhausbetten. Also hatte er seine beiden Kollegen losgeschickt, um mit Monika Redmann zu sprechen.

Sie hatte ihnen etwas mitteilen wollen, kurz bevor sie mit dem Rettungshubschrauber abtransportiert worden war. Und wenn Karre sie richtig verstanden hatte, ging es um die Frau auf dem Foto, welches sie in Martin Redmanns Zimmer gefunden hatten.

»Hoffentlich dürfen wir überhaupt zu ihr.« Karim drückte den Klingelknopf neben der Stationstür. Es dauerte einen Augenblick, dann öffnete sich die Tür einen Spaltbreit und der Kopf einer Krankenschwester mit Pumuckl-Haarschnitt erschien.

»Kann ich Ihnen helfen?«

Sie zeigten ihre Dienstausweise und stellten sich vor.

»Wir würden gerne zu Frau Redmann. Wir hätten ein paar Fragen an sie. Dürfen wir zu ihr?«

Auf der Stirn des Rotschopfes bildeten sich tiefe Falten. »Das kann nur der Arzt entscheiden. Tut mir leid. Aber ich gebe Ihnen Bescheid, sobald ich mit ihm gesprochen habe.«

»Haben Sie eine Idee, wie lange das dauern wird?«, wollte Karim wissen.

»Er ist noch im OP. Notfall. Keine Ahnung, wann er zurück ist. Falls Sie trotzdem warten möchten, da hinten steht ein Kaffeeautomat.« Sie deutete den scheinbar unendlich langen Gang hinunter, den Viktoria und Karim erst wenige Minuten zuvor entlanggegangen waren. »Aber passen Sie auf, das Ding wechselt nicht.«

»Danke für den Tipp«, sagte Viktoria. Sie wollte der Krankenschwester gerade ihre Handynummer anbieten, so dass sie sich bei ihr melden könnte, sobald sie mit dem Arzt gesprochen hatte. Doch bevor sie auch nur ansetzen konnte, fiel die Türe vor ihr wieder ins Schloss.

»Super. Und? Was machen wir jetzt?«

»Hast du Kleingeld? Einen Kaffee könnte ich durchaus brauchen.«

Karim zog sein Portemonnaie aus der Hosentasche und kramte im Münzfach. »Sollte für uns beide reichen«, sagte er schließlich. »Komm, ich lade dich ein.«

*

Während seine beiden Kollegen vergeblich versuchten, einem äußerst widerspenstigen und offensichtlich defekten Kaffeeautomaten ihre unmittelbar zuvor eingeworfenen Münzen wieder zu entreißen, stand Karre im Garten hinter Monika Redmanns Haus.

Im Licht der Spätnachmittagssonne warfen die Tannen am Ende des Gartens lange Schatten auf den knöchelhohen Rasen. Karre vermutete, dass es sich bei dem für ein

Stadthaus überraschend weitläufigen Grundstück bis vor einiger Zeit um einen liebevoll gepflegten Garten gehandelt hatte. Jedenfalls sprachen die aufwendig angelegten und mit zahlreichen Ziersträuchern besetzten Beete sowie der im japanischen Stil angelegte Koiteich dafür. Inzwischen jedoch hatte gnadenloser Wildwuchs die Oberhand gewonnen.

Zunächst hatte Karre sich auf der Terrasse umgesehen, aber nichts Besonderes entdeckt. Um die aufgebrochene Tür zum Wohnzimmer provisorisch zu verschließen, hatte man einfach den Rollladen heruntergelassen, so dass ein Außenstehender nicht erkennen konnte, dass die Tür hinter dem Rollladen offenstand. Folglich gab es hier nichts Interessantes für ihn zu sehen.

Er schlenderte quer über den Rasen in Richtung des Holzhauses, das sich am Ende des Gartens unter die tiefhängenden Zweige zweier Tannen schmiegte. Als er sich der Hütte bis auf wenige Meter genähert hatte, glaubte er, im Gebüsch hinter den Tannen eine Bewegung wahrgenommen zu haben.

Er blieb stehen, beobachtete die Stelle, konnte jedoch keine weiteren Anhaltspunkte ausmachen, dass sich dort jemand aufhielt. Die Äste der Büsche bewegten sich nicht. Er hörte Vögel, die hoch oben in den Bäumen umherhüpften und auf der Straße vor dem Haus fuhr ein Auto. Da er jedoch keine knackenden Äste oder andere verräterische Geräusche in Bodennähe vernahm, entschied er sich dafür, sich geirrt zu haben.

Langsam setzte er seinen Weg fort und betrat wenig später die von einem Vordach geschützte Holzterrasse des Gartenhauses. Sein Blick fiel auf die Tür, die sich mittels eines schmalen Metallriegels verschließen ließ, in dessen Öse zu seiner Überraschung jedoch ein Vorhängeschloss mit geöffnetem Bügel baumelte. Einem über

Jahre antrainierten Automatismus folgend, zog er zwei Latexhandschuhe aus seiner Jackentasche und streifte sie über, bevor er den Riegel zur Seite schob, die Hütte betrat und die Tür hinter sich zuzog.

Das unerwartet großzügig wirkende Innere strahlte Gemütlichkeit aus. Offensichtlich diente die Hütte eher als Freizeit- und weniger als Gerätehaus. Neben zwei übereinanderliegenden Schlafkojen verfügte der Bau über eine kleine Kochnische, einen Tisch mit Eckbank und Stühlen sowie einen gusseisernen Ofen, der an kalten Tagen wohlige Wärme spenden konnte. Alles wirkte sauber und aufgeräumt.

Sein Blick glitt über die Wände, blieb schließlich an der Eingangstür hängen. Diese ließ sich von innen mittels eines hölzernen Schwenkriegels blockieren, um ungebetenen Besuch zu vermeiden.

Ein Geräusch, das seinen Ursprung auf dem Dach der Hütte zu haben schien, ließ ihn innehalten. Schritte. Kurze, schnelle Schritte. Zu laut allerdings, als dass sie von einem Vogel verursacht werden konnten. Auch ein Eichhörnchen, eine Ratte, ein Marder oder ein x-beliebiger anderer Nager kam aus seiner Sicht nicht in Frage. Dafür klang es zu dumpf. Nein, da oben musste etwas Großes sein. Etwas oder …

In diesem Moment ertönte ein lauter Knall von der Frontseite des Hauses, so als sei jemand vom Dach gesprungen und auf den zu der Terrasse führenden Holzstufen gelandet. Er selbst brauchte drei große Schritte, bis er die Tür erreichte. Er drückte die Klinke nach unten und prallte gegen das massive Holz.

Die Tür war verschlossen. Er saß in der Falle.

Es dauerte über eine halbe Stunde, bis die Tür der Intensivstation sich öffnete und die weibliche Ausgabe von Pumuckl in gelbem Schwesternkittel erneut auf dem Krankenhausflur erschien.

Viktoria und Karim, die den Kampf um das vom Kaffeeautomaten unterschlagene Geld schon vor geraumer Zeit aufgegeben hatten, sahen sie erwartungsvoll an.

»Der Chef sagt, Sie können nicht zu ihr. Sie ist noch nicht richtig wach und braucht Ruhe. Er sagt, Sie sollen morgen wiederkommen.«

»Aber wir ...«, setzte Viktoria zum Protest an.

»Tut mir leid, aber da kann ich nichts machen. Kommen Sie morgen wieder«, unterbrach die Krankenschwester die Kommissarin, wobei ihr Bedauern aufgrund des rauen Tonfalls für Viktorias Geschmack wenig überzeugend wirkte. Dann fiel die schwere Tür auch schon mit einem satten Geräusch ins Schloss.

Viktoria starrte ihr entgeistert nach. »Pumuckl entpuppt sich als roter Drache.«

»Wahrscheinlich redet die immer so. Das war bestimmt nicht so unfreundlich gemeint, wie es zugegebenermaßen klang«, brach Karim auf dem Weg zu ihrem Wagen eine Lanze für die Krankenschwester. »Die haben einfach Stress und weder Zeit noch Lust, dass wir sie von ihrer Arbeit abhalten, indem wir ihre Patienten belagern.«

»Wir machen auch nur unsere Arbeit. Außerdem, woher kommt denn plötzlich der Kuschelkurs?«, fragte Viktoria. Sie merkte selbst, wie schnippisch sie klang, unternahm aber nichts, es richtigzustellen.

Karim blieb stehen und hielt seine Kollegin am Arm fest. »Hey, was ist los? So kenne ich dich ja gar nicht.«

»Tut mir leid. Ich glaube, mir ist das alles im Moment etwas zu viel. Der Stress mit Schumacher, die Sache mit Maximilian. Ich meine, er hat mir einen Antrag gemacht und eigentlich sollte ich mich freuen. Stattdessen geht seitdem alles irgendwie den Bach runter. Außerdem bekomme ich ihn in letzter Zeit kaum noch zu Gesicht. Und zur Krönung fliegt er jetzt erst mal dienstlich in die USA.«

In diesem Augenblick klingelte ihr Privathandy. Die Nummer des Anrufers wurde unterdrückt. Sie nahm das Gespräch an, während Karim noch immer neben ihr stand und Zeuge wurde, wie ihr Gesicht einen überraschten Ausdruck annahm. Sie lauschte den Worten des Anrufers, wobei sich nachdenkliche Fältchen auf ihrer Stirn bildeten. Schließlich sagte sie:

»Jetzt gerade ist es schlecht. Kann ich Sie später zurückrufen?«

Unmittelbar nachdem sie aufgelegt hatte, fiel ihr auf, dass die Nummer des Anrufers nicht übertragen worden war und sie ihn gar nicht zurückrufen konnte. Sie schob das Handy zurück in die Jackentasche, wo sie das in diesem Augenblick einsetzende Vibrieren über den Eingang einer SMS informierte.

Sie musste nicht nachsehen, um zu wissen, wer sie geschickt hatte. Aber wie in Dreiteufelsnamen war Alexander Notthoff an ihre private Telefonnummer gekommen?

*

Karre fluchte innerlich über seinen Anfängerfehler, während er an der überraschend robusten Tür rüttelte. Da es ihm fernlag, sie zu beschädigen, ging er zu einem der Fenster und sah hinaus in den Garten.

Niemand war zu sehen.

Kurzzeitig hatte er gehofft, denjenigen, der ihn eingesperrt hatte, zumindest weglaufen zu sehen. Aber wer auch immer der Unbekannte war, er war klug genug gewesen, einen vom Fenster der Hütte aus uneinsehbaren Fluchtweg zu wählen. Seufzend öffnete er das Fenster und kletterte hinaus.

Die Sonne war hinter den Bäumen verschwunden und die Luft hatte sich merklich abgekühlt. Irgendwo ganz in der Nähe quakten Frösche. Wenn er unterstellte, dass der Flüchtende nicht nur mit Glück unentdeckt geblieben war, sondern dass er seinen Weg ganz bewusst gewählt hatte, sprach einiges dafür, dass er sich hier in der Umgebung auskannte.

Martin? Zweifelsohne kannte er den Garten wie seine Westentasche. Hatte er auch einen Grund ihn einzusperren? Eher nicht. Aber es gab noch eine zweite Person, die potenziell infrage kam. Und wenn er darüber nachdachte, schien ihm diese Theorie deutlich wahrscheinlicher.

Mit einem Lächeln auf dem Gesicht machte er sich auf den Weg Richtung Straße.

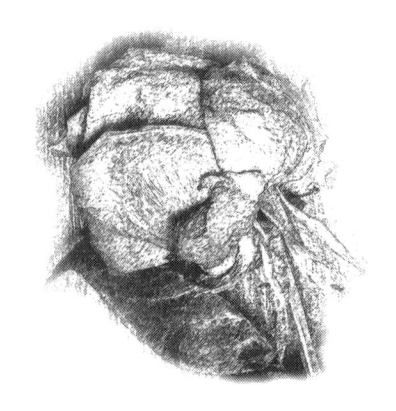

KAPITEL 19

Der Mann im altmodisch anmutenden Trenchcoat verließ das Gebäude durch die gläserne Drehtür des Haupteinganges. Er zögerte kurz, bevor er hinaus auf den Bürgersteig trat und mit zusammengekniffenen Augen die vierspurige Straße hinunter blinzelte. Der Verkehr war zu dieser Tageszeit dicht. Zu dicht, als dass jemand unbemerkt neben ihm hätte anhalten können.

Dennoch war er davon überzeugt, dass sie ihn beobachteten. Ganz sicher hatten sie ihn im Visier und waren über beinahe jeden seiner Schritte auf dem Laufenden. Doch hier und jetzt konnte er keinen Verfolger ausmachen. Er kramte eine zerknüllte Zigarettenschachtel aus der Jacke seines Mantels, schob sich eine Zigarette zwischen die Lippen und zündete sie an. Mit geschlossenen Augen inhalierte er den Rauch und genoss die beruhigende Wirkung des Nikotins. Nach einigen tiefen Zügen machte er sich auf den Weg zu seinem Wagen. Immer wieder sah er sich um, blieb stehen, beobachtete die Umgebung.

Als er nach etwa zweihundert Metern in die schmale Nebenstraße abbog, in der er seinen Wagen abgestellt hatte, fiel ihm auf der gegenüberliegenden Straßenseite jemand auf. Eine finstere Gestalt, die ihm nicht minder finstere Blicke zuwarf, stand - vor neugierigen Blicken weitgehend verborgen - in einem Hauseingang. Als der Fremde in die Innentasche seiner Jacke griff und aus dem Schutz der ihn umgebenden Hauswände hervortrat, beschleunigte der Träger des Trenchcoats seine Schritte. Er schnippte den Rest seiner Zigarette in den Rinnstein, während der andere einen länglichen, schwarzen Gegenstand aus seiner Jackentasche zog.

Sein Wagen stand gleich hinter der nächsten Biegung, keine hundert Meter entfernt. Wie hatte er bloß so leichtsinnig sein können, sich am helllichten Tag derart auffällig zu verhalten? Ihm hätte klar sein müssen, dass sie ihm das nie und nimmer durchgehen ließen.

Zuviel stand auf dem Spiel.

Er drehte sich um und sah den Fremden, der noch immer in der Nähe des Hauseingangs stand. Und jetzt erkannte er den Gegenstand, den der andere aus seiner Jacke gezogen hatte. Es war ein Handy. Er blieb stehen und wischte sich den Schweiß von der Stirn. Sein Puls raste und während er darauf wartete, dass sich sein Herzschlag halbwegs normalisierte, zog er ebenfalls sein Telefon aus der Jacke. Die Nummer, die er wählen wollte, stand ganz oben in der Liste der abgehenden Telefonate.

»Ja?«, meldete sich die junge Frauenstimme am anderen

Ende der Leitung.

»Hi. Ich war bei meinem Boss. Wie besprochen.« Die letzten Worte fügte er in der Hoffnung hinzu, seinem Anliegen dadurch Nachdruck zu verleihen, dass er deutlich machte, sich an seinen Teil ihrer Absprache gehalten zu haben.

»Und?«

»Wie gesagt, er will Beweise. Sonst passiert gar nichts.«

»Er hat wirklich Schiss, oder?«

»Er will sich nicht die Finger verbrennen. Wir schmieden da ein ziemlich heißes Eisen. Und er hat keine Lust, dass es ihm glühend auf die Füße fällt. Dann war´s das mit seiner Karriere. Mit meiner übrigens auch.«

»Ach Barkmann, du machst Karriere? Hab ich noch gar nicht gemerkt.«

»Haha, echt witzig. Also, kannst du liefern?«

»Ich bin grad ziemlich beschäftigt. Morgen fliege ich für ein paar Tage in die USA.«

»In die USA? Willst du mich verarschen? Du kannst doch jetzt keinen Urlaub machen.« Kleine Schweißtropfen bildeten sich auf seiner Stirn, die er mit dem Ärmel seines Mantels wegwischte. Er hatte Himmel und Hölle in Bewegung gesetzt, um die Sache endlich in Gang zu bringen. Nicht auszudenken, wenn es daran scheiterte, dass er weiter hingehalten wurde. Nein, nicht dieses Mal. Nicht, wo er seinem Ziel so nahe war, wie vielleicht nie zuvor.

»Das ist kein Urlaub, sondern eine Dienstreise. Und wer weiß, wofür´s gut ist. Mein Flug geht morgen um 10:25 Uhr. Wir treffen uns um acht am Airport. Ich bringe alles mit.«

»Am Flughafen? Dann muss ich ja extra nach Düsseldorf kommen. Geht´s nicht einfacher? Ich könnte bei dir vorbeikommen …«

Die Person am anderen Ende der Leitung unterbrach

ihn. »Das ist keine gute Idee. Und wie gesagt, ich habe keine Zeit. Sonst musst du eben warten, bis ich zurück bin.« Für ein paar Sekunden sprach niemand. »Also?«

Er seufzte. »Na gut. Wo soll ich hinkommen?«

»Kennst du den Starbucks oberhalb der Terminalhalle?«

»Ja.«

»Komm da hin. Aber sei pünktlich. Mein Flieger wartet nicht.«

Bevor er etwas erwidern konnte, war die Leitung tot. »Verdammt«, murmelte er und ließ das Telefon in die Manteltasche zurückgleiten. Bevor er den Weg zu seinem Wagen fortsetzte, blickte er sich noch einmal um.

Der Fremde auf der anderen Straßenseite war verschwunden.

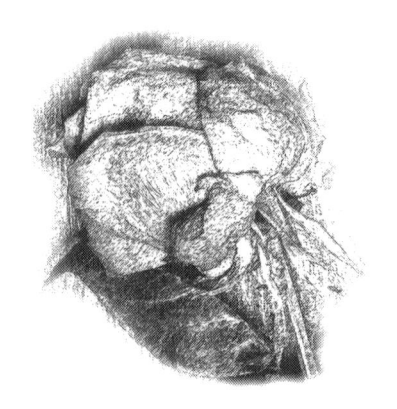

KAPITEL 20

Die attraktive Mittdreißigerin, die ihm die Tür öffnete, sah ihn irritiert an. Ihr braunes Haar hatte sie zu einem Pferdeschwanz zusammengebunden und in ihren Ohren glitzerten mehrere Brillantstecker.
»Frau Millberg?«, fragte Karre.
»Ja«, antwortete sie nach einer längeren Pause, in der sie offensichtlich versucht hatte, den vor ihr stehenden Fremden in eine Kategorie ihr bekannter menschlicher Prototypen einzusortieren. Ihr Gesichtsausdruck verriet, dass es ihr nicht gelungen war. »Mia Millberg. Und wer sind Sie, wenn ich fragen darf?«
Ihm fiel ein leichter Akzent in ihrer Stimme auf, den er aber nicht näher zuordnen konnte. Möglicherweise skan-

dinavisch. Er zückte seinen Dienstausweis und stellte sich vor. »Ist Felix zu Hause?«

Sämtliche Farbe wich aus Mia Millbergs Gesicht. »Kriminalpolizei? Hat er was angestellt? Woher kennen Sie ihn überhaupt?«

»Nein, er hat nichts angestellt. Jedenfalls nicht direkt. Ich habe ihn vor dem Haus Ihrer Nachbarin, Frau Redmann, kennengelernt. Ich nehme an, Sie haben davon gehört?«

»Ja, eine schreckliche Sache. Wissen Sie, wie es ihr geht?«

»Sie wird durchkommen.«

»Zum Glück.« Es war offensichtlich, dass der ihrer Nachbarin geltende Anflug von Erleichterung nur von kurzer Dauer war und stattdessen die Sorge um ihren Sohn erneut die Oberhand gewann. »Was ist mit Felix?«

»Ist er da?«

»Ja.«

»Dürfte ich vielleicht reinkommen? Ich würde ihm gerne ein paar Fragen stellen.«

»Ja, natürlich. Bitte entschuldigen Sie.« Sie trat zur Seite und bat den Hauptkommissar herein. Zu seiner Überraschung führte sie ihn geradewegs in die Küche, wohingegen die meisten Menschen dazu neigten, derartige Gespräche im Wohnzimmer zu führen.

»Möchten Sie etwas trinken?«, fragte sie, nachdem sie Karre einen Platz am Küchentisch angeboten hatte. »Vielleicht einen Kaffee? Oder ein Wasser?«

Karre schüttelte den Kopf. »Nein, vielen Dank. Ich bleibe auch nicht lange. Wie gesagt, ein, zwei Fragen an Felix.«

»Ach ja, Felix. Das hatte ich schon fast wieder vergessen.« Sie lächelte verlegen. »Warten Sie einen Augenblick, ich rufe ihn.«

Sie verließ die Küche und rief den Namen ihres Sohnes die Treppe ins Obergeschoss hinauf. Nach dem zweiten Versuch antwortete Felix mit einem leicht genervten:
»Was ist denn?«
»Komm mal runter! Du hast Besuch!«
Die Andeutung verfehlte ihre Wirkung bei dem neugierigen Jungen nicht. Wenige Sekunden später stand er auf der Türschwelle zur Küche.
»Besuch? Wer ist denn …?« Als er Karre am Küchentisch entdeckte, erstarrte er und der Rest seiner Frage wollte ihm nicht mehr über die Lippen kommen.
»Setz dich«, sagte seine Mutter, während Karre das Zögern des Jungen nicht entging.
»Hallo Felix«, sagte er, blieb aber sitzen, anstatt auf den Jungen zuzugehen. »Kennst du mich noch?«
»Klar«, antwortete Felix. »Der Polizist.«
»Genau. Und? Hast du eine Idee, warum ich zu dir gekommen bin?«
»Hast du meine Drohne gefunden?«, kam es wie aus der Pistole geschossen aus dem Mund des Kindes.
Karre schüttelte den Kopf. »Nein, leider nicht. Aber ich habe gehofft, dass du sie vielleicht schon längst zurückhast.«
»Wie kommst du darauf?« Der Junge trat nervös von einem Fuß auf den anderen, was ihn Karre aus irgendeinem Grund noch sympathischer machte. Er mochte den Knirps, dessen Mutter sich in diesem Augenblick hinter Felix stellte und ihm in einer beschützenden Geste die Hände auf die Schultern legte.
»Nun, lass es mich so sagen. Ich war gerade im Garten eurer Nachbarin Frau Redmann. Und ja, ich habe dort auch nach deiner Drohne gesucht. Dann dachte ich zuerst, ich hätte jemanden im Gebüsch gesehen, habe aber niemanden entdeckt. Und dann ist dieser Jemand über

das Dach der Gartenhütte geklettert und hat mich eingesperrt.«

Er stand auf, ging vor Felix in die Hocke und sah im in die Augen. »Felix, hast du vielleicht eine Idee, wer das gewesen sein könnte?«

Bevor er antworten konnte, kniete sich Mia Millberg vor ihren Sohn und packte seine Oberarme. »Felix, was ist hier los? Warst du in dem Garten? Hast du den Kommissar eingesperrt?«

Karre sah, dass sie den Tränen nah war. »Himmel, Felix! Du treibst mich mit deinen Eskapaden noch in den Wahnsinn.«

»Mama, ich war das nicht!«

»Lüg mich nicht an!«

Das plötzliche Aufbrausen von Mia Millberg überraschte Karre. Er hatte sie weniger dünnhäutig eingeschätzt. Auf der anderen Seite, wie wollte er das beurteilen? Er kannte weder sie noch wusste er das Geringste über ihre Lebensumstände. Nur weil sie in einem schicken Haus wohnte, musste in ihrem Leben nicht zwangsläufig alles eitel Sonnenschein sein.

Schon zuvor war ihm aufgefallen, dass sie keinen Ehering trug. Aber auch das hatte nicht unbedingt etwas zu bedeuten. Viele Menschen nahmen ihren Schmuck ab, wenn sie Arbeiten im Haushalt zu erledigen hatten.

Tränen liefen über Felix Gesicht. »Mama«, schluchzte er. »Muss ich jetzt ins Gefängnis?«

Karre, der sich ein Lächeln nicht verkneifen konnte, legte eine Hand auf die Schulter des Jungen. »Nein, du musst nicht ins Gefängnis. Ich möchte einfach nur wissen, ob du das vorhin im Garten gewesen bist.«

Schnodder lief aus Felix Nase. Er wischte ihn mit dem Ärmel seines Sweatshirts ab, woraufhin seine Mutter missbilligend das Gesicht verzog.

Karre sah sie an und sie schien zu verstehen, dass er sie darum bat, es darauf beruhen zu lassen.

»Felix«, drängte sie ihn dennoch zu einer Antwort auf Karres Frage. »Bist du dort gewesen? Warst du das mit der Tür? Und untersteh dich, mich jetzt anzulügen. Dann kannst du dir die Ausflüge mit diesem Flugzeug bis auf weiteres abschminken.«

»Mama, das ist kein Flugzeug. Das ist eine Drohne. Ein Quadrocopter.«

Sie seufzte. »Von mir aus. Also, was ist jetzt? Warst du dort?«

Die Antwort kam zögerlich und kleinlaut, aber sie kam: »Ja. Ich habe meine Drohne gesucht und bin durch das Gebüsch gelaufen, weil ich dachte, vielleicht liegt sie da. Dann habe ich *ihn* gesehen.«

Er deutete mit einem Kopfnicken auf Karre.

»Ich habe mich hinter einem Busch versteckt und beobachtet, wie er in die Hütte gegangen ist. Und da habe ich die Drohne auf dem Dach entdeckt. Also habe ich mich durch die Büsche an die Hütte geschlichen und bin hochgeklettert.«

»Auf's Dach? Himmel, du hättest dir das Genick brechen können. Wie bist du überhaupt da oben rauf gekommen?«

»An der Rückseite liegt eine Leiter. Die hab ich benutzt.«

»Oh Mann!« Sie hielt beide Hände vor Mund und Nase und schüttelte den Kopf. Eine Geste, die Karre unzählige Male bei Hanna beobachtet hatte. Immer dann, wenn sie etwas nicht glauben konnte oder wollte.

»Und warum hast du mich eingesperrt?«, wollte Karre wissen.

»Weil ich Schiss hatte, dass du mich doch noch entdeckst. Du wolltest ja nicht, dass ich selbst nach der

Drohne suche. Wegen den Spuren und so.«

»Ganz genau. Aber da du sie ja nun gefunden hast …« Er lächelte ermutigend. »Zeigst du sie mir mal?«

»Na klar! Gerne!« Der Stolz auf dem Gesicht des Jungen war nicht zu übersehen, als er hinauf in sein Zimmer lief.

»Hören Sie…«, begann Mia Millberg zögernd. »... es tut mir wirklich leid. Ich meine, er hätte nicht …«

»Vergessen Sie´s.« Karre sah sie an. »Er ist ein großartiger Junge. Seien Sie nicht zu streng mit ihm.«

Sie zog ein Taschentuch aus der Tasche ihrer Jeansshorts.

Karres Blick folgte ihrer Bewegung und zum ersten Mal bemerkte er die frische Bräune ihrer makellosen Beine und das kleine Tattoo in Form eines Notenschlüssels über ihrem rechten Knöchel.

Sie schnäuzte sich und stopfte das Taschentuch zurück in die Hosentasche. »Haben Sie Kinder?«, fragte sie zu seiner Überraschung.

Sofort spürte er den Kloß, der ihm die Kehle zuschnürte. »Ja.« Und nach einer kurzen Pause ergänzte er: »Eine Tochter.« Er konnte nicht mit Sicherheit sagen, ob Mia Millbergs Gesichtsausdruck als Reaktion auf seine Antwort Enttäuschung, Freude oder Gleichgültigkeit ausstrahlte. Und eigentlich spielte es auch keine Rolle.

»Er hat es nicht leicht, wissen Sie.«

Wer hat es das schon, dachte Karre, war aber dankbar für den plötzlichen Themenwechsel.

»Das Flugzeug – ich meine, diese Drohne – ist ein Geschenk seines Vaters.«

Zu seiner eigenen Überraschung verspürte Karre bei ihren Worten eine unterschwellige Enttäuschung.

»Er liebt dieses Ding. Auch wenn ich finde, dass ein Zehnjähriger nicht mit so teuren Spielzeugen draußen herumlaufen sollte. Heutzutage weiß man nie. Außerdem ist es nicht gut. Er verwöhnt ihn zu sehr.«

»Vielleicht versucht er, sein schlechtes Gewissen mit teuren Geschenken zu kompensieren. Das ist nicht ungewöhnlich.« Er biss sich in dem Moment innerlich auf die Zunge, als er die Worte aus seinem Mund hörte. Zwar sprach er durchaus aus eigener Erfahrung, aber ein derartiger Kommentar stand ihm gegenüber einer Fremden nicht zu. Genaugenommen erschien er ihm sogar ziemlich anmaßend.

»Wie auch immer, Felix ist jedenfalls ganz vernarrt in dieses Ding.«

»Es ist ein Quadrocopter. Mama, wann kannst du dir das endlich merken?« Felix stand in der Tür, in seinen Händen hielt er die Drohne.

»Cooles Teil. So eins hätte ich als Kind auch gerne gehabt.« Er zwinkerte Mia Millberg zu. »Aber ich glaube, zu meiner Zeit gab es so etwas noch nicht.«

»Echt nicht? Bist du schon so alt?«

»Felix!«

»Tschuldigung.«

»Lassen Sie ihn. Wo er recht hat, hat er recht.« Er hockte sich wieder neben Felix. »Darf ich mal sehen?«

Felix reichte ihm die Drohne und die Detailtiefe seiner Erklärungen machte bei Karre durchaus Eindruck.

»Und die Kamera macht richtige Fotos?«, fragte er, nachdem Felix mit seinen Ausführungen fertig war.

Felix sah ihn verständnislos an. »Klar, was dachtest du denn? Fotos und Filme. Natürlich in HD.«

»Natürlich.« Er konnte sich das Grinsen nicht verkneifen. »Und wo werden die Bilder gespeichert?«

Felix öffnete eine kaum sichtbare Klappe an der Unterseite des Fluggerätes und zog etwas daraus hervor. »Auf dieser SD-Karte. Vierundsechzig Gigabyte.«

Karre nahm die Karte. »Sag mal, hast du vorhin auch

Fotos gemacht? Bevor die Drohne abgestürzt ist, meine ich.«

»Ja. Jede Menge. Warum willst du das wissen?«

»Würdest du mir die Karte mal leihen? Ich bringe sie auch zurück. Versprochen.«

»Klar. Ich hab noch eine. Ist kein Problem.« Felix reichte ihm die Karte.

»Danke, das ist nett von dir.«

»Felix«, mischte sich seine Mutter nun wieder in das Gespräch ein. Sie hatte während der letzten Minuten schweigend am Türrahmen gelehnt und sie beobachtet. »Geh bitte nach oben. Ich muss noch kurz etwas mit dem Kommissar besprechen.«

»Ok.« Auf Felix Gesicht machte sich Enttäuschung breit. Offensichtlich hatte er Angst, etwas Spannendes zu verpassen. Dennoch gehorchte er seiner Mutter, drehte sich auf halbem Weg zur Treppe aber noch einmal zu Karre um: »Wenn du die Drohne mal ausprobieren willst, kannst du gerne vorbeikommen. Ich zeige dir dann, wie es geht. Und vergiss nicht, mir die Speicherkarte zurückzubringen.« Dann lief er mit schnellen Schritten die Treppe hinauf.

»Ein klasse Junge.« Karre erhob sich aus der Hocke. »Sie können stolz auf ihn sein.«

»Das bin ich auch.« Ein herzliches Lächeln huschte während der Worte über ihr Gesicht. »Auch wenn es manchmal nicht so einfach ist mit ihm. Er hat ziemlich viele Flausen im Kopf.« Ihr Blick wurde wieder ernst. »Ist er in Gefahr?«

»Nein, sicher nicht.«

»Aber Sie glauben, er könnte etwas aufgenommen haben, das Ihnen bei Ihren Ermittlungen weiterhilft.«

»Das kann ich nicht sagen, aber möglich wäre es. Zumindest kann ich nicht ausschließen, dass er die Drohne zur Tatzeit hat fliegen lassen. Ich sehe mir die Bilder an und bringe Ihnen die Karte so schnell wie möglich zurück. Übrigens, seit ein paar Wochen gibt es in Deutschland ein neues Gesetz, das Ordnung am Himmel schaffen soll. Es regelt die Kennzeichnungspflicht von Drohnen. Und auch einige Grundsätze, was diese Fotos betrifft, die Felix mit dem Teil macht. Auch wenn es in seinem Alter sicher noch Spielerei ist, Sie sollten sich das einmal ansehen, bevor Ihnen ein übergenauer Nachbar eines Tages deswegen Ärger macht.«

»Danke für die Info, dann werde ich mich damit wohl mal auseinandersetzen müssen. Felix wird begeistert sein, wenn ich ihm davon erzähle.« Mia Millberg ging zu einem der Küchenschränke. Sie zog eine Schublade auf, der sie einen Zettel und einen Kugelschreiber entnahm. Dann begann sie, etwas darauf zu schreiben. Schließlich kehrte sie zu Karre zurück und reichte ihm den Notizzettel. »Hier, meine Telefonnummer.«

Genaugenommen waren es zwei Nummern. Die eine gehörte zu einem Festnetzanschluss, die andere zu einem Mobiltelefon. »Rufen Sie vorher an, wenn Sie die Karte zurückbringen?«

»Das mache ich.«

»Versprochen?« Um ihren Mund herum bildeten sich die gleichen Grübchen, die ihm schon bei Felix aufgefallen waren. Das Lächeln wirkte verlegen, beinahe ein wenig kindlich.

Auf dem Weg zu seinem Wagen zog er den Zettel mit den Telefonnummern aus der Hosentasche und betrachtete ihn. Unter den beiden Nummern stand noch etwas: »Rufen Sie mich an? Mia.«

Daneben hatte sie einen Smiley gemalt.

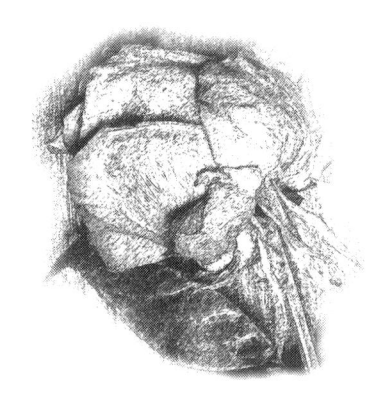

KAPITEL 21

Er saß im Schneidersitz auf dem Bett seines Hotelzimmers. Der Rotwein aus der Minibar schmeckte deutlich billiger, als der Preis, den er dafür bezahlt hatte, vermuten ließ. Den an der Wand montierten Flatscreen in Tablet-Größe hatte er stummgeschaltet, weil er es nicht länger ertrug, dem Schuldnerberater im besten Pensionärsalter seinen Bemühungen zuzuhören, einer abgehalfterten Ex-Prominenten den Unterschied zwischen Soll- und Haben zu vermitteln.

Das direkt neben dem Hauptbahnhof liegende Hotel hatte er ausgewählt, weil es ihm für seine Zwecke am geeignetsten erschien. Zwar konnte die Größe des Zimmers kaum mit der einer Gefängniszelle konkurrieren, dafür kostete die Übernachtung nur knapp sechzig Euro. Inklusive Frühstück, wobei er auf Letzteres genauso gut hätte verzichten können.

Mit seinen rund einhundertfünfzig Zimmern war das Hotel nicht zu unübersichtlich, aber doch anonym genug, um nach dem Check-in nicht weiter aufzufallen. Er stand auf, schob sich durch den schmalen Spalt zwischen Bett und Schreibtischnische und zog den Vorhang zur Seite. Fünf Stockwerke unter ihm schlängelte sich gerade ein weißer, strombetriebener Bandwurm in den Bahnhof.

Sein Blick wanderte zu dem direkt an die Gleise angrenzenden Parkplatz, bevor er das Smartphone mit der nagelneuen SIM-Karte aus der Hosentasche zog, um die Uhrzeit zu checken. Kurz nach acht. Keine Anrufe, keine Nachrichten. Kein Wunder, schließlich kannte noch niemand seine neue Nummer.

Eine neue Mail. Er öffnete den Mailaccount. Schon die Betreffzeile verriet, dass es jemand namens infoforexvvm@0-0.com besonders gut mit ihm meinte, weshalb dieser jemand ihm den Weg zu unvorstellbarem Reichtum durch den idiotensicheren Handel mit Binäroptionen für unschlagbare 49,95 EUR vorstellen wollte. Als E-Book. Er löschte die Mail, ohne sie zu öffnen.

Als er wieder hinunter zum Parkplatz sah, klopfte es. Er zog die Gardine zu, schaltete den Fernseher aus und ging zur Zimmertür.

Es klopfte erneut. Dieses Mal energischer. »Martin?«

Er erkannte die Stimme und öffnete die Tür.

»Stella. Komm rein. Wie bist du hergekommen? Ich habe dich nicht auf den Parkplatz fahren sehen.«

Sie entledigte sich ihrer Jacke. »Ich habe so ziemlich alle verfügbaren öffentlichen Verkehrsmittel genutzt. Bus, Straßenbahn, U-Bahn. Dabei bin ich mindestens einmal kreuz und quer durch die Stadt gefahren. Wenn mir trotzdem jemand gefolgt ist, dürfte ihm jetzt schwindelig sein.«

»Gut so.« Er lächelte, nahm ihre Jacke und hängte sie an einen der Kleiderhaken hinter der Tür. »Wein?«

»Gerne.«

Er nahm ein Glas aus dem offenen Regal neben dem Schreibtisch und schenkte ein.

Beim ersten Schluck verzog sich Stellas Gesicht zu einer Grimasse. »Lecker. Ich nehme an, der stammt aus dem exklusiven Weinkeller des Hotels?«

»Scheint so. Der Preis spricht jedenfalls dafür. Etwas anderes kann ich dir leider nicht bieten. Trotzdem, lass uns anstoßen. Darauf, dass es endlich losgeht.« Er deutete auf das Bett. »Setz dich.«

Stella kam seiner Einladung nach. Sie schlug die Beine seitlich unter ihren Po und lehnte sich mit dem Rücken gegen das Kopfteil des Bettes. Nach einem weiteren Schluck stellte sie das Glas auf dem Nachttisch ab. »Wie kommst du eigentlich damit klar, dass zwei Menschen gestorben sind?«

»Es sind schon viel mehr Menschen gestorben. Kaum jemand weiß das so gut wie wir beide. Und es war nicht unsere Schuld.«

»Aber die Kugeln, die die beiden getötet haben, waren für uns bestimmt.«

»Was willst du tun?«

»Keine Ahnung. Aber ich kann einfach nicht so tun, als wenn ich das nicht wüsste.«

»Du wirst schen, wenn die Sache erst mal ins Rollen gekommen ist, geht es dir besser.« Er setzte sich neben sie und legte seine Hand auf ihren Oberschenkel. »Stella, wir haben jetzt so lange dafür gekämpft und sind kurz vor dem Ziel. Wir können jetzt keinen Rückzieher mehr machen.«

Sie sah in Richtung des Fensters. Hinter den zugezogenen Gardinen war die Sonne längst untergegangen und das Rumpeln eines einfahrenden Zuges versetzte das Zimmer in leichte Vibrationen, so dass die mit dem Boden nach oben auf den Regalböden stehenden Wassergläser leise klirrend gegeneinanderschlugen.

Ein Erdbeben, dachte sie. *Es wird ein Erdbeben geben. Und wir werden diejenigen sein, die es ausgelöst haben.* Sie seufzte. »Ich weiß. Ich bin einfach nur froh, wenn es endlich vorbei ist.«

»Das bin ich auch.« Er griff nach ihrer Hand. »Morgen früh triffst du dich mit Barkmann?«

»Ja, er kommt zum Flughafen. Hast du alles mitgebracht?«

Wortlos stand er auf und ging zu einer schwarzen Sporttasche, die auf der Kofferablage neben der Zimmertür stand. Als er sich wieder neben sie setzte, legte er einen braunen Luftpolsterumschlag auf ihren Schoß. »Der USB-Stick. Den nimmst du morgen mit zum Flughafen. Für Barkmann.«

Von einem nachdenklichen Nicken begleitet, nahm sie den Umschlag und legte ihn neben ihrem Weinglas ab. »Ich hoffe wirklich, dass es reicht, um sie fertig zu machen. Es muss endlich zum Ende kommen. Was denkst du? Hast du es dir angesehen?«

»Klar. Ich hab zwar höchstens die Hälfte verstanden, aber ich bin mir sicher, dass jemand wie Barkmann genau weiß, was er da in den Händen hält.«

»Hauptsache er verbockt es nicht. Er ist ein komischer Typ. So richtig traue ich ihm nicht.«

»Haben wir eine Wahl?«

»Wir könnten selbst an die Öffentlichkeit gehen. Ohne ihn.«

Er schüttelte den Kopf. »Erstens haben wir keinerlei

Reputation in diesem Bereich, zweitens wissen wir überhaupt nicht, wie genau das Ganze abgelaufen ist. Und drittens glaube ich, dass wir erst mal für eine Weile untertauchen sollten, wenn die Bombe platzt.«

Sie sah ihn fragend an.

»Sie werden eins und eins zusammenzählen und früher oder später darauf kommen, wo das Leck gewesen ist.«

Du meinst, sie kriegen raus, wer ihnen den Trojaner untergeschoben hat?«

»Zumindest würde ich sie nicht unterschätzen. Für sie steht verdammt viel auf dem Spiel.«

»Alles, um genau zu sein.«

Er ließ den Wein in seinem Glas kreisen und beobachtete, wie sich das Licht der Stehlampe in der Zimmerecke auf der Oberfläche der hellroten Flüssigkeit spiegelte. Es war seine Idee gewesen. Sein Plan. Er trug die Verantwortung. Er hatte Stella damals den USB-Stick gegeben und ihr geraten, den Umschlag mit der handgeschriebenen Aufschrift *privat* auf der Herrentoilette zu deponieren.

Die Menschen waren berechenbar. Und neugierig. Und so hatte es nicht lange gedauert, bis der Umschlag einen neuen Besitzer gefunden hatte. Dieser hatte, vermutlich in Erwartung pikanter Details über einen seiner Kollegen, nicht lange gezögert, den Stick in den USB-Port seines Firmenrechners zu stecken. Und noch bevor er das Video mit den schlüpfrigen Dateinamen auch nur gestartet hatte, war der Trojaner vollkommen unbemerkt an die Arbeit gegangen und hatte Martin Tür und Tor in das firmeninterne Netzwerk geöffnet.

Ab diesem Augenblick war es ein Leichtes gewesen, sich Zugang zu allen Daten zu verschaffen, auf die Stella im Rahmen ihrer Tätigkeit keinen Zugriff hatte.

»Die wissen etwas. Sonst wären sie nicht in deine alte Wohnung eingebrochen. Martin, die haben Menschen getötet. Unschuldige Menschen. Diese Bestien sind zu allem fähig.«

»Wir wissen doch gar nicht, ob es wirklich einen Zusammenhang zwischen uns und dem Mord gibt. Die Polizei sagt, es könnte ein ganz normaler Einbruch gewesen sein. Die Täter wurden überrascht und haben die Kontrolle verloren«, versuchte er sie - und irgendwie auch sich selbst - zu beruhigen.

Der ursprüngliche Plan war perfekt gewesen. Aber er hatte einen Fehler gemacht. War übermütig geworden, übers Ziel hinausgeschossen.

Stella ahnte davon nichts und er würde einen Teufel tun, es ihr zu sagen. Nicht hier. Nicht jetzt. Erst, wenn er am Ziel war. Und dann würde ein neues Leben vor ihnen liegen.

»Sie werden uns jagen, oder?« Sie sah ihn an. Zum ersten Mal, seit sie sich kannten, konnte er in ihren Augen Anzeichen von Angst sehen.

Er beugte sich in ihre Richtung und küsste sie zärtlich, zuerst auf die Stirn, dann auf die weichen, nach Vanille schmeckenden Lippen. Sie erwiderte seinen Kuss nicht, schob seinen Kopf sanft beiseite und flüsterte: »Martin, nicht. Wir dürfen das nicht.« Mit geschlossenen Augen lehnte sie ihren Kopf an seine Schulter, während er einen Arm um sie legte und im Stillen nach einer Antwort auf ihre Frage suchte.

Schließlich fand er sie: »Nicht, wenn sie für den Rest ihres Lebens im Knast sitzen.«

*

Er hatte sich seiner Krawatte entledigt und das Sakko seines Anzugs über die Lehne des Schreibtischstuhls gehängt. Dem in einem der Aktenschränke untergebrachten

Barfach hatte er eines der Gläser entnommen und sich einen besonders guten Wishky eingeschenkt, der vorwiegend bei Gesprächen mit seinen wichtigsten Klienten zum Einsatz kam: ein zweiunddreißig Jahre alter *Laphroaig* von den schottischen Hebriden. Streng limitiert, für über eintausenddreihundert Euro die Flasche. Wie flüssiges Gold leuchte die edle Flüssigkeit in dem dickwandigen Kristallglas.

Als sein auf dem Schreibtisch liegendes Mobiltelefon einen eingehenden Anruf signalisierte, stellte er das Glas ab und nahm das Gespräch an.

Ohne selbst etwas zu sagen, wartete er, bis der Anrufer zu sprechen begann. Erst, als dieser seine Botschaft losgeworden war, erwiderte er etwas.

»Sie hat Ihre Leute also abgehängt? Wie kann das sein?« Seine Stimme klang ruhig, dabei aber eiskalt, beinahe bedrohlich. Obwohl er innerlich vor Wut kochte, lauschte er scheinbar teilnahmslos den wenig überzeugenden Erklärungsversuchen des Anrufers.

»Machen Sie so etwas zum ersten Mal?« Und ohne eine Antwort abzuwarten, fuhr er fort: »Wie dem auch sei, es ist nicht mehr zu ändern. Wir ziehen unseren Plan B vor. Auf morgen. Sind Sie bereit?«

»Ja. Natürlich.« Die Antwort kam mit belegter Stimme.

»Dann sehen Sie zu, dass Sie es nicht noch einmal versauen. Ihre Truppe hat sich während der letzten Tage mehr als genug Fehler erlaubt. Mehr, als wir uns leisten können. Meine Geduld ist allmählich am Ende. Haben Sie das verstanden?«

»Ja.«

»Gut. Sie wissen, was zu tun ist.« Er kappte die Verbindung, nahm das Glas und lehrte es mit einem einzigen Schluck.

Draußen auf der Straße waren die Laternen angegangen

und bald würde sich die Dunkelheit über die Stadt legen. Und über das Leben dieser lästigen, kleinen Mistkäfer.

*

Sein Leben lang war das halbwilde Cerdo ibérico durch die Dehesas, die riesigen Eichenhaine nordwestlich von Córdoba in Südspanien gestreift, wo es unter alten Korkeichen gebuddelt, Eicheln gefressen und sich in der schwarzen Erde gesuhlt hatte. Doch auch dieses vermeintlich glückliche Schweineleben war irgendwann – natürlich auf die denkbar unnatürlichste Art und Weise – zu Ende gegangen und nun verharrte das zarte Filet des Tieres seit geraumer Zeit im Backofen einer modernen Einbauküche.

Viktoria stand mit einem Glas Rioja in der Hand an die Arbeitsplatte gelehnt und wartete. Und dieses Warten zog sich unangenehm in die Länge. Maximilian war bereits seit einer Stunde überfällig. Natürlich war sie es gewohnt, dass er spät, später oder verflucht spät nach Hause kam, aber gerade heute nervte es besonders.

Nicht nur, weil sie über zwei Stunden damit verbracht hatte, vor seinem morgigen Abflug ein aufwendiges Abschiedsessen auf die Beine zu stellen, sondern auch, weil er es wieder einmal nicht geschafft hatte, ihr wenigstens kurz Bescheid zu geben. Nicht mal für eine SMS oder eine WhatsApp-Nachricht hatte es gereicht.

Sie warf einen Blick in den Ofen. Das Fleisch sah gut aus, aber die Uhr auf dem digitalen Bedienfeld signalisierte ihr, dass es bereits seit fünfundvierzig Minuten bei sechzig Grad warmgehalten wurde. Mehr als eine Stunde war nicht gut. Nicht bei einem Stück Fleisch mit einem Kilopreis von über dreißig Euro. Ähnlich verhielt es sich mit den Beilagen. Lustlos nippte sie an ihrem Wein.

Gerade als sie das Glas zurück auf die Arbeitsplatte stellte, klingelte ihr Handy.

Maximilian.

»Hi! Schön, dass du dich doch noch meldest. Bist du gleich da?«, fragte sie, obwohl die Abwesenheit der typischen Hintergrundgeräusche der Autofreisprecheinrichtung sie bereits vermuten ließ, dass er noch nicht einmal unterwegs war. »Bist du etwa noch im Büro?«

»Sorry, Schatz. Aber es wird heute spät. Wir haben noch ein Meeting wegen New York. Die Präsentation braucht einen letzten Schliff. Ich weiß, das ist echt blöd. Gerade an unserem letzten Abend, aber ich schaffe es wirklich nicht. Ich wollte dir nur sagen, dass du nicht auf mich warten musst. Bist du schon zu Hause? Du hattest angerufen. War etwas Wichtiges?«

»Nein«, sagte sie. »Nichts Wichtiges.« Und legte auf.

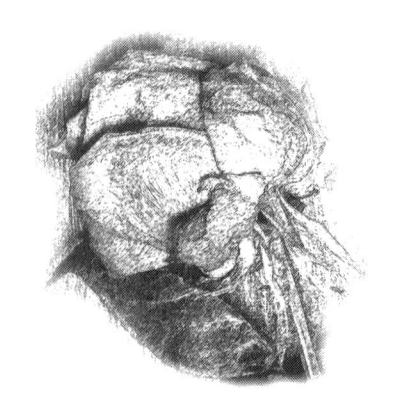

KAPITEL 22

Sie hatte geduscht und sich bequeme Sachen für den bevorstehenden Langstreckenflug angezogen. Es war kurz vor acht am Morgen, was bedeutete, dass ihr noch etwas Zeit blieb, bis sie abgeholt würde.

Der Duft des frischen Kaffees stieg ihr in die Nase, während sie auf ihrem iPad flüchtig durch den Lokalteil der Tageszeitung blätterte. Nachdem sie bereits im Wirtschaftsteil vergeblich gesucht hatte, war es nicht überraschend, dass sie auch hier nicht fündig wurde. Schließlich hatte Barkmann ihr sehr deutlich gesagt, dass sein Chef den Artikel erst bringen würde, wenn er ihre Beweise in den Händen hielt.

Noch heute würde sie Barkmann den USB-Stick am

Flughafen übergeben und ab diesem Augenblick hätte er alle nötigen Informationen. Es war also gut möglich, dass die Bombe hochging, während sie unterwegs war.

Einerseits war das gut, denn so war sie nicht unmittelbar in der Schusslinie und der Verdacht würde hoffentlich nicht direkt auf sie zurückfallen. Andererseits bedauerte sie es. Zu gerne hätte sie vor Ort miterlebt, wenn es dieser kriminellen Vereinigung endlich an den Kragen ging. Wenn die Nachrichten wie ein Tsunami heranrollen und diese Verbrecher mit sich in die Tiefe reißen würden.

Sie nippte an dem noch immer heißen Kaffee, stellte die Tasse auf dem Küchentisch neben ihrer Handtasche ab. Ein kurzer Blick bestätigte noch einmal, was sie schon unzählige Male zuvor kontrolliert hatte: Flugticket, Reisepass sowie die Einreiseformulare, die sie vorab im Internet ausgefüllt und zur Sicherheit noch einmal ausgedruckt hatte. Alles war vollständig.

Den restlichen Kaffee kippte sie in den Ausguss, spülte die Tasse von Hand und wischte die Spüle sauber. Der in ihrem Handy programmierte Alarm ging los. Sie sah aus dem Fenster und obwohl der Wagen, der sie abholen sollte, noch nicht zu sehen war, beschloss sie, runter auf die Straße zu gehen und dort zu warten.

Es war eine nette Geste ihres Chefs, dass er ihr einen Wagen samt Fahrer vorbeischickte, so dass sie weder ein Taxi, noch einen der teuren Tiefgaragenparkplätze am Flughafen nehmen musste. Die Haustür war gerade hinter ihr ins Schloss gefallen, als sie den schwarzen Audi A8 die Straße hinauffahren sah. Sie erkannte das Kennzeichen, da sie das Fahrzeug regelmäßig in der Tiefgarage stehen sah und stellte ihren Koffer am Straßenrand ab.

Der Fahrer suchte keinen Parkplatz, was in der engen Straße zu dieser Uhrzeit auch alles andere als einfach gewesen wäre, sondern brachte die schwere Limousine direkt vor ihr zum Stehen, öffnete die Fahrertür und stieg aus. Er trug einen schwarzen Anzug, wie sie es von den Fahrern ihres Arbeitgebers her kannte.

Der Chauffeur lächelte höflich und zurückhaltend, während er ihr die Fondtür aufhielt. Sie stieg ein, stellte ihre Handgepäcktasche vor sich im Fußraum ab und sank auf die Rückbank. Das dunkelbraune Nappaleder war angenehm weich. Zudem roch es ausgesprochen gut – irgendwie nach …

»Ich habe Ihnen einen frischen Kaffee besorgt«, riss der Fahrer sie aus ihren Gedanken. »Steht in der Mittelkonsole.«

In der dafür vorgesehenen Halterung fand sie einen Pappbecher im XL-Format samt dem obligatorischen Plastikdeckel. »Das ist wirklich nett. Vielen Dank!«

»Ich hoffe, ein Cappuccino ist nach Ihrem Geschmack?«

»Es ist perfekt. Nochmals, vielen Dank! Genau das habe ich jetzt gebraucht.« Sie inhalierte den aus der Trinköffnung des Bechers strömenden Duft.

»Keine Ursache«, antwortete der Fahrer, während er den Wagen über die enge Fahrbahn in Richtung Hauptstraße steuerte. »Machen Sie es sich bequem. Sie können auch gerne die Augen zumachen. Ich wecke Sie dann, sobald wir am Flughafen sind. Ich fahre Sie direkt ans Gate.«

Der Geschmack des Kaffees war wundervoll. Kräftig mit einer dezenten Süße, verfeinert durch eine Spur Zimt. Sie lehnte sich zurück und sah aus dem Fenster. In Momenten wie diesen wusste sie, wozu sie sich durch das Jurastudium quälte. In nicht allzu ferner Zukunft würde sie promovieren und sich anschließend einen Job in einer internationalen Spitzenkanzlei suchen. Ihre Noten gaben es allemal her.

Und dann würde sie den Kriminellen und Betrügern dieser Welt den Kampf ansagen. Nicht den kleinen Gaunern, sondern denjenigen, die Betrug im großen Stil betrieben. Denjenigen, die vor nichts zurückschreckten, wenn es darum ging, ihre dunklen Geheimnisse zu wahren. Nicht einmal vor Mord. Sie würde sich für die Opfer einsetzen, die alles verloren hatten, weil sie sich mit den falschen Leuten eingelassen hatten. Und für die Hinterbliebenen derer, die im Kampf für Gerechtigkeit ihr Leben verloren hatten. Oder, weil sie zu spät gemerkt hatten, worauf sie sich einließen. Zu spät, als dass es für sie noch einen Ausweg aus dem tödlichen Mahlstrom gab, in den sie geraten waren.

Es hatte zu regnen begonnen. Aus tiefschwarzen Wolken fielen dicke Tropfen, klatschten gegen die Scheiben und ließen die Stadt auf der anderen Seite des Fensters unscharf und verschwommen erscheinen. Dazu kam die Müdigkeit, die sich wie ein schweres Samttuch über sie legte. Ihre Lider schienen plötzlich Tonnen zu wiegen und es fiel ihr zunehmend schwer, die Augen offenzuhalten.

Sie wollte den Kaffeebecher zurück in die Halterung der Mittelkonsole stellen, doch auch diese verschwamm plötzlich vor ihren Augen. Dann wich die Kraft aus ihrer Hand und der Becher entglitt langsam ihrem Griff. Sie spürte die Wärme zwischen ihren Beinen, als sich der restliche Kaffee über ihren Schoß ergoss. Der leise Fluch, den sie ausstieß, kam nur undeutlich über ihre Lippen, da die Müdigkeit ihre Zunge schwerer und schwerer machte.

Sie versuchte gegen den Zwang anzukämpfen, die Augen zu schließen und sich auszuruhen. Nur für einen kleinen Augenblick.

Bis wir am Flughafen sind, flüsterte eine innere Stimme. *Nur für ein paar Minuten.*

Dann verschwamm das Licht der vor ihnen rot aufleuchtenden Ampel mit dem die Scheibe herunterfließenden Regen zu einem roten Strom. Ein blutiger Vorhang, der sich langsam vor ihren Augen herabsenkte.

*

Sie blickte ihm hinterher, während er im Menschenstrom hinter der sich automatisch schließenden Glastür verschwand. Beinahe die ganze Fahrt über hatten sie geschwiegen. Ihr war es nur recht gewesen, denn ihr Ärger über den vergangenen Abend hatte sich trotz der dazwischenliegenden Nacht nicht verflüchtigt. Nach dem Telefonat mit Maximilian war sie ins Bett gegangen und ziemlich schnell eingeschlafen. Irgendwann mitten in der Nacht, Viktoria glaubte sich zu erinnern, dass der Wecker auf ihrem Nachttisch irgendetwas nach zwei Uhr morgens angezeigt hatte, war er nach Hause gekommen, hatte sich ohne etwas zu sagen die Bettdecke über die Ohren gezogen und war eingeschlafen.

Noch einmal ließ sie die letzten Wochen Revue passieren. Seitdem er ihr einen Antrag gemacht hatte, lief es zwischen ihnen nicht besonders. Alles wirkte so angestrengt, verkrampft. Sicher, er war kein Idiot und spürte vermutlich, dass sie sich alles andere als sicher gewesen war, als sie ihm ein heiseres »Ja« entgegengehaucht hatte. Aber warum sprach er sie nicht einfach darauf an? Statt sie nach ihren Gründen zu fragen, ignorierte er ihre Unsicherheit und – jedenfalls hatte sie den Eindruck – machte sich so oft wie möglich aus dem Staub. Und das, obwohl ihnen zwischen seinen Überstunden und ihrem eigenen, wenig geregelten Berufsleben, ohnehin nicht viel Zeit für ein gemeinsames Privatleben blieb. Vielleicht bestand genau darin ihr Problem. Dass sie eigentlich zwei parallel verlaufende Leben führten. Nebeneinander her, nicht

Seite an Seite.

Noch immer blickte sie in den hinter Glas dahingleitenden Menschenstrom. Hatte Maximilian sich noch einmal umgedreht? Hatte er ihr ein Lächeln und einen Kuss zugeworfen, wie er es früher nicht oft genug hatte tun können, wenn sie sich mit nicht enden wollenden Zeremonien voneinander verabschiedet hatten? Sie musste sich eingestehen, es nicht mit Gewissheit sagen zu können. Noch bevor er aus ihrem Sichtfeld verschwunden war, hatten sich ihre Gedanken auf die Reise gemacht.

Vor einigen Tagen hatte sie versucht, mit ihrer Mutter über das Problem zu reden. Und noch immer hätte sie sich selbst dafür ohrfeigen können. Sie wusste doch nur allzu gut, wie sehr diese Maximilian vergötterte. Der zukünftige Millionenerbe, der dabei war, in die Fußstapfen seiner Eltern zu treten, und eines Tages an der Spitze ihrer Kanzlei stehen würde. Eine gesellschaftliche Position, die Katharina von Fürstenfeld sich für ihre Tochter nur allzu gut vorstellen konnte. Die Tatsache, dass Viktoria selbst mit diesem ganzen Schnickschnack herzlich wenig anzufangen wusste, und zum Entsetzen ihrer Mutter ihre Zeit lieber mit der Jagd nach Mördern und Kapitalverbrechern verbrachte, verstand sie gekonnt zu ignorieren.

Dementsprechend hatte die Gräfin ihrer Tochter gehörig die Leviten gelesen, als diese von ihren Zweifeln bezüglich einer gemeinsamen Zukunft mit Maximilian berichtete. Anstatt ihr Verständnis entgegenzubringen, hatte sie ihr Vorhaltungen gemacht, sie solle sich gefälligst zusammenreißen und sich nicht von im übrigen völlig normalen Bedenken und Panikattacken irritieren lassen. Nach diesen aus ihrer Sicht ohne jeden Zweifel gut gemeinten Ratschlägen war das Thema für sie erledigt gewesen.

Warum hatte sie nicht mit ihrem Vater darüber gesprochen? Für ihn zählte, dass seine Tochter glücklich wurde und nicht, dass sie um jeden Preis einen Ehemann aus der Essener High Society fand.

Ein lautes Hupen riss sie aus ihrem inneren Monolog und der Blick in den Rückspiegel offenbarte einen wild gestikulierenden Taxifahrer, der sie mit unmissverständlicher Gebärdensprache aufforderte, den von ihr genutzten Taxihaltestreifen zu räumen. Für einen kurzen Augenblick erwog sie, sich einen Spaß zu machen und auszusteigen, um dem noch immer tobenden Gesellen ihren Polizeiausweis unter die Nase zu halten, entschied sich aber dagegen.

Stattdessen startete sie den Motor und beschleunigte den Cooper S in Richtung Autobahn. Normalerweise hätte sie an einem so wunderschönen Frühsommermorgen das Verdeck geöffnet und sich bei voll aufgedrehter Musik den Fahrtwind durch die blonden Haare wehen lassen. Aber nicht heute. Irgendwie stand ihr der Sinn nicht danach. Neben ihrem ohnehin angeschlagenen Gemütszustand lag noch etwas anderes in der Luft. Eine dunkle Vorahnung, die sie beschlich und die sie mit nichts anderem als mit weiblicher Intuition zu erklären vermochte.

*

Torge Barkmann umklammerte seinen Kaffeebecher, den er sich gewohnheitsmäßig in der To-Go-Variante aus Pappe hatte geben lassen, und blickte nervös zwischen dem Eingang der Starbucks-Filiale und den tief unter ihm in der Empfangshalle hereinströmenden Menschenmassen hin und her.

Ihr Flug ging in etwas mehr als einer Stunde. Wenn sie

nicht bald auftauchte, würde sie ihn verpassen. Oder hatte sie ihn versetzt? Hatte sie schon längst die Sicherheitsschleuse passiert und wartete am Gate darauf, dass ihr Flug zum Boarding aufgerufen wurde?

In einem der moosgrünen Ohrensessel an einem Tisch in der Ecke hockte ein Mann, den Barkmann auf Mitte dreißig taxierte. Er war offenbar geschäftlich unterwegs, denn im Gegensatz zu den meisten Anwesenden trug er keine legere Freizeitkleidung, sondern einen anthrazitfarbenen Anzug und ein weißes Hemd mit silbernen Manschettenknöpfen.

Auch er schien auf jemanden zu warten. Jedenfalls checkte er die Uhrzeit auf seiner Armbanduhr eher im Sekunden- als im Minutentakt. Zweimal hatte er schon sein Handy aus der Tasche geholt, um jemanden anzurufen. Offenbar vergeblich, denn jedes Mal hatte er wieder aufgelegt, ohne irgendetwas gesagt zu haben.

Nun zog er das Telefon zum dritten Mal aus der Innentasche seines Anzugs, doch anders als bei den beiden ersten Versuchen, schien er dieses Mal mit jemandem zu sprechen. Allerdings ließ sein Gesichtsausdruck eher vermuten, dass er sich nach zwei vergeblich versuchten Kontaktaufnahmen dieses Mal dazu durchgerungen hatte, eine Nachricht auf einer Mailbox zu hinterlassen. Denn nachdem er seinen Monolog beendet hatte, legte er sofort auf, ohne eine Antwort des anderen Teilnehmers abzuwarten.

Dann stand er auf, sammelte sein Handgepäckstück und einen Mantel von dem ihm gegenüberstehenden Sessel ein und verließ das Café, ohne Barkmann, der sich ebenfalls aus seinem Sessel erhob, um sich auf den Weg zu machen, eines einzigen flüchtigen Blickes zu würdigen.

Keiner der beiden Männer ahnte, dass sie beide vergeblich auf dieselbe Person gewartet hatten.

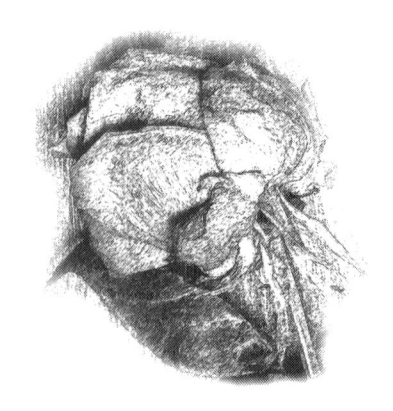

KAPITEL 23

Dieses Mal kam kein roter Drache, der die Stationstür blockierte und der Kommissarin Gift und Galle entgegenschleuderte. Viktoria war direkt vom Flughafen ins Krankenhaus gefahren, um einen erneuten Anlauf für die noch immer ausstehende Befragung von Monika Redmann zu wagen.

Auf dem Gang, der zur Intensivstation führte, waren ihr zwei Besucher entgegengekommen. Irgendwie hatten die beiden es offensichtlich fertiggebracht, dem Kaffeeautomaten das zu entlocken, was der widerspenstige Kasten Karim und ihr am Vortag so vehement verwehrt hatte: Kaffee.

Der Duft aus den Pappbechern strömte über den Flur,

so dass ihr das Wasser im Mund zusammenlief. Sie kramte ihr Portemonnaie aus der Jackentasche und suchte – wie am Vortag vergeblich – nach Kleingeld. Letztendlich tröstete sie sich damit, dass der Automat in ihrer Gegenwart vermutlich ohnehin wieder den Dienst verweigert hätte.

Die junge Krankenschwester, die sie freundlich lächelnd an der Tür begrüßte, hatte ihr versichert, wohlwollend mit dem diensthabenden Arzt zu sprechen, damit dieser einen kurzen Besuch gestattete. Wenige Minuten später schob sie den Kopf durch den Türspalt und überbrachte Viktoria die positive Nachricht.

»Kommen Sie, aber bitte nur kurz. Eigentlich soll sie noch keinen Besuch bekommen, aber ich habe dem Doktor erklärt, dass es wirklich wichtig für Ihre Ermittlungen ist. Regen Sie sie bitte nur nicht auf, sonst komme ich in Teufels Küche.«

»Keine Sorge. Ich beeile mich. Eigentlich habe ich nur eine einzige Frage. In ein paar Minuten bin ich wieder draußen. Versprochen. Vielen Dank für Ihre Hilfe.«

»Keine Ursache.« Sie führte Viktoria den Gang entlang bis zu der Tür, hinter der sich das Zimmer von Frau Redmann befand. Vor dem Fenster, das normalerweise einen direkten Blick in den dahinterliegenden Raum gewährte, war eine Jalousie heruntergelassen worden. »Ich hoffe nur, dass sie den Täter bald kriegen. Es ist doch wirklich schrecklich, was heutzutage alles so passiert. Stimmt es, dass Sie sie in einer Kühltruhe gefunden haben?«

»Dazu darf ich Ihnen leider nichts sagen. Tut mir wirklich leid.«

»Schon gut. Verschwiegenheit ist für uns auch kein Fremdwort.«

»Das denke ich mir.« Viktoria wollte sich schon von der

Krankenschwester verabschieden, als ihr noch etwas einfiel. »Sagen Sie, war der Sohn von Frau Redmann eigentlich schon bei ihr?«

»Ihr Sohn? Ich wusste nicht mal, dass es überhaupt einen Sohn gibt. Weiß er denn von ihrem …« Sie zögerte, bevor sie den Satz mit dem Wort *Unfall* beendete.

»Um ehrlich zu sein, kann ich Ihnen das nicht mit Bestimmtheit sagen. Wir können ihn nicht erreichen und haben keine Ahnung, wo er sich derzeit aufhält. Aber falls er sich bei Ihnen meldet, wäre ich Ihnen sehr verbunden, wenn Sie mich anrufen könnten.« Sie reichte ihr ihre Visitenkarte.

»Klar, ich werde das auch im Schwesternzimmer hinterlegen. Falls er hier auftaucht, sind Sie die Erste, die es erfährt.«

»Das wäre sehr gut. Also nochmals, herzlichen Dank für Ihre Hilfe!«

»Keine Ursache.« Die Schwester mit dem auberginefarbenen Pagenschnitt lächelte, dann verschwand sie in einem der anderen Zimmer.

Als Viktoria das Zimmer betrat, zuckte sie innerlich zusammen. Die Mutter von Martin Redmann sah so erschreckend alt aus, dass es Viktoria eiskalt den Rücken herunterlief. Bei ihrem Anblick dachte sie unwillkürlich an Hanna und verstand einmal mehr, warum Karre sich nicht gerade um den Besuch bei Frau Redmann gerissen hatte. Das ständige Piepen und Brummen der unterschiedlichen Geräte und Apparate tat sein Übriges, den unheimlichen Eindruck zu verstärken.

Monika Redmann verzog den Mund zu einem leichten Lächeln, als sie die Polizistin erblickte. »Sie haben mich gerettet, nicht wahr?«, fragte sie und ihrer brüchigen Stimme war deutlich anzuhören, welche Kraft sie das Sprechen kostete.

Viktoria setzte sich auf einen dreibeinigen Rollhocker mit runder Sitzfläche, der neben dem Kopfende des Bettes stand. »Mein Kollege und ich haben Sie gefunden.«

»Gerade noch rechtzeitig, wie es aussieht.«

Viktoria nickte nur und griff unbewusst nach der Hand von Frau Redmann. »Sie hatten Glück«, sagte sie nach einer Weile. »Erinnern Sie sich daran, dass Sie meinem Kollegen etwas sagen wollten?«

Monika Redmann überlegte, bevor sie antwortete. »Nein, tut mir leid.«

»Es ging um ein Foto, das wir im Zimmer Ihres Sohnes gefunden haben.«

»Martin? Wie geht es ihm?«

»Es geht ihm gut«, antwortete Viktoria ausweichend, wobei sie inständig hoffte, dass Monika Redmann nicht fragte, wann er sie denn besuchen käme. Die Antwort, dass sie derzeit nicht wussten, wo er war und wie es ihm ging, würde ganz sicher nicht zu ihrer Genesung beitragen.

»Erinnern Sie sich an das Foto? Es zeigt ihren Mann mit einer Frau. In Paris. Es ist ein altes Bild. Ich schätze, wenigstens zwanzig Jahre.«

»Siebenundzwanzig«, um genau zu sein, antwortete Frau Redmann zu Viktorias Überraschung wie aus der Pistole geschossen.

»Was können Sie mir über das Bild sagen?«

Monika Redmann schloss die Augen. Es verging Zeit, ehe sie mit leiser Stimme weitersprach. Viktoria hatte schon geglaubt, sie wäre eingeschlafen.

»Gehen Sie zu Silke Uhlig. Sie soll ihnen alles erzählen. Ich habe nicht die Kraft ...«

»Silke Uhlig? Ist das die Frau auf dem Bild? Wer ist sie? Kennen Sie ihre Adresse?« Die Fragen sprudelten zu ihrem eigenen Ärger nur so aus ihr heraus, aber ihr war klar, dass Monika Redmann zu diesem Zeitpunkt nicht in der Lage war, sie alle zu beantworten. Also stellte sie lediglich die aus ihrer Sicht wichtigste Frage erneut.

»Können Sie mir sagen, wo wir diese Silke Uhlig finden?«

»Nein. Ich weiß nicht, wo sie wohnt. Und ich wollte es auch nie wissen. Sie hat mich…« Sie atmete schnell und flach und dieses Mal täuschte Viktoria sich nicht, als sie glaubte, Monika Redmann sei eingeschlafen.

In diesem Moment öffnete sich die Zimmertür und der rote Drache schob seinen Kopf durch den Spalt. »Sie sind jetzt fertig. Die Patientin braucht Ruhe.«

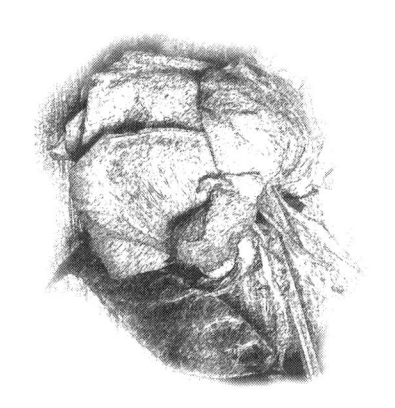

KAPITEL 24

»**S**ind Sie der Einzige, der da ist?«, fragte der diensthabende Beamte, während ihn das aus gepackten Kisten bestehende Gebirge sichtlich aus dem Konzept brachte. »Oh, Aufbruchstimmung? Hab schon gehört, dass Sie demnächst …«

»Was wollen Sie?«, unterbrach Bonhoff ihn leicht genervt, während er mit dem Löffel in seinem Milchkaffee rührte und beobachtete, wie sich das Weiß der Milch und das tiefe Schwarz des Kaffees zu einem harmonischen Schokoladenbraun vermischten.

»Hier ist jemand, der Sie sprechen möchte. Das heißt, nicht unbedingt Sie, aber jemanden aus Ihrem Dezernat. Sie kümmern sich doch um diesen Doppelmord, oder?«

Das Stichwort *Doppelmord* machte Bonhoff zwar neugierig, eine anständige Portion Skepsis blieb jedoch. Denn meistens waren die Typen, die sich unangemeldet in das Büro der Ermittlergruppe verirrten, profilneurotische Spinner, die glaubten, etwas zu wissen, gesehen oder gehört zu haben, was den Ermittlungen zugutekam. Meistens war allerdings das Gegenteil der Fall, denn den vermeintlichen Hinweisen nachzujagen, die sich in den meisten Fällen als Luftnummern erwiesen, und entsprechende Berichte zu verfassen, sorgte zwar für erhebliche Mehrarbeit, brachte aber wenig bis gar nichts.

»Meinetwegen«, entgegnete er und schob den Kaffeebecher beiseite. »Schicken Sie ihn rein.«

Der leicht untersetzte Mittsechziger, der das Büro betrat, ging schnurstracks auf Bonhoff zu und reichte ihm die Hand. Abgesehen vom schrulligen Äußeren des vermutlich kaum über einen Meter fünfundsechzig kleinen Mannes, sorgte schon dessen Name dafür, dass sich der Hauptkommissar das Grinsen kaum verkneifen konnte.

»Rotzmann, Rainer Rotzmann. Ich wohne in …«

»Bitte, nehmen Sie doch erst mal Platz, Herr Rotzmann«, unterbrach ihn Bonhoff, sichtlich um Kontenance bemüht, und rückte den Besucherstuhl neben seinem Schreibtisch zurecht. »Bitte entschuldigen Sie das Chaos, aber wir ziehen gerade um.«

»Ach wie nett«, trällerte Rotzmann gut gelaunt. »In ein neues Büro? Na ja, hier ist es ja auch schon etwas heruntergekommen, wenn Sie mir die Bemerkung gestatten. Da sind Sie sicher froh, etwas Neues zu bekommen. Ich persönlich finde ja, auch dem Steuerzahler sollte es etwas wert sein, dass unseren Gesetzeshütern vernünftige Arbeitsbedingungen geboten werden. Beamte sind schließlich auch nur Menschen.« Er kicherte über seinen eigenen Witz.

»Was kann ich denn für Sie tun?«, fragte Bonhoff, dem jegliche Muße fehlte, mit dem unangemeldeten Gast über seinen zukünftigen Amtssitz zu philosophieren.

»Sie für mich? Ohne zu dick auftragen zu wollen, aber ich bin gekommen, weil ich etwas für Sie tun kann.« Bevor er weitersprach, entledigte er sich seiner Helmut-Schmidt-Mütze, die er auf Bonhoffs Schreibtisch platzierte, fuhr sich mit der Hand durch die lichten, grauen Locken und rückte die kleine Nickelbrille auf der Spitze seiner Kartoffelnase zurecht.

»Sie für mich? Na, dann schießen Sie mal los, ich bin ganz Ohr.« Bonhoff sah unauffällig auf die Uhr, die noch immer über der Kaffeemaschine an der Wand hing und darauf wartete, in einem der Umzugskartons zu verschwinden. Kurz nach zehn. Wo blieben bloß die anderen?

Rotzmann setzte sich kerzengrade auf den für ihn bereitgestellten Stuhl, legte die Unterarme in exakten rechten Winkeln zu den Oberarmen auf den Lehen ab und schlug die Beine übereinander. »Wie ich vorhin bereits erklären wollte, wohne ich direkt gegenüber von dem Haus, in dem diese beiden jungen Menschen getötet wurden. Eine wirklich tragische Geschichte, zumal die beiden ja erst ein paar Stunden vorher eingezogen waren. Können Sie sich vorstellen, dass der Umzugswagen den ganzen Tag lang die Parkplätze vor dem Haus blockiert hat? Ich habe das übrigens fotografiert. Man weiß ja nie, ob dabei nicht etwas beschädigt wird. Und hinterher will es dann keiner gewesen sein. Möchten Sie die Bilder sehen?«

Bonhoff stöhnte innerlich und bemühte sich, seine Augen nicht allzu offensichtlich zu verdrehen.

»Glauben Sie, jemand hatte es gezielt auf die beiden abgesehen?«

»Sind Sie gekommen, um mich das zu fragen? Ich dachte, Sie wollten etwas für mich tun.«

»Oh, natürlich. Verzeihung. Also, ich habe an besagtem Mordabend etwas beobachtet, dass ich Ihnen unbedingt erzählen muss.«

Bonhoff lehnte sich in seinem Stuhl zurück. Seine Erwartungen an das, was nun kam, hielten sich in Grenzen. Zu oft war er mit großen Hoffnungen auf neue Erkenntnisse in ähnliche Gespräche gegangen und war anschließend bitter enttäuscht worden. Und der Beginn des Gesprächsverlaufs verhieß beileibe nichts Gutes. Dementsprechend stellte er sich auf eine unterdurchschnittlich spannende, dafür aber überdurchschnittlich ausschweifende Geschichte mit geringem Informationsgehalt ein.

Doch in dieses eine Mal sollte er mit seiner Einschätzung gründlich danebenliegen.

*

Für die am Mittag angesetzte Besprechung hatten Karre, Viktoria, Karim und Götz einige der herumstehenden Umzugskisten wie eine Wagenburg zusammengeschoben, so als könne eine solche das von außen auf sie einstürzende Unheil ab- oder wenigstens für eine Weile aufhalten. Die vier Ermittler saßen um das inzwischen von der Wand abmontierte und flach auf dem Boden liegende Whiteboard herum, wie Cowboys um ein Lagerfeuer.

Viktoria berichtete von ihrem Besuch bei Monika Redmann und von dem Namen, den diese ihr genannt hatte und der ihnen allen in roter, geschwungener, weiblicher Schrift von der weißen Oberfläche des Whiteboards entgegenleuchtete. Ein erstes Telefonat mit Jo Talkötter hatte zudem ergeben, dass in Essen insgesamt vier Personen mit Namen »Silke Uhlig« gemeldet waren. Viktoria hatte sich für den Nachmittag vorgenommen, diese anhand der Meldedaten genauer in Augenschein zu nehmen. Sofern die gesuchte Silke Uhlig tatsächlich in Essen wohnte, sollte es kein Problem sein, sie ausfindig zu machen.

»Ich hatte heute Morgen einen Überraschungsgast«, meldete sich Bonhoff zu Wort, nachdem Viktoria ihre Ausführungen mit der kurzen Schilderung ihres Rausschmisses durch den Stationsdrachen beendet hatte. »Und um ehrlich zu sein, habe ich ihn für einen ziemlichen Trottel gehalten. Und das leider mit recht.« Er grinste schelmisch, wie Karre es bei ihm seit einer Ewigkeit nicht mehr gesehen hatte.

»Das heißt, es gibt was zu lachen?« Karim rückte den Karton unter sich zurecht, um es sich für eine längere Erzählung Bonhoffs bequem zu machen.

»Nein, denn bei aller Beklopptheit, die man dem Mann sicherlich attestieren kann, hat er tatsächlich ein paar Dinge beobachtet, die uns weiterhelfen könnten.«

»Dann schieß mal los.« Auch Karre war inzwischen neugierig auf das geworden, was sein Kollege zu berichten hatte.

Und nachdem Bonhoff den Auftritt Rotzmanns in allen Einzelheiten beschrieben hatte, kam er endlich zur Sache. »Er hat berichtet, dass er am Abend des Mordes zwei Typen in einem Wagen beobachtet haben will, der über eine Stunde auf der anderen Straßenseite geparkt hat. Nur ein paar Meter vom Tatort entfernt.«

»Und was ist daran so auffällig? Wenn ich irgendwo parke, dann oft für mehr als eine Stunde«, unterbrach ihn Viktoria.

»Aber vermutlich sitzt du dann nicht die ganze Zeit im

Auto und wirfst deinen Müll aus dem Wagenfenster.«

»Müll? Was denn für Müll?«

»Zigarettenkippen, eine leere Zigarettenschachtel und ein Streichholzbriefchen. Zum Beispiel.«

»Zigarettenkippen? Das heißt, sofern derjenige tatsächlich etwas mit unserem Fall zu tun hat, könnten wir eine DNA-Analyse veranlassen und prüfen, ob es sich um einen alten Bekannten aus unserer Kartei handelt.«

»Theoretisch könnten wir das. Ja.«

»Wieso nur theoretisch?«

»Weil der gute Herr Rotzmann ein ordnungsliebender Mensch ist und den ganzen Müll zusammengekehrt und in die Mülltonne entsorgt hat, nachdem die Typen weggefahren waren.«

»Und die Mülltonnen wurden wann geleert?« Karre ahnte schon, wie es weiterging.

»You got it«, sagte Bonhoff und zeigte mit dem Finger auf ihn. »Gestern Morgen. Dass wir da noch irgendwo etwas finden, ist ausgeschlossen.«

Karim rieb sich das Kinn. »Warum sollte jemand so dumm sein, und seinen Müll - und vor allem Kippen mit seiner DNA dran - aus dem Fenster werfen, wenn er anschließend da reingeht und zwei Menschen erschießt? So blöd kann man doch gar nicht sein.«

»Es sei denn, er hatte nicht vor, jemanden zu erschießen«, sinnierte Karre. »Vielleicht wollte er nicht einmal, dass überhaupt jemand etwas von seinem Besuch bemerkt. Erinnert euch, wir haben keinen Laptop oder Computer gefunden. Eventuell haben sie nur etwas gesucht und wollten dann wieder weg.«

»Und sind dann überrascht worden?« Viktoria sah in die Runde. »Könnte sein. Was für ein Wagen war das denn?«

»Tja, das konnte dieser Rotzmann mir nicht so genau sagen, weil er sich damit nicht auskennt.«

»Schade, vielleicht wäre das eine Spur gewesen. Hat er wirklich keine Idee?«

»Nein.« Und nach einer absichtlichen Kunstpause ergänzte er: »Aber er hat ungefähr drei dutzend Fotos gemacht.«

Die Gesichter der drei Kollegen fuhren herum. Mit einem Mal waren sie alle hellwach. »Er hat was?«, fragte Karre. »Fotos gemacht?«

»Ja, er sagte, die Typen wären ihm komisch vorgekommen und als sie ihren Müll aus dem Wagenfenster geworfen haben, hat er sie dabei fotografiert.«

»Und diese Fotos haben wir?«

Bonhoff nickte. »Klar, die sind bei Jo. Allerdings sind sie aufgrund der Dunkelheit und Entfernung, aus der Rotzmann die Aufnahmen gemacht hat, ziemlich unscharf. Jo schaut aber mal, was er machen kann. Und eine Sache kann ich euch vorab schon sagen: Der Wagen, in dem die Typen gesessen haben, ist ein dunkelblauer Camaro mit gelben Streifen. Und dann ist da noch das leere Streichholzbriefchen, das einer der Typen aus dem Wagen geworfen hat. Auch das hat Rotzmann fotografiert. Zusammen mit den Kippen, die an der Stelle lagen, an denen der Wagen gestanden hat. Leider ist nur ein Logo drauf. Name und Anschrift stehen vermutlich auf der Rückseite. Es sieht aus wie ein silbernes B und ein E in einem Dreieck. Auf dunkelblauem Grund. Jo kümmert sich auch darum, vielleicht kriegt er ja was raus.«

»Okay. Und hat dieser Rotzmann etwas dazu gesagt, warum er erst jetzt damit um die Ecke kommt? Schließlich ist der Mord schon ein paar Tage her.«

»Das habe ich ihn natürlich auch gefragt. Er sagt, er wäre am Morgen danach nach Hamburg zu seiner Familie gefahren.«

»Seine Familie?«

»Ja, seine Tochter lebt dort mit ihrem Mann und den Enkelkindern. Er ist erst gestern Abend zurückgekommen und hat erfahren, was in der Nacht, als er die Bilder gemacht hat, passiert ist. Daraufhin ist er dann direkt heute Morgen hergekommen.«

»Dann können wir in dieser Hinsicht wohl nur abwarten, ob Jo uns an der ein oder anderen Stelle weiterhelfen kann. Auf jeden Fall wissen wir dank Rotzmanns Aussage, dass wir es möglicherweise mit zwei Tätern zu tun haben. Vicky, du kümmerst dich um Silke Uhlig?«

»Klaro. Ich leg direkt los.« Sie sah ihre Kollegen an. »Los, haut schon ab, ihr habt schließlich alle jemanden, der euch braucht.«

»Und was ist mit dir?«, fragte Karim.

»Ich komm schon klar. Also, verschwindet!«

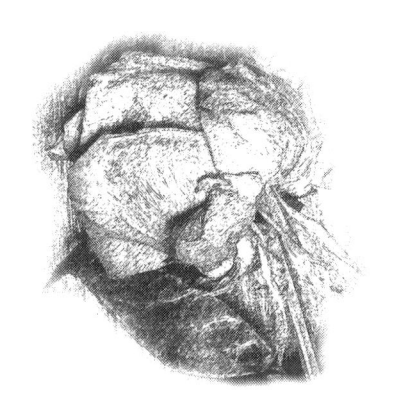

KAPITEL 25

Körperlich erschöpft und mental ausgelaugt betrat er das Atrium durch die schwere Holztür, die vom Domhof ins Innere des Münsters führte. Für einen Spätnachmittag unter der Woche war die Kirche erstaunlich gut besucht.
Vermutlich hatten sich nur die wenigsten Besucher, die sich für eine kurze Stippvisite in den Dom verirrten, jemals ernsthaft mit der Architektur der auf eine 1150-jährige Geschichte zurückblickenden Kathedralkirche beschäftigt. So ahnten sie nicht einmal, dass sie beim Betreten des Atriums auf der nur wenige Meter unter ihnen liegenden Adveniatkrypta herumtrampelten, in der unter anderem Franz Kardinal Hengsbach nach seinem Tod im Jahr 1991 beigesetzt worden war.

Er betrat das gotische Langhaus der Kirche und ging zielstrebig zu dem Madonnenbild, unter dem sich einer der Ständer mit Opferkerzen befand. Seine 50-Cent-Münze fiel scheppernd in das dafür vorgesehene Metallkästchen, doch niemand der Anwesenden nahm davon Notiz. Er entzündete eines der bereitstehenden Teelichte und während sein Blick auf dem unruhigen Spiel der kleinen Flamme ruhte, kreisten seine Gedanken um seine Tochter.

Wie schnell war die Zeit ihrer Kindheit verflogen, wie schnell war aus dem kleinen Mädchen ein Teenager geworden? Wie viel dieser kostbaren Zeit hatte er damit verbracht, Verbrechern, Mördern und anderen Schurken hinterherzujagen, anstatt die wertvollen Stunden mit seiner Familie zu verbringen?

Fragen, die er sich in seinem Leben viel zu selten gestellt hatte. Nie hatte er die Bedeutung und Richtigkeit seines Berufes infrage gestellt. Erst als die Katastrophe über sein Privatleben hereingebrochen war, hatte er bemerkt, wie ihm die gemeinsame Zeit mit seinem beinahe erwachsenen Kind wie Sand durch die Finger rieselte und dass es ihm unmöglich war, ihr gnadenloses Verrinnen zu stoppen oder auch nur zu bremsen. In stiller Andacht betete er, bat um eine Verlängerung. Ihretwillen. Um mehr Zeit für dieses junge Leben. Hätte ihm jemand angeboten, sein eigenes Leben für das ihre zu geben, er hätte keine Sekunde gezögert. Es wäre nur gerecht gewesen, aber so war das Leben nicht. Gerecht. Zumindest glaubte er das.

Im vorderen Teil des nördlichen Seitenschiffes spielte jemand auf der Domorgel und die aus über fünftausendeinhundert Pfeifen erwachsende Melodie entfaltete ihre meditative Wirkung in der gesamten Kirche. Nachdem er eine Weile mit geschlossenen Augen der Musik gelauscht hatte, begab er sich zurück zum Ausgang. Zahlreiche

Menschen hatten in den Bankreihen Platz genommen, um – wie er selbst – einen Augenblick innezuhalten, innere Ruhe zu finden, Kraft zu tanken und den hektischen Shopping-Trubel der direkt vor der Kirche verlaufenden Fußgängerzone für ein paar Minuten hinter sich zu lassen.

Als er hinaus in den Hof trat, die frische Luft des anbrechenden Abends einatmete und sich auf den Heimweg machte, fühlte Götz Bonhoff sich besser.

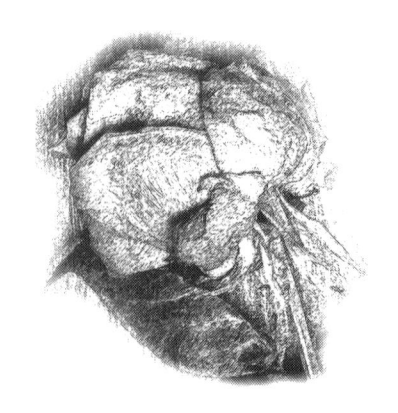

KAPITEL 26

Viktoria verließ das Präsidium gegen 19:30 Uhr. Am Abendhimmel zogen dunkle Wolken auf und sie vermutete, dass es innerhalb der nächsten ein oder zwei Stunden zu regnen beginnen würde. Beim Anblick der tiefschwarzen Wolkenfront musste sie an die Ereignisse der letzten Tage denken. Auch über ihrem Leben – privat wie beruflich – schien sich etwas Unangenehmes zusammenzubrauen. Sicher war der bevorstehende Umzug ihres Teams nur ein unwesentliches Detail, aber dennoch wurde sie das Gefühl nicht los, dass es nur der Anfang von etwas Größerem war. Von etwas, das ihnen von höherer Stelle aufoktroyiert werden würde und gegen das sich jeder Widerstand als zwecklos erwies. Sie hatte keine Lust, zu einem Spielball politischer Machtkämpfe zwischen den Dezernaten zu werden. Aber welche Optionen blieben ihr? Und privat sah es derzeit auch nicht viel besser aus.

Immerhin war es ihr mit ziemlicher Sicherheit gelungen, die einzige infrage kommende Silke Uhlig aus den in Essen gemeldeten Personen mit diesem Namen herauszufiltern. Zwei waren schlicht zu alt gewesen, als dass sie die Frau auf dem Foto hätten sein können und eine weitere Person hieß lediglich mit zweitem Vornamen Silke. Diese Kandidatin hatte Viktoria vorerst zurückgestellt. Somit blieb nur noch eine Person übrig. Morgen würde sie ihr einen Besuch abstatten. Vielleicht konnte die geheimnisvolle Frau vom Foto ihnen Informationen geben, die sie in diesem Fall weiterbrachten.

Auf dem Parkplatz des Präsidiums standen nur noch wenige Autos. Direkt neben ihrem Mini parkte ein schwarzer BMW X6. Durch die getönte Heckscheibe konnte sie nicht erkennen, ob sich jemand im Inneren des Fahrzeugs befand, doch als sie ihren eigenen Wagen erreichte, öffnete sich die Fahrertür des BMW. Der Mann, der aus dem SUV ausstieg, wirkte auf sie nicht weniger attraktiv als bei ihrer ersten Begegnung und dennoch spürte sie das Unbehagen, das seine Gegenwart bei ihr auslöste.

»Herr Notthoff«, grüßte sie ihn, während sie zu ihrer Fahrertür ging.

»Na, das nenne ich doch mal einen glücklichen Zufall.« Er warf die Wagentür hinter sich zu und kam zu ihr. »So lange im Büro gewesen? Sie sollten nicht so viele Überstunden machen. Oder werden die in ihrem Dezernat bezahlt?«

Sie lachte. »Nein, natürlich nicht. Ist das bei Ihnen anders? Dann sollte ich mich vielleicht bewerben«. Sie nickte in Richtung der inzwischen bedrohlich angewachsenen Wolkentürme. »Sieht nach Regen aus. Und Sie? Feierabend?«

»Ja, für heute ist Schluss.«

»Dann noch einen schönen Abend.« Sie wollte in ihren Wagen steigen, aber Notthoff legte eine Hand auf den oberen Scheibenrand der Fahrertür.

»Haben Sie noch etwas vor?«

Sie sah ihn irritiert an. »Wann? Jetzt?«

»Ja, heute Abend. Verstehen Sie mich bitte nicht falsch. Ich würde gerne etwas mit Ihnen besprechen. Unter vier Augen. Und wenn Sie nichts vorhaben ...«

»Ich weiß nicht.« Viktoria fühlte sich unwohl und ihr Zögern, Notthoff seine Bitte einfach abzuschlagen, irritierte sie.

»Ach kommen Sie, was ist denn dabei. Haben Sie schon gegessen?«

Sie schüttelte den Kopf.

»Na sehen Sie. Vorschlag: Ich lade Sie ein.«

»Nein, auf gar keinen Fall.«

»Quatsch. Kommen Sie. Ich weiß ein gutes Restaurant hier ganz in der Nähe. Anschließend setze ich Sie hier wieder ab.« Er sah sie mit seinen stahlblauen Augen an. Eisblau, dachte sie und spürte ein leichtes Frösteln. »Eines sollten Sie sich schon mal merken«, sagte er mit charmantem Lächeln. »Ich dulde keine Widerrede.«

Sie überlegte. Was sprach dagegen? Maximilian war tausende von Kilometern weit weg. Wenn sie nach Hause kam, wartete ein leeres Haus auf sie. Sonst niemand. Dennoch mahnte eine innere Stimme sie zur Vorsicht. Was konnte Notthoff, der neue Chef des politisch bedeutendsten und größten Dezernats der Stadt, von ihr wollen? Etwas mit ihr besprechen? Unter vier Augen. Sie musterte ihn. Ihr Blick blieb an dem Ring an seiner rechten Hand hängen.

Notthoff folgte ihrem Blick. »Keine Panik, das ist kein Date. Mein Anliegen ist rein dienstlich.« Er klang amüsiert.

Sie spürte die Röte in ihrem Gesicht aufsteigen und hoffte inständig, dass er es nicht bemerkte.

Verfluchter Mist! Sie kam sich vor, wie eine pubertierende Schülerin. Was zum Henker war nur los mit ihr? »Sagten Sie nicht, Sie wollten sich zuerst mit unserem Chef unterhalten?«, sagte sie in der Hoffnung, damit wenigstens ein wenig von Ihrer Verlegenheit abzulenken.

»Das werde ich auch. Keine Sorge. Aber es gibt auch etwas, über das ich mich mit Ihnen unterhalten möchte. Also, wie sieht´s aus? Mögen Sie italienisches Essen? Oder haben Sie doch etwas Besseres vor?«

»Nein, eigentlich nicht.«

Er sah sie herausfordernd an. Wieder dieses einnehmende Lächeln.

»Also gut.« Viktoria seufzte und warf ihre Wagentür zu.

*

Etwa eine Stunde lang hatte er an Hannas Bett gesessen, ihr von den wenig aufregenden Ereignissen des Tages berichtet und Musik vorgespielt. Nachdem er den kurzen Fußweg zum Parkhaus zurückgelegt hatte und sich gerade auf den Fahrersitz seines Wagens fallenließ, vibrierte sein Handy.

Wie immer, wenn er im Auto saß und beim Einsteigen vergessen hatte, es vorher aus der Hosentasche zu ziehen, verrenkte er sich beinahe das Kreuz bei dem Versuch, es herauszuziehen, bevor der Anrufer aufgab und auflegte, so dass das Gespräch auf die Mailbox geleitet wurde. Und jedes Mal ärgerte es ihn, dass sein alter Volvo nicht mit einer Freisprecheinrichtung ausgestattet war. Mit dem dritten Vibrieren gelang es ihm, das Telefon aus der Tasche zu angeln. Auf dem Display leuchtete ein Name: Jo Talkötter.

Karre nahm das Gespräch an. »Jo, hallo. So spät noch im Büro?«

»Du weißt doch, immer im Einsatz für die Gerechtigkeit!« Karre wusste, dass die Wahrheit vielmehr darin bestand, dass es den alleinstehenden Kollegen nur selten frühzeitig aus dem Büro nach Hause zog, da dort niemand auf ihn wartete. Jedenfalls dann nicht, wenn er sich nicht wieder einmal in eine seiner berüchtigten, weil meistens zeitlich recht begrenzten Liebesaffären gestürzt hatte.

»Hast du etwas wegen dieses Streichholzbriefchens rausgefunden? Diese geheimnisvollen Buchstaben B und E mit dem Dreieck.«

»Das hab ich tatsächlich, aber vorher noch etwas anderes.«

»Schieß los!«

»Ich habe die Nummernschilder von dem Camaro identifiziert. War nicht so leicht, aber die Bearbeitung der Fotos mit ein paar Filtern und …«

»Jo!«, unterbrach Karre ihn ungeduldig.

»Schon gut. Also, die Nummernschilder bringen uns nicht weiter.»

»Dachte ich mir schon. Gestohlen?«

»Ja, beziehungsweise gefälscht. Da keine Anzeige vorliegt, tippe ich auf eine selbstgemachte Kopie. Die Typen haben sich einfach irgendein Kennzeichen ausgedacht. In diesem Fall eins, das tatsächlich existiert. Es gehört zu einem 911er Porsche.«

»Das können wir also vergessen. Wäre ja auch zu einfach gewesen, einen der Typen darüber zu identifizieren.

Und es erklärt auch, warum sie so sorglos mit diesem auffälligen Wagen umgehen.«

»Ich find´s trotzdem dämlich. Da würde ich mir doch was Unauffälligeres suchen. Wie auch immer.«

»Was ist mit den Typen selbst? War da was Brauchbares dabei?«

»Ebenfalls Fehlanzeige. Auf einem Bild zündet der Fahrer sich gerade ne Fluppe an, aber durch die Windschutzscheibe kann man nicht viel erkennen.«

»Shit. Und was ist mit den Streichhölzern? Die Buchstaben und das Dreieck, du sagst, du hast was rausgefunden?«

»Allerdings, aber es ist kein Dreieck.«

»Sondern?«

»Ein Prisma. Ein dreidimensionaler Köper mit einer dreieckigen Grundfläche, die …«

»Jo!«, unterbrach Karre den Kollegen der Kriminaltechnik. »Was hast du herausgefunden?«

Jo war es inzwischen gewohnt, von Karre inmitten seiner zuweilen recht ausschweifenden Erläuterungen abgewürgt zu werden. »Dank des Fotos, dass euer Zeuge gemacht hat, habe ich tatsächlich etwas gefunden. Ein silbernes Prisma auf dunkelblauem Hintergrund, mehrere Streifen, die vermutlich das sich brechende Licht symbolisieren sollen und die beiden Buchstaben im Zentrum des Prismas.«

»Und?« Karre wurde allmählich ungeduldig. »Was ist es?«

»Das Streichholzbriefchen liegt offenbar als Werbung in einem Nachtclub aus. In einer Tabledance-Bar, um genau zu sein. Der Laden heißt *Blue Eden* und liegt im nördlichen Teil der Innenstadt. Sagt dir das was?«

»Nein. Wieso? Sollte es?«

»Keine Ahnung, hätte ja sein können.«

»Du bist ein Idiot. Trotzdem danke! Ich denke, ich sollte mich dort mal umsehen.«

»Nimmst du mich mit? Ich habe heute Abend noch nichts vor.«

»Jo, ich muss los. Danke für die Info.« Er beendete das Telefonat und startete den Motor.

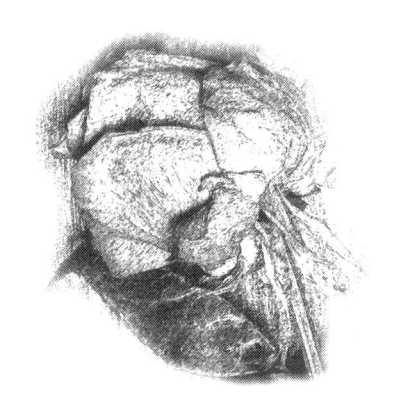

KAPITEL 27

Das kleine italienische Restaurant namens *Sei Bello* lag versteckt in einer Seitenstraße, abseits des Trubels und des bunten Treibens auf der als Flaniermeile bekannten Rüttenscheider Straße. Selbst während der Woche drängten sich die Menschen hier dicht an dicht in den zahlreichen Kneipen, Cafés und Restaurants.

Der Besitzer persönlich empfing sie an der Eingangstür, wobei er sein Entzücken beim Anblick von Notthoffs weiblicher Begleitung nicht verbergen konnte und diesem lautstark Ausdruck verlieh.

»Amico mio! Du warst ewig nicht hier«, rief er mit leichtem, aber dennoch nicht zu leugnendem italienischen Akzent. »Und wen hast du mitgebracht? Una bella donna!«

Er griff nach Viktorias Hand und deutete einen Handkuss an. »Meine Hübsche, herzlich willkommen! Sono Luca. Benvenuti!«

Anschließend umarmte er Notthoff, so als wäre dieser sein bester Freund, den er seit Jahren nicht mehr gesehen hatte.

»Luca, hast du einen Tisch für uns?«, beendete Notthoff die auf Viktoria doch ein wenig aufgesetzt wirkende Empfangszeremonie.

»Einen Tisch? Naturalmente! Kommt mit, ich habe noch ein besonders romantisches Eckchen für euch.«

»Romantisch muss es gar nicht sein«, warf Viktoria ein. »Vielleicht sparen Sie sich diesen Tisch lieber für ein richtiges Paar auf? Wir haben nur etwas Dienstliches zu besprechen. Ein ganz normaler Tisch reicht uns völlig.«

Notthoff drehte sich im Gehen zu ihr um und zwinkerte ihr zu. »Machen Sie sich nichts draus, so ist er eben.«

Luca führte sie an einen kleinen Tisch, der etwas abseits der übrigen Plätze in einer von zwei Rundbögen eingerahmten Nische stand. »Prego! Ein wunderbarer Platz für ein wunderbares Paar. Coppietta!« Er strahlte sie an, während er einen Stuhl vom Tisch abrückte und Viktoria gebot, Platz zu nehmen.

»Wir sind kein Paar.« Sie bemühte sich, höflich zu lächeln, doch in Wahrheit ging ihr Amor mit seinem Liebesgedudel gehörig auf die Nerven. War es denn so schwer zu kapieren?

»Lassen Sie sich nicht von ihm provozieren und entspannen Sie sich.« Notthoff setzte sich, nachdem Viktoria Platz genommen hatte.

»Sie kommen öfter her?«, fragte sie, ohne auf seine Anmerkung einzugehen. »Ich meine, wegen Luca. Mir wäre er auf Dauer etwas zu aufdringlich.«

»So ist er eben«, wiederholte Notthoff. Ich komme gelegentlich hierher. Das Essen ist hervorragend. Also, lassen wir uns den Appetit nicht von ihm verderben. Das ist es nicht wert.«

Luca kehrte an ihren Tisch zurück und reichte ihnen zwei in Leder gebundene Speisekarten. »Möchtet ihr schon etwas zu trinken bestellen?«

Bevor Viktoria reagieren konnte, hatte Notthoff die Initiative ergriffen. »Wir nehmen eine große Flasche San Pellegrino und eine Flasche des 2009er Monte Bernardi.« Und zu Viktoria gewandt fügte er hinzu: »Ein fantastischer Wein. Du magst doch Rotwein?«

»Grundsätzlich ja, aber mir wäre es wirklich lieber, wenn wir das Ganze hier ein bisschen einfacher halten würden.« Sie blickte von ihrer Speisekarte auf, schlug sie zu und reichte sie Luca. »Ich hätte gerne die Ravioli di ricotta.«

»Ravioli di ricotta. Sehr gerne.«

Notthoff schüttelte den Kopf. »Das Degustationsmenü.«

Luca nickte bestätigend. »Sehr gerne! Drei Gänge?«

»Wir nehmen fünf.«

Viktoria sah ihn wütend an, doch bevor sie etwas sagen konnte, fügte er zu Luca gewandt hinzu: »Zweimal.«

Sie stand auf. »Sorry, aber hier liegt wohl ein Missverständnis vor. Ich dachte, wir besprechen etwas Dienstliches und essen nebenbei eine Kleinigkeit.«

Notthoff griff nach ihrem Handgelenk, sie riss sich los.

»Luca, bitte sag ihr, dass das Menü ausschließlich aus Kleinigkeiten besteht und dass es keinen Grund gibt, so einen Aufstand zu proben.«

Luca sah sie verlegen an. »Sie hören, was er sagt. Und glauben Sie mir, Signora. Sie werden es nicht bereuen.«

Notthoff sah sie mit festem Blick an. Er bewegte nur die Lippen, aber sie verstand, was er sagte: »Setz dich.

Bitte.«

Sie seufzte. »Also gut, aber kommen Sie nicht auf die Idee, mich einzuladen.«

»Luca, bringst du uns bitte den Wein?« Er ging nicht weiter auf die von ihr formulierte Bedingung ein. Vermutlich war er es gewohnt, dass Frauen nach seiner Pfeife tanzten. In Anbetracht dieser Vermutung und der Erkenntnis, dass auch sie in diesem Moment genau das tat – nämlich nach seinen Regeln zu spielen - kochte Viktoria innerlich vor Wut.

Doch wenn sie ehrlich zu sich selbst war, hatte ihre Neugierde bereits gesiegt. Was wollte Notthoff so Dringendes mit ihr besprechen? Dass er sich dafür ein derart nobles Restaurant ausgesucht hatte, war vermutlich mehr seinem Ego geschuldet als der Tatsache, dass er womöglich vorhatte, ihr Avancen zu machen.

Im Verlauf des Abends sollte sich zumindest diese Annahme bestätigen. Notthoff machte keinerlei Anstalten, mit ihr zu flirten.

Bei Carpaccio vom Loup de Mer mit Scampi-Polenta erkundigte er sich nach ihrem Werdegang. Er zeigte großes Interesse für ihre Motive, zur Polizei zu gehen, und fragte nach ihren beruflichen Träumen und Zielen.

Während sie Perlhuhnbrust an Rieslingreduktion aßen, erzählte er ihr von seiner Zeit beim SEK und dem anschließenden Wechsel zum LKA, bevor er schließlich als Leiter des Dezernats für *»Organisierte Verbrechen und Bandenkriminalität«* nach Essen gekommen war.

»Klingt nach einer spannenden Herausforderung«, sagte Viktoria, während Luca es sich nicht nehmen ließ, ihnen höchstpersönlich das Dessert zu servieren. Sie merkte, dass die anfängliche Anspannung von ihr abgefallen war, was sie nicht nur auf den Rotwein, sondern auch auf die inzwischen überraschend unverkrampfte Gesprächsatmosphäre zwischen Notthoff und ihr zurückführte.

Bei ihrer Aussage begannen die Augen des Dezernatsleiters zu leuchten. Und einmal mehr spürte Viktoria die Faszination, die ihr unbeschreibliches Blau auf sie ausübte. Tiefes, eiskaltes Blau.

»Siehst du, genau darüber wollte ich mit dir reden.« Er winkte Luca heran und orderte doppelten Espresso für sie beide.

Viktoria lehnte sich in ihrem Stuhl zurück, doch das plötzlich zurückkehrende Unbehagen ließ sich auch durch den vergrößerten räumlichen Abstand zu ihrem Gesprächspartner nicht wieder vertreiben.

»Du weißt sicher, dass der Polizeipräsident den Banden und Organisationen in Essen und den angrenzenden Ruhrgebietsstädten den Kampf angesagt hat. Das ist auch der Grund, weshalb derzeit alle freien Mittel und Ressourcen in dieses Projekt gesteckt werden.«

»Projekt? Sie meinen den Ausbau Ihrer Abteilung?«

Er nickte. »Genau das. Alles, was derzeit an zusätzlichen Mitteln zur Verfügung steht oder umallokiert werden kann, ohne an anderer Stelle allzu großen Schaden anzurichten, fließt in den Kampf gegen das Organisierte Verbrechen.«

Luca trat an ihren Tisch und reichte jedem eine Tasse Espresso und ein Glas Grappa. In der Mitte des Tisches platzierte er einen Teller Pralinen. »Der Grappa geht aufs Haus.«

Viktoria verdrehte innerlich die Augen. Bereits nach dem Genuss des hervorragenden, aber sehr gehaltvollen Weines hatte sie die Wirkung des Alkohols gespürt. Erst recht, nachdem Notthoff noch eine zweite Flasche hatte bringen lassen. Da sie nun aber ohnehin nicht mehr mit dem eigenen Wagen nach Hause fahren konnte, kam es auf ein Glas Grappa auch nicht mehr an.

»Um auf´s Thema zurückzukommen«, holte Notthoff sie aus ihren leicht verschwommenen Gedanken zurück ins Hier und Jetzt. »Es gibt Momente im Leben, in denen steht man an einer Weiche. Man muss sich entscheiden, welchem Schienenstrang man weiter folgen wird. Der eine führt ganz sicher zum Ziel, der andere möglicherweise auch. Vielleicht endet er aber auch irgendwo als totes Gleis. Soweit so gut. Das Problem ist nur …« Er schob eine wirkungsvolle Kunstpause ein.

»… dass man nie genau weiß, welches das richtige Gleis ist«, vervollständigte Viktoria seinen Satz.

Er deutete mit dem Zeigefinger auf sie. »Touché. Aber was ich dir in diesem Fall mit Sicherheit sagen kann, ist, dass das Gleis des K3 eher ein totes Gleis ist.«

»Was macht Sie da so sicher?« Sie spürte, wie sich ihre Nackenhärchen aufstellten, wie Adrenalin ihren Körper und Geist in Alarmbereitschaft versetzte.

»Ach komm schon. Ist das nicht offensichtlich? Mein Dezernat steht ganz oben auf der Prioritätenliste des Polizeipräsidenten. Ich genieße sein volles Vertrauen. Stell dir eine nahezu perfekte Welt vor: Keine ständigen Budgetdiskussionen, kein Personal, das wegen chronischer Unterbesetzung permanent auf dem Zahnfleisch geht. Viktoria, mein Team wird zukünftig alle Freiheiten haben, die erforderlich sind, um erfolgreich zu arbeiten. Niemand pfuscht uns rein. Wir bestimmen selbst, wo wir die Schwerpunkte unserer Arbeit setzen. Im Übrigen betrifft das auch zukünftige Mordermittlungen.«

Von einer Sekunde zur anderen war Viktoria hellwach. Notthoffs Worte hatten in ihr eine schrille Alarmglocke ausgelöst. Sie rückte auf ihrem Stuhl in eine betont aufrechte Position und sah ihn an. »Wieso Mordermittlungen? Wie meinen Sie das? Gibt es etwas, das ich wissen sollte?«

»Genaugenommen darfst du das gar nicht wissen.« Er griff nach dem Grappa, ließ das Glas unter seiner Nase kreisen und inhalierte den Duft des Tresterbrands. Sein Gesichtsausdruck zeigte offensichtliche Begeisterung. Dennoch stellte er das Glas zurück auf den Tisch, ohne daraus zu trinken.

»Können Sie das vielleicht etwas näher erläutern?«

»Erst einmal lässt du ab jetzt dieses umständliche *Sie* weg.« Er schien ein guter Beobachter zu sein, denn sein Blick verriet, dass ihm ihr Zögern nicht entging. »Was ist los? Hast du ein Problem damit?«

»Wieso sollte ich?« Tatsächlich hatte sie ein Problem damit, denn die Distanz, welche die Höflichkeitsform mit sich brachte, gab ihr das Gefühl, ihm gegenüber weniger angreifbar zu sein. Aber das musste sie ihm ja nicht auf die Nase binden. Und außerdem duzte er sie ja sowieso schon den ganzen Abend.

»Gut.« Lächelnd hob er das Grappaglas. »Alexander.«

»Viktoria, aber das weißt du ja schon.« Sie hoffte inständig, die innere Angespanntheit und Verkrampftheit, die nach einem überraschend ungezwungenen Abend in einer einzigen Bemerkung Notthoffs neuen Nährboden gefunden hatten, zumindest halbwegs vor ihm verbergen zu können.

Sie prosteten sich zu. Die klare Flüssigkeit suchte sich den Weg in ihren Magen. Dann kam die Hitze, die sie innerlich zu verbrennen schien. Und das, davon war sie überzeugt, lag nicht nur am Alkohol.

»Also«, setzte sie an, nachdem sie ihr Glas zurück auf den Tisch gestellt hatte. Und so weit über die Tischplatte gelehnt, dass sie seinen alkoholisierten Atem riechen konnte, fragte sie Alexander Notthoff: »Wie war das jetzt genau? Das mit den Mordermittlungen...«

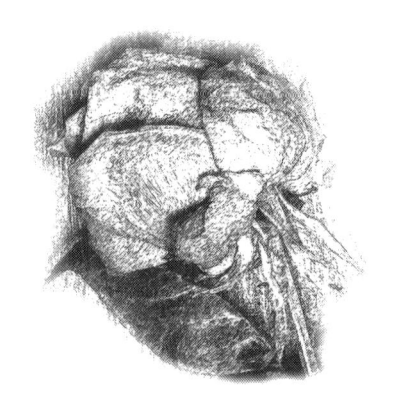

KAPITEL 28

Der inzwischen nur noch mit einem Slip aus weißer Spitze bekleidete Engel räkelte sich seit mehreren Minuten im Rhythmus hypnotischer Musik auf dem gläsernen Bühnenboden. Scheinwerfer hüllten die Blondine in mystischblaues Licht.

Eine Gruppe junger Männer hatte sich auf den roten Polstern in der ersten Reihe niedergelassen und brach immer dann in Jubel aus, wenn jemand aus ihrer Mitte den Mut aufbrachte, die sportlich-schlanke Schönheit an den Bühnenrand zu locken, um ihr, unter dröhnendem Beifall seiner Kumpel, einen Spielgeld-Dollar unter den Bund ihres knappen Slips zu schieben.

Karre beobachtete das Geschehen aus sicherer Entfernung von seinem Platz an der Bar und nippte hin und wieder an seinem Bier. Der Inhalt des 0,2 Liter kleinen Glases schmeckte nicht unbedingt nach den zehn Euro, die er dafür bezahlt hatte, war aber wenigstens gut gekühlt. Sein Blick wanderte von Gast zu Gast. Für einen Abend während der Woche, kam ihm der Gastraum des *Blue Eden* verhältnismäßig voll vor, auch wenn die Gästedichte dem Vergleich mit einem Freitag- oder Samstagabend vermutlich nicht standhielt.

Von den jungen Männern abgesehen, besetzten drei Anzugträger fortgeschrittenen Alters einen weiteren Tisch. Einer von ihnen flüsterte einer in silbergraue Dessous gehüllten Brünetten etwas ins Ohr, woraufhin diese an die Bar ging und kurz darauf mit einer Flasche Wodka an den Tisch der Herren zurückkehrte. Während sie die Flasche nebst Gläsern auf dem Tisch abstellte, ließ es sich der Besteller nicht nehmen, ihr ein Bündel Scheine an der Innenseite ihres Oberschenkels unter den hauchdünnen Stoff ihrer Arbeitsgarderobe zu schieben.

Karre vermutete, dass es sich bei dem Kerl um den Sponsor der Herren-Veranstaltung handelte, der seinen Geschäftspartnern auf Spesenrechnung die Vorteile des Ausbaus ihrer Geschäftsbeziehung näherbringen wollte. Die überwiegende Mehrheit der übrigen Besucher bestand aus allein sitzenden Herren, vorwiegend ab Karres Alter aufwärts. Sie zu beobachten erwies sich als ausgesprochen langweilig.

Lediglich im hinteren Bereich des Clubs, etwas oberhalb der übrigen Tische gelegen, entdeckte Karre einen mit einer roten Kordel abgetrennten Bereich, der vermutlich besonderen Gästen und Möchtegern-VIPs vorbehalten war. Das Zentrum bildete eine weitläufige Couchlandschaft, in der es sich ein schlanker, dunkelhaariger Mann offensichtlich bequem gemacht hatte. Aufgrund des

Dämmerlichts und der Entfernung konnte Karre keine Details erkennen, schätzte ihn aber auf höchstens Anfang bis Mitte vierzig. Er trug einen schwarzen Anzug mit weißem Hemd und anstelle einer Krawatte einen dunklen Schal. Seine überaus attraktive Gesellschaft bestand aus vier spärlich bekleideten jungen Damen, die sich abwechselnd mit ihm und dem auf dem Tisch stehenden Champagner vergnügten.

Die Stimme, die unmittelbar neben ihm ein Bier bestellte, riss Karre aus seinen Beobachtungen. Er fuhr herum und glaubte zunächst, seinen Augen nicht zu trauen.

»Becker?«, fragte er ungläubig, obwohl es ihn irgendwie nicht überraschte, womit der Kollege seine Freizeit verbrachte. »Du hier?«

»Scheiße, was treibst du dich denn hier rum?« Obwohl Becker sich sichtlich bemühte, es möglichst beiläufig klingen zu lassen und seinem Gesicht einen entspannten Ausdruck zu verleihen, sprachen seine Augen eine andere Sprache. Vermutlich war es ihm peinlich, hier auf einen Kollegen zu stoßen. Und von der Vielzahl der ihm bekannten Polizisten musste es ausgerechnet der Eine sein.

»Ich sitze an der Bar und trinke ein Bier. Und du?«

»Ich? Was? Na ja, siehst du doch. Ich wollte auch was trinken.« Das Mädel hinter der Theke stellte ein volles Bierglas vor ihm ab.

»Bist du öfter hier?«

»Nein. Wieso?« Er nahm das Glas und prostete der Barfrau zu.

»Zum Beispiel, weil du deine Drinks augenscheinlich nicht so bezahlst, wie jeder andere Gast.«

»Hä? Was soll das heißen?« Sofort war das wütende Funkeln in seinen Augen zu sehen, das Karre jedes Mal beobachtete, wenn Becker sich in die Enge getrieben fühlte.

»Du hast dein Bier nicht bezahlt.«

»Ach so.« Er lächelte verlegen. »Stimmt ja.« Er zog sein Portemonnaie aus der Gesäßtasche seiner Jeans und kramte einen Zehner aus dem Scheinfach, den er dem Barmädchen über den Tresen zuschob. Er sagte etwas zu ihr, was Karre aufgrund der lauten Musik allerdings nicht verstand.

»Ich wusste gar nicht, dass sowas hier nach deinem Geschmack ist.« Becker beugte sich zu ihm herüber. Sein Atem roch nach Bier und Zwiebeln. Vermutlich hatte er einen Zwischenstopp an einer Dönerbude eingelegt, bevor er hierhergekommen war.

»Ist es nicht. Ich bin auch nicht zu meinem Privatvergnügen hier – vermutlich ganz im Gegensatz zu dir.« Karre musterte Becker, den er zum ersten Mal seit Jahren in Zivilkleidung und ohne Uniform sah. »Bist du hier Stammgast?«

Beckers Gesicht lief rot an, was Karres Vermutung aus dessen Sicht hinreichend bestätigte. Becker wiederum war dies offensichtlich bewusst, denn er blickte ausweichend zur Bühne, wo der Rauschgoldengel seinen Platz inzwischen für eine blasse Rothaarige in Hotpants aus schwarzem Latex geräumt hatte, deren Arme und Beine zahlreiche Tattoos schmückten.

»Also? Kommst du öfter her?«, hakte Karre nach.

»Nein!«, antwortete Becker, ohne seinen Blick von der Rockerbraut abzuwenden, die sich in diesem Augenblick mit bemerkenswerter Körperbeherrschung kopfüber und mit weit auseinandergespreizten Beinen an der in der Bühnenmitte montierten Edelstahlstange herabgleiten ließ »Das heißt, ab und zu mal. Und was treibst du hier?«

»Ich suche jemanden.«

»So? Wen denn?«

»Den Fahrer eines Wagens.«

Becker stellte sein Bierglas auf der Theke ab. »Was´n für´n Wagen?«

»Einen Wagen, der in der Nähe eines Tatortes beobachtet wurde.«

Von jetzt auf gleich genoss er Beckers ungeteilte Aufmerksamkeit, die Rothaarige war vergessen. »Redest du von dem Mord an diesem Pärchen?«

»Genau davon rede ich. Es gibt die Aussage eines glaubwürdigen Zeugen, der in der Mordnacht einen Wagen beobachtet haben will, der eine ganze Zeit lang in der Nähe des Tatortes gestanden hat. Er sagt, in dem Wagen haben zwei Personen gesessen und es habe so ausgesehen, als hätten sie auf etwas gewartet.«

»Und was für ein Wagen soll das gewesen sein?«

»Das konnte uns der Zeuge leider nicht sagen. Aber wir haben herausgefunden, dass es sich um einen dunkelblauen Camaro mit gelben Streifen gehandelt haben muss. Kennst du zufällig jemanden, der so einen Wagen fährt?«

Becker dachte nach, schüttelte dann aber den Kopf. »Nein, tut mir leid. Aber wieso glaubst du, dass du diesen Typ ausgerechnet hier findest?«

»Ist ne lange Geschichte«, antwortete Karre ausweichend. Er hatte keine Lust, ausgerechnet Becker noch weiter in die Ermittlungsarbeit seines Teams einzubeziehen. Eigentlich hatte er schon zu viel gesagt, aber einen Versuch war es wohl allemal wert gewesen. »Jedenfalls dachte ich, vielleicht hab ich ja Glück und er taucht heute Abend zufällig hier auf.«

»Und du glaubst, der Fahrer dieses Wagens könnte etwas mit dem Mord zu tun haben?«

»Nein, nicht unbedingt. Aber vielleicht hat er etwas beobachtet, was uns weiterhilft.«

»Na dann viel Glück bei der Suche.« Becker nahm sein Glas, leerte es und stellte es zurück auf den Tresen. Dann ging er, ohne sich von Karre zu verabschieden, Richtung Ausgang davon.

*

Der schwere Geländewagen stoppte vor dem massiven Eisentor. Sein Fahrer wartete geduldig, bis es vollständig zur Seite gerollt war und den Weg auf das mehr als zwei Hektar umfassende Grundstück freigab. Langsam setze sich das Fahrzeug in Bewegung. In den Boden eingelassene Strahler illuminierten die Kronen der alten Kastanienbäume rechts und links der geschotterten Zufahrt.

Nach etwa fünfzig Metern mündete der Weg in einen runden Platz. Der mittig installierte Springbrunnen wurde ebenso kunstvoll beleuchtet, wie das aus dem neunzehnten Jahrhundert stammende, aber gerade erst vollständig sanierte, ehemalige Gutshaus.

Schon bei der ersten Besichtigung hatte er sich in das alte Gemäuer verliebt. Es hatte viel Mühe, Schweiß, Energie und planerisches Geschick eines der renommiertesten Düsseldorfer Architekten – vor allem aber sehr viel Geld - gekostet, es zu jenem Diamant am Immobilienmarkt zu machen, den es in seinem heutigen Zustand darstellte. Zweifelsohne gehörte das Anwesen zu den beeindruckendsten privaten Objekten, die Essen zu bieten hatte. Da das fast einen Meter dicke Bruchsteinmauerwerk vollkommen marode und durchnässt gewesen war, zum Leidwesen der Bauherren aber unter Denkmalschutz stand, hatte man sich dazu entschieden, innerhalb der alten Mauern praktisch ein komplett neues Haus zu errichten.

Der ursprüngliche Charme des Gebäudes blieb auf diese Weise erhalten, erhielt aber mit einem gläsernen Anbau, in dem sich das über einhundert Quadratmeter große Wohnzimmer befand, moderne Akzente.

Er stellte den Wagen vor der in einen Hang hineingebauten Doppelgarage ab und ging zu Fuß hinüber zum Haus. Auf einem neben der Haustür in die Wand eingelassenen Touchpad tippte er einen sechsstelligen Code ein, woraufhin sich das Schloss mit einem leisen Summen öffnete.

Eine imposante, über fünf Meter hohe Eingangshalle mit umlaufender Galerie empfing ihn. An der Wand gegenüber der Eingangstür hing eine dunkelgraue Steinplatte. Im diffusen Licht der indirekten Beleuchtung traten aus ihr die gespenstisch wirkenden Konturen eines stattlichen Ammoniten hervor. Unvorstellbar, dass das Tier, um dessen Behausung es sich handelte, vor rund fünfundsechzig Millionen Jahren gelebt hatte. Wie erbärmlich wirkte dagegen die Zeitspanne, in der die Menschheit die Erde bevölkerte. Ganz zu schweigen vom bedeutungslosen Leben eines Einzelnen. Und dennoch hatte es ihre Spezies in dieser kurzen Zeit fertiggebracht, einen ganzen Planeten an den Rand des Abgrunds zu bringen.

Die Schritte der schwarzen Burberry Schuhe hallten in der Stille wider, während er die Halle in Richtung des Anbaus durchquerte. Einmal mehr machte ihm das hohle Echo bewusst, dass rund achthundert Quadratmeter Wohnfläche für zwei Personen, die zudem zu einem minimalistischen Einrichtungsstil neigten, recht üppig bemessen waren.

Seine Frau stand vor der gläsernen Fassade. Sie wandte ihm den Rücken zu und blickte hinaus auf den beleuchteten Pool. Er trat hinter sie, umfasste ihre schmale Taille, vergrub sein Gesicht in ihrem dunklen Haar und saugte den betörend schweren Duft ihres Parfüms ein.

Sie legte den Kopf in den Nacken, während ihr seine Küsse auf ihrem Hals ein genussvolles Stöhnen entlockten.

»Alexander«, flüsterte sie. »Es ist spät geworden.«

Seine Hände fuhren über ihre Oberschenkel. Glitten sanft über die halterlosen Strümpfe, suchten sich einen Weg unter den kurzen Rock. Trotz der hohen Absätze war sie einige Zentimeter kleiner als er, aber gleichzeitig groß genug, dass er sich nicht bücken musste, um sie zu küssen.

»Wie war dein Tag?« Sein Mund befand sich so dicht neben ihrem Ohr, dass seine Lippen ihr weiches Ohrläppchen berührten.

»Anstrengend. Es gibt ein paar Probleme.« Sie drehte sich zu ihm um und sah ihn an. Ihre leuchtenden Augen unter den langen, dichten Wimpern faszinierten ihn noch immer. Die Augen, die ihn seit ihrer ersten Begegnung jeden Tag aufs Neue in ihren Bann zogen. Ihre vollen Lippen glänzten im flackernden Licht der auf dem Kaminsims stehenden Kerzen.

Er küsste sie.

»Und bei dir? Wie war´s mit der Kleinen?« Sie fuhr sich mit der Zungenspitze über die Lippen. Ihre Hände lagen auf seinem Brustkorb.

»Ich habe ihr gesagt, dass sie ein totes Pferd reitet.«

»Ein totes Pferd?« Die Finger mit den sorgfältig manikürten Nägeln schoben sich unter sein enganliegendes T-Shirt. Langsam und sinnlich wanderten sie über seinen muskulösen Bauch.

»Eine Weisheit der Dakota-Indianer besagt: *Wenn du entdeckst, dass du ein totes Pferd reitest, dann steig ab.*«

Sie schob sein T-Shirt langsam über seine breiten Schultern.

»Es nützt weder etwas, eine stärkere Peitsche zu benutzen, noch den Reiter zu wechseln. Ein totes Pferd bleibt, was es ist: tot.«

Das Shirt fiel zu Boden und ihre Fingernägel kratzten über seine Brust. »Und mit dem toten Pferd meinst du ihre Abteilung?«

»Ich bin mir mit dem Polizeipräsidenten darüber einig, dass mein Dezernat in Zukunft alle Morde untersuchen wird, die potentiell etwas mit Organisierter Kriminalität zu tun haben könnten. Karrenberg kann sich dann mit seinen Leuten um fragwürdige Todesfälle in Altenheimen oder um ähnlich spannende Angelegenheiten kümmern.«

»Du scheinst ihn nicht sonderlich zu mögen.«

»Eigentlich ist er kein schlechter Mann. Aber ich glaube nicht, dass wir zusammenarbeiten könnten.«

»Zwei Alphatiere sind zu viel für ein und dasselbe Rudel?« Sie schob ihr Knie zwischen seine Beine und er spürte, wie die Erektion in seiner Anzughose spannte.

»Ich weiß, dass es nicht funktionieren würde. Außerdem ist er viel zu besessen von dieser Sache mit seiner Ex-Frau und seiner Tochter. Aus meiner Sicht sollte er in Zukunft etwas kürzer treten.«

»Ja, das wäre wohl tatsächlich das Beste. Und was ist mit der Kleinen? Die magst du, oder?« Sie rieb seine Brustwarzen so fest zwischen Zeigefinger und Daumen, dass er leise stöhnte.

»Willst du mit mir über andere Frauen reden oder kommen wir endlich zur Sache?« Er sah sie herausfordernd an.

Ihre Antwort bestand darin, ihn leidenschaftlich zu küssen. Doch plötzlich kniff sie so heftig in seine rechte Brustwarze, dass er vor Schmerz aufschrie und sie von sich wegdrückte.

Ohne jede Vorwarnung packte er den Stoff ihrer Bluse und riss ihn auseinander. Knöpfe flogen in alle Himmelsrichtungen davon und verteilten sich prasselnd auf den Holzdielen. Er streifte ihr die Bluse ab. Voller Begierde wanderte sein Blick über die prallen, in weiße Spitze gehüllten Brüste. Mit einem routinierten Handgriff öffnete er den Verschlusshaken auf ihrem Rücken. Der BH fiel direkt vor ihre Füße. Ruckartig drehte er sie um, schlang seine Arme von hinten um sie, legte seine Hände auf ihren nackten Busen.

Sie stützte sich mit den Händen an der Glasfassade ab, legte ihren Kopf in den Nacken, so dass ihr herabhängendes Haar bis weit zwischen die Schulterblätter fiel. Ihr Atem hinterließ einen kreisrunden Fleck auf der Scheibe.

Währenddessen bohrten sich seine Fingerkuppen in das weiche Fleisch ihrer Brüste, drückten und kneteten es. Er presste seinen Schritt gegen ihren Po, zog sie von der Scheibe weg und schob sie grob vor sich her. Quer durch den Raum, geradewegs zu dem vier Meter langen Esstisch mit der unverwüstlichen Baumscheibenplatte.

Dort riss er ihr mit einer ruckartigen Bewegung den Rock herunter. Der Anblick ihres wohlgeformten Hinterteils machte ihn rasend. Doch bevor er gierig in sie eindrang, zog er einen schwarzen Kabelbinder aus der Hosentasche, bog ihre Arme nach hinten und fesselte ihre Handgelenke.

*

Karres Blick wanderte hinüber zum VIP-Bereich. Der Schalträger saß alleine auf der Couch und telefonierte, während sich seine Damenschar auf einem anderen Sofa mit einer Flasche Champagner im Schlepptau herumlümmelte.

Er fragte sich, ob der VIP-Gast ihm einen flüchtigen Blick zugeworfen hatte, oder ob er es sich bloß eingebildet hatte, als er eine Hand auf seiner Schulter spürte. Es war die Brünette in den grauen Dessous. Offenbar war bei den Geschäftsleuten nichts mehr zu holen gewesen, so dass sie sich nun anderweitig orientierte.

Er schätzte das Mädchen auf Anfang zwanzig. In ihrem kastanienbraunen Haar nahm Karre im Licht der Barbeleuchtung einen rötlichen Schimmer wahr.

»Ist dir langweilig?«, fragte sie ihn mit deutlich hörbarem osteuropäischem Akzent. Die Wimpern über ihren strahlend blauen Augen waren stark geschminkt und ihre Lippen eine Nuance zu rot, um nicht aufdringlich zu wirken. Wie zufällig legte die junge Frau ihre Hand auf seinen Oberschenkel. Und ehe Karre reagieren konnte, sagte sie:

»Du bist zum ersten Mal hier, oder? Ich habe dich noch nie gesehen. Möchtest du etwas mit mir trinken? Ich heiße Xenia.«

»Arbeitest du schon lange hier, Xenia?«, fragte Karre, ohne auf die Fragen der vermeintlichen Tänzerin einzugehen. Er vermutete, dass alle im Club arbeitenden Mädchen für das Wohl der Besucher sorgten, wenn sie nicht gerade auf der Bühne standen, um sich vor den Augen der Gäste zu entblättern.

»Ungefähr ein Jahr. Warum willst du das wissen?«

Karre kramte das gesamte Dollar-Spielgeld im Gegenwert von zehn Euro, das er beim Betreten des Clubs als Gegenleistung für den gezahlten Eintritt erhalten hatte, aus seiner Hosentasche und schob es dem Mädchen unter das rote Strumpfband. »Ich suche jemanden.«

»Bist du ein Bulle, oder was?« Sie zog ihre Hand zurück und wollte sich abwenden, doch Karre hielt sie zurück.

»Warte einen Augenblick, ich möchte dir etwas zeigen.« Er zog ein Foto aus der Innentasche seiner Jacke und legte es auf den Tresen.

Xenia nahm das Foto und betrachtete es. »Sie ist hübsch. Sehr hübsch«, sagte sie nach einer Weile und gab Karre das Bild zurück. »Tanzt sie in einem Club?«

Karre schüttelte den Kopf.

»Was dann? Warum zeigst du mir das Foto?«

»Sie ist tot.« Karre steckte das Bild wieder ein. »Und ihr Freund auch.«

»Oh Gott, das ist schrecklich. Was ist passiert?«

»Die beiden wurden in ihrer Wohnung getötet.«

»Wie grauenvoll.« Xenia sagte etwas in einer fremden Sprache zu ihrer Kollegin hinter der Theke. Karre vermutete, dass es sich um russisch handelte, was ihre Kollegin offenbar problemlos verstand, denn sie reichte ihr daraufhin ein volles Wasserglas. »Warum bist du hier?«, fragte Xenia und nippte an ihrem Wasser.

»Ich suche jemanden, der uns möglicherweise weiterhelfen kann. Er war wahrscheinlich in der Nähe, als es passiert ist. Kennst du jemanden, der einen dunkelblauen Sportwagen mit gelben Streifen fährt?«

»Nein.« In diesem Moment tauchten neben Karre zwei glatzköpfige Gorillas auf, deren dunkle Anzüge vor Muskeln beinahe auseinanderplatzen. Sie sagten etwas zu Xenia, die daraufhin nickte und von dem Hocker aufstand, auf den sie sich gerade eben erst gesetzt hatte.

»Ich habe jetzt Feierabend«, sagte sie zu Karre. »Mach´s gut.« Dann stand sie auf und verschwand durch eine Tür hinter der Bühne, ohne sich noch einmal umzusehen.

»Und du hast jetzt auch Feierabend«, sagte einer der beiden Silberrücken und legte Karre eine riesige Pranke auf die Schulter.

Karre stand auf, der Typ war trotzdem einen halben Kopf größer als er. »Und was, wenn ich noch austrinken möchte?« Er deutete auf sein Bier.

»Dann lässt der Chef dir ausrichten, dass er dich hier

nicht haben will. Er mag keine Schnüffler. Du gehst jetzt.«

Karre wollte in die Innentasche seiner Jacke greifen und seinen Polizeiausweis herausholen, als der Typ nach seinem Handgelenk griff und ihm den Arm schmerzhaft auf den Rücken drehte, bevor Karre überhaupt die Chance hatte, zu reagieren.

»Du solltest dir gut überlegen, was du als Nächstes machst«, flüsterte ihm der Typ ins Ohr. »Entweder du gehst freiwillig, oder wir bringen dich raus. Durch die Hintertür. Und das würde ich mir an deiner Stelle gut überlegen.« Er bog Karres Arm weiter nach oben, so dass es schmerzhaft im Schultergelenk knackte.

»Okay, schon gut. Ich hab verstanden. Lass mich los und ich verschwinde.«

»Gut so.« Der Typ gab ihm einen Schubs und ließ ihn los.

Karre stolperte ein paar Schritte den Tresen entlang, bevor er das Gleichgewicht mit einem Ausfallschritt wiedererlangte. Er sah sich um. Der Typ auf der Couch im VIP-Bereich war nicht mehr zu sehen. Offenbar hatte er es vorgezogen, den Abend in einer anderen Location fortzusetzen. Gemeinsam mit den vier Mädchen. Karre drehte sich zu den beiden Muskelprotzen um. Ihre zu Schlitzen verengten Augen sendeten eine letzte stumme Warnung.

Er verstand die Botschaft und erklärte seinen inoffiziellen Ermittlungseinsatz in diesem Etablissement offiziell für beendet.

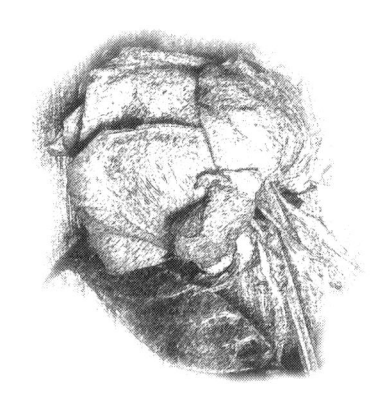

KAPITEL 29

Sie lag mit geschlossenen Augen auf dem Rücken und spürte die hämmernden Schmerzen hinter ihren Schläfen. Blut, das von langsamen Schlägen ihres Pulses ruckartig und zäh durch die Adern gepumpt wurde.

Das Letzte, an das sie sich erinnerte, war die Fahrt zum Flughafen. Auf der Rückbank einer Luxuslimousine. Sie hatte aus dem Fenster gesehen und war darüber eingenickt.

Behutsam öffnete sie die Augen. Absolute Dunkelheit. Jetzt spürte sie, dass man ihr die Augen verbunden hatte. Sie wollte schreien, doch es gelang ihr ebenso wenig wie der Versuch, ihren weit geöffneten Mund zu schließen. Etwas blockierte ihre Kiefer, hielt sie auseinander. Sie spürte den Speichel, der sich in ihrem Mund gesammelt hatte und in einem kleinen Rinnsal ihren Rachen hinunterlief. Sie wollte ihre Zunge bewegen und fühlen, was ihren Mund beinahe zur Gänze ausfüllte. Doch das unbekannte Etwas drückte ihre Zunge so fest nach unten, dass es ihr unmöglich war, sie zu bewegen.

Vermutlich handelte es sich um eine Kugel aus Gummi oder Kunststoff, die man ihr in den Mund geschoben hatte, bevor man ihr einen zusätzlichen Knebel verpasst hatte, dessen Knoten sie schmerzhaft an ihrem Hinterkopf spürte.

Ihre Arme waren nach oben gestreckt und an den Handgelenken mit etwas zusammengebunden, das schmerzhaft in ihre Haut schnitt, sobald sie sich auch nur ein wenig bewegte. Der Versuch, ihre Arme über den Kopf auf die Brust zu legen, scheiterte an etwas, das sich offenbar in der Lücke zwischen ihrem Kopf, den Handgelenken und ihren Armbeugen befand. Etwas, das am Boden begann und so hoch in die Dunkelheit reichte, dass sie ihre Hände unmöglich darüber hinwegheben konnte. Was in Dreiteufelsnamen war das? Eine Säule?

Wütend trat sie mit ihren Füßen um sich. Diese waren nicht gefesselt, trafen in der sie umgebenden Schwärze aber nichts als Luft. Einer der Sneaker, die sie der Bequemlichkeit wegen für den Flug angezogen hatte, flog davon und schlug dumpf im sie umgebenden Nichts auf.

Sie unternahm noch einige Versuche, sich selbst aus ihrer misslichen Lage zu befreien, doch mit der Zeit kam die Erschöpfung. Und mit ihr die Einsicht, auf diese Weise nie und nimmer etwas erreichen zu können, egal wie viel Energie sie auch aufwand. Nachdem sie den Anflug von Panik überwunden hatte und sich darauf konzentrierte, dass sich ihre Atmung wieder beruhigte, forschte sie weiter in ihren Erinnerungen. Der Kaffee. Es musste der

Kaffee gewesen sein. Das bittersüße Aroma, das ihr Gehirn wahrgenommen hatte, ohne allerdings die richtigen Schlüsse daraus zu ziehen. Wie lange war sie bewusstlos gewesen? Wo war sie? Das waren die Fragen, die ihr in diesem Augenblick durch den Kopf gingen. Nicht das »Wer« oder das »Warum«.

Die Antworten auf diese Fragen kannte sie.

Sie schrie ihre Wut nach Leibeskräften aus sich heraus, doch mehr als ein kraftloses Krächzen ließen der Gegenstand in ihrem Mund und der darüberliegende Knebel nicht zu. Sie weinte dicke, lautlose Tränen, die vom Stoff ihrer Augenbinde aufgesaugt wurden, wie von einem Schwamm. Sie hörte erst auf, als der Sauerstoffmangel ihr zu schaffen machte, weil ihre Nasenschleimhäute zunehmend anschwollen und die einzige verbliebene Luftzufuhr zu verschließen drohten.

Nachdem sie sich einigermaßen beruhigt hatte, lauschte sie in die sie umgebende Stille. Das heißt, wenn sie genauer hinhörte, konnte von Stille eigentlich keine Rede sein. Irgendwo in der Ferne hörte sie Geräusche. Das gleichmäßige Dröhnen langsamer, hypnotischer Bässe, das sie bis in ihr Zwerchfell spürte. Und je mehr sie sich darauf konzentrierte, desto deutlicher wurde die unter den Tieftönen mitschwingende Melodie. Ja, es war eine Melodie. Und sie wusste bereits, um welches Lied es sich handelte, bevor der Gesang einsetzte.

Während sie fieberhaft überlegte, wohin man sie wohl verschleppt hatte, lag sie einfach nur da und lauschte den entfernten Klängen.

My heart still thumps as I bleed.

Wo um alles in der Welt war sie? Was war das für ein Ort? Eigentlich spielte es keine Rolle, denn Fluchtversuche erwiesen sich ohnehin als zwecklos, so viel stand fest. Denn jedes Mal, wenn sie an ihren Fesseln rüttelte und zerrte, schnitten die Schlaufen mehr und mehr in ihre Haut, machten aber nicht den Anschein, als wollten sie jemals nachgeben.

Chunks of you will sink down to the seals.

Sollte es das gewesen sein? Würde sie an diesem Ort sterben? Auf den Grund des Meeres herabsinken, um in der bildlichen Sprache des Liedes zu bleiben, das irgendwo dort oben über ihr aus den Lautsprechern dröhnte? Und wenn das geschah - würde man sie jemals finden? Oder blieb ihr Verschwinden ein ungelöstes Rätsel? Sie bemühte sich, den Gedanken zu verdrängen, aber es gelang ihr nicht.

You will still haunt me.

Wahrhaftig, sie hatten sich gegenseitig gejagt. Aber so wie es aussah, war die Jagd an diesem Punkt zu Ende.

*

Die Luft draußen auf der Straße war angenehm kühl. Von den beiden Gorillas, die ihm in einigem Abstand bis zum Ausgang des *Blue Eden* gefolgt waren, sah er nichts mehr. Vermutlich gingen sie wieder ihren Aufgaben im Inneren des Clubs nach, wo sie dafür sorgten, dass niemand unangenehme Fragen stellte.

Karre wollte gerade zurück zu seinem Wagen gehen, als sein Blick auf die zwischen dem Club-Haus und dem Nachbarhaus liegende Einfahrt fiel. Er ging ein paar Schritte und stand direkt vor einem zweiflügeligen Holztor. Vorsichtig sah er sich um. Er hatte keine Lust, den beiden Affen noch einmal über den Weg zu laufen.

Niemand war zu sehen, also drückte er die Klinke des Tores nach unten. Es war nicht verschlossen. Er trat in die hinter dem Tor liegende Finsternis und zog den schweren Holzflügel leise hinter sich ins Schloss. Nach wenigen Metern, die er mehr tastend als sehend zurücklegte, fand er sich in einem nur von fahlem Mondlicht erhellten Innenhof wieder. Auf der einen Seite erhob sich die rückwärtige Fassade des *Blue Eden* in den schwarzen Nachthimmel. Neben einer fensterlosen Stahltür gab es eine Laderampe mit Rolltor. Die Fenster des gegenüberliegenden Wohnhauses waren zugemauert worden. Die Ziegelsteine, die man dazu verwendet hatte, bildeten einen rötlichen Kontrast zu der ansonsten grauen Fassade.

Vor der Laderampe, auf der einige leere Paletten herumlagen, standen ein dunkelblauer Maserati Quattroporte mit stark getönten Heck- und Fondscheiben und ein schwarzer V-Klasse Mercedes. Karre ging um die Wagen herum, konnte aber nichts Besonderes entdecken. Plötzlich öffnete sich die Hintertür des Clubs. Karre ging hinter dem Mercedes in Deckung, als eine junge Frau das Gebäude verließ.

Xenia.

Doch selbst im spärlichen Mondlicht konnte Karre erkennen, dass mit ihr etwas nicht stimmte. Als er sicher war, dass sich die Hintertür des *Blue Eden* wieder geschlossen hatte, trat er aus seinem Versteck hervor.

»Xenia, bist du das?«

Sie fuhr herum. »Um Himmels willen. Was machst du hier? Du darfst nicht hier sein.«

Ihm lief es eiskalt den Rücken runter, als er in das Gesicht der jungen Frau blickte. Die Schminke um ihre Augen herum war verlaufen. Offensichtlich hatte sie geweint. Viel schlimmer aber war die aufgeplatzte Oberlippe, obwohl das getrocknete Blut inzwischen eine dicke Kruste gebildet hatte. Auch das weiße Top, dass sie jetzt zu schwarzen Leggins trug, war voller Blut.

»Was ist passiert? Haben diese Typen dich so zugerichtet?« Karre machte einen Schritt auf sie zu, doch sie wich zurück.

»Nein, ich bin gestolpert. Auf dem Weg in die Umkleide. Und jetzt lass mich gehen. Bitte.«

»Scheiße«, zischte Karre. »Das ist alles meine Schuld. Soll ich dich zu einem Arzt bringen?«

»Arzt? Nein, ich gehe nach Hause. Kein Arzt. Nein.« Sie schüttelte vehement den Kopf und Karre merkte, dass die junge Frau vollkommen verängstigt war. Mit großen Schritten wich sie ihm aus und ging in Richtung des Holztores davon.

Karre folgte ihr.

»In dem Zustand lasse ich dich auf keinen Fall alleine rumlaufen. Wenn du partout nicht zum Arzt willst, fahre ich dich wenigstens nach Hause.«

»Hör auf! Lass mich in Ruhe.« In der Dunkelheit der Hofzufahrt blieb sie so abrupt stehen, dass Karre in sie hineinlief.

Er hielt sie fest, damit sie nicht umfiel, und merkte, wie sie zitterte.

»Wir dürfen nicht miteinander sprechen. Es ist zu gefährlich.« Sie riss sich von ihm los.

»Gefährlich für dich?«

»Für uns beide.«

Er deutete auf ihre Lippe.

»Das ist nichts. Aber mit diesen Leuten ist nicht zu spaßen.« Sie öffnete das Tor und trat hinaus auf die Straße.

»Lass mich dich wenigstens fahren.«

Sie antwortete nicht und lief mit schnellen Schritten voraus, während er ihr folgte. »Ich möchte nicht, dass du alleine durch die Gegend fährst. Nicht nachdem, was da drin vorhin passiert ist.« Im Laufen deutete er auf den Club, der inzwischen gute hundert Meter hinter ihnen lag.

Schließlich blieb sie stehen. »Es ist nichts passiert. Ich bin gestolpert. Ich nehme ein Taxi, okay?«

»Das ist doch Quatsch. Komm schon.« Er zog seinen Polizeiausweis aus der Jackentasche und reichte ihn ihr.

Xenia stieß einen lauten Seufzer aus. »Oh Mann, ich hab´s gewusst. Also gut, von mir aus.«

Während der Autofahrt saßen sie schweigend nebeneinander. Sie hatte ihm ihre Adresse genannt und da er den Weg kannte, brauchte sie ihm nicht zu sagen, wie er fahren musste. Stattdessen plätscherte leise Musik aus dem Radio.

»Dieses Mädchen«, begann Xenia plötzlich, während sie an einer roten Ampel standen und der LKW neben ihnen mit einem lauten Zischen seine Bremsen entlüftete. »Auf dem Foto ...«

Karre sah sie fragend an.

»Warum musste sie sterben?«

»Das versuchen wir herauszufinden.«

»Und der Fahrer dieses Sportwagens kann euch helfen?«

»Vielleicht. Möglicherweise hat er etwas gesehen. Ich muss ihm ein paar Fragen stellen.« Der Wagen hinter ihnen hupte und Karre sah, dass die Ampel auf Grün umgesprungen war. Er trat aufs Gaspedal.

Xenia schwieg, bis Karre seinen Wagen vor dem Haus abstellte, in dem sich ihre Wohnung befand. Er schaltete den Motor ab und sah sie an. Dann nahm er eine Visitenkarte und reichte sie ihr.

»Wenn dir doch etwas einfällt oder du Hilfe brauchst, kannst du mich jederzeit anrufen. Okay?«

Sie nickte, nahm die Karte und steckte sie in den kleinen Rucksack, in dem sich neben den üblichen Handtascheninhalten einer jungen Frau vermutlich ihre Outfits für den Club befanden. Sie kramte einen Schlüsselbund daraus hervor und drückte die Beifahrertür einen Spaltbreit auf.

Karre rechnete damit, dass sie aussteigen würde, als sie sich noch einmal zum ihm umdrehte. »Ich bin Linda.

Linda Lebedew.«

»Linda.« Er sah sie an. »Lebedew?«

Sie lächelte. »Das bedeutet Schwan.«

Wie passend, dachte er und sah ihr nach, während sie ausstieg und die Tür hinter sich ins Schloss warf. Karre wartete, bis sie die Haustür hinter sich geschlossen hatte, bevor er den Motor startete. Er wendete den Wagen in der gegenüberliegenden Einfahrt und fuhr zurück in Richtung Hauptstraße.

Als ihm in der engen Straße ein schwarzer Kleinbus entgegenkam, fuhr er rechts ran und ließ den anderen passieren, bevor er seinen Weg fortsetzte.

*

Viktoria saß mit untergeschlagenen Beinen auf der Couch in ihrem Wohnzimmer. Über den Fernseher flimmerte eine Reportage, deren Bilder sie zwar verfolgte, über deren Inhalt sie aber beim besten Willen nichts hätte sagen können.

Immer wieder wanderte ihr Blick zu dem neben ihrem nackten Oberschenkel liegenden Handy. Nachdem sie es während der Taxifahrt nach Hause aus der Tasche gezogen hatte und das Display fünf entgangene Anrufe von Maximilian anzeigte, hatte sie zunächst die Mailboxabfrage gestartet.

Bei seinem ersten Anruf entschuldigte er sich dafür, sich bisher nicht gemeldet zu haben, und bat um ihren Rückruf. Am Ende seiner Nachricht hinterließ er ihr einen Kuss. Der zweite Anruf verlief nahezu identisch. Die dritte Rückrufbitte eine Stunde später beendete er ohne einen Kuss. Bei seinem vierten und fünften Anruf hatte er keine weiteren Nachrichten hinterlassen.

Sie hatte ihn zurückgerufen, aber jetzt ging er nicht ans

Telefon und hatte sich seitdem auch nicht gemeldet. Den Gedanken, es könne an der Zeitverschiebung liegen, verwarf sie genauso schnell, wie er ihr gekommen war. Schließlich war es in den USA deutlich früher als in Europa.

Großartig, dachte sie. Offensichtlich hatten sie einen echten Lauf, was ihre Beziehung anging. Sie schob den Spaghettiträger ihres Schlaftops zurück an seine Position und ging in die Küche, um sich ein Glas Leitungswasser einzuschenken. Zu viel Wein und der abschließende Grappa hatten ihr im Nachhinein mehr zugesetzt, als sie anfangs geglaubt hatte.

Warum zum Teufel hatte sie sich bloß auf das Essen mit Notthoff eingelassen? Nicht wegen des Alkohols, sondern wegen der Dinge, die er ihr erzählt hatte und die ihr nun nicht mehr aus dem Kopf gingen. Geisterhafte Schatten, die immer wieder zurückkehrten, sobald sie ihre Gedanken nicht bewusst auf ein anderes Thema fokussierte.

Ob Karre von alldem wusste? Hatte Schumacher vielleicht mit ihm darüber gesprochen? Vermutlich nicht, denn dann hätte er sicher Karim, Götz und sie darüber informiert.

Sie drehte den Hahn auf und wartete, bis das Wasser die gewünschte Temperatur hatte, bevor sie das Glas bis zum Rand füllte und es mit einem einzigen Zug leerte. Die eiskalte Flüssigkeit schmerzte, während sie sich den Weg durch die Speiseröhre nach unten bahnte.

Was aber, wenn Schumacher Karre ebenso ein Versprechen hinsichtlich seiner Verschwiegenheit abgerungen hatte, wie Notthoff es von ihr verlangt hatte? Wenn auch Schumacher unterbinden wollte, dass die Pläne des Polizeipräsidenten zum jetzigen Zeitpunkt die Runde machten. Hätte Karre ihnen gegenüber unter diesen Umständen womöglich doch geschwiegen?

Sie ging zurück ins Wohnzimmer und ließ sich auf die Couch fallen.

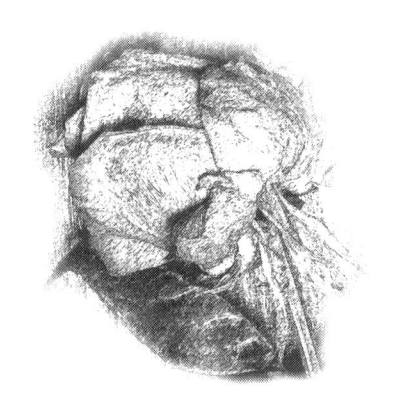

KAPITEL 30

Ihr Pferdeschwanz hüpfte rhythmisch auf und ab, während die Schritte ihrer Laufschuhe dumpf auf den trockenen Holzbohlen der ehemaligen Eisenbahnbrücke widerhallten. Ihr Blick schweifte über den See, der im Licht der Morgensonne glitzerte, wie ein riesiger Diamant. Drei weiße Schwäne erhoben sich unter lautem Flügelschlagen in den blauen Himmel.

Viktoria erreichte das Ende der Brücke und folgte dem asphaltierten Radweg, der sie geradewegs nach Hause führte. Den Schatten der Bäume, die ihren Weg von hier an säumten, empfand sie als angenehm kühl. Nur hier und da brach das Licht der Morgensonne durch das Laubdach und erwärmte den glänzenden Schweißfilm, der sich auf ihren Armen gebildet hatte.

Ohne ihren Lauf zu unterbrechen, trocknete sie ihre Handflächen an den brombeerfarbenen Lauftights ab, warf einen Blick auf ihre Armbanduhr und zog das Tempo an.

Während sie lief und ihre Gedanken um die Ereignisse der letzten Tage kreisten, vernahm sie das gleichmäßige Rauschen der am ostwärts liegenden Seebogen vorbeiführenden Schnellstraße.

Von den entfernten Straßengeräuschen abgesehen, herrschte himmlische Ruhe. Auf dem Hinweg hatte sie das Fischaufzuchtbecken des Fischereivereins passiert, in dem sich zu dieser Jahreszeit tausende Frösche und Kröten versammelten und ein wochenlang anhaltendes, pausenloses Konzert veranstalteten, das Viktoria selbst zu Hause auf der Terrasse oder bei gekippten Fenstern hören konnte.

Im Laufen hatte sie einen Blick auf die Kolonie der Fischreiher und Kormorane geworfen, die auf den im flachen Wasser stehenden Bäumen seit Jahren ihre Nester bauten. Noch immer konnte sie bei diesem Anblick kaum glauben, gerade einmal fünfzehn bis zwanzig Autominuten vom Stadtzentrum einer der größten deutschen Städte entfernt zu wohnen.

Der erneute Blick auf die Uhr verriet, dass ihre Zeit weit über dem Durchschnitt lag, den sie sonst für die knapp zehn Kilometer lange Strecke benötigte. Ob es am Wetter, am wenigen Schlaf oder einfach an ihren um den aktuellen Fall kreisenden Gedanken lag, vermochte sie nicht zu sagen.

Jetzt, auf dem Rückweg, lief Viktoria an dem alten Abrisshaus vorbei, das früher einmal eine Jugendherberge gewesen war. Eigentlich sollte es schon längst dem Erdboden gleichgemacht worden sein, aber eine darin lebende Fledermauskolonie hatte den Abriss bis auf weiteres verhindert.

Sie wollte noch einmal das Tempo erhöhen und zum Endspurt ansetzen, als etwas auf dem Boden ihre Aufmerksamkeit erregte. Ein schmaler Streifen aus glänzendem Metall lang keinen Meter von ihr entfernt auf dem Waldboden und reflektierte die durch die Blätter fallenden Sonnenstrahlen. Ruckartig blieb sie stehen, ging vor dem Gegenstand in die Hocke und zog ihn behutsam aus dem Staub.

Ihr Fund entpuppte sich als ein silbernes Bettelarmband mit unterschiedlichen Anhängern. Sie begutachtete das gute Stück eine Weile, bevor sie es schließlich in die Armtasche zu ihrem Handy steckte.

Zwar hielt sie es für äußerst unwahrscheinlich, jemals seinen Besitzer ausfindig zu machen, aber auf der anderen Seite sah es relativ teuer aus und es gab immer noch die Möglichkeit, es in einem Fundbüro abzugeben.

Bevor sie weiterlief, sah sie sich um. Niemand war zu sehen.

Ihr Blick wanderte noch einmal zu der Ruine, die seit Jahren von einem hohen Maschendrahtzaun umgeben wurde. Die Fenster waren vor langer Zeit mit Metallgittern verschlossen worden und die schwere Eisentür wurde durch ein dickes Vorhängeschloss gesichert. Zu den schon von weitem sichtbaren Sicherheitsmaßnahmen hatte man sich entschieden, nachdem das alte Gebäude im Laufe der Zeit zu einem immer beliebteren Abenteuerspielplatz avanciert war.

Als wäre es gestern gewesen, erinnerte Viktoria sich an die dichten Spinnweben und die darin hängenden Tiere, die darauf lauerten, dass sich jemand in ihr todbringendes Reich verirrte. Mit angehaltenem Atem hatte sie sich seinerzeit durch das Kellerfenster in das Gebäude hinabgelassen und ganz langsam, einen Fuß vor den anderen setzend, den Keller erkundet. Mit Shorts, ärmelloser Bluse und lediglich mit der Taschenlampe ihres besten Freundes bewaffnet.

Bei der Erinnerung daran musste sie lächeln. Oh Mann, sie hatte es ihren Jungs ganz schön gezeigt. Keiner von ihnen hatte sich hinab in den Keller getraut. Nicht vor ihr, aber auch nicht nach ihr. Nicht nachdem sie sich bei einem gemeinsamen Filmabend im Haus der Eltern ihres Freundes verbotenerweise den Film ES angesehen hatten, in dem der Clown Pennywise sein erstes Opfer durch einen Straßengully gezerrt hatte, der dem schmalen Kellerfenster auf furchteinflößende Weise geähnelt hatte.

Nachdem sie aus dem Keller zurück an die Oberfläche geklettert war, erzählte sie den Jungs von einer flüsternden Stimme und schwebenden Ballons, was diese endgültig davon überzeugte, den Keller nicht unbedingt mit eigenen Augen gesehen haben zu müssen. Viktorias Ansehen unter den Jungen hatte sich nach diesem Tag in ungeahnte Höhen aufgeschwungen. Sie waren sieben oder acht gewesen, so genau konnte sie sich nicht mehr daran erinnern.

Bei dem Gedanken an damals musste sie lauthals lachen. Und mit diesem Lächeln auf den Lippen und einem leichten Gefühl von Melancholie im Magen stand sie auf und legte den Weg nach Hause im Eiltempo zurück.

*

Er nahm das Gespräch an, als ihr Name auf dem Display aufleuchtete.

»Hi! Bist du etwa schon wieder zurück? Bei euch müsste es doch Mitten in der Nacht sein.« Ihm gefror das Blut in den Adern, als er die eisige Stimme am anderen Ende der

Leitung hörte.

»Aus dem Ausflug ist leider nichts geworden.« Der Anrufer sprach mit hörbarem Akzent. Russland? Osteuropa?

»Wer ist da? Hören Sie, ich will sofort mit Stella sprechen!«

»Immer langsam.« Es klang wie *immärr*. »Die Zeiten, in denen du und deine kleine Schlampe uns an der Nase herumgeführt haben, sind vorbei. Jetzt sagen wir, wo es langgeht. Verstanden?«

Martin Redmann wollte antworten, aber die Worte blieben ihm im Halse stecken.

»Hast du verstanden?«, wiederholte der Fremde.

»Ja.« Es war nicht mehr als ein Krächzen.

»Deiner kleinen Freundin geht es gut. Den Umständen entsprechend. Du solltest aber wissen, dass sich das jederzeit ändern kann. Hast du das kapiert?«

»Ja. Ich …«

»Maul halten. Wir kommen zum Geschäft. Du weißt, was wir von dir wollen.«

»Lasst sie gehen. Sie hat nichts damit zu tun.«

»Nichts damit zu tun? Dass ich nicht lache. Hat sie nicht dieses Ding bei uns eingeschleust?«

Er wusste genau, was der andere meinte. Er sprach von dem Trojaner auf dem USB-Stick.

»Du hast 24 Stunden Zeit«, riss die Stimme des anderen ihn aus seinen Gedanken. »Wenn du bis dahin nicht geliefert hast, ist sie tot. Hast du das kapiert?«

»J … j … ja.« Er schluckte. »Wie finde ich Sie?«

»Überhaupt nicht. Don´t call us. We call you.« Es klickte in der Leitung.

»Verflucht!« Er ging in die Anrufliste und drückte auf Stellas Namen.

Mailbox.

Panik stieg in ihm auf. Was, wenn sie Stella etwas antaten? Plötzlich hatte er nicht mehr den geringsten Zweifel, wer seine Nachmieter getötet hatte. Und dass die hübsche Polizistin und ihr Kollege recht gehabt hatten. Er war derjenige gewesen, der hätte sterben sollen.

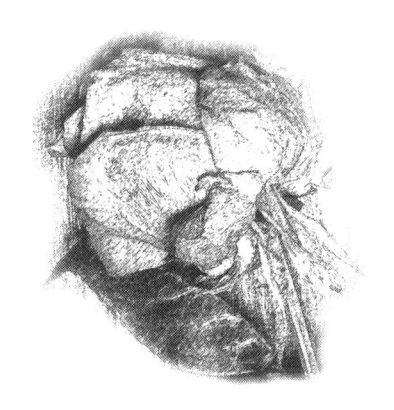

KAPITEL 31

Sie standen vor einem Hochhaus im Westen der Stadt. Die Gegend war geprägt von mehr oder weniger renovierungsbedürftigen Mehrfamilienbauten, denen die Eigentümer - meist in Übersee angesiedelte Immobiliengesellschaften - neuerdings mit ein wenig Farbe zumindest nach außen hin ein halbwegs passables Äußeres verpasst hatten.

Viktoria, die ihr Kommen am Vortag telefonisch angekündigt hatte, drückte den Klingelknopf. Die Stimme am anderen Ende der Sprechanlage klang überraschend jugendlich und frisch. Nicht so, wie Viktoria es bei einer fast fünfzigjährigen Frau erwartet hatte.

Silke Uhlig wohnte in der sechsten von acht Etagen, so

dass Viktoria und Karre sich für den Aufzug entschieden. Das Innere der Kabine war übersäht mit obszönen Botschaften und Zeichnungen. Ein über die komplette Scheibe verlaufendes Spinnennetzmuster verzierte die verspiegelte Kabinenwand. Zahllose alte Kaugummis klebten auf dem Boden, den Wänden – ja sogar an der Decke, wie Viktoria mit einem prüfenden Blick feststellte. In den oberen Ecken hockten dutzende Spinnen in ihren Netzen und warteten vergeblich, dass sich eine Fliege oder ein anderes wehrloses Insekt in die Fahrstuhlkabine verirrte.

Die Fahrstuhltüren fuhren, begleitet von einem lauten »*Pling*«, auseinander. Viktoria und Karre folgten dem düsteren, lediglich durch ein einziges Fenster an der Kopfseite beleuchteten Gang.

Silke Uhlig erwartete sie bereits an der Wohnungstür. Sie trug eine graue Jogginghose und ein ausgewaschenes T-Shirt derselben Farbe, ihre Füße steckten in schneeweißen Sneakersöckchen. Ihr Äußeres bestätigte, was ihre Stimme hatte vermuten lassen. Sie wirkte deutlich jünger, als sie tatsächlich war.

»Guten Morgen Frau Uhlig.« Viktoria stellte zuerst Karre, dann sich selbst vor.

»Wir haben telefoniert?« Silke Uhlig strich sich eine blonde Strähne aus dem Gesicht, die dem ansonsten streng nach hinten gekämmten Pferdeschwanz entflohen war. Ohne eine Antwort abzuwarten, bat sie die Polizisten herein. »Mögen Sie vielleicht einen Kaffee?«

Sie saßen im Wohnzimmer. Silke Uhlig servierte frischen Kaffee und einen Teller Kekse. Viktoria wunderte sich, denn die meisten Menschen waren bemüht, neugierige Polizeibeamte so schnell wie möglich wieder aus den eigenen vier Wänden verabschieden zu können. Doch Silke Uhlig machte in dieser Hinsicht keinerlei Anstalten.

»So«, sagte sie, nachdem sie ihren Kaffee zur Hälfte ausgetrunken hatte. »Wie kann ich Ihnen denn weiterhelfen? Am Telefon klang das ja alles recht geheimnisvoll.«

Viktoria sah ihren Chef an, doch der signalisierte ihr mit einer nickenden Geste, fortzufahren.

»Ich habe Sie angerufen, weil wir im Rahmen einer Mordermittlung an einem Punkt angelangt sind, an dem wir Hilfe von außen benötigen«, begann Viktoria.

»Eine Mordermittlung?« Silke Uhlig runzelte die Stirn. Ihr plötzliches Unbehagen war nicht zu übersehen.

»Ja. Es wurde jemand ermordet.«

»Jemand den ich kenne?« Plötzlich wirkte Silke Uhlig nervös und fahrig.

»Nein, ich denke nicht, dass Sie die Opfer kennen.« Viktoria biss sich auf die Zunge.

»Die Opfer? Es gibt mehrere Tote?«

»Zwei, um genau zu sein.« Eigentlich hatte sie sich vorgenommen, nur ganz allgemein von einem Mord zu sprechen, ohne die Zahl der Opfer zu erwähnen. Aber jetzt war es ohnehin raus. Sie warf Karre einen flüchtigen Blick zu, doch der schien sich keinerlei Gedanken darüber zu machen und nickte kaum merklich.

Mach weiter. Er vertraute ihr.

»Der Punkt ist, dass die beiden Toten vermutlich nicht diejenigen sind, auf die der Täter es tatsächlich abgesehen hatte.« Sie sah, wie es hinter Silke Uhligs Stirn arbeitete. Wie finstere Gedanken sich durch ihre Gehirnwindungen fraßen.

Schließlich sprach sie es aus: »Und nun kommen Sie zu mir. Glauben Sie etwa, dass der Mörder es auf mich ...«

»Nein«, unterbrach Viktoria sie. »Es gibt für Sie keinen Anlass zur Sorge, wir sind aus einem vollkommen anderen Grund auf Sie gekommen.«

Sie sah die Kommissarin fragend an.

»Um ehrlich zu sein, sind wir noch immer auf der Suche nach dem Motiv des Mörders. Wir sind davon überzeugt, dass wir ihn nur dann finden werden, wenn wir seine Beweggründe kennen. Und in diesem Zusammenhang haben wir etwas gefunden, was wir nicht deuten können. Für das wir gerne eine Erklärung hätten. Vielleicht hilft uns das weiter, vielleicht aber auch nicht. Möglicherweise sind wir komplett auf dem Holzweg. Aber um genau das herauszufinden, sind wir hier.«

»Und wie in aller Welt sind Sie auf mich gekommen, wenn es keinerlei Verbindung zwischen mir und den Ermordeten gibt?«

»Die Frage ist durchaus berechtigt«, sagte Karre mit ruhiger, beinahe monotoner Stimme. »Vicky, zeig es ihr.«

Viktoria öffnete die schwarze Plastikmappe, die sie aus dem Büro mitgenommen hatte und die nun vor ihr auf der Tischplatte lag. Sie zog das Bild heraus und schob es über den Tisch zu Silke Uhlig und beobachtete, wie ihre Augen sich weiteten.

Volltreffer, dachte sie, ohne dass sie einzuschätzen vermochte, ob es ihnen bei ihren Ermittlungen tatsächlich weiterhelfen würde.

Noch immer starrte Silke Uhlig auf das Foto, vermied aber, es in die Hand zu nehmen. Sie wirkte, als habe sie Angst, sich bei einer Berührung mit irgendetwas anzustecken. »Woher haben Sie das?«, fragte sie nach einer Weile und rang sich schließlich dazu durch, das Bild doch in die Hand zu nehmen. Behutsam streichelte sie mit dem Zeigefinger über den Computerausdruck des in die Jahre gekommenen Schnappschusses.

»Das sind Sie, auf dem Foto. Oder?« Viktoria vermied es zunächst, die Frage nach dem *»Woher«* zu beantworten. »Sie und Oliver Redmann.«

Silke Uhlig blickte von dem Foto auf. Zum ersten Mal,

seitdem sie sich überwunden hatte, es in die Hand zu nehmen. »Ich frage Sie noch einmal: Wie kommen Sie an dieses Bild? Und was bitte hat das mit diesem Mord zu tun, von dem Sie mir erzählt haben?«

»Ganz ehrlich: Das kann ich Ihnen im Moment nicht sagen. Wir hatten gehofft, dass uns das, was Sie uns möglicherweise dazu sagen können, helfen wird, diese Fragen zu beantworten.«

Sie senkte ihren Blick erneut und betrachtete das Foto. »Paris«, sagte sie plötzlich. »Aber darauf sind Sie sicher auch schon gekommen.« Sie tippte mit dem Finger auf den Eiffelturm im Hintergrund, während sich ihr Mund zu einem zarten Lächeln formte, wie Viktoria es von Menschen kannte, die positiven Erinnerungen nachhängen. Erinnerungen an vergangene Tage – die unwiederbringlich vorüber sind.

»Sie haben ihn damals geliebt, oder?«

»Ich habe ihn immer geliebt. Bis heute.«

»Was ist passiert?«

»Es war 1990 und ich erinnere mich, als wäre es gestern gewesen. Oliver war damals mein Chef, ich habe als Assistentin in seinem Vorzimmer in einer Anwaltskanzlei gearbeitet. Er war jung, erfolgreich, attraktiv. Ich mochte ihn, vom ersten Tag an.«

Viktoria ahnte schon, wie die Geschichte weiterging, hörte aber dennoch aufmerksam zu.

Eines Tages hat er mich gefragt, ob ich ihn auf eine Geschäftsreise nach Paris begleiten würde. Natürlich habe ich das nicht abgelehnt. Ende Mai sind wir geflogen, kurz vor Beginn der Fußballweltmeisterschaft in Italien.«

»Und in Paris haben Sie sich in ihn verliebt?«, fragte Karre und Viktoria ärgerte sich über den mangelnden Feinsinn ihres Chefs.

Silke Uhlig hingegen schien es mit Humor zu nehmen.

»Dazu gehören ja irgendwie immer zwei, oder? Jedenfalls schien auch er nicht abgeneigt.«

»Sie sind also sowohl seinem Charme als auch dem Charme der Stadt der Liebe erlegen«, fasste Viktoria zusammen.

»Wir hatten eine wunderbare Zeit. Auch nach Paris.«

»Und dann?«

»Wie es eben so ist. Er war mein Chef, ich seine Assistentin. Ich kam aus einfachen Verhältnissen, er hat mir eine Welt gezeigt, die ich bis zu diesem Zeitpunkt nicht kannte. Ich war jung und ungebunden, er war damals allerdings schon verheiratet.«

»Also eine Liaison ohne Perspektive?«

»In gewisser Weise schon.«

»In gewisser Weise?«

»Die Perspektive, wenn Sie es so bezeichnen wollen, stellte sich neun Monate später ein.«

»Sie waren schwanger.«

»Neun Monate nach Paris kam meine Tochter Stella zur Welt. Gezeugt in Paris, geboren und aufgewachsen im Ruhrgebiet.«

»Und Oliver Redmann? Hat er sich gekümmert?«

»Er hat es nie erfahren.«

»Nie?«

»Bis heute nicht. Und jetzt ist es wohl zu spät.«

»Aber wieso …«

»Ich habe damals kurz überlegt, es ihm zu sagen. Sogar, ihm das Messer auf die Brust zu setzen und von ihm zu verlangen, dass er sich von seiner Frau trennt.«

»Aber Sie haben nichts dergleichen unternommen.«

»Was hätte es gebracht? Er lebte in seiner Welt, ich in meiner.«

»Das bedeutet, Sie haben all die Jahre auch keine finanzielle Unterstützung von ihm erhalten?«

Silke Uhlig schüttelte den Kopf. »Entweder ganz, oder gar nicht. Ich habe mich damals gegen eine gemeinsame Zukunft entschieden, unabhängig davon, was er dazu gesagt hätte. Also habe ich entschieden, dass er nichts von meiner Schwangerschaft erfahren sollte.«

»Und wie haben Sie das vor ihm verheimlichen können?«

»Ganz einfach: Ich habe gekündigt. Meine Eltern haben mich unterstützt, so gut es ging. Nach der Geburt habe ich mir einen Halbtagsjob gesucht und meine Eltern haben sich vormittags um Stella gekümmert. Als sie älter wurde, habe ich dann auch wieder mehr gearbeitet.«

»Und Ihre Tochter? Hat sie jemals erfahren, wer ihr Vater ist?«

»Nein. Es hat mich viel Kraft gekostet, es all die Jahre vor ihr zu verheimlichen. So viele Lügen und Halbwahrheiten. Aber ich wollte nicht, dass am Ende doch noch alles ans Tageslicht kommt. Unsere Affäre, die Schwangerschaft und all das. Zumal auch Oliver und seine Frau zwischenzeitlich Nachwuchs bekommen hatten. Martin wurde zwei Jahre nach Stella geboren. Ich wollte ihm das nicht kaputtmachen.«

»Und Ihre Tochter hat bis heute keine Ahnung?«

»Nein. Zumindest dachte ich das. Aber in Anbetracht dieses Fotos bin ich mir da nicht mehr so sicher. Woher haben Sie es denn nun?«

»Aus dem Haus von Monika Redmann. Genauer gesagt, aus dem Zimmer ihres Sohnes.«

Silke Uhlig ließ sich gegen die Lehne ihres Stuhls sinken. Mit zusammengekniffenen Augen sah sie Viktoria an. »Monika. Ich war bei ihr. Kurz nachdem Oliver offiziell für tot erklärt wurde. Ich habe ihr alles gebeichtet. Keine Ahnung, ob es nach all den Jahren des Lügens und Verheimlichens richtig war oder kompletter Schwachsinn, aber ich hatte das Gefühl, sie sollte wissen, dass Ihr Mann eine Tochter hatte.« Und nach einer kurzen Pause fügte sie hinzu: »Von der er nie erfahren hat.«

»Und? Wie hat Monika Redmann auf Ihre Beichte reagiert?«

»Wie schon. Sie war schockiert, ist aus allen Wolken gefallen. Aber für sie schien das Wichtigste zu sein, dass ihr Sohn Martin nichts von all dem erfuhr. Sie wollte das makellose Bild konservieren, das er von seinem Vater hatte.«

»Deshalb hat sie vermutlich so heftig reagiert, als wir ihr das Bild aus Martins Zimmer gezeigt haben. Ihr wurde augenblicklich klar, dass ihr Sohn deutlich mehr weiß, als sie bis dahin angenommen hatte. Und was ist mit Ihrer Tochter? Haben Sie ihr reinen Wein eingeschenkt?«

»Nein. Das habe ich nicht. Können Sie das verstehen?« Sie sah Viktoria und Karre abwechselnd an als wären Sie Priester, die darauf warteten, ihr die Beichte abzunehmen. »Mit jedem Jahr, das ich es herausgezögert habe, wurde es schwieriger. Je höher und komplexer das Lügengebäude wurde, durch das ich irrte, desto unmöglicher schien es mir, den Ausgang zu finden. Und nach Olivers Tod – was hätte ich Stella sagen sollen? Dass ich ihr die Wahrheit so lange verschwiegen habe, bis sie nie wieder die Chance bekäme, ihren Vater kennenzulernen? Verstehen Sie, dass ich das nicht konnte?«

Viktoria nickte mitfühlend. »Aber wie hat sie dann die Wahrheit erfahren? Von Martin Redmann? Haben die beiden Kontakt zueinander?«

»Es ist mir nicht bekannt, aber gleichzeitig habe ich keine andere Erklärung dafür, wie er an das Foto gekommen sein könnte. Es lag versteckt in einer Schachtel mit uralten Erinnerungen. Stella kann es unmöglich zufällig gefunden haben. Sie muss gezielt nach Hinweisen auf ihren Vater gesucht haben. Aber wie das Bild zu Martin gekommen ist, kann ich Ihnen nicht sagen. Vielleicht hat Monika Redmann ihm von meinem Besuch erzählt und er hat Stella ausfindig gemacht. Das ist doch heute alles kein Problem mehr. Mit dem Internet und so. Aber erzählt hat sie mir davon nichts. Andererseits: Warum sollte sie? Schließlich habe ich sie ihr ganzes bisheriges Leben belogen. Zumindest was ihren Vater betrifft. Und ihren Halbbruder. Es muss ein Schock für sie gewesen sein, der ihr Vertrauen in mich vermutlich für immer zerstört hat.« Sie stütze ihr Gesicht in ihre Hände und Viktoria hörte, dass Silke Uhlig mit den Tränen kämpfte.

»Haben Sie ihr denn etwas angemerkt? Hat sie sich in letzter Zeit Ihnen gegenüber anders verhalten?«

Silke Uhlig überlegte einen Augenblick. »Nein, eigentlich nicht.«

»Wissen Sie, wo wir Ihre Tochter finden? Ich würde mich gerne mit ihr unterhalten und ihre Sicht auf die Dinge erfahren.«

»Sie ist seit gestern in New York. Beruflich.«

So ein Zufall, dachte Viktoria, verfolgte den Gedanken aber nicht weiter.

»Sie macht ihren Weg. Sie ist fast fertig mit dem Jurastudium. Es ist schon seltsam: Obwohl sie all die Jahre nichts von ihrem Vater wusste, scheint sie voll und ganz nach ihm zu kommen. Zumindest was ihr berufliches Interesse angeht.«

»Wann kommt Sie zurück?«

»Ich glaube, in drei oder vier Tagen.«

»Sind Sie so nett, uns ihre Kontaktdaten zu geben? Adresse, Handynummer.«

»Kein Problem.« Silke Uhlig stand auf und holte einen Notizzettel aus der Küche, auf dem sie die gewünschten Daten notierte.

Viktoria und Karre standen schon in der Tür, als Silke Uhlig noch etwas einfiel: »Sagen Sie, Stella ist aber nicht in Gefahr, oder? Ich meine, wegen dieser Mordsache, von der Sie mir erzählt haben.«

»Nein«, antwortete Viktoria aus voller Überzeugung. »Keine Sorge. Außerdem ist sie ja in New York.«

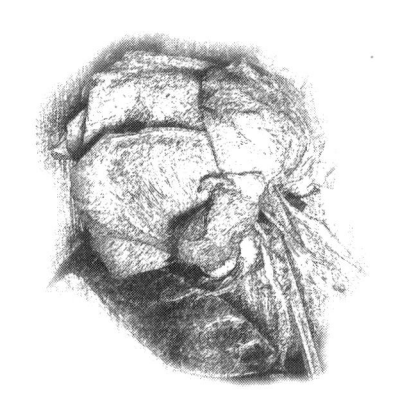

KAPITEL 32

Trotz mehrfachen Nachfragens seiner Kollegin hatte Karre während der gesamten Fahrt kein einziges Wort gesprochen. Zu sehr war er mit sich selbst beschäftigt gewesen. Ein regelrechter Brechreiz hatte eingesetzt, als die Telefonstimme der Einsatzzentrale ihm die Adresse genannt hatte. Zweimal war er versucht, den Wagen am Straßenrand abzustellen, auszusteigen und sich zu übergeben. Doch mit einer guten Portion eisernen Willens hatte er seinen Magen davon überzeugen können, seinen Inhalt für sich zu behalten. Jedenfalls vorerst.

Viktoria ihrerseits konnte das Verhalten ihres Vorgesetzten zwar nicht deuten, akzeptierte aber, dass er bisher keine ihrer Fragen beantwortet hatte und dass sie nicht die leiseste Ahnung hatte, wohin sie fuhren und wer oder was sie dort erwartete. Selbst ihre Frage, ob sie Karim und Götz informieren solle, hatte er lediglich mit stummem Kopfschütteln beantwortet.

Er stellte den Wagen auf dem Bürgersteig vor dem Haus ab. Offensichtlich waren sie die Ersten. Außer dem Streifenwagen der Kollegen, die als Erste zum Tatort gerufen worden waren, war noch niemand anwesend. Karre sprang aus dem Wagen und eilte durchs Treppenhaus bis ins Dachgeschoss, Viktoria blieb ihm dicht auf den Fersen.

An der Wohnungstür wurden sie von einer jungen Polizistin in Uniform abgefangen. Während er nach seinem Dienstausweis suchte, fiel ihm auf, dass der Boden rund um die Schuhe der Kollegin herum nass war. Das Leder wies einen dunklen Rand auf. Offenbar hatte sie erst kürzlich irgendwo im Wasser gestanden.

»Im Badezimmer«, sagte die Polizistin, so als habe sie Karres Gedanken gelesen, während sie die Ausweise der beiden Neuankömmlinge kontrollierte.

»Ok«, sagte er nur und trat ein.

Die Wohnung war klein aber gemütlich und mit viel Liebe zum Detail eingerichtet worden. Pastellfarbene Wände ließen die Diele hell und freundlich wirken. An den Wänden hingen zahlreiche Bilder. Teils gekaufte Drucke berühmter Künstler, teils gerahmte Schnappschüsse, die vermutlich Freunde und Familienmitglieder zeigten. Karre, der im Allgemeinen über keinen besonderen Zugang zur Malerei verfügte, erkannte unter den Drucken ein Gemälde von Salvador Dalí, das - wenn er sich recht erinnerte – den Titel *»Die brennende Giraffe«* trug.

»Wir haben das Wasser abgedreht«, empfing ihn ein weiterer uniformierter Kollege. »Ansonsten haben wir alles so gelassen, wie wir es vorgefunden haben.«

Karre grüßte knapp und stellte Viktoria und sich vor. Ihm war es lieber, wenn er an Tatorten auf Kollegen der Schutzpolizei traf, mit denen er schon das eine oder andere Mal zusammengearbeitet hatte. Von denen er wusste, wie sie mit Informationen umgingen, die sie zufällig aufschnappten und bei denen er sicher sein konnte, dass sie nicht versehentlich den Tatort mit ihren eigenen Spuren kontaminierten.

Den etwa Fünfzigjährigen, der ihm nun gegenüberstand, kannte er nicht, aber immerhin war es dieses Mal nicht Becker.

»Wie sind sie reingekommen?« Karre fiel auf, dass die Schuhe des Beamten einen noch durchnässteren Eindruck machten als die seiner jüngeren Kollegin.

»Der Hausmeister hat uns reingelassen. Er wohnt in der Erdgeschosswohnung und kümmert sich um die Wohnungen in diesem und im Nachbarhaus.«

»Hat *er* die Polizei verständigt?«

»Ja, nachdem die Mieter der Wohnung unter uns«, er deutete auf den Boden, »bei ihm geschellt haben, weil in ihrem Badezimmer das Wasser durch die Decke getropft ist. Der Hausmeister hat dann aufgeschlossen und das hier vorgefunden.« Er trat einen Schritt zur Seite und zeigte in Richtung einer offenstehenden Tür, hinter der sich offensichtlich das Badezimmer befand. »Er hat dann direkt den Notruf gewählt.«

Karre ging auf die Tür zu. Seine Schritte erzeugten auf dem Teppichboden schmatzende Geräusche, die zunehmend lauter wurden, je weiter er sich dem Bad näherte. Als er die Tür erreichte, spürte er bereits die Nässe, die sich durch seine Schuhe und Socken fraß.

Der Boden des Badezimmers stand vollständig unter Wasser. Er bestand aus alten, inzwischen deutlich sichtbar aufgequollenen Holzdielen, was wohl auch erklärte, weshalb sich das Wasser verhältnismäßig schnell bis in die darunterliegende Etage durchgearbeitet hatte. An einer im Türrahmen auf dem Fußboden montierten Abschlussleiste staute es sich, so dass nur der die Leiste übersteigende Teil des Wassers bis in die Diele gelaufen war, wo der Teppichboden den größten Teil aufgesaugt hatte.

Karre sah hinüber zur Badewanne. Sie war bis zum Rand gefüllt. Mit Wasser - und dem bleichen, leblosen Körper einer jungen Frau, der leicht zur Seite gekippt, das Gesicht von ihnen abgewandt, im klaren Wasser trieb. Die langen Haare hatten sich wie rotschwarzer Seetang an der Oberfläche ausgebreitet. »Kein Blut. Sie hat sich also nicht die Pulsadern aufgeschnitten oder sowas?«

»Nein, wir konnten auf den ersten Blick keine äußeren Verletzungen entdecken, haben sie aber auch nicht angefasst. Ich meine, dass sie tot ist und wir nichts mehr für sie tun konnten, war ja offensichtlich.« Er wartete, ob Karre oder Viktoria etwas sagen wollten. Dies schien nicht der Fall zu sein, weshalb er seine Ausführungen fortsetzte. »Auf dem Couchtisch im Wohnzimmer steht eine Flasche Wodka. Fast leer. Und dann ist da noch das hier.« Er deutete auf ein knapp über dem Wannenrand an der Wand montiertes Metallkörbchen.

Karre trat einen Schritt näher und sah sofort, was der Kollege meinte: ein leeres Wasserglas und eine Tablettenpackung.

»Wieso konnte die Wanne überhaupt überlaufen?« Viktoria trat durch die offene Tür ins Badezimmer und schob sich an den Kollegen vorbei. »Müsste die nicht eigentlich so ein Loch haben, wo das Wasser irgendwann von alleine wieder abläuft?«

»Sie meinen einen Überlaufschutz? Den gibt es. Wurde aber mit Panzertape abgedichtet. Deshalb die Überschwemmung.«

»Kann Sie das selbst gemacht haben?« Karre deutete auf die Tote.

»Klar. Allerdings haben wir bisher keine Rolle gefunden, von der das Band stammen könnte.«

Karre schluckte. Sollte die Aussage des Kollegen weiter Bestand haben, nachdem Vierstein und sein Team die Wohnung durchsucht hatten, würde das seine Befürchtung bestätigen: Es war Mord. Ein halbherzig als Selbsttötung inszenierter Mord. Aus seiner Sicht gab es zwei Möglichkeiten: Entweder, der oder die Täter waren schlampig zu Werke gegangen und hatten das Klebeband versehentlich mitgenommen. Oder, und das bereitete ihm bei weitem mehr Unbehagen, ihnen war es schlichtweg egal, ob die Polizei an einen Selbstmord glaubte oder nicht.

»Wissen Sie schon, wer sie ist?«, fragte Viktoria, deren Blick noch immer auf der Toten haftete.

Karres Blick fiel auf Viktorias Stiefeletten aus hellbraunem Wildleder, die nach dem morgendlichen Wasserbad vermutlich nicht mehr zu retten waren. »Sie heißt Linda. Linda Lebedew«, beantwortete er die Frage. »Der Hausmeister wird das sicher bestätigen können.«

»Und woher weißt *du* das? Hab ich was verpasst?«

»Ich kenne sie. Genauer gesagt, habe ich sie gestern Abend kennengelernt.«

Viktorias Kopf fuhr herum. Der bohrende Blick und die sich auf ihrer Stirn bildenden Falten waren die unausgesprochene aber dennoch eindeutige Aufforderung, das, was er gerade gesagt hatte, zu erklären.

»Ist ´ne lange Geschichte. Ich erzähl´s euch allen nachher im Präsidium.«

»Und wie wär´s bis dahin mit der Kurzfassung?«

Karre sah sie nicht an, während er sprach. Stattdessen blickte er aus dem Badezimmerfenster hinaus auf die

Dächer der gegenüberliegenden Häuser. »Die Kurzfassung ist, dass ich dieses Mädchen gestern Abend in einer Tabledance-Bar kennengelernt habe. Sie hat dort gearbeitet. Als Bedienung - oder Tänzerin. Was weiß ich. Wir haben uns unterhalten und anschließend habe ich sie nach Hause gefahren.«

Ein simples »*Oh*« war alles, was Viktoria als spontane Antwort zustande brachte.

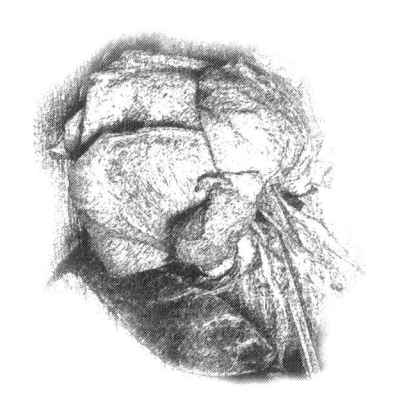

KAPITEL 33

»Ich habe gesagt, es ist eine längere Geschichte«, erwiderte Karre gereizt und blickte in die fragenden Gesichter seiner Kollegen.

Viktorias Einleitung, die im Wesentlichen ein wörtliches Zitat von Karres Zusammenfassung seines Ausfluges in das *Blue Eden* gewesen war, hatte doch erheblichen Erklärungsbedarf heraufbeschworen. Immerhin konnte er sich dadurch aber der ungeteilten Aufmerksamkeit aller Anwesenden gewiss sein. Gute zehn Minuten hörten sie zu, ohne ihn ein einziges Mal zu unterbrechen. Und ihre Runde war mit sieben Personen verhältnismäßig groß. So groß, dass Karre sich fragte, wo sie derartige Versammlungen zukünftig in ihren neuen Räumlichkeiten abhalten sollten, zumal es für ihre Gäste Grass, Talkötter und Vierstein jedes Mal mit einer entsprechenden Anfahrt verbunden war.

»Das klingt doch so, als wären wir mit der Suche nach dem mysteriösen Sportwagen tatsächlich auf der richtigen Fährte«, kommentierte Karim den ausführlichen Bericht zu Karres Undercovereinsatz im Essener Nachtleben. »Leider haben wir immer noch keinen Namen.«

»Da kann ich vielleicht weiterhelfen.« Vierstein, der Leiter des Erkennungsdienstes, erhob sich von seinem Stuhl und machte sich an einer verschlossenen Kunststoffbox zu schaffen, die vor ihm auf dem Tisch stand und schon seit Beginn der Besprechung neugierige Blicke aller Anwesenden auf sich gezogen hatte. »Wir haben in der Wohnung der Toten etwas gefunden, was uns die Frage nach dem Besitzer dieses Sportwagens zumindest teilweise beantwortet.«

Mit der Mimik und Gestik eines Zauberers, der vor einer Gruppe Kindergartenkinder ein weißes Kaninchen aus seinem Zylinder zaubert, zog er einen durchsichtigen Beweisbeutel aus der Box. Für die am Tisch Versammelten war unschwer zu erkennen, dass es sich beim Inhalt des Beutels weniger um ein plüschiges Nagetier, als vielmehr um ein Mobiltelefon handelte.

»Wir haben das Handy der Toten in der Wohnung gefunden. Das heißt, wir gehen derzeit davon aus, dass es sich um das Telefon von Linda Lebe… dings …«

»Lebedew«, half Karre ihm sichtlich verärgert aus.

»Ja, danke«, fuhr Vierstein unbeirrt fort. »Dass es sich um ihr Telefon handelt. Kollege Talkötter wird das noch überprüfen.«

Der Leiter der Kriminaltechnik nickte zustimmend, als sein Name fiel.

»Bis dahin gehen wir jedenfalls davon aus, dass es sich

um das Gerät von - na ja, ihr wisst schon - handelt. Jedenfalls lag das Handy zwischen zwei Sitzpolstern der Couch, wo es entweder zufällig hineingerutscht ist, oder aber bewusst von … Linda … versteckt wurde.« Nun drehte er das Display so, dass alle es sehen konnten, wobei ein Aha-Effekt ausblieb, da das Gerät sich im Ruhemodus befand und der Bildschirm nichts als gähnende Schwärze zeigte. »Kollege Talkötter hat das Gerät … aber warum erzählen Sie das nicht selbst?« Er setzte sich wieder und legte den Beutel mit dem Gerät vor sich auf die Tischplatte.

»Wir haben das Gerät entsperrt«, setzte Jo Talkötter die Erläuterungen des Kollegen fort. »Dabei haben wir festgestellt, dass Linda Lebedew offenbar dabei war, eine Textnachricht zu verfassen, diese allerdings nicht mehr abgeschickt und, so wie es scheint, auch inhaltlich nicht beendet hat.«

Karre nahm zufrieden zur Kenntnis, dass es durchaus Menschen in seinem unmittelbaren Umfeld gab, die Lindas Nachname nicht vor eine unüberwindbare sprachliche Barriere stellte. Er griff nach seiner Kaffeetasse und trank einen Schluck der schwarzen, inzwischen eiskalten Plörre.

»Da der Beamer im Hinblick auf den anstehenden Umzug ja leider weg ist, muss ich es euch dieses Mal auf die altmodische Weise zeigen.« Er stand auf und pinnte ein bedrucktes DIN A4 Blatt an die Wand.

»Nur zur Info, der Beamer ist nicht weg, den haben jetzt nur andere. Präziser formuliert, unsere neuen Freunde von der OK. Schumacher war so frei, ihnen das Teil als Leihgabe anzubieten, bis sie einen eigenen haben.« Karre fügte noch etwas hinzu, das wie *Arschkriecher* klang, aber außer von Viktoria, die direkt neben ihm saß, von niemandem wahrgenommen wurde.

»Wie auch immer, dann setzt halt eure Brillen auf, die

Schrift ist nämlich etwas klein für die Entfernung.«

»Vielleicht kannst du es ja vorlesen«, warf Bonhoff ein.

»Meinetwegen auch das.« Talkötter deutete mit einem Kugelschreiber auf die Buchstaben, wie mit einem Zeigestock. *»Das Auto mit den Streifen ist von Sergei«*

»Dann bricht der Text leider ab.«

»An wen sollte die Nachricht denn gehen?«, fragte Karim.

»Das Nummernfeld war noch leer, was vermuten lässt, dass der Adressat niemand aus den auf dem Handy gespeicherten Kontakten war. Aber wir haben noch etwas gefunden. Es lag zusammen mit dem Handy in der Sofaritze.« Er nickte Vierstein auffordernd zu, der daraufhin einen weiteren Beutel aus der Box zutage förderte.

Beim Anblick des Gegenstandes spürte Karre, wie er gegen seinen Willen auf seinem Stuhl zusammensank. Er schloss die Augen und atmete zunächst tief ein, dann wieder aus.

»Bei dem soeben vorgelegten Gegenstand handelt es sich um die Visitenkarte des geschätzten Kollegen Karrenberg«, erklärte Vierstein feierlich. »Um die dienstliche Visitenkarte, möchte ich noch hinzufügen.«

»Kannst du dir deinen Klamauk vielleicht für später aufheben?«, blaffte Karre ihn ohne jede Vorwarnung an. »Jetzt ist weiß Gott nicht der richtige Zeitpunkt für diese Albernheiten. Ich habe euch doch gesagt, dass ich ihr meine Kontaktdaten gegeben habe. Und nebenbei bemerkt, bin ich ziemlich froh darüber, denn jetzt wissen wir immerhin, dass der Fahrer dieses Geisterautos, das sonst augenscheinlich niemand kennt oder gesehen hat, mit Vornamen Sergei heißt.«

»Ja, in der Tat. Das ist nicht viel, aber besser als nichts.« Vierstein, dessen Gesicht die Farbe einer Tomate angenommen hatte, ließ sich auf seinen Stuhl sinken.

»Gehen wir mal davon aus, dass Linda tatsächlich dabei war, mir diese Nachricht zu schicken«, begann Karre, dessen Tonfall schon wieder deutlich versöhnlicher klang. »Sie sitzt also mit ihrem Handy auf der Couch, als es an der Tür klingelt.«

Er wandte sich Paul Grass zu. »Wann ist sie in etwa gestorben?«

»Vermutlich zwischen ein Uhr und drei Uhr heute Morgen. Übrigens ist sie tatsächlich ertrunken, hatte aber über zwei Promille Alkohol im Blut und eine beträchtliche Menge Diazepam.«

»Das Zeug ist nicht unbekannt, oder?«, fragte Viktoria.

»Nein. Diazepam ist ein gängiges Medikament. Es kommt vor allem als Psychopharmakon, bei der Therapie epileptischer Anfälle und als Schlafmittel zum Einsatz. Explizit wird übrigens davor gewarnt, es in Kombination mit Alkohol zu sich zu nehmen. Jedenfalls hätte man mit der Mischung, die die Kleine im Blut hatte, ein mittelgroßes Pferd umbringen können. Bevor sie das Bewusstsein verloren hat und ertrunken ist, hat sie sich mehrfach in die Wanne erbrochen. Vermutlich eine Folge des Wodkas.«

»Da ist also jemand auf Nummer sichergegangen«, schlussfolgerte Karre.

»Ja. Dennoch ist sie ertrunken, bevor der Cocktailmix sie umgebracht hat.«

»Gibt es Spuren von Gewalteinwirkung?«

»Nein. Außer der aufgeplatzten Lippe, aber woher *die* stammt, hast du ja schon erklärt.«

»Vermutlich wurde sie also gezwungen, das Zeug zu trinken und die Tabletten zu nehmen. Nachdem sie das Bewusstsein mehr oder weniger verloren hatte, hat der Täter sie dann in die Wanne verfrachtet. Vorher hat er den Überlauf mit Panzertape versiegelt und das Glas und die Tabletten ins Bad gelegt. Aber gehen wir noch mal einen Schritt zurück: Sie sitzt auf der Couch und schreibt mir eine Textnachricht, als es an der Tür klingelt. Unter Berücksichtigung des von Paul genannten Todeszeitpunktes muss das mehr oder weniger unmittelbar nachdem ich sie abgesetzt habe passiert sein. Sie öffnet die Tür, versteckt aber vorher das Handy und meine Karte. Warum? Hatte sie Angst? Wenn ja, warum hat sie trotzdem die Tür aufgemacht? Kannte sie den Täter? Hat sie ihm vertraut? Auf jeden Fall wollte sie scheinbar vermeiden, dass ihr Besucher mitbekommt, dass sie diese Nachricht schreibt.«

Karim räusperte sich. »Was, wenn der Täter sich für dich ausgegeben hat? Vielleicht hat er geklingelt, unmittelbar nachdem du weggefahren warst, so dass sie davon ausgegangen ist, dass nur du infrage kommst.«

»Das würde bedeuten, der Täter wusste, dass ich sie dort abgesetzt habe.«

»Vielleicht hat er euch beobachtet? Oder ist euch sogar den ganzen Weg gefolgt?«

Karre schwieg, während er die Kette der Ereignisse im Geiste in kleine Abschnitte unterteilte, die er Stück für Stück, wieder und wieder durchging.

Dann hatte er es.

»Ich Idiot. Ich dämlicher Idiot.« Wütend schlug er mit der flachen Hand auf die Tischplatte. »Ich habe ihn sogar gesehen.«

»Wie bitte? Du hast wen gesehen?« Karim legte den Kopf schief und sah seinen Chef unsicher an. »Den Täter?«

»Ja. Das heißt, nein. Nicht direkt. Ich meine, ich habe nicht die Person gesehen, aber er ist mir entgegengekommen, als ich weggefahren bin. In so einem schwarzen Kleintransporter.«

»Wie kommst du darauf?«

»Weil exakt so ein Wagen auf dem Hof hinter dem Club gestanden hat. Das war nie und nimmer Zufall.«

»Na prima. Und? Was machen wir jetzt?«

»Jetzt gehe ich zu Schumacher und besorge uns einen Durchsuchungsbeschluss für den Club. Wir stellen da alles auf den Kopf, bis wir etwas finden. Irgendetwas stinkt da gewaltig zum Himmel und ich kriege raus, was das ist. Und dann dürfte auch kein Zweifel mehr bestehen, was das Ganze mit dem Tod von Kim Seibold und Tobias Weishaupt zu tun hat.«

Karre stand auf, doch Viktoria hielt ihn am Arm zurück. »Glaubst du wirklich, Schumacher gibt uns grünes Licht, nur weil wir glauben, einen Wagen gesehen zu haben, in dem eventuell der vermeintliche Mörder einer Frau saß, deren Tod wir für Mord halten, der aber unter Umständen auch ein Selbstmord gewesen sein könnte? Und weil die Tote dir womöglich schreiben wollte, es aber dann doch nicht gemacht hat, dass ein Typ namens Sergei einen Wagen fährt, der vielleicht der Wagen sein könnte, den ein Zeuge möglicherweise an einem anderen Tatort gesehen hat?«

Er sah sie mit funkelnden Augen an. »Und was willst du mir damit sagen?«

Sie seufzte. »Dass das ganz große Scheiße ist! Karre, das alles ist nichts Halbes und nichts Ganzes. Wir rennen von einem vagen Hinweis zum nächsten, haben aber bisher nicht die geringste Ahnung, um was es hier wirklich geht. Das Einzige, was alles mit einander zu verbinden scheint, ist, dass immer mehr Leute sterben, je tiefer wir graben. Und ja, das spricht verflucht nochmal dafür, dass wir auf dem richtigen Weg sind. Dass wir auf irgendetwas gestoßen sind und jemandem auf die Füße treten, dem das überhaupt nicht passt. Aber Karre, du brauchst mich nicht, um zu wissen, dass Schumacher dir auf dieser Basis nie und nimmer einen Durchsuchungsbeschluss für diesen Club besorgen wird.«

Karre sah sie an. Seine Unterlippe bebte und er überlegte fieberhaft, etwas zu erwidern, entschied sich dann aber dagegen. Stattdessen stand er auf und ging.

Als er schon in der Tür stand, fragte Viktoria: »Was soll das? Wohin gehst du?«

»Zu Schumacher«, sagte er nur und zog die Tür hinter sich zu.

*

Schumachers Reaktion fiel in zweierlei Hinsicht komplett anders aus, als Karre sie erwartet hatte. Zum einen, weil er weder schrie noch tobte. Er fragte Karre nicht, wie er auf Basis der undurchsichtigen Faktenlage einen Durchsuchungsbeschluss herbeiführen solle.

Nein, es schien für ihn vollkommen außer Frage, diesen zu besorgen. Doch es war die zweite überraschende Reaktion, die Karre vollkommen aus der Fassung brachte.

Schumacher lehnte sich in seinem Stuhl zurück und betrachtete Karre schweigend, während er sich seine Worte sorgsam zurechtlegte. »Also gut, ich werde diesen Beschluss besorgen«, begann er feierlich. »Allerdings werden nicht Sie und Ihre Leute diesen Club durchsuchen, sondern Notthoff mit seinem Team. Er kennt die Sachlage und hat bereits zugestimmt.«

»Er kennt die Sachlage?«, wiederholte Karre mit gefährlich ruhiger Stimme. »Soll das etwa bedeuten, dass Sie mit Notthoff über unsere Mordermittlungen gesprochen haben und ihm brühwarm unsere neuesten Ergebnisse präsentiert haben?« Er stand auf und begann, in Schumachers Büro auf- und abzulaufen. Trotz seiner Größe erschien ihm der Raum mit einem Mal winzig.

Schumacher sah ihm eine Weile zu, bevor er mit ausgestrecktem Zeigefinger auf den Stuhl vor seinem Schreibtisch deutete. »Setzen Sie sich hin.« Seine Stimme duldete keinen Widerspruch, was bei ihm äußerst selten der Fall war.

Widerwillig ließ Karre sich auf den Stuhl fallen.

»Erstens«, begann Schumacher, »bin ich mir nicht sicher, ob ich das, was Sie mir da im Augenblick präsentieren, wirklich als Ergebnis bezeichnen würde. Wir haben drei Tote und eine Frau, die auf der Intensivstation um ihr Leben kämpft.«

»Es geht ihr inzwischen besser. Sie ist über ...«

»Unterbrechen Sie mich nicht. Wir haben offenbar keine Ahnung, ob - und falls wie - diese Fälle zusammenhängen. Ihr Dezernat geht personell auf dem Zahnfleisch, was zugegebenermaßen nicht Ihre Schuld ist. Auf der anderen Seite haben wir ein großes Dezernat, was alle personellen und materiellen Ressourcen zur Verfügung hat.«

Unter anderem wegen dir, du Schwachkopf, dachte Karre. Aber er schwieg und sah Schumacher weiter mit finsterer Miene an.

»Zweitens, wenn wirklich dieser Nachtclub in die Sache involviert ist, halte ich es nicht für unwahrscheinlich, dass wir es mit einem Fall von Organisierter Kriminalität zu tun haben. Und dann fällt das Ganze ohnehin in den Bereich von Notthoff. Sie sehen, es ist also der reinen Logik geschuldet, ihm die Durchsuchung dieses Clubs zu überlassen. Aber ich bin ja kein Unmensch. Ich respektiere Ihre bisherigen Bemühungen, obwohl mich der mangelnde Fortschritt Ihrer Ermittlungen durchaus skeptisch stimmt. Aber wie gesagt, ich sehe auch, was Ihr Team im Rahmen des Möglichen bisher geleistet hat. Aus diesem Grund werde ich mit Notthoff sprechen. Sie dürfen an der Aktion teilnehmen und sich selbst einen Eindruck verschaffen. Nur Sie. Die Leitung des Einsatzes übernimmt Notthoff. Und das ist nicht verhandelbar.«

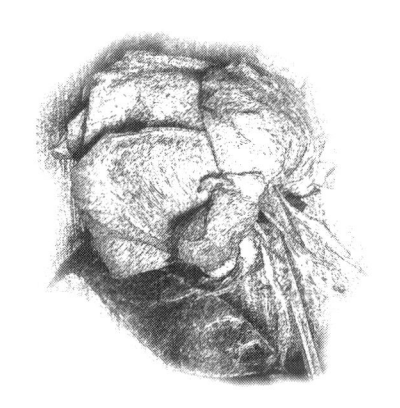

KAPITEL 34

Kurz bevor Karre auf den Hof der Autowerkstatt seines Vertrauens einbog, klingelte sein Telefon.

»Hallo Jo! Was gibt´s?«

»Ich habe mir die Fotos angesehen, die auf dem Chip von dieser Drohne waren.«

»Und?«

Schweigen.

»Jetzt sag schon! Spann mich nicht so auf die Folter!«

»Ich würde sagen, wir haben einen Treffer gelandet. Der Junge hat auf jeden Fall einen gut bei dir!«

Karre spürte seinen Puls schneller werden. »Was heißt das?«

»Das mysteriöse Auto. Es stand zur vermuteten Tatzeit

keine fünfzig Meter von Monika Redmanns Haus entfernt. Dunkelblau mit zwei gelben Streifen. Ich schätze, es ist der Chevrolet Camaro, den Rotzmann ebenfalls fotografiert hat, hundertprozentig kann ich das anhand der Luftaufnahmen nicht sagen. Auf jeden Fall tippe ich auf ein recht neues Modell.«

»Bingo. Und sieht man vielleicht auch den Fahrer? Wie er aus dem Wagen steigt und in das Haus der Redmanns einbricht?«

»Träum weiter.«

»Wäre ja auch zu schön gewesen. Aber egal. Zumindest können wir jetzt davon ausgehen, dass es einen Zusammenhang zwischen dem Doppelmord und dem Überfall auf Monika Redmann gibt. Dann kann ich die Speicherkarte wieder zurückgeben?«

»Ja, ich leg sie dir nachher auf den Schreibtisch.«

»Danke dir! Ich bin gerade auf dem Weg zu Hanno.«

»Der mit der Werkstatt?«

»Genau der. Was ich dich übrigens noch fragen wollte: Du hast doch sicher eine Halterabfrage gemacht, oder? Ich meine, hinsichtlich eines Camaros, dessen Besitzer mit Vornamen Sergei heißt. Davon wird's ja nicht so viele geben.«

»Karre, natürlich! Hat aber erwartungsgemäß nichts ergeben. Wahrscheinlich fährt er die Kiste ausschließlich mit gefälschten Kennzeichen.«

»Okay, dachte ich mir. Trotzdem danke! Dann gehe ich jetzt mal zu Hanno. Vielleicht hat er ja auch noch eine Idee.« Er beendete das Gespräch und lenkte den Wagen auf den Hof der Werkstatt. Als er ausstieg, kam Hanno gerade aus der Hebebühnenhalle und wischte sich die ölverschmierten Hände an einem Papiertuch ab.

»Hallo Karre! Schon wieder Probleme mit dem Wagen? Vielleicht solltest du doch mal ernsthaft über was Neues nachdenken.«

»Nein, mit dem Wagen ist alles in Ordnung. Habt ihr gut hinbekommen. Aber sag mal, du hast doch viele Kunden mit diesen amerikanischen Sportwagen. Kennst du zufällig jemanden, der Sergei heißt und so eine Kiste fährt? Wahrscheinlich einen Camaro. Dunkelblau mit zwei gelben Streifen von der Motorhaube bis zum Kofferraum.«

»Soll das ein Witz sein?«

»Was genau?«

»Dass du mich ausgerechnet nach Sergei fragst. Hat er was ausgefressen?«

»Du kennst ihn also?«

»Kann man so sagen. Er hat ungefähr ein halbes Jahr hier gearbeitet.«

Karre atmete hörbar aus. Sollte es wirklich wahr sein? Hatten sie endlich eine Spur? »Er hat hier in der Werkstatt gearbeitet?«

»Ja, bis vor ein paar Tagen.«

»Und wieso hat er aufgehört?«

»Hat was Neues. Was, hat er nicht gesagt. Ich hab aber auch nicht weiter nachgefragt. Weißt du, er hat nie viel geredet. Jedenfalls nicht mit mir. Vielleicht kann mir einer der anderen Jungs mehr erzählen. Ich frag später mal in die Runde und ruf dich an, falls jemand etwas weiß.« Nach einer kurzen Pause fügte er hinzu: »Ich glaube, wenn überhaupt jemand was sagt, dann, wenn kein Polizist dabei ist.«

»Schon verstanden. Kannst du mir denn seinen vollen Namen und seine Adresse geben? Die hast du doch bestimmt, wenn er für dich gearbeitet hat?«

»Klar, komm mit.« Gerber führte ihn in das kleine Kabuff, das ihm als Büro diente und in dem seine Frau sich um die Erstellung von Rechnungen und die Erledigung des üblichen Schreibkrams kümmerte. Normalerweise saß sie an dem Schreibtisch hinter dem schmalen Tresen, doch heute war das Büro verwaist.

»Ganz alleine?«

»Ja, hab der gesamten Controlling-Abteilung heute Nachmittag freigegeben«, scherzte Gerber, während er mit suchendem Blick vor einem Regal voller Aktenordner stand. »Wo hat sie denn bloß … ach ja, hier ist es.« Er zog einen blauen Ordner aus dem Regal, schlug ihn auf und legte ihn vor Karre auf den Tresen.

»Hier haben wir ihn. Sergei Cherchi. Die anderen haben ihn immer *Chéri* genannt, weil sie sich seinen Namen nicht merken konnten. Fand er überhaupt nicht lustig.«

»Kann ich mir vorstellen. Hast du seine Adresse?«

»Ja, hier.« Er tippte auf ein Textfeld auf dem Formular, in dem die vollständige Anschrift vermerkt war.

»Und wie sieht´s mit einer Telefonnummer aus?«

»Tut mir leid, da muss ich passen.«

»Was? Du hast keine Telefonnummer von deinem Mitarbeiter?«

»Ex-Mitarbeiter. Er hat vor einiger Zeit gesagt, dass er ein neues Handy bekommen würde, aber irgendwie hab ich verschwitzt, ihn noch mal nach seiner neuen Nummer zu fragen. Und als er gekündigt hat, war´s mir eh egal.«

»Verstehe.« Karre notierte sich die in den Unterlagen vermerkte Anschrift. »Was ist er für einer?«

»Sergei?«

»Wer sonst?«

»Hm. Eigentlich weiß ich nicht wirklich viel über ihn. Er tauchte hier vor sechs oder sieben Monaten auf und hat mich nach einem Job gefragt. Er hatte wohl gehört, dass ich einige Kunden mit diesen Ami-Schlitten habe. Er kannte sich ziemlich gut aus damit und da hab ich ihn probeweise angestellt. Er hat einen guten Job gemacht.

Jedenfalls hatte ich nie etwas an ihm auszusetzen. Bis er mich dann vor ein paar Tagen hängengelassen hat. Aber es war wohl eine gute Gelegenheit für ihn, also konnte ich ihm das nicht wirklich übel nehmen.«

»Weißt du sonst irgendetwas von ihm? Ist er verheiratet? Hat er Kinder?«

»Keine Ahnung. Wie gesagt, er ist immer pünktlich hier aufgetaucht, hat seine Arbeit erledigt und ist abends wieder nach Hause gefahren. Was er da mit wem getrieben hat, kann ich dir wirklich nicht sagen. Was hat er denn auf dem Kerbholz?«

»Das wird sich erst noch zeigen. Aber dieser Wagen ist von mehreren Zeugen gesehen worden. Deshalb würde ich mich gerne mal mit ihm unterhalten.«

»Ich habe doch hoffentlich keinen Schwerverbrecher beschäftigt, oder?«

»Mach dir mal keinen Kopf. Außerdem bist du ihn ja los.« Karre klopfte ihm auf die Schulter. »Mein Freund, du hast mir wieder mal sehr geholfen.«

*

»Danke, dass Sie es gleich einrichten konnten. Bitte, nehmen Sie Platz.« Mit einer einladenden Geste deutete er auf einen der beiden vor seinem Schreibtisch platzierten Stühle. Viktoria war Schumachers Bitte gefolgt, ihn in seinem Büro zu besuchen, da er etwas mit ihr zu besprechen habe. Die Erfahrungen der letzten Tage und Wochen hatten sie allerdings gelehrt, dass Einladungen des Kriminalrates derzeit meistens mit schlechten Neuigkeiten einhergingen. Entsprechend mulmig war ihr zumute, als sie auf dem angebotenen Stuhl Platz nahm.

»Keine Ursache.«

»Wie läuft es mit dem aktuellen Fall? Kommen Sie voran?«

Ihr war klar, dass er die Frage nur stellte, um das Gespräch in Gang zu bringen. Schließlich erhielt Schumacher von Karre regelmäßige Berichterstattungen über den aktuellen Stand der Ermittlungen. »Ich habe das Gefühl, wir nähern uns allmählich dem Ziel. Es gibt da ein paar neue Spuren, die wir verfolgen.«

»Die Sache mit diesem Wagen, der immer wieder an den Tatorten gesehen wurde?«

»Insbesondere das, ja. Aber ich vermute, Sie haben mich nicht zu sich gerufen, um mich das zu fragen, oder?«

Schumacher lächelte, aber es wirkte verkrampft, was bei ihm wiederum nicht außergewöhnlich war und nicht zwangsläufig etwas zu bedeuten hatte. Irgendwie erinnerte sie sein Gesichtsausdruck an das hölzerne Grinsen einer Marionette. Starr und emotionslos. Zudem kamen ihr beim Vergleich Schumachers mit einer Marionette noch einige andere Parallelen in den Sinn, denn sie fragte sich, ob er seine letzten Entscheidungen selbst getroffen hatte oder ob ein Dritter die Fäden in den Händen hielt, an denen Schumacher tanzte.

»Nein, in der Tat. Ich wollte Sie fragen, wie Ihr Gespräch mit Alexander Notthoff verlaufen ist.«

Viktoria gab sich größte Mühe, ihre Überraschung zu verbergen, doch sie spürte, dass es Schumacher nicht allzu schwer fallen dürfte, diese an ihrer Gesichtsfarbe abzulesen. »Mein Gespräch mit Notthoff? Entschuldigung, aber mir war nicht klar, dass er Sie …«

»Dass er mich informiert hat? Was dachten Sie denn? Genau genommen, habe ich es ihm sogar vorgeschlagen.«

Die letzte Aussage des Kriminalrates machte Viktoria gleichermaßen wütend und fassungslos, wenngleich sie ernsthaft anzweifelte, dass Notthoffs Werben um eine neue Mitarbeiterin tatsächlich auf Schumachers Mist gewachsen war. Vielmehr vermutete sie, dass Notthoff ihn eingelullt und für seine Absichten eingespannt hatte. »Und aus welchem Grund, wenn ich fragen darf? Sie wissen doch, dass ich meinen Job im Morddezernat sehr gerne mache. Und darüber hinaus hätte ich es mehr als fair gefunden, mich im Vorfeld darüber zu informieren, anstatt mich von Notthoff dermaßen überrumpeln zu lassen. Was sagt denn eigentlich mein derzeitiger Chef dazu?«

»Hauptkommissar Karrenberg ist das Thema bisher nicht bekannt. Und ich bitte Sie, es auch dabei zu belassen.«

»So? Warum denn?«

»Hören Sie, Sie sind eine junge Kollegin mit großem Potenzial und einer vielversprechenden Zukunft bei der Polizei. Dort wo es mir möglich ist, möchte ich Sie mit allen mir zur Verfügung stehenden Mitteln unterstützen. Und aus diesem Grund hielte ich es für sinnvoll, Sie in einem Dezernat einzusetzen, dem im Augenblick die gesamte Aufmerksamkeit des neuen Polizeipräsidenten gilt. Er hat, wie Sie wissen, dem Organisierten Verbrechen den Kampf angesagt und wird alle kurzfristig verfügbaren Ressourcen in dieses strategische Ziel investieren.«

Nach einem tiefen Seufzer, der augenscheinlich dazu gedacht war, seinen weiteren Ausführungen die notwendige Dramatik einzuhauchen, fuhr er fort. »Ich meine es doch nur gut mit Ihnen. Ich weiß nicht, wie es um die Zukunft Ihres Teams beschieden ist. Notthoff wird künftig vermehrt Mordermittlungen übernehmen, sofern er eine Verbindung zu seinem Aufgabenbereich sieht.«

Viktoria hatte ein Déjà-vu. Das alles hatte sie doch schon einmal gehört und wenn sie die Augen schloss, sah sie Notthoff vor sich, der mit den gleichen Worten – ja, beinahe mit denselben Formulierungen – argumentierte.

»Ich möchte einfach nur verhindern, dass Sie auf einem Abstellgleis landen. Ich wünsche mir für Sie, dass Sie Ihre Fähigkeiten bestmöglich einsetzen und weiterentwickeln können und ich glaube, dass Notthoffs Dezernat dafür der richtige Schritt wäre.«

»Dann wäre es zumindest nett gewesen, mich vorher nach meiner Meinung zu fragen. Jedenfalls dann, wenn Sie wirklich so viel Wert darauf legen, wie Sie vorgeben.«

»Also gut, vielleicht habe ich – was das angeht – einen Fehler gemacht und bitte Sie hiermit um Entschuldigung. Ich möchte Sie auch nicht zwingen, diesen Schritt zu machen, aber denken Sie in Ruhe darüber nach. Ich glaube wirklich, es wäre die richtige Entscheidung.«

»War´s das?«

Schumacher sah sie eindringlich an. »Ja, aber ich sage es Ihnen noch einmal: Lassen Sie sich die Sache durch den Kopf gehen. Manchmal im Leben öffnet sich eine Tür, aber sie verschließt sich auch wieder, wenn man zu lange zögert.«

Viktoria nickte, stand auf und ging in Richtung der Bürotür davon. Sie öffnete die Tür, ging hindurch – und schloss sie wieder. Ohne zu zögern.

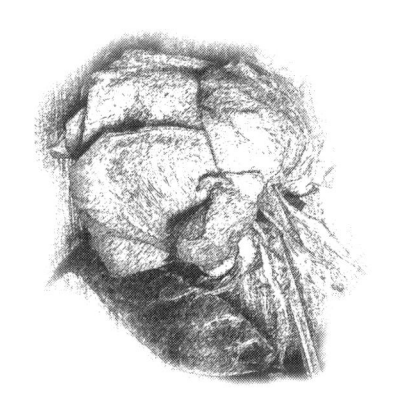

KAPITEL 35

Notthoff führte das Briefing gemeinsam mit Dirk Albiez, dem zuständigen SEK-Einsatzleiter, im großen Besprechungsraum des Polizeipräsidiums durch, während Karre lediglich als Zaungast alleine in der letzten Stuhlreihe saß. Er kannte den Ablauf dieser Vorbesprechungen in- und auswendig.

Notthoff und Albiez gaben eine kurze Vorstellung des Gebäudes anhand einschlägiger Pläne, soweit man diese in der Kürze der Zeit hatte auftreiben können. Sie erläuterten potenzielle Fluchtwege, was sowohl für die im Haus befindlichen Personen selbst, als auch für deren Fahrzeuge galt. Über die im Inneren des Clubs anzutreffenden Personen konnte mangels entsprechender

Kenntnisse nur spekuliert werden.

Alles in allem war die Informationslage mehr als dünn, was die Gesichter von Notthoff und Albiez unmissverständlich widerspiegelten. Zudem hatte Notthoff keinen Hehl daraus gemacht, was er in Anbetracht des Stands der Ermittlungen von dem geplanten Einsatz hielt: Sinnlos! Außer, dass man mögliches Ungeziefer in seinem Versteck aufschreckte und damit dafür sorgte, dass es zukünftig umso mehr auf der Hut war.

Albiez hatte sich bei Notthoff erkundigt, ob dieser mit bewaffnetem Widerstand rechne, was Notthoff verneinte. Etwas zu schnell und leichtfertig, wie Karre fand. Allerdings kannte Notthoff die Sachlage ja, wie Schumacher ihm versichert hatte. Somit blieb nur zu hoffen, dass sich die Einschätzung des OK-Leiters im Nachhinein nicht als fataler Fehler erwies.

Die Fahrt zum Einsatzort verlief schweigend. Karre saß auf dem Beifahrersitz des letzten der insgesamt drei Kleinbusse. In den Sitzreihen hinter ihm saßen in Schwarz gekleidete, schwer bewaffnete Männer, die - glaubte man der Homepage der Spezialeinsatzeinheiten - neben den formalen Anforderungen allesamt Attribute wie Flexibilität, Einfallsreichtum, Kreativität, die Fähigkeit zur Mehrfachbelastung sowie eine ausgeprägte Wahrnehmungsfähigkeit auf sich vereinten.

Er klappte die Sonnenblende herunter und musste unwillkürlich schmunzeln, als er den hinter einem Schieber verborgenen Schminkspiegel entdeckte. Ob in diesem Fahrzeug jemals jemand seinen Lippenstift oder seine Wimperntusche nachgebessert hatte? Er blickte in den kleinen Spiegel - direkt in die entschlossenen Augenpaare, die aus den schmalen Sehschlitzen der Sturmhauben heraus bewegungslos in seine Richtung starrten.

Albiez und Notthoff hatten sich auf die beiden vorderen

Wagen verteilt. Bald würde die Sonne über der Stadt untergehen, doch noch war es hell, denn man hatte sich darauf geeinigt, den Einsatz vor der offiziellen Öffnung des Clubs durchzuziehen, um etwaige Gäste nicht unnötig in Gefahr zu bringen.

»Team eins, ihr geht vorne rein, Team zwei nimmt den Hintereingang im Hof und Team drei verteilt sich im Außenbereich, um mögliche Fluchtwege zu sichern.« Die Stimme des Einsatzleiters drang kläffend über den Lautsprecher des Funkgerätes durch das Innere des Wagens. Mehr als dieser kurzen Auffrischung des Gesagten bedurfte es für das eingespielte Team nach dem ausführlichen Briefing im Präsidium nicht.

»Karrenberg, Sie warten draußen.« Es war Notthoffs Anweisung, die Karre mit verächtlichem Schnaufen zur Kenntnis nahm, während sich die Männer hinter ihm ihre Helme aufsetzten.

Karre hörte, wie Albiez das Kommando zum Umschalten auf Funkkommunikation gab und wie seine Männer der Reihe nach ihre Personennummern in die in ihre Helme integrierten Mikrofone sprachen.

Der Wagen, in dem Karre saß, kam mit quietschenden Reifen zum Stehen, Schiebetüren flogen auf und die Männer sprangen hinaus auf die Straße. Nach einem letzten Überprüfen ihrer Maschinenpistolen und dem finalen Countdown des Einsatzleiters, liefen sie los.

Karre öffnete die Beifahrertür, stieg ebenfalls aus und beobachtete, wie die Männer aus dem ersten Wagen durch den Haupteingang in den Club eindrangen. Schmunzelnd nahm er zur Kenntnis, dass sich die beiden Gorillas, mit denen er bei seinem letzten Besuch ausgiebige Bekanntschaft gemacht hatte, im Angesicht der schwarzen Übermacht nach äußerst kurzem Widerstand als ausgesprochen handzahm erwiesen.

Während die anderen den Club durchsuchten, schlenderte Karre durch das Tor in den Hinterhof. Die Polizeiweste über seiner Zivilkleidung sollte dafür Sorge tragen, dass die Bullterrier der Spezialeinheit ihn nicht versehentlich für einen Fliehenden hielten. Zu seiner eigenen Sicherheit zog er die P6 aus dem Schulterhalfter, während er sich der offenstehenden Hintertür näherte. Aus dem Inneren des Gebäudes drangen die Rufe der SEK-Beamten nach draußen.

Er zögerte einen Augenblick, bevor er das Gebäude entgegen den Anweisungen von Schumacher und Notthoff betrat. Ein fensterloser Korridor führte ihn zu einer Stahltür. Dahinter lag ein weiterer Gang, der lediglich vom spärlichen Licht einer grünen Notausgangbeleuchtung erhellt wurde, die sich direkt über der Tür befand, durch die er gekommen war. Drei weitere Stahltüren zweigten von dem Gang ab. Hinter einer davon vermutete er den Hauptraum des Clubs. Es war die einzige, die aus zwei Türflügeln bestand. Karre zog die ihm am nächsten gelegene Tür auf. Dahinter führte eine steile Treppe hinab in den Keller.

Dort unten war es still. Keine Stimmen. Dennoch folgte er der Einladung, ohne zu zögern. Unten angekommen erwartete ihn ein weiterer Gang mit weiteren Türen. Auch hier reichte ihm das spärliche Licht der Notausgangsbeleuchtung. Die ersten Räume erwiesen sich als uninteressant. Die Heizungsanlage des Hauses, ein Lagerraum voller Bierfässer und Getränkekisten, von denen ihn einzig die beachtliche Ansammlung von Holzkisten mit der Aufschrift »*Moët & Chandon Brut Impérial*« beeindruckte, und ein Raum voller Putzgeräte und Reinigungsmittel.

Als er die letzte Tür öffnete, stieß er einen leisen Pfiff aus. Dahinter lag ein weiterer Clubraum. Ein Club im Club. Deutlich kleiner als der obere Hauptraum, aber keinesfalls weniger stilvoll. Ganz im Gegenteil. Wände und Decke des Raumes waren vollständig mit weißem Leder überzogen. Rund um eine kleine, in der Mitte des Raumes installierte Bühne mit einer Edelstahlstange, an der sich die Mädchen des Verlangens nach Belieben räkeln konnten, befanden sich fest installierte Sitzgruppen aus blutrotem Leder. Im hinteren Bereich des Raumes befand sich die Bar, vor deren verspiegelter Rückwand sich das womöglich vollständigste Sortiment namhafter Spirituosen präsentierte, das Karre jemals zu Gesicht bekommen hatte.

Er ließ sich auf eine der Sitzgruppen sinken und sah sich um. Vermutlich wurde dieser Raum nur gelegentlich für kleine oder sogar ausschließlich private Veranstaltungen genutzt. Vielleicht, weil sie nicht für die Augen des Durchschnittspublikums bestimmt waren? Er selbst hatte noch nie bei der Sitte gearbeitet, von den Kollegen aber schon einige gruselige Geschichten gehört, was derartige Etablissements betraf. Vielleicht ging aber auch nur seine Phantasie mit ihm durch.

Er stand auf und ging zu der Bühne, deren Boden nicht wie oben aus Glas, sondern aus abgeschliffenen Dielen bestand. Mit der Handfläche strich er über das Holz, betrachtete seine Hand. Sie war sauber. Kein bisschen Staub. Entweder sie hatten eine eifrige Putzfrau, die grundsätzlich exzellente Arbeit leistete - oder dieser Raum war erst vor sehr kurzer Zeit grundgereinigt worden. Er bückte sich, als etwas auf dem Bühnenboden seine Aufmerksamkeit erregte. Lächelnd zog er ein steriles Röhrchen aus seiner Jackentasche, dessen darin enthaltener Kunststoffstab eigentlich für Abstriche gedacht war, und schob seinen Fund vorsichtig hinein.

Hinter ihm flog die Tür auf.

»Karrenberg!«, schnaubte Notthoff und kam wie ein

von der Leine gelassener Zwingerhund auf ihn zugeschossen. »Habe ich mich nicht unmissverständlich ausgedrückt? Sie sollten sich raushalten!«

»Ich halte mich doch raus« erwiderte Karre gelassen und ließ das Kunststoffröhrchen unauffällig in seine Hosentasche gleiten. »Ich habe mich lediglich ein wenig umgesehen.« Und nach einem demonstrativen Blick durch den Raum fügte er hinzu: »Waren Ihre Leute schon hier?«

»Was soll das? Wollen Sie mir jetzt erklären, wie wir unsere Arbeit zu erledigen haben?«

»Ach, Entschuldigung. Es sind ja gar nicht Ihre Leute, sondern die von Albiez. Aber egal. Also, waren sie schon hier unten?«

»Natürlich. Schließlich arbeitet man die Räume der Reihe nach durch. Aber das dürfte Ihnen ja sicher bekannt sein.«

»Und?«, fragte Karre, noch immer ausgesprochen gelassen.

»Und was?«

»Haben Sie etwas gefunden?«

Notthoff sah sich um, so als befürchte er, jemand könne ihr Gespräch belauschen. »Kommen Sie mit.« Er sprach betont leise. »Wir klären das draußen. Und kein Wort zu irgendjemandem, dass ich Sie hier drinnen erwischt habe. Verstanden?«

*

Eine gute Stunde nach der Durchsuchung des *Blue Eden* ließ Karre sich fluchend in den Fahrersitz seines Wagens sinken. Anstelle des gesuchten Sergei Cherchi hatte er in dessen vermeintlicher Wohnung lediglich einen Rentner im Malerkittel angetroffen, der gerade dabei war, den

Wohnzimmertapeten einen schneeweißen Anstrich zu verpassen. Cherchi, so sagte er, wäre bereits vor gut einer Woche ausgezogen, ohne jedoch seine neue Adresse zu hinterlassen. Auch die vereinbarte Renovierung der Räumlichkeiten hatte er nicht vorgenommen, dafür dem Vermieter aber die seinerzeit in bar hinterlegte Kaution überlassen. Ferner habe der Vermieter der Wohnung diese bereits auf der Suche nach einem Nachmieter im Internet annonciert, weswegen er den Wunsch geäußert hatte, mit den notwendigen Renovierungsarbeiten möglichst wenig Zeit zu vergeuden. Mit diesen Worten hatte der namenlose Rentner sich von Karre abgewendet, die Farbrolle in den Eimer »samtweiß matt« getunkt und sich ohne ein weiteres Wort seiner Arbeit gewidmet.

Karre hatte sich für die Auskunft bedankt und war zu seinem Wagen zurückgekehrt. Der Vogel war also ausgeflogen.

Er zog sein Handy aus der Hosentasche und wählte die Nummer von Hanno Gerber. Vielleicht hatte er noch eine Idee, wohin sich sein ehemaliger Mitarbeiter verkrochen haben könnte. Gerber nahm nicht ab und so hinterließ Karre eine Nachricht auf dessen Anrufbeantworter. Da er vorerst nichts weiter unternehmen konnte, beschloss er, Mia Millberg einen Überraschungsbesuch abzustatten, um ihrem Sohn Felix die Speicherkarte aus dessen Drohne zurückzugeben.

*

Wütend ließ sich Viktoria auf ihren Bürostuhl fallen und knallte ihr Notizbuch auf die Platte des Schreibtisches.

»Was ist denn mit dir los?«, fragte Bonhoff, der hinter einem Stapel Umzugskartons aus den Untiefen seiner eigenen Schreibtischschubladen auftauchte und Viktoria beinahe zu Tode erschreckte.

»Dieser Arsch!«, fauchte sie. »Glaubt der eigentlich, er kann alles mit uns machen?«

»Redest du von Schumacher?«

»Ja.«

»Was war denn los? Du siehst ja aus, als hätte er dir gerade …«

In diesem Augenblick klingelte das Telefon auf Karres Schreibtisch. Viktoria gab Bonhoff ein Zeichen, kurz innezuhalten, und nahm das Gespräch an. Es dauerte etwa eine Minute, in der Viktoria wortlos den Ausführungen des Anrufers lauschte, sich anschließend bedankte und den Hörer zurück auf die Gabel legte. Ihr Puls raste und ihre Handflächen fühlten sich mit einem Mal kalt und schwitzig an.

»War da ein Geist am Telefon?«, fragte Bonhoff, dem die heftige Reaktion seiner Kollegin nicht entgangen war.

»Wir haben ihn«, sagte Viktoria tonlos.

»Wen?«

»Cherchi. Den Typ, dem dieser Wagen gehört.«

»Was? Wieso? Wer war denn das am Telefon?«

»Das war Hanno Gerber.«

»Hanno wer?« Bonhoff sah sie verständnislos an.

»Hanno Gerber. Ihm gehört die Autowerkstatt, in die Karre immer mit seinem Wagen fährt. Er weiß jetzt, wo wir diesen Sergei finden könnten, dem der blaue Camaro gehört. Einer seiner Mitarbeiter hat es ihm verraten.«

»Und wo?«

»Er hat einen Schrottplatz übernommen und soll auch dort wohnen. Und jetzt rate mal, um welchen Schrottplatz es sich handelt.« Sie sah ihn fragend an.

»Du machst Witze.«

»Nein. Absolut nicht.« Dann sprang sie von ihrem Stuhl auf und griff nach ihrer Jacke. »Komm, wir müssen los.

Unterwegs rufen wir Karre und Karim an, die sollen Verstärkung mitbringen. Das wollen wir uns doch mal aus der Nähe ansehen.«

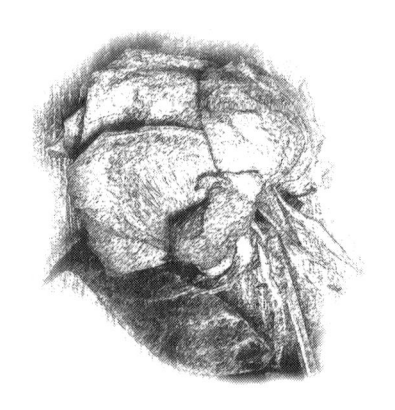

KAPITEL 36

Der Schuss zerriss die Stille wie ein Donnerschlag aus heiterem Himmel und hallte zwischen aufgetürmten Autowracks wider. Den Schalldämpfer hatte er abgeschraubt, denn mit Schalldämpfer zu schießen, war wie mit einem Kondom zu ficken. Ein Schwarm Vögel erhob sich schimpfend aus den umliegenden Bäumen. Die Bierdose, auf die er gezielt hatte, flog in hohem Bogen von der niedrigen Ziegelmauer und landete zwischen zahllosen anderen Dosen, die allesamt das gleiche Schicksal ereilt hatte.

Gedankenverloren, beinahe ehrfürchtig, streichelte er den Lauf der Nagant. Von dieser mit einem Perlmuttgriff versehenen Ausgabe der M1895 waren nur wenige

Exemplare in aufwendiger Handarbeit produziert worden. Die meisten von ihnen waren im Laufe der Zeit zerstört worden oder verschollen, so dass ihr Wert unter Sammlern inzwischen beachtlich war. Doch das war nicht der Grund, warum er die Waffe wie seinen eigenen Augapfel hütete. Der Revolver war ein Familienerbstück, welches seinem Urgroßvater für besondere Verdienste im Ersten Weltkrieg überreicht worden war. Und seither war er von Generation zu Generation an den Erstgebornen weitergereicht worden. Vom Urgroßvater an den Großvater, von diesem an dessen Sohn und schließlich an ihn – Sergei Cherchi.

Jede freie Minute widmete er sich dem Schießen. An manchen Tagen verzog er sich für Stunden in den ausrangierten Kirmeswohnwagen, der in der hintersten Ecke des Schrottplatzes stand und der ihm und Rosa als Behausung diente und der eine stattliche Waffensammlung beherbergte. Er nahm sich jede einzelne Waffe vor, zerlegte sie penibel in ihre Einzelteile und erst, wenn jedes einzelne Bauteil glänzte, setzte er alles wieder zusammen.

Während er sieben Patronen in die Trommel schob, nahm er aus dem Augenwinkel eine Bewegung im Gebüsch vor dem Holzzaun wahr. Er klappte die Trommel zu, hob den Revolver und zielte in die Richtung, in der sich die Blätter der Hecke bewegten. Wahrscheinlich eine Ratte oder eins dieser anderen Drecksviecher, die auf dem Schrottplatz ihr Unwesen trieben.

Dann erkannte er den schwarzen Kater, der mit leuchtenden Augen aus dem Gebüsch hervortrat. Doc Morris hatte Rosa das Vieh genannt. Wusste der Teufel, wie sie auf diesen bescheuerten Namen gekommen war. Vielleicht wegen der Tabletten, die sie regelmäßig in sich hineinstopfte und die sie irgendwo im Internet bestellte.

Im Gegensatz zu ihm bekam dieses Vieh von ihr täglich

mehrere Mahlzeiten serviert, wofür es sich erkenntlich zeigte, indem es tote Mäuse auf den Stufen vor dem Caravan ablegte. Erst vor ein paar Tagen war er morgens mit nackten Füssen in den Kadaver einer halb zerkauten Ratte getreten. Als Rosa darüber lauthals gelacht hatte, hatte er ihr das tote Vieh direkt auf den Schoß geworfen, worauf sie hysterisch aufgesprungen und schreiend aus dem Wohnwagen gelaufen war.

Sergei hatte die Schnauze voll von diesem verfilzten Dreckskater. Nur eine kleine Bewegung seines Zeigefingers und das Problem hätte sich ein für allemal erledigt. Er folgte den Bewegungen des Tieres mit dem Lauf der Waffe. Nur einmal drücken... Was würde Rosa sagen? Nur ein einziges Mal...

Nein, er würde es ihr ebenso wenig verraten, wie er ihr erzählt hatte, dass er ihrem Papagei vor Jahren den Hals umgedreht hatte, weil ihm sein pausenloses Gekrächze auf die Nerven gegangen war. Stattdessen hatte er den toten Vogel weggeworfen, den Käfig offengelassen und behauptet, Rosa habe vergessen, die Türe zu schließen, woraufhin der Vogel in die verdiente Freiheit entflohen sei. Rosa hatte sich immer wieder Vorwürfe gemacht, aber das hatte ihn nicht interessiert.

Und nein, auch dieses Mal würde er einen Teufel tun und zugeben, dass er etwas mit dem Verschwinden von Doc Morris zu tun hatte. Noch immer folgte er dem Tier mit dem Lauf der Waffe. Ein einziger Schuss... Wenn er es jetzt nicht tat, würde der Kater wieder im Gebüsch verschwinden und wer weiß, wann sich das nächste Mal eine so gute Gelegenheit bot.

Dann fiel der Schuss und die Waffe spuckte eine ihrer berüchtigten 7,62 × 38 mm Nagant-Patronen aus.

Der Kater, der bereits zur Hälfte im Gebüsch verschwunden war, brach auf der Stelle zusammen. Was für ein gnädiger Tod, dachte Sergei. Auch wenn die Geschosse der Nagant langsamer als die anderer Waffen waren, hatte der Kater den Knall, der das tödliche Projektil ankündigte, vermutlich nicht einmal gehört.

»Was für ein gnädiger Tod«, murmelte er noch einmal. Nicht wie sein Vater. Einst ein stolzer, starker Mann, war er nach einem über Monate währenden Kampf gegen seine kaputte Leber elendig verreckt. Was konnte es im Vergleich dazu Erlösenderes geben, als mit einem sauberen Blattschuss niedergestreckt zu werden?

Er ging zu dem toten Tier, sah es kurz an und packte es am Schwanz. Mit einer ausholenden Bewegung warf er den leblosen Körper über den Holzzaun. Sollte das Mistvieh in der Brombeerhecke auf der anderen Seite des Zauns verrotten. Jedenfalls konnte er sicher sein, dass es nie wieder auftauchen würde. Er steckte die Waffe ins Halfter und stampfte zurück zum Wohnwagen, den er seit kurzem gemeinsam mit Rosa bewohnte.

Auf dem Weg dorthin zog er die Nase hoch und spie das Ergebnis auf den staubigen Sandboden. Als er die Tür aufriss, schlug ihm heiße, abgestandene Luft entgegen. Rosa hockte in dichten Qualm gehüllt in einem Sessel vor dem Fernseher, in dem gerade eine Nachmittagstalkshow lief. Anstatt den ganzen Tag vor der Glotze zu hängen, sollte sie lieber etwas für ihre Figur tun. Für ihre Kilos war sie mindestens einen halben Meter zu klein, wenigstens nach seinem Geschmack. Und das ließ sie deutlich älter aussehen, als ihre sechsunddreißig Jahre. Wie sie dasaß, mit ihren blond gefärbten Haaren, dem rosafarbenen Bademantel über ihren dicken Möpsen, die sie wie immer ohne BH ungeniert vor sich her trug und mit der Marlboro zwischen den Zähnen, widerte sie ihn an. Er war es satt, ihr Tag für Tag dabei zuzusehen, wie sie die Zeit totschlug und dabei fetter und fetter wurde, während er sich für sie den Arsch aufriss.

»Hast du was zu essen gemacht?«, fragte er, während er eine Dose Bier aus dem Kühlschrank nahm. Er kannte die Antwort.

»Mach dir ne Büchse Bohneneintopf in der Mikrowelle warm, wenn du Hunger hast«, sagte Rosa und drückte ihre Zigarette in dem überlaufenden Aschenbecher aus, um sich mit ihren krallenartigen Fingernägeln eine neue aus der auf dem Tisch liegenden Schachtel zu angeln.

»Was treibst du eigentlich den ganzen Tag, außer dass du vor der Glotze hängst und diese Scheiße guckst?«

Sie wollte die neue Zigarette anzünden, aber das Feuerzeug spie nur ein paar müde Funken. Sie erhob sich aus dem Sessel und in einer Schublade fand sie das Werbefeuerzeug einer Brauerei. Es funktionierte und schon blies sie erneut blaugrauen Qualm in die Luft. »Ach, leck mich. Ich frage dich doch auch nicht dauernd, wo und mit wem du dich die ganze Zeit rumtreibst.«

Sergei sah sie an. Das Bild einer rosafarbenen Dampflok wollte ihm nicht mehr aus dem Kopf. »Das geht dich auch nichts an, solange ich der Einzige bin, der hier Kohle ranschleppt.« Sein Blick fiel auf das dreckige Geschirr, das sich in der Küche zu einer mittelgroßen Gebirgskette auftürmte. »Sieh zu, dass du diesen Dreck hier weggeschafft hast, bis ich zurück bin.« Er ging zum Kühlschrank, nahm eine weitere Bierdose, die er in die Seitentasche seiner Tarnhose steckte und stiefelte auf die Schlafzimmertür zu.

»Du bist ein Arschloch«, rief Rosa ihm hinterher und wechselte zu einem Kanal, auf dem gerade keine Werbung lief. »In letzter Zeit frage ich mich manchmal, wie ich so dämlich sein konnte, dich zu heiraten.«

»Pass ja auf, was du sagst.« Er blieb in der Tür zum Schlafzimmer stehen und drehte sich zu ihr. »Allerdings habe ich mich auch schon gefragt, wie ich so bekloppt sein konnte. Aber damals warst du auch noch nicht so fett.«

Ein Pantoffel flog quer durch den Caravan und verfehlte ihn um Haaresbreite. Sergei verschwand im Schlafzimmer und schloss die Tür hinter sich. Dort zog er sich das ölverschmierte und nach Schweiß riechende Shirt über den Kopf und betrachtete seinen nackten Oberkörper. Ihm gefiel, was der große Wandspiegel ihm offenbarte. Mit Mitte Vierzig war er nicht mehr der Jüngste, aber dennoch gut in Form. Gut definierte Muskeln, kein Fett und einen gesunden Teint. Zwei auf die Schultern tätowierte Sterne zeugten davon, dass er es innerhalb der Organisation zu etwas gebracht hatte. Sein Vater wäre stolz auf ihn gewesen.

»Hast du Doc Morris gesehen?« Die Stimme kam von draußen.

»Keine Ahnung, der wird schon wieder auftauchen.«

»Nicht, dass ihm etwas passiert ist. Er könnte überfahren worden sein, oder er hat sich im Wald mit einem Fuchs angelegt.«

»Hier gibt´s keinen Wald und wenn du nicht den ganzen Tag vor der Glotze hängen würdest, wüsstest du das auch. Außerdem sagt man doch, eine Katze hat sieben Leben, oder?«

Während Sergei unter die Dusche ging, rief Rosa draußen vor dem Caravan den Namen ihres Katers. Heißes Wasser prasselte auf seinen Körper. Bei dem Gedanken an die Rosa von damals bekam er eine Erektion, die jedoch schnell wieder erschlaffte, als er an die Rosa von heute dachte. Wütend schlug er gegen die Plastikabtrennung der Dusche. Sollte sie doch nach dem verdammten Vieh suchen, bis sie schwarz würde.

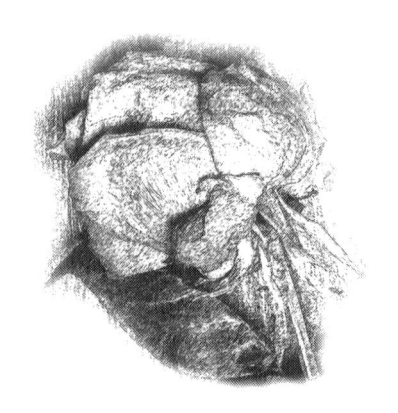

KAPITEL 37

Während Götz Bonhoff den Wagen durch den um diese Zeit noch immer dichten Verkehr über die B224 gen Norden steuerte, versuchte Viktoria abwechselnd, Karre und Karim zu erreichen. Doch bei beiden sprang die Mailbox an. Karim hatte etwas von einem Arzttermin gesagt, zu dem er Sila begleiten wollte und hatte das Telefon in der Praxis vermutlich ausgeschaltet – oder hatte einfach nur keinen Empfang.

Bei Karre ertönte ein Freizeichen, aber es hob niemand ab. Irgendwann sprang auch bei ihm die Mailbox an und nachdem sie ihm bereits drei Nachrichten hinterlassen hatte, legte sie inzwischen jedes Mal auf, wenn seine auf Band gesprochene Stimme ertönte.

Ihr Blick fiel auf das kleine, goldene Kreuz, das an einer zierlichen Kette am Innenspiegel baumelte. »Sag mal, ich wusste ja gar nicht, dass du so gläubig bist«, sagte sie halb ernsthaft, halb im Scherz.

»Bin ich auch nicht. Aber seit es um Isabell so schlecht steht, gehe ich öfter mal in die Kirche. Einfach nur so, um in mich zu gehen und ein bisschen runterzukommen. Solltest du auch mal probieren. Manchmal wirkt es geradezu Wunder. Meistens zünde ich eine Kerze an, setze mich für ein paar Minuten und bin dann wieder weg. Gelegentlich spielt jemand Orgel, dann bleibe ich schon mal was länger. Aber alles in allem darfst du das nicht überbewerten.« Er sah sie an und lächelte – beinahe so wie früher, fand sie. »Mir tut es einfach gut.«

Viktoria nickte gedankenverloren. Sie fuhren am Neubau des Folkwang Museums vorbei. Kurz nach der aus Stahl und Glas errichteten Fußgängerbrücke folgten sie der nach links abknickenden Bundesstraße in Richtung Nordwesten. Bonhoff erwischte die Ampelphase gerade noch so, dass die hinter der Kreuzung montierte Rotlichtüberwachung nicht auslöste.

Während sie die rechts und links die Straße säumenden Autohäuser von Mercedes und Audi passierten, versuchte Viktoria erneut ihr Glück als telefonische Einsatzzentrale.

Vergeblich.

Kurz darauf bog Bonhoff nach links ab und wenige Augenblicke später verließen sie die überfüllten Hauptstraßen. Schlagartig schienen sie das einzige Fahrzeug zu sein, das zu dieser Zeit unterwegs war. Außer ihnen hatte sich niemand auf die durch ein altes und in weiten Teilen verlassenes Industriegebiet führende Nebenstraße verirrt. Sie fuhren die mit Graffiti bedeckten Backsteinmauern entlang, bis sie schließlich den Schrottplatz erreichten, dem sie vor nicht allzu langer Zeit schon einmal einen Besuch abgestattet hatten. Dort waren sie auf die Leiche des damaligen Besitzers Gregor Tholen gestoßen. In ein Autowrack gesperrt, war er Opfer seiner eigenen Schrottpresse geworden.

Bonhoff fuhr durch das offenstehende Tor der Einfahrt und ließ den Wagen im Schritttempo über den Hof rollen, während Viktoria sich umsah. Niemand war zu sehen und im Vergleich zu ihrem letzten Besuch kam ihr alles unverändert vor. Vor einem Kirmes-Caravan, an dem nur noch die verblichenen Überreste der alten Lackierungen und Schriftzüge an glanzvolle Schaustellerzeiten erinnerten, brachte Bonhoff den Wagen zum Stehen.

»Ich habe noch immer keinen von den beiden erreicht«, sagte Viktoria ihm zugewandt. »Sollen wir warten?«

»Worauf?«

»Vielleicht rufen sie ja doch zurück. Zumindest Karre hat sein Handy ja scheinbar eingeschaltet.«

»Lass uns einfach mal klopfen und hören, was er zu sagen hat. Sofern er überhaupt zu Hause ist.«

Viktoria beugte sich nach vorne, um besser aus dem Wagenfenster schauen zu können. »Bestimmt liegt er vor der Glotze. Zumindest flackert das Licht hinter dem Fenster so, als wenn der Fernseher läuft.«

»Also, komm schon. Wir sehen uns mal um.« Und bevor Viktoria widersprechen konnte, hatte er bereits die Fahrertür geöffnet und war hinaus ins Freie getreten.

Nach mehreren Regenfällen während der letzten Tage war die Luft angenehm kühl. Auf dem Schrottplatz, dessen Fläche größtenteils aus befestigtem Lehm und Schotter bestand, hatten sich hier und dort weitläufige Pfützen gebildet, die trotz der Sonneneinstrahlung noch nicht vollständig verdunstet waren. Viktoria beobachtete, wie an einem der Tümpel ein Amselmännchen in schwarzglänzendem Prachtkleid lautstark um die Gunst eines braungefiederten Weibchens balzte.

»Warum dürfen Vogelweibchen eigentlich so unscheinbar aussehen und finden trotzdem einen Partner? Das ist doch nicht fair. Von uns Frauen wird immer erwartet, dass wir uns bis zur Unkenntlichkeit aufbrezeln«, scherze sie, während sie die Stufen zur Tür des Caravans hinaufstiegen.

»Ach komm, das hast du doch gar nicht nötig. Dich so aufzubrezeln, meine ich.«

Bonhoff klopfte mit den Fingerknöcheln kräftig gegen die Tür des Caravans.

»Danke für die Blumen.«

»Keine Ursache, ich sage nur …«

Die Wohnwagentür wurde aufgestoßen und eine alles andere als unscheinbare, wenngleich dennoch wenig attraktive Frau von etwa Mitte dreißig, die aber gut und gerne auch als ein zehn Jahre älteres Modell durchgegangen wäre, streckte ihren mit einem Handtuch umwickelten Kopf hinaus. Krallenartige, in knalligen Neonfarben lackierte Fingernägel umklammerten den Türrahmen, während mit schwarzer Schminke umrandete Augen sie musterten.

»Ja?«, kläffte ihre tiefe Raucherstimme und eine Mischung aus Alkohol und kaltem Rauch wehte Viktoria direkt ins Gesicht. »Wenn ihr zu Sergei wollt – der iss nich da.«

»Schade«, antwortete Viktoria. »Haben Sie denn eine Idee, wo er ist oder wann er zurückkommt?«

»Nee, der meldet sich nicht jedes Mal ab, wenn er abhaut. Muss bestimmt wieder was erledigen. Er hat dauernd was zu erledigen.«

»Dürfen wir vielleicht einen Augenblick reinkommen? Wir würden Ihnen gerne ein paar Fragen stellen.«

Die Krallenfrau musterte sie demonstrativ. »Nee, ich

weiß nich. Wer seid ihr denn? Freunde von Sergei?«

»Bis jetzt noch nicht, aber was nicht ist, kann ja noch werden.« Viktoria zückte ihren Dienstausweis und hielt ihn der verdutzten Dame hin.

»Scheiße, Bullen«, entfuhr es ihr übertrieben laut. »Was wollt ihr von Sergei?«

»Vielleicht können wir das drinnen besprechen?« Viktoria deutete mit einem Kopfnicken in das Innere des Wagens. »Wir haben wirklich nur ein paar Fragen. Es könnte sein, dass wir die Hilfe Ihres Mannes brauchen.«

»Die Bullen brauchen die Hilfe meines Mannes?«, äffte die Frau Viktoria nach und stieß ein Kichern aus, das Viktoria an das Lachen einer Hyäne erinnerte. »Ach du Scheiße, ich glaub´s nicht. So weit seid ihr also schon gesunken?«

»Wie auch immer«, entgegnete Bonhoff gereizt. »Dürfen wir? Es dauert nicht lange.«

Sie schien zu überlegen. »Ich muss euch nicht reinlassen, stimmt´s? Ihr habt keinen Durchsuchungsbefehl.«

»Beschluss«, korrigierte Bonhoff sie.

»Hä?« Ihr verständnisloser Blick wanderte zwischen den beiden Ermittlern hin und her.

»Es heißt, Durchsuchungsbeschluss. Und nein, wir haben keinen, aber wir möchten ja auch nichts durchsuchen. Wie gesagt, wir haben nur ...«

»Ein paar Fragen, das sagtest du schon. Also gut, kommt rein.« Sie trat einen Schritt zur Seite und ließ Viktoria und Bonhoff eintreten.

Die Luft im Inneren des Wagens roch exakt so, wie die Atemluft seiner Bewohnerin. Vermutlich hat sie schon eine ganze Weile ausgeatmet und mindestens genauso lange das Lüften vergessen, dachte Viktoria, während ihr Blick über die leeren Flaschen und Verpackungen diverser Fertiggerichte auf der Küchenzeile glitt. Auf einem kleinen Flatscreen im Wohnbereich lief gerade eine Reality-Soap. Viktoria spekulierte auf »Frauentausch« oder »Schwiegertochter gesucht«, so genau kannte sie sich damit nicht aus.

»Fährt ihr Mann einen dunkelblauen Sportwagen mit gelben Streifen?«, hörte sie Bonhoff fragen, während ihr die vielen schwarzen Haare auf den hellgrauen Polstern auffielen. »Keine Ahnung, weiß ich nicht.«

»Sie wissen nicht, was Ihr Mann für einen Wagen fährt?«

»Nee, interessiert mich null. Außerdem kurvt er ständig mit was anderem rum. Kann sein, dass ich ihn mal mit sowas gesehen habe, aber ich glaube, im Moment fährt er einen grauen Wagen.«

Viktoria spürte den Anflug von Enttäuschung. Andererseits war es auch möglich, dass Sergei gemerkt hatte, dass sie ihm auf den Fersen waren und dass er seinen fahrbaren Untersatz gegen einen anderen ausgetauscht hatte. »Sagen Sie, haben Sie eine Katze?«

»Ja, einen schwarzen Kater. Wieso?«

»Ach, nur so.«

»Manchmal fährt er auch Motorrad.« Der Satz kam vollkommen aus dem Zusammenhang gerissen.

»Wer? Der Kater?«, fragte Bonhoff, bevor er Zeit hatte, darüber nachzudenken.

»Mein Mann. Er hat auch ein Motorrad.« Für den Bruchteil einer Sekunde wanderte ihr Blick durch das Fenster hinaus auf den Hof und dann wieder zurück zu den beiden Ermittlern.

In diesem Augenblick heulte draußen ein Motor auf. Gleichzeitig stürzten Viktoria und Bonhoff zur Tür, stießen sie auf und sahen gerade noch, wie ein Motorrad aus der Hofeinfahrt davonschoss. Kies und Erde wirbelten durch die Luft, bevor sich das Zweirad schräg in die Kurve legte und auf die asphaltierte Straße einbog.

»Scheiße!«, rief Bonhoff. »Los! Hinterher!«

Sie rannten zu ihrem Wagen, rissen die Türen auf und warfen sich in die Sitze.

»Den kriegen wir nie!«, keuchte Viktoria, während Bonhoff den Motor startete und sie ihr Handy aus der Hosentasche zerrte. Ein flüchtiger Blick auf das Display verriet, dass weder Karre noch Karim zurückgerufen hatten. Dennoch beschloss sie, es zunächst bei ihren beiden Kollegen zu probieren, bevor sie die Einsatzzentrale informieren würde.

»Das werden wir ja sehen. Aber du musst auf jeden Fall Verstärkung rufen. Lass alle verfügbaren Wagen nach ihm suchen. Wir leiten eine Großfahndung ein.«

»Bin schon dabei!«

Der Motor des Audi heulte auf, als Bonhoff mit durchgedrücktem Gaspedal beschleunigte. Mit einem Powerslide, der auf dem unbefestigten Schotter keine besondere Herausforderung darstellte, wendete er den Wagen. Die Vorderräder drehten durch und gruben sich in den losen Untergrund. Der Wagen ruckelte und vibrierte, gebärdete sich wie ein an seiner Kette zerrender Bullterrier im Blutrausch. Schließlich bekamen die Räder Grip und katapultierten die Limousine nach vorne. Der Ruck war so heftig und für Viktoria derart überraschend, dass ihr Handy zwischen ihren Fingern hindurch glitt und unter ihr im Fußraum verschwand.

»Mist!«, fluchte sie und bückte sich nach vorne, um mit beiden Händen unter ihrem Sitz nach dem Telefon zu angeln. Da sie es nicht erreichen konnte, schob sie ihren Sitz bis zum Anschlag nach hinten, was, bedingt durch die noch immer zunehmende Beschleunigung des Wagens, ruckartiger als geplant vonstattenging. Mit einem lauten Knall rastete der Sitz am Ende der Laufschienen ein.

»Alles klar bei dir?«, fragte Bonhoff mit einem flüchtigen Blick in den Fußraum der Beifahrerseite. Er sah lediglich den Rücken und ein Stück des Nackens seiner Kollegin.

»Ja, nur das Telefon! Ich hab´s gleich!« Ihre Stimme ging beinahe vollständig im Heulen des Motors unter.

»Diese beschissene Sonne!« Im Blindflug und mit mörderischer Geschwindigkeit schoss der Wagen auf die Hofeinfahrt zu. »Ich kann überhaupt nichts sehen!« Mit einer Hand klappte er die Sonnenblende runter, aber es half nichts. Zu tief stand die Sonne und ihr glutrotes Licht brach sich an dem an Götz Bonhoffs Innenspiegel hängenden Kreuz, so dass es von innen heraus zu glühen schien. Ungebremst und ohne die geringste Ahnung zu haben, was wenige Meter voraus auf sie wartete, rasten sie mitten hinein in das gleißende Licht des Todes.

*

Er musste nicht lange warten, bis Mia Millberg die Tür öffnete. Sie trug Jeans und T-Shirt, hatte dezente Schminke aufgetragen und ihre Haare zu einem Pferdeschwanz zusammengebunden. Ihr Mund verzog sich zu einem Lächeln, als sie den Überraschungsgast erblickte.

»Hallo. Ich hoffe, ich störe nicht? Ich wollte Felix nur kurz seine Speicherkarte vorbeibringen.«

»Ah, da wird er sich aber freuen. Kommen Sie ruhig einen Moment rein. Ich habe zwar gerade geübt, aber eine kleine Pause kann nicht schaden.«

»Geübt?«, fragte Karre neugierig. »Was denn geübt?«

»Konzert für Violine und Orchester in D-Dur. Zweiter Satz, Larghetto – attacca.« Sie sah Karres fragenden Blick und ergänzte lächelnd: »Beethoven.«

»Wow, so etwas können Sie?«

»Zum Glück, schließlich verdiene ich damit meinen Lebensunterhalt.«

»Als professionelle Musikerin? Wo spielen Sie denn, wenn ich fragen darf?«

»Bei den Essener Philharmonikern.«

»Geige?«

»Erste Violine, um genau zu sein.«

»Vielleicht können Sie mir ja bei Gelegenheit mal etwas vorspielen?«

»Klar. Wenn Sie mögen, kann ich Ihnen aber auch Karten für ein Konzert besorgen.«

»Gerne, warum nicht.« Die Worte flossen aus seinem Mund, bevor er darüber hatte nachdenken können. Und das, obwohl seine Kenntnisse im Bereich klassischer Musik sich in etwa auf dem gleichen Niveau bewegten, wie sein Wissen über Quantenphysik. Dementsprechend schnell lenkte er von dem Thema ab. »Ist Felix denn zu Hause?«

Sie trat einen Schritt zur Seite und bat ihn herein. »Er ist im Garten, aber das macht nichts. Haben Sie vielleicht Zeit für einen Kaffee?«

»Ich möchte Sie nicht vom Üben abhalten. Am Ende bin ich schuld, wenn Sie es vermasseln und Ihren Job verlieren.«

Sie schloss die Haustür hinter ihm, wobei Karre der leichte Duft ihres Parfüms in die Nase stieg. Frisch und blumig, wie die ersten Sonnenstrahlen. So oder so ähnlich hätte Karre sich einen entsprechenden Werbeslogan vorgestellt.

»So schlimm wird es schon nicht werden. Zeit für einen Kaffee habe ich immer.« Im Wohnzimmer bot sie ihm einen Platz auf der Couch an, bevor sie Richtung Küche verschwand.

»Das heißt, Sie spielen in einem richtigen Orchester?«, rief er ihr durch die offene Küchentür zu.

Ihr Lachen klang laut und herzlich, von innen heraus. »Ja, ich glaube, so nennt man das, wenn viele Musiker versuchen, gemeinsam in einem Ensemble zu spielen.«

»Wissen Sie, ich habe zwar eine Schwäche für Musik, aber um ein Instrument selber zu spielen, fehlt mir jegliches Talent. In der Schule bin ich schon im Blockflötenunterricht kläglich gescheitert.«

Wieder musste sie lachen. »Das kann ich mir überhaupt nicht vorstellen.«

»Doch, ehrlich. Was das angeht, bin ich hundertprozentig talentfrei. Sie könnten mir mit der Todesstrafe drohen und trotzdem könnte ich einem Instrument keinen vernünftigen Ton entlocken.«

»Unter solchen Umständen könnte ich es höchstwahrscheinlich auch nicht.« Er hörte Geschirr klappern, dann das Malgeräusch eines Kaffeevollautomaten.

Nach ein paar Minuten, in denen keiner von beiden etwas sagte und Karre gedankenverloren aus dem Fenster hinaus in den Garten blickte, kehrte sie mit zwei Tassen Kaffee und einem Teller Schokoladenkekse auf einem Tablett zurück.

»Sie sagten, Felix ist im Garten? Ich sehe ihn gar nicht.«

»Er ist nebenan und spielt mit dem Nachbarsjungen.« Sie stellte ihm eine der beiden Tassen hin. »Zucker? Milch?«

»Nein danke. Einfach nur schwarz.«

Sie nahm neben ihm auf der Couch Platz und goss sich großzügig Milch in ihre halbvolle Tasse. »Konnten Sie mit den Bildern auf der Speicherkarte denn etwas anfangen?«

»Tatsächlich, das konnten wir. Ihr Sohn hat zwar keine Fotos des Täters gemacht, aber die Bilder haben uns geholfen, einige Puzzleteile zusammenzufügen. Allerdings mussten wir die Bilder aus diesem Grund auch von der Karte entfernen. Ich hoffe, Felix wird es mir nachsehen.«

»Ich denke, er wird darüber hinwegkommen.« Sie lächelte ihn mit ihren grünen Augen an und Karre fielen die geheimnisvollen, goldfarbenen Sprenkel in ihrer Iris auf. Er spürte es sofort, das kaum merkliche Kribbeln unter der Haut, das er schon bei seinem ersten Gespräch mit Mia Millberg wahrgenommen hatte. Er rang noch mit sich und der Entscheidung, sie zu fragen, ob er sie in nächster Zeit einmal zum Essen einladen dürfe, als ihre Frage ihn aus seinen Gedanken riss.

»Darf ich sie dann zurückhaben?«

»Wie bitte? Entschuldigung, ich war mit meinen Gedanken gerade woanders. Dürfen Sie was?«

»Die Karte. Geben Sie sie mir zurück?«

»Ach so, natürlich.« Er lächelte verlegen, während er in seiner Hosentasche nach dem kleinen Speicherchip suchte. »Ich fürchte«, sagte er schließlich, »ich habe sie im Auto liegenlassen. Warten Sie kurz? Ich bin gleich zurück.«

»Kein Problem, ich bin hier.« Sie begleitete ihn zur Tür und beobachtete, wie er zu seinem Wagen ging.

Als Karre die Beifahrertür öffnete, sah er, dass er neben der Speicherkarte auch sein Handy im Wagen vergessen hatte. Einem Automatismus folgend, kontrollierte er das Display hinsichtlich entgangener Anrufe. Ihm stockte der Atem, als er die zweistellige Zahl der Mailboxnachrichten sah. Stirnrunzelnd drückte er die Schnellwahltaste der Sprachbox. Mehr als die letzten beiden Nachrichten musste er nicht hören. Das, was Viktoria und ein Kollege der Schutzpolizei auf dem virtuellen Anrufbeantworter hinterlassen hatten, reichte, um sämtliche Farbe aus seinem Gesicht weichen zu lassen.

Mit zitternden Knien lief er um das Fahrzeug herum, riss die Fahrertür auf und warf sich auf den Sitz. Während er den Motor startete, rief er der noch immer in der Tür wartenden und ob seiner Flucht verdutzt dreinschauenden Mia Millberg eine Entschuldigung zu, die diese durch die geschlossenen Wagenfenster und gegen das Aufheulen des Motors allerdings nicht verstehen konnte.

Während Karre den Wagen die schmale Straße hinunterjagte, schloss sie kopfschüttelnd die Tür.

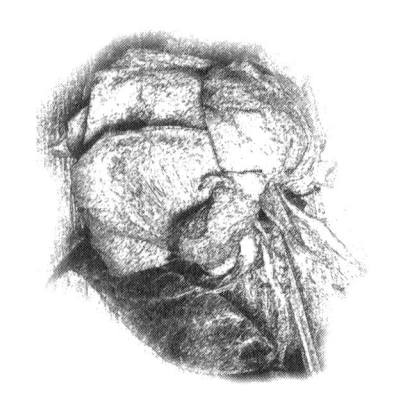

KAPITEL 38

Stellas erster Gedanke war, dass die Kopfschmerzen schlimmer geworden waren. Erheblich schlimmer, was vermutlich an der Spritze lag, die er ihr gegeben hatte. Noch immer spürte sie den Stich der Nadel in ihrem Unterarm. Danach kam nichts. Nur Leere. Tiefschwarze Finsternis, der sie entgegen gefallen war - hinein in das tiefe, scheinbar bodenlose Loch der Bewusstlosigkeit.

Außerdem stank es ganz erbärmlich. Nach Müll, Fäkalien, Kotze und weiß Gott noch was. Offenbar hatte man sie an einen anderen Ort gebracht, denn diesen Gestank hätte sie nie und nimmer ignorieren können.

Ihre Augen waren noch immer verbunden und auch der Knebel in ihrem Mund war nicht entfernt worden. Noch immer lag sie auf dem Rücken und spürte einen harten, unebenen Untergrund, dessen Kälte sie selbst durch ihre Kleidung hindurch frösteln ließ. Ihre Arme und Beine waren nun in gespreizter Haltung mittels Fesseln an Handgelenken und Fußknöcheln fixiert worden, die schmerzhaft in ihre Haut schnitten.

Und dann bemerkte sie die Ruhe. Wobei, das Wort *Stille* traf es eigentlich besser.

Stille wie in einem ...

Sie bemühte sich, den Gedanken abzuschütteln, wie ein lästiges Insekt. Doch wie ein Solches kam er zurück - nur Sekunden nachdem sie glaubte, ihn vertrieben zu haben.

Wahrscheinlich hatte der Kerl - sie vermutete, dass es ein Mann gewesen war, denn gesprochen hatte er nicht - ihr zunächst die Spritze verpasst und sie anschließend in ein anderes Versteck abtransportiert. Warum und wozu, dazu fiel ihr auf die Schnelle nichts ein, aber die Welt oberhalb ihres neuen Verlieses schien deutlich weniger belebt zu sein, als es zuvor der Fall gewesen war.

Sie verfluchte den Tag, an dem sie beschlossen hatte, sich für den vermeintlichen Tod ihres leiblichen Vaters zu rächen. Dabei war es keine spontane Spinnerei gewesen, sondern eine von langer Hand geplante Operation.

Irgendwann nach dem Verschwinden ihres Vaters hatte sie Martin kennengelernt und sich nach ihrem zweiten Staatsexamen bei der Firma beworben, für die ihr Vater zuletzt gearbeitet hatte und die sie seit geraumer Zeit in Verdacht hatte, etwas mit seinem Verschwinden zu tun zu haben. Da sie den Familiennamen ihrer Mutter trug, hatte nie die Gefahr bestanden, dass sie etwas über diese Verbindung herausfanden.

Martin und sie hatten einen perfiden Plan für ihre Racheaktion ersonnen. Er, der begnadete Computer-Freak, hatte den USB-Stick programmiert, der ihnen alle digitalen Schleusen in die Firma öffnete. Ihre Aufgabe war es gewesen, den Lockvogel zu spielen und den Stick so zu platzieren, dass er das maximale Interesse seines Finders weckte. Von dem Tag an, an dem der ahnungslose Finder den Stick in den USB-Slot seines PCs geschoben hatte, hatten sie Zugang zu allen Informationen, die in den digitalen Archiven der Kanzlei schlummerten.

Dann hatten sie ihr eine Geschäftsreise in die USA angeboten. Als *kleines Incentive* für ihren *engagierten Einsatz*. Und sie? Sie hatte es nur allzu gerne geglaubt, doch plötzlich hallten die Worte ihres Chefs wie blanker Hohn in ihren Ohren wider.

Anstatt im Flieger in der Business-Class zu sitzen hatte sie in diesem Verlies geendet - war ihren Gegenspielern direkt in die Falle gegangen.

Und dann traf die Erkenntnis sie wie ein Hammerschlag: Niemand würde sie vermissen. Schließlich hatte sie all ihren Freunden und Bekannten, vor allem aber Martin und ihrer Mutter von der bevorstehenden Reise erzählt. Und während sie gefesselt in irgendeinem Loch lag und darauf wartete, was diese Monster sich für sie ausgedacht hatten, wähnten alle die, die ihr nahestanden, sie bei bester Gesundheit jenseits des Atlantiks.

Waren sie wirklich so einfältig gewesen zu glauben, dass sich ein Unternehmen mit derartiger Macht ausgerechnet von ihnen die Butter vom Brot nehmen ließ? Eine Organisation, die ihre Mitarbeiter gnadenlos über die Klinge springen ließ, sobald sie das betrügerische Spiel durchschauten und aussteigen wollten. Dass ausgerechnet sie diejenigen sein konnten, die den Initiatoren eines perfekt ausgeklügelten Betrugssystems und den Auftraggebern diverser Morde mit ein paar billigen Computertricks den Garaus machen konnten? Die sich auf Augenhöhe mit einer Institution anlegen konnten, die ihre Krakenarme bis weit in die obersten Schichten der Gesellschaft ausstreckte? Himmel, wie hoffnungslos naiv sie gewesen waren.

*

Der Schlag, der durch den Wagen ging, war mit nichts vergleichbar, was Viktoria in ihrem Leben bisher erlebt hatte. Noch immer hing sie kopfüber im Fußraum und hatte es gerade geschafft, mit ihren Fingern das Handy unter dem Sitz hervorzuziehen, als das Unvorstellbare geschah. Das Kreischen des Metalls war ohrenbetäubend, als wäre direkt über ihr eine Bombe explodiert. Glasscherben und Metallsplitter regneten auf sie herab. Sie spürte das heftige Reißen des Sicherheitsgurtes an ihrer Schulter, den dumpfen Schmerz, der augenblicklich einsetzte. Der Wagen wurde aus seiner Bahn gerissen, schien für Sekundenbruchteile die Bodenhaftung zu verlieren, bevor die Räder mit ungeheurer Wucht wieder auf dem Boden aufschlugen.

Sie wusste nicht, wie lange das Inferno gedauert hatte, doch mit einem Mal war es vorbei. Stille. Keine vollkommene Stille, sondern eine sonderbare Form, für die ihr in ihrem Dämmerzustand die Bezeichnung »die Stille danach« in den Sinn kam. Das Klingeln in ihren Ohren übertönte als einziges verbliebenes Geräusch alle Laute in der Umgebung. Es kam ihr vor, als wäre die Welt in diesem Augenblick zum Stillstand gekommen. Für immer. Der Schwindel zog sie hinab. Wie in einer sich um sich selbst drehenden Spirale glitt sie hinab in die Finsternis. Sie war in einen Mahlstrom geraten, aus dem es kein Entkommen gab. Und obwohl sie mit Leibeskräften dagegen ankämpfte, wusste sie, dass sie den Kampf verlieren würde. In einem letzten, qualvollen Anlauf gelang es ihr, sich in ihrem Sitz aufzurichten. Vor ihr hing eckig und schlaff die luftleere Hülle des Beifahrerairbags. Unwillkürlich erinnerte sie der Anblick an eine überdimensionierte Kotztüte.

Dann spürte sie den Luftzug. Nein, es war mehr als das: Wind, der über ihre mit kaltem Schweiß benetzte Haut strich. Sie fror. Den Grund für den plötzlichen Luftstrom ahnend, sah sie sich um. Das Dach des Wagens war verschwunden. Aus irgendeinem Grund war es mitsamt der A-Säule dicht über der Motorhaube vom Wagen abgetrennt worden. Wo es abgeblieben war, konnte sie nicht erkennen. Vermutlich lag es irgendwo hinter dem Fahrzeug, aber sie war unfähig, ihren Kopf zu drehen, um nach hinten zu blicken. Der instinktive Blick zum Innenspiegel offenbarte lediglich, dass dieser sich zusammen mit Bonhoffs goldenem Kreuz und dem Rest des Daches verabschiedet hatte.

Was war passiert? Nur ganz allmählich fügten sich die einzelnen Bilder in ihrem schmerzenden Kopf zu einem Gesamtbild zusammen. Sie hatte nicht alleine im Wagen gesessen, daran konnte sie sich dunkel erinnern. Ja, sie war mit einem Kollegen unterwegs gewesen. Nicht mit Karre oder Karim, sondern mit Götz. Und in einem Zustand zwischen Panik und Ohnmacht drehte sie langsam und unter heftigen Schmerzen den Kopf, um nach ihm zu sehen. Das Letzte, das sie sah, bevor sie endgültig das Bewusstsein verlor, war, dass er neben ihr saß. Sein Oberkörper, dank des Anschnallgurtes in aufrechter, grader Haltung. Jedenfalls der Teil von ihm, der noch im Auto saß. Die obere Hälfte seines Körpers war ebenso verschwunden wie das Dach.

*

Die Kellertür flog auf und Stella hörte, dass sich ihr jemand mit schweren Schritten näherte. Ihre Muskeln spannten sich automatisch an. Sie schluckte und drehte den Kopf in die Richtung, in der sie den Unbekannten vermutete. Und plötzlich spürte sie es: das Gefühl sich rasend schnell ausbreitender Panik.

»Hey, Püppchen. Wieder wach?« Die Stimme klang gehetzt, außer Atem und traf sie wie der sprichwörtliche Blitz aus heiterem Himmel. Offensichtlich hatte sich der Unbekannte ihr bis auf wenige Zentimeter genähert, denn sie roch Schweiß und spürte den warmen, süßlichen Atem auf ihrem Gesicht.

Sie versuchte zu antworten, was sich aufgrund des Knebels als unmöglich erwies.

»Halt die Klappe und hör mir zu. Ich habe dir was zu sagen. Und ich werde das nicht wiederholen. Verstanden?«

Da Sprechen keine Alternative darstellte, nickte sie.

»Also gut. Ich werde dir jetzt diesen Knebel entfernen. Solltest du auch nur auf die Idee kommen, zu schreien, werde ich dich töten. Hast du das kapiert?«

Dieses Mal fiel ihr Nicken erheblich hektischer aus, als bei seiner ersten Frage.

»Okay, versuchen wir´s.«

Sie spürte, wie er sich an dem Knoten in ihrem Nacken zu schaffen machte und den Stoffknebel entfernte. Dann griff er ihr mit Daumen und Zeigefinger in den Mund, um auch die Kugel zu entfernen.

»Mach schön weit auf! Und komm nicht auf die Idee, zuzubeißen. Du weißt ja, was man mit kleinen Kätzchen macht, die sich nicht benehmen, oder?«

Sie ahnte, worauf es hinauslief, schüttelte aber den Kopf.

»Man sperrt sie in einen Sack, knotet ihn zu und versenkt ihn irgendwo im Wasser. Das könnten wir hier auch gut machen.«

»Idiot!«

Die Stimme des zweiten Mannes ließ sie zusammenfahren. *Unbekannter Nummer Eins* war also nicht alleine, wie sie zunächst angenommen hatte. Allerdings hatten die beiden offenbar nicht vorgehabt, dass sie dies bemerkte. Und der mögliche Hinweis, dass es in der Nähe Wasser gab, war wohl auch eher ein Versehen gewesen.

»Schon gut«, sagte der Typ neben ihr zu seinem Begleiter. »Reg dich ab. Und jetzt zu dir.« Er zog an der Knebelkugel und Stella spürte, wie das Material beim Herausziehen über ihre Schneidezähne schrappte. Dann strömte Sauerstoff durch den Mund in ihre Lungen. Gierig sog sie mehr Luft ein, was in einen ausgiebigen Hustenanfall mündete.

»So, und jetzt reißen wir uns mal wieder zusammen und kommen zur Preisfrage«, hörte sie die Stimme des *Unbekannten Nummer Eins*, während er ihr mit der flachen Hand auf den Rücken klopfte. »Bist du bereit?«

»Ja«, krächzte sie mit heiserer Stimme. Ihr Hals war vollkommen ausgetrocknet, so dass sie kaum sprechen konnte und sofort gegen einen erneuten Hustenreiz ankämpfen musste.

»Also gut. Es ist ganz einfach: Wo ist Redmann?«

Ein leises Zischen ertönte. Es klang wie das Anreißen eines Streichholzes. Vermutlich zündete sich einer der beiden eine Zigarette an. Sie räusperte sich. »Soweit ich weiß, ist er seit ein paar Jahren verschollen.«

Die Ohrfeige klatschte in ihr Gesicht wie ein Fußball, der völlig unerwartet vom Spielfeld geflogen kam und mit dem sie überhaupt nicht gerechnet hatte.

»Der doch nicht!«, zischte die Stimme. »Der andere. Der, mit dem du unter einer Decke steckst. Der, mit dem du fickst. Dein Lover.«

»Mein was?« Sie lachte zynisch. »Wie kommen Sie denn darauf? Er ist mein ...« Sie verstummte mitten im Satz, weil ihr der Gedanke kam, die beiden könnten möglicherweise nicht wissen, dass Oliver Redmann nicht nur Martins, sondern auch ihr Vater war. Und wenn dem so war, war es vielleicht besser, sie würden es auch nicht erfahren.

»Ja?«, fragte die Stimme. »Er ist dein *was*?«

Scheiße. Hatte sie sich bereits verraten? »Mein Freund.« Sie versuchte, es möglichst beiläufig klingen zu lassen.

Der andere schwieg. Vermutlich taxierte er sie mit seinem Blick und versuchte an ihrem Gesicht abzulesen, ob sie die Wahrheit sagte. Irgendwann brach er sein Schweigen. »Wo ist er?«

In diesem Moment erreichte sie der Rauch der Zigarette. Unwillkürlich rümpfte sie die Nase. Dass es so lange gedauert hatte, sprach dafür, dass es der Zweite war, der sie sich angezündet hatte. Der, der sich im Hintergrund hielt und schweigend beobachtete, wie *Nummer Eins* vorging.

»Ich weiß es nicht.« Sie bemühte sich, überzeugend zu wirken, merkte aber selbst, wie ihre Stimme zitterte.

»Hör zu!« Er packte ihr linkes Ohrläppchen und verdrehte es. Ein stechender Schmerz durchzuckte sie, als er ihren Ohrring mit einer ruckartigen Bewegung herausriss. Warme Flüssigkeit trat aus und lief ihren Hals hinunter. »Verarschen können wir uns selbst. Überleg dir gut, ob du nicht was Besseres anzubieten hast.«

Er hatte noch nicht zu Ende gesprochen, da spürte sie bereits die Schlinge, die sich locker um ihren Hals legte. Das Seil spannte sich und die abstehenden Fasern rieben schmerzhaft an ihrer Haut. Eine Sekunde später zog sich die Schlinge langsam zusammen und schnürte ihr die Luft ab.

Sie hatte bereits das Gefühl, jeden Augenblick das Bewusstsein zu verlieren, als die Schlinge sich zu ihrer Erleichterung wieder lockerte. Einmal mehr schnappte sie gierig nach Luft, um ihre Lungen mit dem lebenswichtigen Gasgemisch zu füllen.

»Und? Hast du vielleicht doch eine Idee, wo er ist?«

Sie nickte kaum merklich, während sie ihre Tränen nicht mehr zurückhalten konnte.

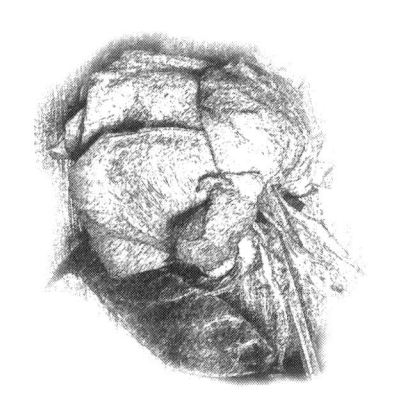

KAPITEL 39

»Dieser Irre hat was?«, schrie Karre den kreidebleichen uniformierten Beamten an. Nachdem er die Nachrichten auf seiner Mailbox abgehört hatte, war er in innerhalb weniger Minuten mit halsbrecherischer Geschwindigkeit durch die halbe Stadt gerast und hatte seinen Wagen mit quietschenden Reifen vor der Einfahrt des Schrottplatzes zum Stehen gebracht.

»Er hat ein Stahlseil quer vor die Einfahrt gespannt. Die Vorrichtung dafür muss schon dortgewesen sein, weil die Halterungen regelrecht mit den beiden Kastanienbäumen rechts und links des Tores verwachsen sind. Ihre Kollegen hatten keine Chance, das gespannte Seil zu sehen, weil sie gegen die tiefstehende Sonne gefahren sind. Das

Seil hat ihren Wagen etwas oberhalb der Motorhaube in zwei Teile auseinandergerissen. War ´ne regelrechte Hinrichtung.«

Karre blickte über die Absperrung hinweg zu dem Wrack, das bis vor etwa einer Stunde der Wagen seines Kollegen gewesen war. Direkt daneben lag eine schwarze Abdeckplane, wenige Meter weiter eine zweite. Er wusste, was sich darunter befand. Seine Augen füllten sich mit Tränen. Was war hier vor sich gegangen? Wieso waren die beiden alleine hierher gefahren? Hätte er die Katastrophe verhindern können, wenn er sein beschissenes Handy nicht im Wagen vergessen hätte? Wenn er nicht so besessen davon gewesen wäre, diesen verfluchten Club zu durchsuchen? So wie es im Augenblick aussah, war die ganze Aktion für die Tonne gewesen. Sie hatten nichts. Gar nichts! Und was war der Preis? Er war kurz davor, sich zu übergeben, als er daran dachte, dass er bei Mia Millberg gesessen und Kaffee getrunken hatte, während über seine Kollegen die Katastrophe hereingebrochen war, und wendete seinen Blick von der grauenvollen Szenerie ab.

Der uniformierte Beamte legte ihm eine Hand auf die Schulter. »Tun Sie sich das nicht an. Fahren Sie nach Hause. Sie können hier nichts mehr ausrichten.«

Karre wusste, dass der Mann helfen wollte, und in vergleichbaren Situationen hätte er genau dasselbe gesagt. Aber im Augenblick interessierten ihn solche gutgemeinten Ratschläge einen Scheiß. »Gehen Sie zur Seite, ich muss mir das ansehen.« Nach wenigen Metern blieb er stehen und wendete sich nochmals an den Beamten. »Sagen Sie, wo ist meine Kollegin?«

»Da drüben.« Er deutete auf einen etwa zwanzig Meter von der Einfahrt entfernt stehenden Rettungswagen. »Keine Ahnung, wie sie das überlebt hat. Muss ne ganze

Armada Schutzengel gehabt haben.«

Karre sprintete zu dem Rettungswagen und stieg durch die Seitentür in den Innenraum. Sein erster Blick fiel auf Viktoria, die auf einer Trage lag, während sie von zwei Sanitätern versorgt wurde. Den Hals seiner Kollegin hatten sie mit einer Halskrause aus Kunststoff stabilisiert, vermutlich noch bevor sie Viktoria aus dem zerstörten Fahrzeug befreit hatten. Ob diese Maßnahme einen speziellen Grund hatte, oder ob es sich um eine routinemäßige Vorsichtsmaßnahme handelte, vermochte Karre nicht zu erkennen. Zahlreiche Schnitte und Hautabschürfungen hatten sie mit Mullpflastern medizinisch erstversorgt, so dass von Viktorias Gesicht erschreckend wenig zu sehen war. Eine graue Stoffdecke schützte ihren Körper vom Hals abwärts vor Auskühlung, lediglich ihre rechte Hand schaute an der Seite heraus. Eine Infusionsnadel verschwand in ihrem Handrücken, der daran angeschlossene Schlauch führte zu einer von der Wagendecke baumelnden, mit einer durchsichtigen Flüssigkeit gefüllten Flasche.

Der Ältere der beiden Rettungskräfte, auf dessen roter Weste Karre beim Einsteigen die in reflektierenden Lettern aufgedruckte Bezeichnung Notarzt gelesen hatte, drehte sich zu ihm um. »Sie können hier nicht rein«, sagte er ruhig, wobei er den Kopf schüttelte, wohl, um seiner Anweisung mehr Nachdruck zu verleihen. »Die Patientin braucht Ruhe.«

»Die Patientin ist meine Kollegin.«

»Das ist mir egal. Ich bin für sie verantwortlich und bitte Sie deswegen nochmals: Verlassen Sie das Fahrzeug. Wer sind Sie überhaupt?«

Karre zeigte ihm seinen Dienstausweis. »Ich will nur sehen, wie es ihr geht.«

»Es sieht im Moment tatsächlich schlimmer aus, als es

ist. Sofern man das angesichts der Tragödie da draußen überhaupt sagen kann, ist heute ihr Glückstag, ihr zweiter Geburtstag. Ich habe keine Ahnung, wie sie das überhaupt überlebt hat, aber soweit ich das bisher sagen kann, scheint sie keine schwereren Verletzungen zu haben.«

Zwar spürte Karre eine gewisse Erleichterung, als er, die Proteste des Arztes ignorierend, neben Viktoria trat, aber trotz dessen Ausführungen erschütterte ihn der Anblick seiner verletzten Kollegin. Die sichtbaren Hautpartien waren aschfahl und wirkten dünn wie Pergamentpapier. Darunter erstreckte sich ein Labyrinth roter und blauer Adern. Ihre rechte Augenbraue war stark angeschwollen und der Bereich rund um ihr rechtes Jochbein zeigte eine bläuliche Färbung. An den Rändern der Pflaster klebte getrocknetes Blut. Es war offensichtlich, dass sie Mühe hatte, die Augen länger als für ein paar Sekunden am Stück offenzuhalten.

Vermutlich hatten sie ihr ein Schmerz- oder Beruhigungsmittel gegeben, womöglich auch beides. Sein Blick wanderte hinauf zu der Infusionsflasche. Farblose Tropfen fielen in regelmäßigem Rhythmus in ein kleines Plastikreservoir, von wo aus sie sich auf den Weg über den Schlauch in Viktorias Blutkreislauf machten.

Er beugte sich zu seiner Kollegin hinunter und flüsterte: »Alles wird gut. Mach dir keine Sorgen.«

Sie sah ihn aus glasigen Augen an, ihre Lider flackerten unruhig und ihre Stimme war nicht mehr als ein Hauchen. »Götz ist ... es ist meine Schuld ... ich ...«.

»Psst.« Er legte ihr vorsichtig eine Hand auf die Stirn. Ihre Haut fühlte sich heiß an. Fiebrig heiß, aber gleichzeitig von kaltem Schweiß benetzt. Eine feuchte, blutverschmierte Strähne ihres blonden Haares klebte auf ihrer Wange, die er behutsam, beinahe zärtlich, beiseiteschob. »Niemand hat Schuld. Hör auf, dir Gedanken zu machen.«

Er sah, dass sie zitterte und bevor er darüber nachdenken konnte, drückte er ihr einen sanften Kuss auf die Stirn. Viktorias Augen fielen zu und er beobachtete, wie sich ihr Brustkorb unter der Decke langsam hob und senkte. Mit besorgtem Blick wandte er sich dem Notarzt zu.

»Keine Sorge, wir haben ihr etwas gegeben. Sie schläft.«
»Wie geht es weiter?«
»Wir bringen sie ins Krankenhaus, um mögliche innere Verletzungen auszuschließen.«
»Wohin? Uniklinik?«
Der Arzt nickte. »Ja, wir fahren gleich los. Wenn ich Sie jetzt aber wirklich bitten dürfte, auszusteigen.«

Karre nickte, warf einen letzten Blick auf Viktoria und stieg aus dem Rettungswagen nach draußen. Im Gegensatz zu der im Inneren des Fahrzeugs währenden Ruhe, herrschte hier draußen scheinbar das Chaos. Überall wuselten Polizeibeamte herum. Karre erkannte einige von Viersteins Leuten, die mit durchsichtigen Plastikboxen bewaffnet über den Schrottplatz irrten und alles an Spuren sicherten, was sich ihrer Meinung nach zu sichern lohnte. Zwei uniformierte Beamte führten eine korpulente, in einen rosafarbenen Bademantel gehüllte Frau aus einem Wohnwagen nach draußen und begleiteten sie zu einem der Streifenwagen.

Ein Abschleppwagen, der eingetroffen sein musste, während Karre im Rettungswagen gewesen war, stand etwas abseits. Der Fahrer, ein birnenförmiger Mittfünfziger mit blauer Wollmütze, lehnte rauchend am Führerhaus und wartete darauf, endlich zur Tat schreiten zu dürfen. Mittlerweile war es dunkel geworden. Die rotierenden Blaulichter tauchten den Schrottplatz in gespenstisches Licht. Zwei große Strahler hoben die beiden Hälften des Autowracks aus der Dunkelheit hervor, als seien sie die tragischen Protagonisten auf einer ansonsten in der Dunkelheit liegenden Theaterbühne. Etwas abseits der beiden Lichtkegel hockte Grass und machte sich Notizen. Erst auf den zweiten Blick erkannte Karre, dass der kleine Leiter der Rechtsmedizin keineswegs hockte, sondern stand.

»Hey, tut mir leid.«

Karre fuhr herum, als sich eine Hand auf seine Schulter legte. Doch auch ohne sich umzudrehen hätte er gewusst, wem die dünnen, langen Finger gehörten, die sich wie Spinnenbeine um sein Schultergelenk krampften. Der Leiter des Erkennungsdienstes sah ihn mitfühlend an. »Ich konnte es nicht glauben, als der Anruf kam. Wird Zeit, dass ihr dieses Arschloch fertig macht. Denkst du, er ist euer Mann?«

»Darauf kannst du wetten. Und glaub mir, dass ich ihn zur Strecke bringe. Und wenn ich ihn bis ans Ende der Welt jagen muss. Das sind wir Götz schuldig.«

»Schau mal, meine Leute haben was gefunden.« Er hielt Karre eine Rolle Klebeband hin.

»Panzertape?«

»Ja. Es könnte zu dem Stück passen, mit dem der Badewannenüberlauf bei Linda ... Lebe... bei Linda eben ... abgedichtet wurde. Jo soll das untersuchen, aber ich bin mir ziemlich sicher, dass der Streifen in der Wohnung der Kleinen von dieser Rolle stammt.«

Karre nickte. »Sergei ist also für ihren Tod verantwortlich.«

»Sieht stark danach aus.« Vierstein räusperte sich. »Karre, ich hab noch was gefunden.« Er hielt ihm die geöffnete Handfläche hin. Darauf lag eine zierliche Kette mit einem goldenen, kreuzförmigen Anhänger.

»Was ist das?«, fragte Karre und nahm die Kette aus

Viersteins Hand.

»Hing am Innenspiegel. Ich hab´s drüben bei den Dachteilen gefunden. Ich dachte, vielleicht gibst du es seiner Frau?«

Karre spürte, wie sich seine Kehle zuschnürte. Einmal mehr stand er kurz davor, sich zu übergeben. Heike Bonhoff – alleine mit ihrer todkranken Tochter und den beiden Jungs. Am liebsten hätte er seine Verzweiflung hinausgeschrien, sich wie ein kleines Kind auf den Boden geworfen und mit Händen und Füßen um sich geschlagen. Stattdessen ballte er die Hand, in der sich die Kette mit dem Kreuz befand, zur Faust und blickte gen Himmel. Mit Tränen in den Augen flüsterte er: »Wir kriegen ihn, Götz. Das verspreche ich dir. Und dann gnade ihm Gott!«

»Da ist noch was.«

Karre wischte die Tränen weg und sah Vierstein mit geröteten Augen an.

»Ihr sucht doch so einen amerikanischen Sportwagen, oder?«

»Ja. Der gehört vermutlich diesem Sergei.«

»Drüben in der Halle steht so ein Ding. Allerdings ist der dunkelgrau. Nicht die Farbe, die ihr sucht, oder?«

»Nein, aber das ist mir scheißegal. Nehmt das Ding mit, untersucht es zusammen mit Talkötter. Ich will, dass ihr die Kiste von rechts auf links dreht. Ich bin mir sicher, irgendetwas Verwertbares findet ihr. Weißt du, ob sonst noch jemand hier war? Vielleicht da hinten?« Er deutete auf den Wohnwagen.

»Nur seine Frau. Die Kollegen haben sie vorerst mitgenommen, aber ich glaube nicht, dass wir von ihr etwas erfahren werden. Den Wohnwagen sehen wir uns später an. Vielleicht kann dir Viktoria mehr dazu sagen, was genau hier vor sich gegangen ist?«

»Ja, vermutlich kann sie das.« Und mehr zu sich selbst als zu Vierstein sagte er: »Was um Himmels willen ist hier passiert?«

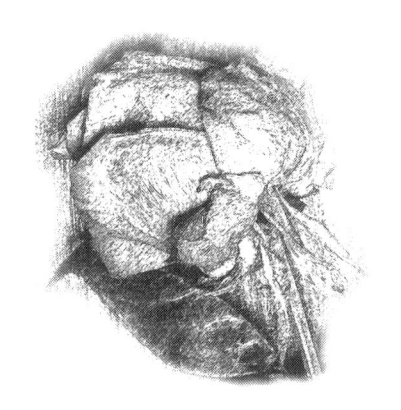

KAPITEL 40

Es war bereits nach 23 Uhr, als Karre vorsichtig den Kopf durch den Türspalt schob, um einen Blick in das dahinterliegende Krankenzimmer zu werfen. Viktoria lag mit geschlossenen Augen im Bett, das Kopfteil stand beinahe senkrecht, so dass sie eigentlich mehr saß als lag. Im indirekten Licht der über dem Bett montierten Halogenlampen sah sie zu seiner Erleichterung schon wieder deutlich lebendiger aus, als bei ihrer letzten Begegnung im Rettungswagen.

Die wuchtige Halswirbelstütze, die man ihr am Unfallort angelegt hatte, war durch ein zierlicheres Modell ersetzt worden. Zudem waren die großen Pflaster in ihrem Gesicht verschwunden und - soweit überhaupt notwendig –

durch kleine Heft- und Klammerpflaster ersetzt worden. Die weniger tiefen Schnitte waren lediglich gereinigt worden, so dass ihr Gesicht alles in allem, trotz einiger Schwellungen und Blutergüsse, schon wieder deutlich weniger besorgniserregend wirkte.

Als er eintrat und die Tür leise hinter sich schloss, öffnete sie die Augen und drehte den Oberkörper leicht in seine Richtung. »Hey, immer noch im Dienst?«

»Und du? Schon wieder vorlaut?« Er trat neben das Bett und setzte sich vorsichtig auf die Kante. Minutenlang sahen sie sich schweigend an, ohne etwas zu sagen. Jeder schien zu spüren, was der andere dachte. Erst als sich Viktorias Augen mit Tränen füllten, ergriff Karre das Wort. »Bitte versprich mir, dass du dir keine Vorwürfe machst.«

»Aber …« Ihre Stimme wurde von Tränen erstickt. Er nahm sie in den Arm und sie ließ ihren Tränen freien Lauf. Während sie so dasaßen, fragte er sich, ob es richtig war, dass sie in dieser Situation ausgerechnet an seiner Schulter weinte. Ja, Maximilian war in den Staaten, aber eigentlich hätte er an seiner Stelle hier sein müssen. Und was war mit ihren Eltern? Hatte sie schon jemand verständigt?

»Soll ich deinen Eltern Bescheid geben?«, fragte er deshalb, nachdem der Tränenstrom versiegt war. »Sollen sie kommen?«

Sie schob ihn weg und wischte sich die Augen trocken. »Bist du wahnsinnig? Was glaubst du, was dann los ist. Du weißt doch, dass sie ständig nach einem Grund suchen, mir meinen Job madig zu machen. Ich kann sie immer noch anrufen, wenn ich zu Hause bin. Das ist früh genug.«

»Und Maximilian?«, fragte er vorsichtig. »Ich kann ihn für dich anrufen.«

»Nee, lass den mal in New York seinen Job machen. Er kann eh nichts unternehmen und ich möchte nicht, dass er sich unnötig verrückt macht. Aber du musst auch nicht hier sein. Ich meine, ich komme schon klar.«
»Sicher.«
»Was?«
»Nichts. Alles gut. Wie geht´s dir eigentlich?«
»Die Schmerzmittel helfen ziemlich gut. Es ist okay.«
»Und was sagen die Ärzte?«
»Abgesehen davon, dass sie mir ungefähr hundert Mal gesagt haben, dass es ein Wunder ist, dass ich noch lebe? Gehirnerschütterung, Schleudertrauma, Prellungen, Schnittverletzungen. Nichts Ernstes.«
»Ich glaube, das sehen die Mediziner etwas weniger entspannt. Was ist denn überhaupt passiert? Wieso wart ihr auf diesem Schrottplatz?«
Viktoria fasste die Ereignisse in knappen Worten zusammen. Gerbers Anruf im Präsidium, das Gespräch mit Sergeis Frau und schließlich dessen Flucht mit dem Motorrad und der auf dramatische Weise gescheiterte Versuch, ihm zu folgen.
Karre glaubte, dass das Sprechen sie mehr anstrengte, als sie zugeben wollte und gab sich mit dem zufrieden, was sie von sich aus erzählte. Er verkniff es sich, auch nur eine einzige Zwischenfrage zu stellen.
»Was ich dir nicht sagen kann, ist, was genau dann eigentlich passiert ist«, schloss sie ihre Schilderungen ab. »Ich weiß nur noch, dass wir dieses Motorrad verfolgen wollten, danach ist alles weg. Aber die Ärzte meinen, das wäre eine normale Schutzreaktion des Körpers. Wahrscheinlich kommen die Erinnerungen irgendwann wieder.«
»Was bin ich bloß für ein miserabler Vorgesetzter«, sagte Karre wie aus heiterem Himmel und Viktoria sah ihn

verständnislos an.

»Wieso das denn?«

»Anstatt euch zu unterstützen, unternehme ich irgendwelche Alleingänge, lasse mein Handy im Wagen liegen und kriege von nichts etwas mit.«

»Was denn für Alleingänge? Wovon redest du?«

Jetzt war es an Karre, von der anscheinend erfolglosen Durchsuchung des Blue Eden zu berichten. »Aber wenn Schumacher dir zur Auflage gemacht hat, das ohne uns zu machen, hast du dir doch nichts vorzuwerfen.«

»Nett von dir, aber ich sehe das etwas anders. Sonst mache ich ja auch nicht alles, was Schumacher sagt. Ich hätte euch zumindest informieren können.«

»Und was hätte das geändert? Nichts.«

In diesem Moment vibrierte das Telefon in Karres Hosentasche. Er zog es heraus und blickte auf das Display. Karim. »Shit, den hab ich ja ganz vergessen.« Er nahm das Gespräch an.

»Hi Karre, ich bin´s«, meldete sich sein Kollege. Sag mal, hast du was von Vicky gehört? Sie hat zigmal versucht, mich zu erreichen. Aber Silas Frauenarzt hat mal wieder getrödelt und mein Handy-Akku war leer. Ich hab ihre Anrufe erst vorhin gesehen, als ich das Handy laden wollte. Ich kann sie aber nicht erreichen. Weißt du, ob es was Wichtiges war?«

Karre lehnte sich mit dem Rücken gegen einen der deckenhohen Einbauschränke, schloss die Augen und rutschte langsam die Tür entlang zu Boden. Auf dem Weg nach unten suchte er krampfhaft nach Worten, mit denen er Karim die Lage so schonend wie möglich, aber auch ohne Wesentliches auszulassen, begreiflich machen konnte. Mangels intelligenter Einfälle entschied er sich für die am wenigsten komplizierte Lösung: »Ich bin bei Vicky im Krankenhaus. Sie ist okay. Götz ist tot.«

Er beobachtete, wie Viktoria ihr Gesicht in den Händen vergrub, während er vergeblich auf irgendeine Reaktion seines Kollegen wartete. Die Zeit schien stehengeblieben zu sein.

»Sag das noch mal«, verlangte Karim schließlich.

»Nein.«

»Bitte?«

»Nein, ich sage es nicht noch einmal. Ich kann nicht. Komm morgen früh ins Büro, ich erzähl dir alles. Aber nicht mehr heute. Tut mir leid.« Er legte auf und fühlte sich wie ein beschissener Versager. »Was hätte ich ihm sagen sollen?«, fragte er Viktoria, die an ihrem Infusionszugang herumschraubte, ohne Karre auch nur einen Blick zu widmen.

»Keine Ahnung. So etwas kann man nicht am Telefon. Es ist richtig, dass du es ihm morgen in Ruhe erzählen willst.« Sie hatte den Stöpsel der Infusion aus dem Zugang auf ihrem Handrücken gelöst und legte ihn auf dem Kopfkissen ab.

»Sag mal, was machst du da eigentlich?«

»Ich mache mich fertig.«

»Fertig? Wofür denn fertig? Und wieso schraubst du dieses Ding ab?«

»Ich kann die Flasche und den Ständer ja schlecht mit nach Hause nehmen, oder?«

»Nach Hause?« Karre glaubte, sich verhört zu haben. Hatte Viktoria nun endgültig den Verstand verloren? »Wie kommst du denn darauf, dass du nach Hause gehst?«

»Hör zu, es macht überhaupt keinen Unterschied, ob ich hier im Bett liege, oder zu Hause auf der Couch. Außer, dass es da deutlich gemütlicher ist. Sie haben alles untersucht, was sie untersuchen wollten. Röntgen, CT und so weiter. Alles fertig. Also, was ist? Nimmst du mich mit?«

»Auf gar keinen Fall.«

»Gut, dann nehme ich ein Taxi.«

»Jetzt hör auf rumzuspinnen. Du nimmst mit Sicherheit kein Taxi. Ich rufe jetzt einen Arzt.«

»Die haben keine Sprechstunde.«

Sie kam ihm vor wie ein kleines Mädchen, das nicht einsehen wollte, seinen Willen dieses Mal ausnahmsweise nicht durchsetzen zu können. »Dann eben eine Schwester.«

Sie sah ihn mit entschlossenem Blick an und er hatte keinen Zweifel, dass sie es ernst meinte. »Im Kleiderschrank müssten meine Sachen sein, kannst du bitte mal nachsehen? Und dann gib mir ein paar Minuten, um mich anzuziehen.«

»Du kannst doch hier nicht einfach abhauen«, sagte er, während er ihre Sachen aus dem Schrank nahm und auf ihr Bett legte.

Sie warf ihm einen verschwörerischen Blick zu. »Das werden wir ja sehen.«

*

Gute vierzig Minuten später stellte der als Fluchthelfer missbrauchte Hauptkommissar seinen Wagen vor dem Haus ab, in dem Viktoria zusammen mit Maximilian wohnte. Mehr als einmal hatte er verflucht, sich überhaupt auf ihren dämlichen Fluchtplan eingelassen zu haben. Viktoria gehörte ins Bett. In ein Krankenhausbett, um genau zu sein.

Er schaltete den Motor ab und blickte hinaus in die Dunkelheit, die hier draußen am See intensiver war, als weiter oben in der Stadt.

Nach einem Moment beiderseitigen Schweigens fragte Viktoria, ohne ihn anzusehen: »Wie siehtˊs aus, kommst du noch mit auf einen Absacker? Ich glaube, ich kann jetzt noch nicht sofort ins Bett.«

»Das solltest du aber. Dringend.«

»Ich weiß, aber ehrlich gesagt möchte ich jetzt nicht alleine sein.« Sie sah ihn an. »Komm, nur ein paar Minuten?«

Ein flüchtiger Blick auf die Uhr im Armaturenbrett verriet ihm, dass es bereits kurz nach Mitternacht war. In wenigen Stunden würde ein neuer Arbeitstag beginnen. Und für Karim und ihn gab es nach den schrecklichen Ereignissen dieses Abends mehr als genug zu tun. Dennoch war er eigentlich froh über Viktorias Einladung. Sie würde der eigenen Rückkehr in seine einsamen vier Wände einen letzten Aufschub gewähren.

»Also gut, aber nur kurz. Morgen früh ruft schließlich die Pflicht. Das heißt, du wirst zu Hause im Bett bleiben und dich auskurieren.«

»Aber ...«

»Karim und ich kommen schon klar«, unterbrach er sie.

Sie nickte kaum merklich und stieg aus dem Wagen.

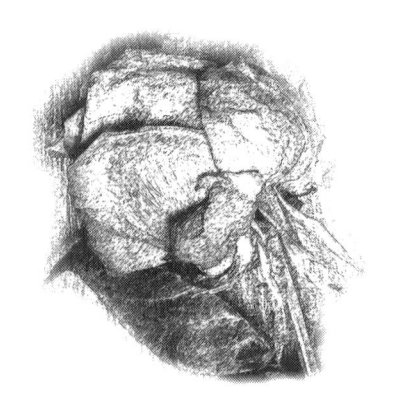

KAPITEL 41

Martin Redman krallte sich an dem leeren Kaffeebecher fest und starrte gebannt auf die sich langsam öffnende Tür. Ein schmaler Lichtstreifen fiel auf den mit Teppich ausgelegten Fußboden, schnitt blitzend wie eine das Sonnenlicht reflektierende Messerklinge durch die Dunkelheit. Für einen kurzen Augenblick erkannte er die Silhouetten, die sich in sein Hotelzimmer schoben, bevor sich die Tür hinter ihnen schloss.

Stille. Schwärze. Nichts. Die Welt schien für zwei oder drei Sekunden in Dunkelheit zu versinken. Dann erstrahlte der Raum im gelblichen Licht der eingeschalteten Deckenleuchte.

Obwohl sie ihn in seinem Versteck nicht sehen konnten, raste sein Puls beim Anblick der Männer, die sich nun direkt auf ihn zu bewegten. Derjenige der beiden, der das Zimmer zuerst betreten hatte, zog etwas unter seinem khakigrünen Parka hervor. Martin schluckte, denn was er schon seit geraumer Zeit befürchtet hatte, wurde nun zur Gewissheit. Zwar war er kein Experte in Sachen Schusswaffenbestimmung, aber das Ding war ohne jeden Zweifel ein Revolver. Und dank des Konsums diverser Krimis und Thriller wusste er auch, worum es sich bei dem länglichen Aufsatz handelte, der dem Lauf der Waffe ein ungewöhnlich langes und leicht unförmiges Aussehen verlieh.

»Ein Schalldämpfer«, murmelte er und stellte den Kaffeebecher neben sich ab, ohne seinen Blick von den beiden ungebetenen Gästen zu lösen. Er hielt die Luft in der Hoffnung an, eine eventuelle Unterhaltung auf diese Weise besser verstehen zu können.

»Sieht aus, als wäre der Vogel ausgeflogen«, sagte der Mann im Parka, der sein dunkles Haar länger und streng bis hinter die Ohren nach hinten gekämmt trug, was ihm in Verbindung mit seinem spitzen Gesicht Ähnlichkeit mit einer Ratte verlieh. »Los, wir durchsuchen das Zimmer, vielleicht haben wir Glück und er hat es hier irgendwo versteckt.« Schon hatte er die Matratze des Bettes gepackt, angehoben und zur Seite gekippt.

Martin erkannte die Stimme mit dem ausländischen Akzent sofort wieder. Sie gehörte dem Telefonmann, der ihn angerufen und über Stellas Entführung informiert hatte. Sie hatten ihn also tatsächlich gefunden. Aber wie war das möglich? War Stella doch unbemerkterweise verfolgt worden, als sie zu ihm ins Hotel gekommen war? Ein eisiger Schauer jagte über seinen Rücken, als er an die zweite Option dachte, die angesichts ihrer Entführung aber wohl die wahrscheinlichere war. Hatten sie Stella gefoltert, bis sie ihnen schließlich seinen Aufenthaltsort verraten hatte?

»Das kannst du dir sparen.« Der andere, ein kräftiger Kerl in blauen Jeans und Lederjacke, war vor dem im Eingangsbereich montierten Kleiderschrank stehengeblieben, hatte die Türen aufgerissen und starrte hinein. »Der kleine Scheißer hat uns gelinkt. Der hat hier nie gewohnt.«

Martin stieß einen leisen Fluch aus und beobachtete, wie der Typ im Badezimmer verschwand.

»Nichts! Absolut nichts!«, hörte er dessen Stimme von weiter weg. »Nicht mal ne Zahnbürste.«

»Scheiße!«, fluchte das Rattengesicht. »Und jetzt?«

»Hauen wir ab. Hier können wir nichts ausrichten.«

»Was glaubst du, was der Boss dazu sagt?«

Martin registrierte das leichte Ruckeln des übertragenen Bildes, ein Effekt, den er auf die nicht ausreichende Bandbreite des an seinem Aufenthaltsort verfügbaren Mobilfunknetzes zurückführte.

»Ihm wird nichts anderes übrigbleiben, als jetzt endlich …«

Das Bild stockte erneut. Kein Ton.

»Mist!«, fluchte Martin, der gerne mehr über den Plan-B des Duos erfahren hätte. Wütend schlug er mit der geballten Faust auf die Tischplatte.

Auch dieses Mal dauerte die Störung nur wenige Sekunden. Dann färbte sich der Bildschirm des Laptops schwarz. Die Konturen des Zimmers erschienen erst wieder, als sich die Zimmertür öffnete und die beiden Männer im einfallenden Licht hinaus in den Flur traten. Hinter ihnen schloss sich die Tür und es ward erneut dunkel.

Martin lehnte sich zurück und vergrub das Gesicht in seinen Handflächen. Das laute Gurgeln der Kaffeemaschine signalisierte, dass das Wasser vollständig durchgelaufen war, doch er ignorierte es. Während der letzten Tage und Nächte hatte er ohnehin viel zu viel Koffein zu sich genommen, was weder seinem Nervenkostüm noch seinem Magen sonderlich gut bekommen war.

Dabei bot das Segelboot seines Vaters den perfekten Zufluchtsort. Seit seinem Verschwinden lag es mehr oder weniger unangetastet im Yachthafen Haus Scheppen auf dem Baldeneysee. Gelegentlich war Martin hingefahren und hatte nach dem Rechten gesehen, herabgefallenes Laub von dem allmählich verwitternden Teakdeck entfernt und dann und wann den Kampf gegen den Grünspan aufgenommen. Vor einigen Tagen war er dann auf das Boot gezogen, wobei er bei seinem Einzug peinlichst darauf geachtet hatte, nicht beobachtet zu werden.

Ein Stück Treibholz, das sich in den unter dem Boot wuchernden Wasserpflanzen verfangen hatte, schlug in regelmäßigen Abständen gegen den Rumpf und verursachte ein dumpfes Geräusch, das inzwischen eine ähnlich beruhigende Wirkung auf Martin hatte, wie das Ticken der neben einem der Kajütenfenster hängenden Uhr.

Die Idee, das Hotelzimmer für ein Ablenkungsmanöver zu nutzen, war ihm gekommen, als er nach einem geeigneten Ort gesucht hatte, um sich mit Stella zu treffen. Selbst sie hatte er in dem Glauben gelassen, dass er sich dorthin zurückgezogen hatte.

In Wahrheit jedoch hatte er das für mehrere Tage gebuchte Zimmer direkt nach ihrem Treffen wieder verlassen, ein BITTE-NICHT-STÖREN-Schild von außen an die Türklinke gehängt und war auf das Boot zurückgekehrt. Hier verbrachte er den Großteil des Tages damit, Kaffee in sich hineinzuschütten, das Hotelzimmer mittels der unter dem Fernseher installierten Webcam zu observieren - und auf einen Anruf von Stellas Entführern zu warten.

Sein Herz klopfte noch immer bis zum Hals, war er doch davon überzeugt, soeben nicht nur Stellas Entführer, sondern auch die Mörder seiner beiden Nachmieter live und in Farbe beobachtet zu haben. Er überprüfte, ob das System die Aufnahme ordnungsgemäß auf der Festplatte seines Rechners gespeichert hatte. Positiv.

Eigentlich müsste er das Material umgehend diesem Karrenberg und seinen Leuten übergeben. Andererseits hatten die Entführer ihn eindringlich davor gewarnt, die Polizei einzuschalten, wenn er Stella lebend wiedersehen wollte.

Er verfluchte den Moment, in dem ihm die Idee gekommen war, die Daten auf den Firmenservern der Kanzlei zu verschlüsseln, damit sie die Beweise nicht vernichten konnten, falls sie den Datendiebstahl doch bemerkten. Warum hatte er es nicht bei ihrem ursprünglichen Plan belassen, heimlich Kopien der Informationen aus dem System der Kanzlei anzufertigen und sie der Presse zu übergeben. Dieser Aasgeier Barkmann hätte einen wunderbaren Artikel veröffentlicht und das damit verbundene Echo in der Öffentlichkeit hätte automatisch die Ermittler auf den Plan gerufen. Stella und er wären fein rausgewesen, ohne dass irgendjemand sie verdächtigt hätte und ihr Racheplan wäre voll aufgegangen. Komplikationslos.

Hätte. Hätte. Hätte.

Und dann war da noch die Sache mit dem Geld. Ja, er hatte mehr gewollt. Hatte sich und seine Fähigkeiten überschätzt und war seinem eigenen Größenwahn zum Opfer gefallen. Er hatte alles auf eine Karte gesetzt, hatte das Risiko in Kauf genommen und sie beide der Gefahr ausgesetzt, entdeckt zu werden. Aber Stella wusste von all dem nichts. Es war einzig und allein seine Schuld, dass seine Halbschwester in Lebensgefahr schwebte. Da erschien es ihm nur recht und billig, dass er alleine zusah, wie er sie da wieder rausbekam.

*

Er stand auf der Terrasse und sah zu dem nahegelegenen Seeufer hinüber. Die Silhouetten der Bäume bildeten eine Schattenwand, die sich dunkel gegen den schwarzblauen Sternenhimmel abhob. Die Stille der Nacht wurde nur durch das unermüdliche Quaken tausender und abertausender Frösche gestört. Aus der Krone eines Baumes stieg ein Vogel auf. Vermutlich ein Graureiher, dachte Karre, während er dem Tier gedankenverloren hinterherblickte, das mit sanften aber deutlich hörbaren Flügelschlägen in der Dunkelheit verschwand.

Er fuhr herum, als er hinter sich ein Geräusch hörte. Viktoria hatte die Terrassentür mit dem Ellenbogen aufgestoßen, eine Flasche Wein nebst Glas sowie ein großes Glas Wasser auf einem Tablett balancierend.

»Hier draußen kann man´s aushalten, oder?«, fragte sie, während sie das Tablett auf der Glasplatte des Rattan-Tisches abstellte.

»Es ist traumhaft schön. Und die Luft ist herrlich. Bei weitem nicht so stickig wie oben in der Stadt. Darf ich?« Er deutete auf die Flasche.

Sie nickte. »Eigentlich soll man Rotwein ja nicht aus dem Kühlschrank trinken, aber ich mag ihn so. Vor allem bei diesem Wetter. Ich hoffe, es stört dich nicht? Ich kann auch einen aus dem Keller holen.«

»Nein, lass mal gut sein. Eigentlich sollte ich ohnehin nicht hier sein. Du gehörst ins Bett.« Er schenkte sich ein. Große und kleine Luftblasen entstanden an der Oberfläche, als sich die violett-rote Flüssigkeit in das bauchige Glas ergoss.

Sie griff nach dem Wasserglas. »Es tut mir zwar in der Seele weh, aber ich glaube, die Medikamente, die sie mir ihm Krankenhaus gegeben haben, wären in Verbindung mit Alkohol eine toxische Mischung.«

»Auf Götz.«

»Auf Götz. Ich kann noch immer nicht glauben, was heute passiert ist.« Die Gläser schlugen leicht gegeneinander und Viktoria zuckte unwillkürlich zusammen, als das leise Klirren sie an das Splittern der Wagenfenster erinnerte.

»Mir geht es genauso.« Mit geschlossenen Augen inhalierte er das Bouquet des Weines. Obwohl er kein besonderer Kenner war und sich auch mitnichten für einen solchen hielt, glaubte er, die Aromen von Vanille und Beeren zu erkennen. »Er ist perfekt. Eigentlich viel zu schade, um als Betäubungsmittel missbraucht zu werden.«

»Maximilian liebt diesen Wein. Aber er macht immer einen riesen Aufstand, wenn ich das Zeug kaltstelle. Perlen vor die Säue hat er neulich gesagt.«

»Nicht gerade charmant.« Er stellte das beschlagene Glas zurück auf den Tisch, während er Viktoria das Wasserglas reichte. Seine Kollegin hatte sich auf eine der Sonnenliegen gelegt und starrte mit leerem Blick in die Dunkelheit. »Du kennst ihn doch. Er meint es nicht böse, aber er kann eben nicht aus seiner Haut.«

»Du meinst aus der Haut, in die seine Eltern ihn hineingepfercht haben?«

»Eigentlich nur seine Mutter. Stephan ist da deutlich entspannter. Aber ihr ist Maximilian in gewisser Weise hörig.«

»Stephan?«

»Mein angehender Schwiegerpapa.« Sie lächelte, aber es wirkte nicht echt, sondern irgendwie verkrampft.

»Hast du dich inzwischen an den Gedanken gewöhnt?«

Sie trank einen großen Schluck Wasser und stellte das Glas ab. »Ach was. Ich habe überhaupt keine Zeit, mich in Ruhe mit dem Thema auseinanderzusetzen. Nachdem unsere Eltern davon erfahren haben, ist meine Mutter völlig durchgedreht. Es vergeht kein Tag, an dem sie nicht irgendwelche Zeitschriften, Prospekte oder Broschüren anschleppt. Und meiner lieben Schwiegermutter in spe kann es auch nicht pompös genug sein. Ich glaube, sie würde am liebsten die komplette Planung übernehmen und alles so ausrichten, wie sie es sich vorstellt. Wie sie es sich bei ihrer eigenen Hochzeit damals gewünscht hätte«, präzisierte sie.

»Damals hatten sie noch nicht so viel Geld?«

»Nein. Die Kanzlei hat Stephan erst später aufgebaut. Und ganz ehrlich: Dafür gebührt ihm mein voller Respekt. Aber ich stehe eben nicht so auf dieses ganze Tamtam. Immer schön zeigen, was man hat und so. Magst du noch?«, fragte sie mit einem Blick auf sein leeres Glas.

»Ja, aber wirklich nur einen Schluck. Ich muss langsam los, es ist schon verdammt spät.«

»Was hat eigentlich die Durchsuchung dieses Clubs ergeben?«, wechselte sie das Thema, während Karre sich nachschenkte.

»Der Laden war so sauber, dass es fast den Anschein macht, als hätten sie mit unserem Besuch gerechnet. Nicht mal die beiden Affen am Eingang haben Ärger gemacht. Der Geschäftsführer war natürlich ziemlich stinkig.«

»Geschäftsführer? Was ist mit dem Eigentümer?«

»Irgendeine Offshore-Firma in der Karibik. Den Namen

des Inhabers kennt er nicht. Zumindest behauptet er das.«

»Was ist mit diesem Sergei?«

»Den Namen hat er angeblich nie gehört.«

»Also doch nur ein Kunde?«

»Kann sein. Oder er verschweigt es ganz bewusst, weil der Typ für ihn die Drecksarbeit erledigt.«

Sie redeten noch einmal ausführlich über die Ereignisse des Abends, insbesondere natürlich über Götz Bonhoff, dessen hinterbliebene Frau und deren schwerkranke Tochter Isabell. Eine knappe Stunde später saßen sie noch immer auf der Terrasse, das Froschkonzert im Hintergrund schien lauter denn je.

»Hören die eigentlich nie auf?«, fragte Karre und goss den letzten Schluck Wein aus der Flasche in sein Glas.

»Doch.« Und nach einer kurzen Pause fügte sie hinzu: »Im September.«

»Wenn das so ist, kannst du ihnen ja noch eine Weile zuhören. Stört dich das nicht? Ich weiß von Menschen, die wegen ein paar Fröschen im Gartenteich ihrer Nachbarn vor Gericht gezogen sind.«

»Wenn jemanden so etwas stört, sollte er besser nicht an einen See ziehen. Ich find´s toll. Wir schlafen im Sommer meistens mit offenen Fenstern und ich liege stundenlang wach und höre den kleinen Quälgeistern zu. Insofern hast du vielleicht sogar recht: Es bringt mich manchmal um den Schlaf. Auf der anderen Seite kommen mir dabei die besten Ideen. Ich glaube, mir ist schon so manch guter Gedanke nur mit Hilfe meiner kleinen grünen Freunde gekommen.« Sie sah ihn an. »Und natürlich mit meinem zauberhaften Team. Verzeihung, mit deinem Team.«

»Natürlich.« Es klang ironischer, als er beabsichtigt hatte.

»Doch. Wirklich.«

In diesem Moment fand er, dass sie wie ein junges Mädchen klang und nicht wie die erfahrene Kommissarin, die sie tatsächlich war. Er sah sie an, aber sie bemerkte seinen Blick nicht. Ihre Augen waren hinaus auf den in der Finsternis liegenden See gerichtet. Flirtete sie mit ihm? Er stellte sich die Frage im Geiste, verwarf den Gedanken aber ebenso schnell wieder, wie er gekommen war.

»Danke, dass du mich da rausgeholt hast. Ich glaube, im Krankenhaus wäre mir heute Nacht die Decke auf den Kopf gefallen. Im Moment habe ich das Gefühl, mir steigt das alles über den Kopf. Das heute Abend ... mit Götz ...«

»Du hast dir nichts vorzuwerfen.«

»Trotzdem.« Sie wischte sich die Tränen aus den Augen. »Dagegen sind meine Probleme mit Maximilian so unglaublich banal. Und dann das mit Hanna. Es geht mir wirklich verdammt nah. Ich mag sie sehr.«

»Ich weiß. Möchtest du darüber reden? Über Maximilian, meine ich.«

»Zur Zeit ist das alles so ...« Sie suchte das richtige Wort. »Kompliziert. Ja, ich glaube, das ist es. Kompliziert. Und sein Antrag hat es nicht besser gemacht. Verstehst du mich? Während ich immer wieder darüber nachdenke, ob wir überhaupt noch zusammenpassen und alles in Frage stelle, macht er mir einen Heiratsantrag. Ach Karre, was läuft da schief?«

Er stand auf und setzte sich auf den Rand ihrer Liege. Sie lehnte sich an seine Schulter und er sah, dass sich auf ihren Armen eine leichte Gänsehaut gebildet hatte.

»Ich habe das Gefühl, dass mein Privatleben total aus den Fugen gerät. Dabei haben Maximilian und ich kaum etwas, was man überhaupt als privat bezeichnen könnte. Er arbeitet von morgens früh bis tief in die Nacht in der Kanzlei oder fliegt zu irgendwelchen Klienten durch die Weltgeschichte. Und ich habe ja auch nicht gerade einen

Nine-to-five-Job.

Und wenn es dann zu Hause auch nur um Karriere, Geld und das Hochzeitsfest der Superlative geht, dann schnürt mir das einfach die Luft ab. Verstehst du das? Oder bin ich dem Ganzen nur nicht gewachsen? Ist das die ganz normale Panik? Im Moment habe ich das Gefühl, allmählich verrückt zu werden.«

Statt auf ihre Fragen einzugehen, antwortete er mit einer Gegenfrage: »Liebst du ihn?«

Sie blickte ihn überrascht an. »Bitte?«

»Ob du ihn liebst.«

»Natürlich.«

»Was ist es dann?«

»Ich weiß einfach nicht, ob er noch zu mir passt. Ob wir noch zueinander passen. Er ist so anders geworden, seitdem er mit dem Studium fertig ist und in seinem Job durchstartet. Er setzt plötzlich ganz andere Prioritäten. Früher waren wir zwei Rebellen. Die Kinder aus reichen Familien, die mit diesem ganzen Gedöns nichts am Hut hatten. Die einfach ihr Ding gemacht haben. Wir hatten Spaß und haben die Zeit genossen. Aber es kommt mir so vor, als hätte er das alles vergessen. Als hätte ihn jemand einer Gehirnwäsche unterzogen. Und jetzt sitze ich hier und heule dir die Ohren voll, obwohl du wahrhaftig andere Sorgen hast, als das verkorkste Liebesleben deiner Kollegin. Tut mir leid.« Und bevor er etwas erwidern konnte, fügte sie hinzu: »Komm, lass uns reingehen, mir ist kalt.«

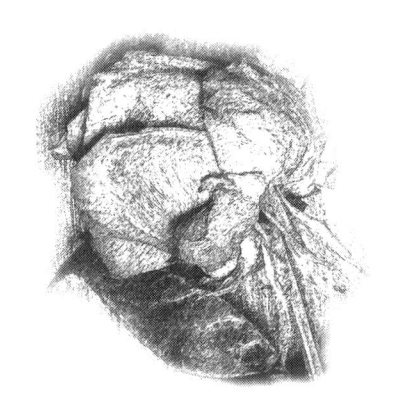

KAPITEL 42

Er erwachte, als er das Vibrieren des Handys unter der Decke spürte. Schlaftrunken und mit dem leichten Anflug dumpfer Kopfschmerzen öffnete er die Augen, was trotz der heruntergelassenen Rollläden nur unter Qualen gelang. Unter der Bettdecke tastete er nach dem kleinen Gerät, bis er es schließlich zwischen seinen Fingern spürte. Behutsam zog er es aus der schmalen Ritze zwischen den Sofakissen.

»Ja?« Seine Stimme klang kratzig und heiser.

»Wer ist da bitte?« Die Stimme am anderen Ende der Leitung klang nicht minder strapaziert, als seine eigene. Allerdings vermochte er nicht mit Sicherheit zu sagen, ob der Anrufer ebenfalls eine alkoholreiche, dafür aber umso schlafärmere Nacht hinter sich hatte, oder ob er einfach nur an schlechter Laune litt.

»Das sollten Sie eigentlich wissen. Schließlich haben Sie mich angerufen und nicht umgekehrt.«

»Ich habe Sie nicht angerufen, ich habe ...« Er sprach den Satz nicht zu Ende. »Ich verstehe«, sagte er stattdessen und legte auf.

Karre, der im Gegensatz zu seinem Gesprächspartner überhaupt nichts verstand, schloss die Augen, ließ sich zurück auf das Sofa sinken und lauschte für einen kurzen Augenblick dem weit entfernten Rauschen des Wassers – und war mit einem Mal hellwach. Wie von der Tarantel gestochen richtete er sich auf und sah sich um.

Er war nicht zu Hause. Als die Erkenntnis ihn traf, brach ihm augenblicklich der Schweiß aus.

»Mist«, murmelte er und ließ seinen Blick durch Viktorias Wohnzimmer schweifen. Eigentlich hatte er sich nur ein paar Minuten ausruhen und dann ein Taxi rufen wollen.

Dann fiel sein Blick auf das weiße iPhone, dass neben ihm auf der Couch lag. Sein eigenes Telefon lag neben seinem Portemonnaie und dem Autoschlüssel auf dem Couchtisch. »Scheiße«, hörte er sich selbst sagen. Denn es bestand nicht der geringste Zweifel, wessen Name sich vor wenigen Minuten in die Liste der angenommenen Anrufe eingereiht hatte.

*

Ihm war klar, dass es nicht okay gewesen war, einfach zu fahren, ohne sich zu verabschieden. Aber er hatte die Situation nicht noch schlimmer machen wollen, indem er zu Viktoria – die offensichtlich gerade unter der Dusche gestanden hatte – ins Obergeschoss gegangen wäre, um ihr sein Telefonat mit ihrem zukünftigen Ehemann zu beichten.

Stattdessen hatte er es vorgezogen, ihr einen Zettel mit einer kurzen Notiz zu hinterlassen. Er hatte sich für den Wein bedankt und sich für die Sache mit dem Anruf entschuldigt. Dann hatte er den Zettel zerrissen und in den Mülleimer entsorgt. Irgendwie kam ihm die Sache mit dem Wein vor, wie das sprichwörtlich ins Feuer gegossene Öl.

Was, wenn Viktoria den Zettel nicht wegwarf und er durch einen dummen Zufall Maximilian in die Hände fiel? Egal wie gut oder schlecht sie die Sache mit dem Telefon erklären konnte, eine solche Nachricht hätte es sicher nicht besser gemacht.

Schatz, es ist nicht so, wie du denkst. Es war nicht das, wonach es aussieht.

Also hatte er einen zweiten Versuch gestartet und sich in seiner Nachricht auf den Anruf von Maximilian beschränkt. Schlimm genug, dass er es Viktoria überließ, die Suppe auszulöffeln, die er ihr eingebrockt hatte. Er schaltete das Autoradio ein und versuchte, sich so gut wie möglich auf den morgendlichen, nur stockend stadteinwärts rollenden Verkehr zu konzentrieren.

Nach einer kurzen Stippvisite in seiner Wohnung und einer kalten Dusche würde er zu Heike Bonhoff fahren, um nach ihr zu sehen und ihr sein Beileid auszusprechen. Außerdem musste er ihr etwas geben. Anschließend würde er sich bei Viktoria entschuldigen.

*

Durch das viele Weinen waren ihre Augen klein und gerötet und die schwarze Bluse ließ ihre Haut noch blasser erscheinen, als sie es ohnehin schon war. Sie stand in der

Tür, gut eineinhalb Köpfe kleiner als er und wirkte noch zierlicher als bei ihrem letzten Aufeinandertreffen. Er versuchte, sich an den Anlass dieses Treffens zu erinnern, bekam es aber nicht mehr zusammen. Auch mit Ende vierzig sah sie noch ausgesprochen attraktiv aus, aber die Sorge um ihre Tochter und der Schock über den tragischen Tod ihres Mannes hatten sie über Nacht um Jahre altern lassen.

»Heike, ich … Es tut mir so unendlich leid«, stammelte er und schluckte schwer, als sich ihre Augen augenblicklich mit Tränen füllten.

»Komm rein«, sagte sie tonlos, trat einen Schritt zur Seite und gebot ihm mit einer knappen Geste, einzutreten.

Wortlos folgte er ihr ins Wohnzimmer. »Magst du einen Kaffee?«

»Mach dir wegen mir keine Umstände.«

»Ich habe gerade welchen für mich gekocht. Dann muss ich ihn wenigstens nicht alleine trinken.« Ehe er widersprechen konnte, verschwand sie in der Küche.

Während er hörte, wie sie im Nebenraum hantierte, sah er sich im Wohnzimmer um. Es musste Jahre her sein, dass er zum letzten Mal bei Bonhoffs zu Hause gewesen war, aber noch immer sah alles so aus, wie in seiner Erinnerung. Er betrachtete das auf einem Sideboard stehende Familienfoto. Seiner Schätzung nach mochte es vielleicht ein oder zwei Jahre alt sein und zeigte eine glückliche Familie, die nichts von den unmittelbar bevorstehenden Katastrophen ahnte.

Zum Glück, dachte er, wissen wir nicht, was auf uns zukommt. Wir erfahren es auch so früh genug. Der mysteriöse Tag X, der für jeden von uns früher oder später kommt, obwohl er in keinem Kalender vorgemerkt ist. Die Kunst besteht darin, die Zeit, die uns bis zu diesem Tag bleibt, so sinnvoll wie möglich zu nutzen. Wie stand es um sein eigenes Leben? Hatte er die Zeit mit Hanna sinnvoll genutzt? War er für sie da gewesen, wenn sie ihn gebraucht hatte? Fragen, die ihn während der letzten Wochen wieder und wieder quälten und auf die er keine Antwort fand. Oder hatte er sie in Wahrheit längst gefunden, war aber zu feige, sie sich einzugestehen und mit den Konsequenzen zu leben?

Heike Bonhoff kam aus der Küche zurück. Sie trug ein Tablett mit zwei Tassen Kaffee, Zucker, Milch und ein paar Keksen vor sich her und stellte es auf dem Esstisch ab. »Komm, setz dich. Du trinkst ihn schwarz, oder?«

»Daran erinnerst du dich?« Ihr Erinnerungsvermögen verblüffte ihn. Er wusste nicht einmal, ob er jemals Kaffee mit ihr getrunken hatte, geschweige denn, ob sie Zucker, Milch oder beides bevorzugte.

»Manches vergisst man einfach nicht, egal, wie lange es her ist.« Sie nahm zwei Löffel Zucker und einen winzigen Schluck Milch. Dann sah sie ihn an. »Danke, dass du gekommen bist.«

»Ich… ich war mir nicht sicher.«

Sie sah ihn fragend an.

»Ob du mich überhaupt sehen möchtest. Ich meine, Götz und ich … in letzter Zeit …«

»Ich weiß, er hat es mir erzählt. Und er hat Verständnis für deine Kritik gehabt. Was er lange Zeit nicht verstehen konnte, war, wie es dir gelingt, mit Hannas Schicksal umzugehen. Er hat gedacht, es perlt einfach so an dir ab. Wie Wasser auf Teflon. Aber nach eurem letzten Gespräch hat sich seine Meinung diesbezüglich geändert. Er wollte, dass euer Verhältnis sich wieder bessert. Er hat wirklich gekämpft, um wieder auf den richtigen Weg zu kommen.«

Karre nickte, wusste nicht, was er erwidern sollte. Er zog das goldene Kreuz aus der Tasche und legte es neben ihrer Kaffeetasse auf den Tisch. »War das sein Weg?«

Sie nickte. »In den letzten Monaten war er ziemlich oft in der Kirche. Nicht im Gottesdienst, sondern einfach nur so. Er hat gesagt, wenn er dort eine Kerze anzündet und mit sich selbst Zwiesprache hält, gibt ihm das neue Kraft.«

»Ich verstehe, was er meint. Viktoria geht Joggen, ich für meinen Teil lege mich auf die Couch und höre Musik. Jeder muss seinen eigenen Weg finden, Kraft zu tanken und mit sich ins Reine zu kommen.«

»Wie geht es Viktoria?«

»Sie ist okay.«

»Wirklich?«

»Ja. Sie hat unglaubliches Glück gehabt. Ganz im Gegensatz zu Götz.«

»Weißt du, wie er gestorben ist? Ich meine, hat er gelitten?«

Ohne über die Antwort nachzudenken schüttelte Karre den Kopf. »Nein, es ging alles sehr schnell.«

»Hätte er…«

»Es verhindern können?«, unterbrach er sie. »Nein, er hatte keine Chance. Aber ich verspreche dir, dass wir dieses feige Schwein jagen und zur Strecke bringen werden. Und wenn er sich in einem Loch am Ende der Welt verkriecht, wir werden ihn finden und ans Tageslicht zerren.«

»Versprich mir, dass ihr auf euch aufpasst. Es dürfen nicht noch mehr Menschen zu Schaden kommen.«

»Mach dir keine Sorgen. Wir passen auf.« Seine Worte kamen ihm in Anbetracht der Situation wie blanker Hohn vor, aber was sonst hätte er ihr sagen sollen?

»Die Beerdigung ist wahrscheinlich nächste Woche. Je nachdem, wann sie seinen Leichnam freigeben.«

»Wir werden da sein.« Er trank einen Schluck Kaffee. »Was ist mit dir? Kommst du zurecht?«

»Ganz ehrlich: Ich weiß es nicht. Im Augenblick habe ich keine Ahnung, wie das alles weitergehen soll. Und wenn die Ärzte kein Spenderherz für Isabell finden und sie auch noch stirbt ... ich glaube, dann weiß ich wirklich nicht, wie ich weitermachen soll.«

»Hey, so etwas darfst du nicht einmal denken.« Er legte seine Hand auf ihre, spürte die Kälte und wie sie am ganzen Körper zitterte.

»Das sagt sich so leicht.« Das ganze Gespräch über hatte sie sich tapfer geschlagen, aber nun konnte sie die Tränen nicht mehr zurückhalten. »Karre«, schluchzte sie. »Danke, dass du gekommen bist, aber ich glaube, ich möchte jetzt lieber alleine sein.«

Sie erhoben sich und gingen gemeinsam zur Haustür. Bevor er aus dem Haus trat, umarmte er sie. »Wenn du irgendetwas brauchst, wir sind alle jederzeit für dich da.«

Sie sah ihn an, während ihr die Tränen in Strömen über die Wangen liefen. »Danke. Euch allen. Vielleicht komme ich darauf zurück. Wir sehen uns bei der Beerdigung?«

»Versprochen.«

Nachdem die Haustür ins Schloss gefallen war, stand er noch eine ganze Weile regungslos da und blickte in den wolkenlosen Himmel. Ein vorbeiziehendes Flugzeug schimmerte silbern im Sonnenlicht wie ein Ufo und zog einen schneeweißen Kondensstreifen hinter sich her. In der Kugelakazie im Vorgarten auf der gegenüberliegenden Straßenseite sang ein Vogel. Es würde ein schöner Tag werden, hatte der Wettermann im Fernsehen gesagt.

Karres Bauchgefühl sagte das Gegenteil.

*

Viktoria und Karim waren die Ersten, die sich in ihrem Büro im Polizeipräsidium einfanden und den neuen Tag mit einem starken Kaffee begannen. Nachdem Viktoria ihm ausführlich von den tragischen Ereignissen des Vorabends berichtet hatte und Karim ihr seine Meinung zu der Tatsache, dass sie trotz ihrer Verletzungen im Büro erschienen war, mehr als einmal deutlich gemacht hatte, saßen sie schweigend da und tranken ihren Kaffee. Jeder hing seinen eigenen Gedanken nach und versuchte, die bösen Geister auf seine Weise zu vertreiben.

Viktoria starrte mit tränengefüllten Augen in den tiefschwarzen Inhalt ihres Kaffeebechers, als das Telefon auf ihrem Schreibtisch klingelte. Nach kurzem Zögern nahm sie den Hörer ab und meldete sich.

»Hallo?« Die Stimme am anderen Ende der Leitung klang unsicher. »Frau von Fürstenfeld?«

»Ja. Wer bitte ist denn da?«

»Ich bin es. Silke Uhlig.«

»Frau Uhlig.« Viktoria war sofort hellwach und setzte sich gerade in ihrem Stuhl auf. Dann schaltete sie das Telefon auf Lautsprecher, so dass Karim mithören konnte. »Was kann ich für Sie tun?«

»Sie … Sie haben doch gesagt … also, dass ich Sie jederzeit anrufen kann.«

»Ja, natürlich. Was gibt es denn? Ist etwas passiert?«

»Es geht um Stella.«

»Ihre Tochter. Was ist mit ihr?«

»Ja. Ich mache mir Sorgen um sie.«

Viktoria runzelte die Stirn und trank einen Schluck Kaffee. »Sorgen? Aber Ihre Tochter ist doch in New York.«

»Ja. Das heißt … vielleicht. Also, ich bin mir da nicht mehr so sicher.«

Viktoria spürte, wie das in ihren Adern zirkulierende Blut begann, das Leben in ihren vor Schmerz und Trauer betäubten Körper zurückzupumpen. »Nicht sicher? Wie kommen Sie darauf? Frau Uhlig, ich verstehe ja, dass …«

»Nein, Sie verstehen nicht. Stella ist vor zwei Tagen geflogen. Das heißt, sie hätte fliegen sollen. Sie hat sich aber nie bei mir gemeldet, dass sie auch tatsächlich dort gelandet ist. Das sieht ihr überhaupt nicht ähnlich.«

»Haben Sie denn versucht, sie anzurufen?«

»Was glauben Sie denn? Unzählige Male. Aber es geht nur ihre Mailbox dran. Ich habe draufgesprochen, aber sie ruft einfach nicht zurück. Und deshalb habe ich gedacht … also, vielleicht könnten Sie ja überprüfen, ob sie tatsächlich in diesem Flieger gesessen hat.«

Viktoria warf Karim einen fragenden Blick zu.

Karim nickte nur und formte mit den Lippen lautlos den Namen *Talkötter*.

»Frau Uhlig, ich werde versuchen, etwas herauszufinden. Ich gebe Ihnen sofort Bescheid, wenn wir etwas gehört haben. Können Sie mir noch die genauen Daten des Fluges geben, den Ihre Tochter nehmen wollte?« Sie notierte sich die Daten, die Frau Uhlig ihr durchgab. Offensichtlich hatte sie sich diese schon vor dem Telefonat zurechtgelegt, denn sie hatte sie auf der Stelle parat.

Einmal mehr wunderte sich Viktoria über die seltsamen Zufälle, die das Leben so mit sich brachte: Stella Uhlig war nicht nur am gleichen Tag in die USA geflogen, wie Maximilian. Sie hatte ein Ticket für denselben Flug gehabt. Ob sie den Flieger allerdings jemals bestiegen hatte, würde sich erst noch zeigen müssen.

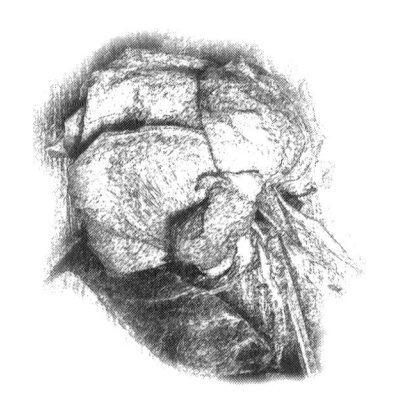

KAPITEL 43

»Und sie hat dir den Schlüssel einfach so gegeben?«, fragte Karim, während Viktoria die Tür zu Stella Uhligs Wohnung mit dem Schlüssel öffnete, den Silke Uhlig ihr kurz zuvor ausgehändigt hatte.

»Sie wollte natürlich dabei sein, wenn wir reingehen, aber ich konnte sie davon überzeugen, dass sie uns erst mal unsere Arbeit machen lässt.«

»Stella Uhlig hat also tatsächlich niemals in diesen Flieger eingecheckt«, brachte Karre die neue Situation auf den Punkt.

»Nein. Ihre Mutter hat den richtigen Riecher gehabt.«

»Ja, gegen Mutterinstinkt sieht auch der scharfsinnigste Ermittler blass aus.« Es hatte knappe zwei Stunden gedauert, bis Jo Talkötter ihnen die Nachricht überbrachte. Er hatte Kontakt mit der Fluggesellschaft aufgenommen und nachdem er sich hinreichend legitimieren konnte, bestätigte die Dame am Telefon, dass kein Passagier mit dem Namen Stella Uhlig für den Flug von Düsseldorf nach New York eingecheckt hatte.

»So weit sieht alles völlig normal aus.« Viktoria wusste nicht, was sie erwartet hatte, aber die Tatsache, dass die Wohnung von Stella Uhlig auf den ersten Blick vollkommen unberührt wirkte, beruhigte und beunruhigte sie gleichermaßen. Hatte die junge Frau ihre Wohnung vor ihrer Abreise nach New York ganz normal verlassen? Warum hatte sie den Flug nicht angetreten? War sie überhaupt am Flughafen angekommen? Und wenn nicht, was war auf dem Weg zwischen ihrem Zuhause und der Abflughalle geschehen?

»Seht mal nach, ob ihr einen Computer oder Laptop findet«, rief sie Karre und Karim zu, während sie sich ein Paar Latexhandschuhe überstreifte. »Bei Kim Seibold und Tobias Weishaupt fehlten augenscheinlich die Rechner. Mich würde interessieren, ob das hier auch der Fall ist.«

»Einen Laptop könnte sie auch einfach mitgenommen haben«, warf Karim ein.

»Stimmt schon, aber Vicky hat recht. Wir sollten zumindest nachsehen, ob wir etwas finden.«

Viktoria betrat das Wohnzimmer. Auch hier konnte sie zunächst nichts Auffälliges feststellen. Alles war tipptop. Offensichtlich hatte Stella vor ihrer vermeintlichen Abreise noch einmal gründlich geputzt und aufgeräumt, was Viktoria gut nachvollziehen konnte, denn sie selbst hasste nichts mehr, als nach einer Reise in ein unaufgeräumtes Haus zurückzukehren.

»Vicky!«, rief Karre vom anderen Ende der Wohnung. Offenbar hielten Karim und er sich gerade entweder in der Küche oder im Schlafzimmer auf. »Geh doch bitte mal ins Bad und guck mal, ob du ein paar Haare findest, die wir Jo zur Analyse in die Kriminaltechnik geben können.«

»Kein Problem! Womit willst du die denn vergleichen?«

»Ich hab da so eine Idee, aber lass mich erst mal machen.«

»Okay, ich schau mal, was ich tun kann.« Sie kehrte zurück in den Flur und betrat das Badezimmer. Es war klein, aber hübsch eingerichtet. Auf den Ablageflächen über dem Badewannenrand standen Kerzen und ein bunter Mix unterschiedlichster Badelotionen, Shampoos, und Spülungen. Auf einem Glasregal unter dem Badezimmerspiegel drängten sich an die zwanzig Parfümflakons dicht an dicht. Notwendige Dinge des täglichen Gebrauchs, wie Zahn- oder Haarbürste, fehlten.

Viktoria öffnete den Deckel des neben dem Waschbecken auf dem Boden stehenden Mülleimers. Es handelte sich um einen kleinen Treteimer aus Edelstahl, aber der Mechanismus, über den sich der Deckel normalerweise per Fußtritt öffnen ließ, war defekt. Sie fluchte leise, als sie den Deckel mit der Hand öffnete, denn Stella hatte ganze Arbeit geleistet und den Müllbeutel vor ihrer Abreise geleert.

In einer der Schubladen des Waschbeckenunterschrankes wurde sie schließlich fündig. Sie öffnete eine Metalldose, die bis zum Rand mit Haargummis und -spangen gefüllt war, an denen sich jede Menge brauchbares Material befand. Sie sammelte einige Haare und verstaute sie in einem der Beweisbeutel aus Polyethylen.

Gerade als sie das Badezimmer verlassen und ins Wohnzimmer zurückkehren wollte, entdeckte sie etwas auf dem Regal unterhalb des Spiegels - halb verdeckt von einer pinkfarbenen Glasflasche mit der Aufschrift *Pure*

Woman. Sie stutzte und spürte, wie sich ihr Puls beschleunigte. Sie versuchte, das, was sie sah, in den Gesamtzusammenhang einzuordnen und eine harmlose Erklärung zu finden, doch es gelang ihr nicht. Schließlich packte sie ihren Fund ebenfalls in einen Beweisbeutel, den sie in ihre Jackentasche gleiten ließ.

Zurück im Wohnzimmer ließ sie sich auf die Couch sinken. Sie musste erst einmal tief durchatmen, bevor sie weitermachen konnte. Während sie dasaß, wanderte ihr Blick über ein Regal mit Büchern. Egal wo sie war, privat oder dienstlich, sie fand es ausgesprochen spannend, sich die Bücher anderer Leute anzusehen. Ein Bücherregal sagte oft mehr über eine Person aus als die meisten anderen Einrichtungsgegenstände. Man musste sich nur ein wenig Zeit nehmen, um zu verstehen, was der Lesegeschmack des Betreffenden über ihn preisgab. Über seine Vorlieben, seine Abneigungen, seinen Charakter.

In Stellas Fall überwog juristische Fachliteratur den belletristischen Teil um ein Vielfaches - gemessen an der Anzahl der Regalböden im Verhältnis sechs zu eins. Neben Gesetzestexten, Interpretationen, Prüfungs- und Referendarliteratur besaß sie mehrere Bände des *»Jahrbuch der Juristischen Zeitgeschichte«* sowie zahlreiche Bücher zu Themen des Wirtschafts- und Steuerrechts. Auf dem einzigen Regal ohne juristische Fachliteratur befanden sich vornehmlich klassische Werke und daneben eine Handvoll Krimis und Thriller.

Ihr Blick blieb an einem Buchrücken hängen, dessen braunes Kunstleder keine Beschriftung trug. Sie stand auf, ging zu der Bücherwand und zog das Buch heraus. Es überraschte sie, in der Wohnung einer jungen Frau auf ein Fotoalbum mit klassischen Papierabzügen zu stoßen, denn meistens existierten Fotos heutzutage nur noch auf Festplatten oder in der Cloud. Bestenfalls in einem gedruckten Fotobuch. Sie setzte sich wieder auf die Couch und schlug das Album auf. Es überraschte sie nicht, dass die Seiten des Buches aussahen, als wären sie wenigstens zwanzig Jahre alt. Vermutlich handelte es sich um ein Album, in das Stellas Mutter Kinderfotos ihrer Tochter eingeklebt hatte, bevor sie es irgendwann ihrer Tochter übergeben hatte. Auch Viktoria besaß ein ähnliches Album, das ihre gesamte Kindheit bis zum Abitur zusammenfasste.

Was sie jedoch stutzig machte, war die Tatsache, dass direkt auf der ersten Seite ein Foto fehlte. Offensichtlich hatte es jemand aus dem Buch herausgerissen, denn man sah deutlich die Spuren, die der Kleber auf dem Papier hinterlassen hatte. Behutsam blätterte sie weiter. Auf jede Papierseite folgte ein Pergamentblatt, das verhindern sollte, dass die Fotos der gegenüberliegenden Seiten aneinanderklebten.

Seite für Seite blätterte Viktoria durch die Kindheit von Stella Uhlig. Beginnend als Baby, über das Kindergartenalter bis hin zur Schulzeit. Geburtstage, Zoobesuche. So weit, so gut. Was sie sah, waren durchschnittliche Momentaufnahmen einer normalen Kindheit. Aber es gab etwas, das überhaupt nicht zu ihren bisherigen Erkenntnissen passte.

»Karre, Karim! Kommt mal her! Ich glaube, ich habe hier was!«

Die beiden Kollegen betraten den Raum und ließen sich rechts und links neben ihr auf der Couch nieder.

»Was ist das?«, fragte Karim. »Ein Fotoalbum?«

»Ja. Eigentlich nichts Besonderes. Aber schaut mal hier.« Sie blätterte durch die Seiten.

»Aber das ist doch ... Ich dachte, Silke Uhlig hätte Stella alleine großgezogen. Aber das sind ja nur Fotos mit ...«

»Ihrem Vater. Exakt.« Viktoria vollendete Karims Satz.

»Der Mann auf den Fotos ist niemand anderes als Oliver Redmann. Stellas leiblicher Vater.«

»Aber Silke Uhlig hat doch gesagt ...«

»... dass Stella nichts von ihrem Vater wusste, bis er vor drei Jahren verschwunden ist.« Karre rieb sich nachdenklich das Kinn. »Vielleicht hat sie uns die halbe Wahrheit gesagt und Stella wusste nicht, dass der Mann an der Seite ihrer Mutter tatsächlich ihr Vater ist? Vielleicht hat sie ihn all die Jahre für den Freund ihrer Mutter gehalten?«

»Auf jeden Fall hat der liebe Herr Redmann bis zu seinem Verschwinden ein regelrechtes Doppelleben geführt. Ob Monika Redmann auch mehr darüber weiß, als sie uns gegenüber zugegeben hat? Und hier, seht euch das an.« Sie blätterte zurück auf die Seite mit dem fehlenden Bild. »Ich denke, es ist nicht schwer zu erraten, welches Foto auf dieser Seite geklebt hat, oder?«

»Das Paris-Bild, das wir in Martin Redmanns Zimmer gefunden haben?«

»Bingo!«

»Blätter doch mal bis zum Ende. Vielleicht kommt ja noch was Spannendes.«

Viktoria kam der Bitte ihres Chefs nach und ging das Album bis zum Ende durch. Auf der letzten Seite hielt sie inne und starrte mit weit geöffneten Augen auf das, was lose zwischen der Papierseite und dem rückwärtigen Buchdeckel gelegen hatte: auf einen Stapel Zeitungsausschnitte.

»Oh Mann«, murmelte sie. Und zu Karre gewandt fügte sie leise hinzu: »Wir waren solche Idioten.«

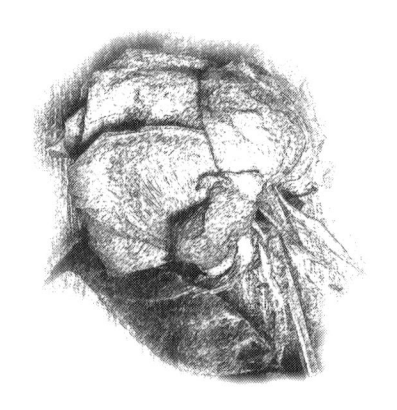

KAPITEL 44

»Also noch mal: Hat irgendjemand von uns jemals hinterfragt, für welche Firma Oliver Redmann bis zu seinem Verschwinden tätig war?« Karre stellte die Frage bereits zum dritten Mal, während er die vor ihnen ausgebreiteten Zeitungsartikel aus der Wohnung von Stella Uhlig auf dem Tisch hin und her schob wie Puzzleteile. Artikel über das Verschwinden von Oliver Redmann bis hin zur formellen Erklärung seines Todes. Und Artikel über den mysteriösen Unfalltod von Sandra - Karres Exfrau, die ebenfalls für Engelhardt und Partner gearbeitet hatte.

»Nein«, antwortete Karim. Auch er wiederholte sich. »Bisher gab es keinen Grund zu der Annahme, dass das Verschwinden von Redmann in irgendeinem Zusammenhang mit unserem Fall und erst recht nicht mit Sandras Unfall steht. Und wenn du in dieser Hinsicht fair zu dir selbst wärst, würdest du das auch erkennen. Wir hatten keinerlei Anhaltspunkte, dass die Ereignisse der letzten Tage in irgendeinem Zusammenhang mit der Kanzlei von Vickys Schwiegereltern stehen.«

»Noch sind es nicht meine Schwiegereltern«, entgegnete die Kommissarin gereizt.

»Wie auch immer. Dass es diesen Zusammenhang gibt, haben wir doch nur durch die Zeitungsausschnitte in Stella Uhligs Wohnung gemerkt.«

»Das ist ja genau das, wovon ich rede. Sie hat es erkannt. Wir nicht.«

»Jetzt mach aber mal einen Punkt!«, erwiderte Karim ungewohnt verärgert. »Sie hat es nur deshalb gemerkt, weil sie das Verschwinden ihres Vaters untersucht und dabei offenbar festgestellt hat, dass er nicht der Einzige war, der im Umfeld dieser Kanzlei auf zumindest hinterfragenswürdige Art und Weise verschwunden oder gestorben ist.«

»Es ist gar nicht gesagt, dass das alles nicht nur ein dummer Zufall ist. Ich meine, es muss überhaupt nicht in Zusammenhang mit *Engelhardt & Partner* stehen.« Viktorias Versuch, die Diskussion in eine andere Richtung zu lenken, wirkte halbherzig und besaß wenig Nachdruck.

»Ich wäre ja vielleicht sogar bei dir, wenn wir in der Wohnung nicht auch das hier gefunden hätten.« Er warf eine Kopie des Anstellungsvertrages von Stella Uhlig auf den Tisch. »Und auch das hat keiner von uns hinterfragt, nachdem ihre Mutter angeblich keine Ahnung hatte, bei welchem Unternehmen ihre Tochter arbeitet. Die nicht wusste, dass sie in derselben Firma angeheuert hat, bei der schon ihr Vater zur Zeit seines Verschwindens tätig war. Oder es nicht wissen wollte. Aber Vicky, vor diesem

Hintergrund musst auch du zugeben, dass das verdammt noch mal nicht nach einem bloßen Zufall aussieht. Auch wenn es mir wirklich leidtut, aber ich glaube mehr denn je, dass mit diesem Laden etwas nicht stimmt. Und ich finde auch heraus, was das ist. Wollt ihr meine Hypothese hören?«

»Ich denke, wir kommen nicht drumherum, oder?«, fragte Viktoria und erntete einen bitterbösen Blick ihres Chefs.

»Nein, kommt ihr nicht. Aber vorher fahre ich zu Silke Uhlig. Ich bin mal gespannt, was sie dazu zu sagen hat. Wir treffen uns um drei wieder hier.«

»Und was machen wir solange?«, fragte Karim.

»Keine Ahnung. Geht Mittagessen.«

Viktoria sah Karim an. »Gute Idee, ich hab Hunger. Worauf hast du Lust?«

»Egal, Hauptsache keine Currywurst.«

*

Karre stocherte lustlos mit der Gabel in seinen Spaghetti Aglio herum, während Silke Uhlig ihn konzentriert musterte. Auch sie hatte weder ihren Insalata Capricciosa noch ihr stilles Wasser angerührt.

»Eigentlich dachte ich, Sie wollten sich mit mir treffen, um mir zu sagen, dass sie meine Tochter gefunden haben.«

Er hatte Stellas Mutter im Büro angerufen und sie gebeten, sich mit ihm zum Mittagessen außerhalb der Büroräumlichkeiten zu treffen. In ihrem Büro-Outfit, mit den streng frisierten Haaren und entsprechender Schminke wirkte sie deutlich älter und seriöser als bei ihrem letzten Zusammentreffen.

»Tut mir leid, aber im Augenblick wissen wir nicht, wo

ihre Tochter ist. Aber sie hatten recht, was den Flug nach New York angeht. Sie hat nicht eingecheckt. In ihrer Wohnung deutet allerdings alles darauf hin, dass sie abgereist ist.«

Ihr linkes Augenlid begann nervös zu zucken. »Und was denken Sie, was passiert sein könnte?«

Karre schüttelte den Kopf. »Im Augenblick könnten wir nur spekulieren und das würde uns allen nicht weiterhelfen. Aber es gibt etwas anderes, über das ich mit Ihnen sprechen muss. Etwas, das möglicherweise in unmittelbarem Zusammenhang mit dem Verschwinden Ihrer Tochter steht.«

Sie sah ihn an, während sie nun doch nach ihrem Wasserglas griff, es an die dunkelrot geschminkten Lippen führte und daran nippte.

»Sie haben uns angelogen«, fuhr Karre fort, nachdem sie das Glas zurück auf den Tisch gestellt hatte.

Sie schwieg weiterhin.

»Sie haben uns erzählt, dass Ihre Tochter nichts von ihrem Vater wusste.«

»Das war nicht gelogen, jedenfalls nicht so ganz.«

Karre ahnte, was kommen würde.

»Bis sie sechzehn war, hatte sie keine Ahnung, dass Oliver ihr leiblicher Vater ist. Wir haben zwar immer wieder Zeit miteinander verbracht, aber Oliver war für Stella nicht mehr als der Freund ihrer Mutter. Wir haben ihr erzählt, Oliver arbeite in einer anderen Stadt und wir könnten uns deswegen nicht so oft sehen. Nach ihrem sechzehnten Geburtstag haben Oliver und ich uns allerdings dazu entschieden, es nicht länger vor ihr geheim zu halten.«

»So etwas in der Art dachte ich mir schon. Und was ist mit ihrem Halbbruder? Seit wann weiß sie von Martin?«

»Ich habe es ihr gebeichtet, nachdem ich auch mit Monika Redmann gesprochen hatte. Nachdem Oliver offiziell für tot erklärt worden war. Sie war ziemlich wütend und es hat eine ganze Weile gedauert, bis wir wieder normal miteinander reden konnten.«

»Das kann ich mir vorstellen. Sie haben Ihre Tochter tief verletzt.«

»Glauben Sie, das wäre mir nicht bewusst? Aber was hätte ich machen sollen? Ich habe immer auf den richtigen Zeitpunkt gewartet.«

»Für manches im Leben gibt es keinen richtigen Zeitpunkt. Je länger man wartet, desto schwieriger und komplizierter wird es.«

Silke Uhlig nickte, ohne etwas zu erwidern.

»Warum haben Sie uns das alles nicht bei unserem ersten Gespräch gesagt? Vielleicht hätten wir die Zusammenhänge dann viel früher gesehen. Warum haben Sie uns verschwiegen, dass Stella ihren Vater kannte?« Er vermied es, ihr in diesem Zusammenhang vorzuwerfen, dass sie durch ihr Verhalten möglicherweise eine Mitschuld an Stellas Verschwinden trug.

»Ehrlich gesagt, kann ich Ihnen das nicht einmal sagen. Aus irgendeinem Grund habe ich gedacht, es wäre besser für alle. Es heißt doch, man soll nicht schlecht über die Toten sprechen. Und wenn ich Ihnen davon erzählt hätte, wäre das Doppelleben, das Oliver über Jahre geführt hat, ans Licht gekommen.«

»Wie hat er das überhaupt hinbekommen? Ohne, dass seine Ehefrau etwas davon mitbekommen hat, meine ich.«

»Können Sie sich das nicht vorstellen?« Sie lächelte, aber es war ein trauriges Lächeln. »Überstunden, Dienstreisen, Kundentermine. Es gibt viele Möglichkeiten, an einem fernen Ort zu sein, ohne dass man tatsächlich dort ist. Und seine Frau hat sich nie die Mühe gemacht, seine

Termine zu hinterfragen. Somit hatten wir erstaunlich viel Zeit miteinander.«

»Sie haben ihm also all die Jahre viel bedeutet?«

»Das müssten Sie ihn schon selbst fragen, aber auf mich hat es den Anschein gemacht. Und Stella hat er über alles geliebt. Er war total vernarrt in sie.«

Karre glaubte zu wissen, wie Redmann sich gefühlt hatte, denn mit den Gefühlen eines Vaters zu seiner Tochter kannte er sich aus. »Sie sagten, er habe sie finanziell nie unterstützt.«

Sie blickte zum Nachbartisch, an dem ein Kellner zwei jungen Leuten - vermutlich handelte es sich um Arbeitskollegen, vielleicht waren die beiden aber auch ein Paar oder befanden sich in einer Art Zwischenstadium - gerade ihre Nudeln servierte. »Er hat uns hin und wieder etwas zugesteckt.«

»Hin und wieder?«

Sie blickte zu Boden. »Eigentlich regelmäßig.«

»In bar?«

»Ja, es sollte ja niemand mitbekommen. Er hat mir jeden Monat einen Umschlag mit Geld in die Hand gedrückt.«

»Wie viel?«

»Ist das wirklich relevant für Ihre Ermittlungen?«

Karre schüttelte den Kopf. »Nein, vermutlich nicht. Sie wissen aber schon, dass …«

Sie winkte ab und fiel ihm ins Wort. »Ja, natürlich. Sind Sie auch deswegen hier?«

»Nein. Mir geht es darum, Ihre Tochter zu finden. Und den Mörder dieser unschuldigen Menschen. Sie haben damals auch nicht einfach gekündigt, wie Sie uns erzählt haben, oder?«

»Wieso?«

»Niemand der schwanger ist, kündigt seinen Arbeitsplatz, um seinen Vorgesetzten zu schützen. Hat Redmann

Ihnen damals nahegelegt, die Kanzlei, in der sie beide gearbeitet haben, zu verlassen? Hat er Ihnen die neue Stelle besorgt? Damit Sie bei seinen eigenen Karriereplänen nicht zum Stolperstein für ihn werden konnten? Ich meine, er war verheiratet. Und dann ein uneheliches Kind mit der Sekretärin? Ohne Ihnen zu nahe treten zu wollen, aber ich könnte mir vorstellen, dass auch Oliver Redmann als angehender Partner wusste, dass Sie nicht länger in seinem Vorzimmer sitzenbleiben konnten.«

Silke Uhlig wischte sich eine Träne aus dem Augenwinkel. Vorsichtig, um das sorgfältig aufgetragene Make-up nicht zu ruinieren. »Ja, genau so war es. Er hat mir diesen neuen Job besorgt. Er hat mir versichert, dass das nichts mit uns zu tun hat, aber dass es für seine Karriere unumgänglich sei. Ich habe das verstanden und die neue Stelle angenommen. Es war ein guter Schritt. Auch für mich. Und wie Sie inzwischen wissen, hat Oliver sein Wort gehalten. Er war immer für uns da.«

»Nur eben nie so ganz. Denn da gab es ja noch Monika und Martin.«

»Ja, das war wohl der Preis, den ich für ein Leben an seiner Seite zahlen musste. Die ewige Nummer zwei. Aber wie gesagt, ich habe das alles nie wirklich bereut und Stella hatte eine gute Kindheit. Sie bekommt eine hervorragende Ausbildung. Selbst nach Olivers Tod. Er hatte eine Lebensversicherung auf ihren Namen abgeschlossen. Natürlich ohne Monikas Wissen.«

»Dann wissen Sie sicher auch, inwieweit Ihre Tochter und Martin Redmann Kontakt zueinander haben.«

»Nein. Das heißt, es ist mir nicht bekannt. Stella hat nie mit mir darüber gesprochen. Andererseits, woher sollte Martin sonst dieses Foto haben?«

»Sie wissen, woher es stammt, oder?«

»Aus dem Album, dass ich Stella gegeben habe. Ich

nehme an, Sie haben es in Ihrer Wohnung gefunden?«

»Neben einigen anderen Dingen.«

Ihr Blick sagte, dass sie nicht wusste, worauf er hinauswollte. Karre glaubte ihr.

Anstatt ihre unausgesprochene Frage zu beantworten, stellte *er* eine Frage. »Wo arbeitet Ihre Tochter? Um ganz ehrlich zu sein, nehme ich Ihnen nicht ab, dass sie das nicht ganz genau wissen.«

»Sie hat mir erzählt, dass sie in einer großen Kanzlei untergekommen ist. Ich glaube, sie hat auf Nachfrage auch einmal einen Namen erwähnt, der mir allerdings nichts gesagt hat. Vermutlich war er erfunden.«

»Hätten Sie Einwände gehabt, wenn Ihre Tochter Ihnen erzählt hätte, dass sie in derselben Kanzlei arbeitet, in der ihr Vater Oliver Redmann als Partner aktiv war?«

»Warum sollte ich? Es scheint doch eine sehr renommierte Kanzlei zu sein.»

Karre musterte sie. Entweder sie war eine verflucht gute Lügnerin, oder sie hatte tatsächlich keinen blassen Schimmer. »Vielleicht aus Angst, dass es Ihrer Tochter irgendwann ähnlich ergehen könnte, wie den Menschen, über die sie Informationen gesammelt hat?«

»Sie hat was?« Silke Uhlig verschluckte sich an ihrem Wasser und begann zu husten. Nachdem es ihr wieder besser ging, fragte sie: »Sie glauben doch nicht, dass die Kanzlei etwas mit dem Verschwinden von Oliver zu tun hat, oder? Und von welchen anderen Personen sprechen Sie? Gibt es da etwas, das ich wissen sollte?«

Karre schilderte ihr seine Vermutungen über die Beziehung zwischen Martin und Stella und über den Plan, über den er zwar nichts wusste, aber inzwischen doch die eine oder andere recht konkrete Vermutung hatte. Sandras Namen ließ er aus dem Spiel, erwähnte sie nur am Rande. Dass seine Tochter Hanna mit in dem Unglückswagen gesessen hatte, in dem Sandra gestorben war, ließ er ebenso außen vor.

Silke Uhlig starrte ihn an, mit einer Mischung aus Unglaube und Fassungslosigkeit. Hin und wieder schüttelte sie langsam den Kopf, kein einziges Mal unterbrach sie die Ausführungen des Hauptkommissars. Als sie Karre bat, alles in seiner Macht stehende zu tun, Stella wiederzufinden, stand ihr die pure Angst ins Gesicht geschrieben. Es war die Angst eines Elternteils um das Leben des einzigen Kindes. Das wusste Karre aus eigener Erfahrung.

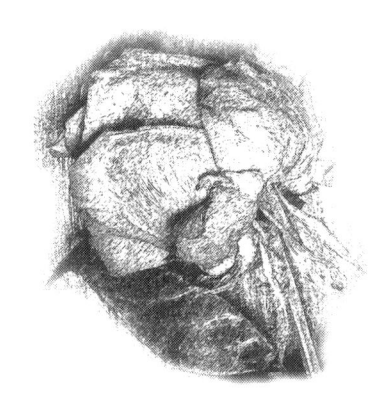

KAPITEL 45

»Ich möchte zu Stephan Engelhardt.«

Die Dame am Empfang musterte ihn mit gerümpfter Nase. Eine einstudierte Bewegung, mit der sie ihre Brille mit den halbmondförmigen Gläsern ohne Zuhilfenahme der Hände wieder in die richtige Position rückte. »Dr. Engelhardt ist den ganzen Tag über in Terminen. Er hat keine Zeit für spontane Besuche von ... wie war noch gleich Ihr Name? Herr ...? Von ...?«

»Karrenberg. Hauptkommissar, Kripo Essen. Bitte sagen Sie ihm, es geht um eine seiner Mitarbeiterinnen.« Er hielt ihr seinen Ausweis unter die Nase, den sie mit einer gehörigen Portion Argwohn studierte.

»Und um wen?« Die Mittfünfzigerin mit der toupierten

Föhnfrisur sah ihn gelangweilt an, so als zähle sie in Gedanken die Anzahl der Besucher, die sie seit ihrem Dienstantritt heute Morgen auf die gleiche charmante Art und Weise abgewehrt hatte.

Bestimmt waren es einige, vermutete Karre, der in diesem Augenblick an die Türsteher aus dem *Blue Eden* dachte. Sicher war die Dame im Abhalten unerwünschter Gäste auf ihre Weise nicht weniger effizient als die beiden muskelbepackten Gorillas.

»Das würde ich ihm gerne selber sagen. Unter vier Augen.«

»Augenblick, ich will sehen, was ich für Sie tun kann.«

»Danke, das ist sehr freundlich.«

Karre sah zu, wie sie zum Telefonhörer griff und eine der Kurzwahltasten drückte. Die Eins. Natürlich. Was sie anschließend in die Sprechmuschel flüsterte, bekam er trotz der räumlichen Nähe nur bruchstückhaft mit.

Als sie den Hörer schließlich wieder auf den Apparat legte, hatte sich ihre steinerne Miene in ein freundliches Lächeln verwandelt. »Herr Dr. Engelhardt empfängt sie. Aber er hat nicht viel Zeit. Wenn Sie sich also bitte möglichst kurzfassen würden. Bitte nehmen Sie dort drüben in der Wartelounge Platz. Eine Mitarbeiterin von Herrn Dr. Engelhardt wird Sie dort abholen.«

Karre, der innerlich über die Formulierung schmunzelte, begab sich zu einer modernen Sitzgruppe aus schwarzem Leder. *Eine Mitarbeiterin von Herrn Dr. Engelhardt wird Sie dort abholen* - war die Empfangsdame selbst vielleicht keine Mitarbeiterin?

Es dauerte keine fünf Minuten, bis eine Frau in dunklem Kostüm und schwarzen Hochglanzpumps erschien und ihn freundlich bat, ihm nach oben zu folgen. Karre folgte ihr und ertappte sich dabei, wie er die Rückansicht der etwa dreißigjährigen Blondine studierte, die nicht minder attraktiv war als ihre Vorderseite.

»Herr Dr. Engelhardt erwartet Sie im Besprechungsraum *Zollverein*«, sagte sie, nachdem sie den Aufzug in der dritten und damit höchsten Etage des Gebäudes verlassen hatten. Die Absätze ihrer Pumps klackerten im Rhythmus ihrer federnden Schritte auf dem weißen Marmorboden.

Widerwillig löste Karre seinen Blick von den durchtrainierten Waden und warf einen Blick auf die den Gang flankierenden Gemälde. Allesamt höchst modern und mit Sicherheit unvernünftig teuer, aber nichts, das Karre mit einem der wenigen ihm bekannten Künstler in Verbindung bringen konnte.

Vor einer schwarz lackierten, deckenhohen Tür blieben sie stehen. Die Blondine lächelte ihm zu, klopfte dreimal gegen das Holz der Türfüllung und drückte die Klinke nach unten. »Herr Dr. Engelhardt, Herr Karrenberg für Sie.«

»Vielen Dank. Wären Sie so nett, uns zwei Kaffee und zwei Wasser zu bringen.« Er kam auf Karre zu und reichte ihm die Hand. »Sie trinken doch sicher auch etwas oder?«

Sein Griff war fest und bestätigte, was der äußere Eindruck bereits eindrucksvoll vermittelte. Bei Karres Gegenüber handelte es sich um einen erfolgreichen Selfmade-Millionär, dem es an Charisma ebenso wenig mangelte, wie an Selbstbewusstsein.

Der Mann, körperlich in etwa groß wie Karre, war tadellos und stilvoll gekleidet und als die Umschlagmanschette seines Hemds nach oben rutschte, fiel Karres Blick unwillkürlich auf die Uhr an seinem Handgelenk, die vermutlich mehr kostete als Karres Dienstwagen.

So lernte er ihn also kennen, den zukünftigen Schwiegervater seiner Kollegin Viktoria von Fürstenfeld: Dr. jur. Stephan Engelhardt. »Danke, ich nehme gerne einen Kaffee.«

Engelhardt nickte in Richtung einer Sitzgruppe. Um einen runden Glastisch herum standen vier Stühle - eine gelungene, moderne Kombination aus dunkelbraunem Leder und rohem Stahl mit sichtbaren Schweißnähten. Der Factory-Stil der gesamten Einrichtung des Raumes passte trotz seiner Exklusivität zum Arbeiterimage des Ruhrgebiets, die allgegenwärtigen Kunstwerke, in die Engelhardt ein – an normalmenschlichen Maßstäben gemessen – beachtliches Vermögen investiert haben musste, taten es weniger.

Hinter ihnen öffnete sich die Tür und die Blondine mit den strammen Waden balancierte ein Tablett mit Kaffee und Wasser an ihren Tisch. In dem mit dickem Teppichboden ausstaffierten Besprechungszimmer verursachten ihre Schritte trotz der hohen Absätze so gut wie keine wahrnehmbaren Geräusche. Lautlos und geschmeidig wie eine Katze näherte sie sich ihrem Tisch. Nachdem sie sämtliche Tassen und Gläser vor ihnen abgestellt hatte, warf sie zunächst ihrem Chef, dann Karre, ein professionell freundliches Lächeln zu und verschwand ebenso leise, wie sie gekommen war.

»Also«, eröffnete Engelhardt das Gespräch, nachdem sie wieder alleine waren. »Was führt Sie zu mir?«

Karre schätzte den Mann, der ihm gegenübersaß und ihn mit festem Blick taxierte, auf Anfang bis Mitte sechzig, aber er wirkte weder müde noch erschöpft. Ganz im Gegenteil schien er hellwach und war dank jahrzehntelanger Berufs- und Lebenserfahrung ganz sicher mit allen Wassern gewaschen. Und er war auf der Hut. Vor dem, was nun kam. Was den Ermittler zu ihm geführt hatte.

»Ich möchte mit Ihnen über Stella Uhlig sprechen.« Karre erwähnte den Namen betont beiläufig und war gespannt, wie Engelhardt reagierte.

Dass der Name ihm etwas sagte, verriet die spontane Reaktion seiner Gesichtsmuskeln. Das Zucken rund um die dunklen Augen. Die sich leicht gequält, wenngleich kaum wahrnehmbar, verziehende Mundpartie. Die spannende Frage war, wie er nun damit umging. Zunächst einmal lehnte er sich in seinem Stuhl zurück - und sagte nichts.

Nach einer Weile zog Karre eine Visitenkarte aus der Innentasche seiner Jacke und schob sie über die Tischplatte. Engelhardt griff danach und las den aufgedruckten Text. Zumindest machte es den Anschein. Dann schob er die Karte in die Brusttasche seines Hemds.

»Gehe ich recht in der Annahme, dass Sie der Vorgesetzte meiner hochgeschätzten Schwiegertochter, Viktoria von Fürstenfeld, sind?« Er war es offensichtlich gewohnt, dass er derjenige war, der die Fragen stellte.

»Soweit ich weiß, ist sie noch nicht Ihre Schwiegertochter. Aber um Ihre Frage zu beantworten: Ja, Viktoria arbeitet in meinem Team. Und seien Sie versichert, dass wir sie nicht weniger schätzen, als Sie das von sich behaupten.«

Engelhardt lächelte. »Das kann ich mir vorstellen. Es ist wirklich ein Jammer, dass sie ihr zweifelsohne sehr großes Potenzial mit einfacher Polizeiarbeit verschwendet. Aus Viktoria wäre eine hervorragende Juristin geworden, davon bin ich überzeugt.«

»Ich denke, sie ist ganz und gar nicht der Ansicht, dass ihre Tätigkeit die Bezeichnung *Verschwendung* verdient. Ich selbst übrigens auch nicht. Wissen Sie, Herr Dr. Engelhardt, wir jagen Mörder und Gewaltverbrecher. Und im Regelfall verhaften wir sie am Ende auch.« Er beobachtete das Gesicht von Engelhardt, auf dem sich dieses Mal nicht die geringste Regung abzeichnete. *Pokerface* - aber Karre sah dennoch, wie es hinter seiner Stirn arbeitete.

»Gestatten Sie mir eine Frage.« Engelhardt sprach betont ruhig. »Auch wenn es für Sie polemisch klingen mag, aber für wie viele Jahre gehen die von Ihnen mühsam überführten Täter in unserem Land anschließend ins Gefängnis? Nehmen Sie einen Vergewaltiger, der sein Opfer gnädigerweise am Leben lässt. Kennen Sie das durchschnittliche Strafmaß? Da ich mich in erster Linie mit Steuerrecht befasse, wissen Sie das vermutlich besser als ich, aber ich werde es ihnen dennoch sagen: im Schnitt dreieinhalb Jahre – während viele der Opfer ein Leben lang leiden. Oder die Verbreitung von Kinderpornografie: im Schnitt wandern die Täter für weniger als ein Jahr in den Knast. Zumindest in den wenigen Fällen, in denen sich ein Richter überhaupt mal zu einer Haftstrafe durchringen kann.

Und jetzt sagen Sie mir, dass das keine Verschwendung von Ressourcen ist. Sie fangen die Täter zwar, aber eigentlich ist alles, was sie tun, für die Katz. Es ist eine Sisyphos-Arbeit und das wissen Sie genauso gut wie ich. Sie rollen Ihr Leben lang Steine die Berge hoch, nur um dann zuzusehen, wie jemand anders sie wieder hinunterstößt.«

Karre, der die Argumente von Engelhardt nicht gänzlich von der Hand weisen konnte, wurde allmählich wütend. Und auch wenn er wusste, dass sein Gegenüber mit seinen Provokationen nichts anderes als genau das bezweckte, stieg er erneut darauf ein.

»Tun wir das nicht alle? Jeder auf seine Weise? Wir sind keine Richter und es liegt nicht in unserer Verantwortung, über das Strafmaß für die Täter zu urteilen. Unsere Aufgabe besteht darin, sie zu finden. Und damit ist unsere Tätigkeit für die Gesellschaft allemal von größerem Nutzen, als den Reichsten der Reichen dabei zu helfen, ihren Steuerpflichten nicht vollumfänglich nachkommen zu müssen.«

»Möchten Sie damit irgendetwas andeuten? Zum Beispiel, dass wir für unsere Mandanten etwas tun, das nicht rechtens wäre?«

»Ich möchte mir nicht anmaßen zu beurteilen, ob in dieser Hinsicht etwas rechtens ist oder nicht. Sie sind der Jurist und wissen besser als ich, welche Paragraphen Sie verbiegen müssen, um Ihrer Mandantschaft das eine oder andere – vermutlich legale – Steuerschlupfloch aufzuzeigen. Aber selbst wenn es rechtens ist, moralisch ist es deswegen noch lange nicht.«

Engelhardt lachte kurz und trocken auf. »Jetzt kommen Sie mir bloß nicht mit Moral. Haben Sie bei Ihrer Steuererklärung noch nie geschummelt? Vielleicht mal den einen oder anderen Dienstkilometer zu viel abgerechnet? Oder eine Spesenquittung eingereicht, obwohl Sie in Wahrheit Ihre Liebste zum Essen ausgeführt haben? Wieso glauben alle, nur weil es bei reichen Menschen um größere Beträge geht, sei das, was sie selber machen, weniger verwerflich? Aber lassen wir das. Ich glaube nicht, dass wir in dieser Frage jemals auf einen gemeinsamen Nenner kommen.«

Ohne Vorankündigung oder eine weitere Einleitung wechselte er das Thema. »Wo ist eigentlich Viktoria? Es sieht ihr gar nicht ähnlich, zu kneifen.«

»Was das betrifft, kann ich Sie beruhigen. Sie kneift nicht. Um ehrlich zu sein, sie weiß nicht einmal, dass ich bei Ihnen bin.«

»Soso.« Er griff nach seinem Kaffee, trank einen Schluck und stellte die Tasse zurück auf den Untertellerr. »Sie sollten ihn trinken, bevor er zu sehr abkühlt. Franziska macht exzellenten Kaffee, aber er muss getrunken werden, solange er noch heiß ist.« Er nickte in Richtung der Kaffeetasse, die noch immer unangetastet vor Karre auf dem Tisch stand.

Franziska, dachte Karre. Das musste die junge Frau mit den durchtrainierten Waden sein. Er nahm einen Schluck, mehr Engelhardt zum Gefallen, als dass ihm tatsächlich danach war. Aber der Kaffee schmeckte hervorragend, das musste er zugeben. Er machte sogar dem exzellenten Kaffee von Corinna Konkurrenz. Unwillkürlich fragte Karre sich, ob Franziska ihren Chef noch mit anderen Fähigkeiten zu beeindrucken wusste, als Kaffee für ihn zu kochen.

»Es imponiert mir, dass Sie sich schützend vor Ihre Mitarbeiter stellen. Das erlebt man heutzutage nicht mehr so oft.«

»Ehrlich gesagt glaube ich nicht, dass Viktoria besonders schutzbedürftig ist.«

»Lassen Sie es mich so sagen: Es wird Ihnen ja nicht entgangen sein, dass Sie mit Ihrem Besuch bei mir einen Interessenkonflikt heraufbeschwören. Sie ermitteln schließlich gegen die zukünftige Familie Ihrer eigenen Mitarbeiterin. Ich könnte mir vorstellen, dass Ihre Vorgesetzten nicht gerade begeistert wären, nähme sie an diesen Ermittlungen teil.«

»Wie kommen Sie darauf, dass wir gegen Sie ermitteln? Ich glaube nicht, dass ich etwas in dieser Richtung gesagt hätte.«

»Nun, wenn dem so ist, dann lassen Sie uns den Faden doch wieder aufnehmen. Natürlich kenne ich Frau Uhlig. Sie arbeitet schließlich für uns.«

»Wissen Sie, wo sie sich im Augenblick aufhält?«

»Ich kann Ihnen sagen, wo sie sich gemäß ihren Aufgaben derzeit aufhalten sollte. So wie ich erfahren habe, ist das allerdings nicht der Fall. Ich vermute jedoch, dass Ihnen das längst bekannt ist. Sonst säßen Sie jetzt nicht hier.«

»Sie hat den für sie gebuchten Flieger nach New York nicht bestiegen.« Karre gönnte sich einen weiteren Schluck von Franziskas hervorragendem Kaffee.

Engelhardt zog die Augenbrauen hoch. »Das ist alles? Erzählen Sie mir etwas Neues. Was haben Sie bisher über den Verbleib meiner Mitarbeiterin herausgefunden? Ich nehme doch an, Sie glauben wenigstens, etwas herausgefunden zu haben. Deswegen sind Sie doch zu mir gekommen, oder?«

»Wir wissen lediglich, dass sie ihre Reise offenbar wie geplant begonnen hat. In ihrer Wohnung haben wir keinerlei Unterlagen wie Flugtickets oder ihren Reisepass gefunden. Auch keine gepackten Koffer. Und es gibt keinerlei Einbruchspuren. Leider verliert sich ihre Spur dann auch schon.«

»Das ist nicht viel.«

»Nein, aber mehr wissen wir bis zum jetzigen Zeitpunkt nicht. Durch wen wissen Sie eigentlich, dass Frau Uhlig nicht in New York angekommen ist?«

»Sie sollte gemeinsam mit meinem Sohn fliegen. Er hat mich noch vor dem Abflug darüber informiert, dass Frau Uhlig nicht wie verabredet am Flughafen erschienen ist. Er hat versucht, sie anzurufen, konnte sie aber nicht erreichen. Um ehrlich zu sein, ich bin davon ausgegangen, dass sie einfach verschlafen hat und sich irgendwann ziemlich peinlich berührt bei uns melden würde.«

»Das ist aber nicht passiert.«

»Nein.«

»Und es ist Ihnen nie in den Sinn gekommen, sie eventuell als vermisst zu melden?«

Engelhardt sah Karre mit fragendem Blick an. »Ist das Ihr Ernst? Weil eine erwachsene Frau nicht pünktlich am Flughafen erschienen ist? Mal ehrlich, was glauben Sie, hätten Ihre Kollegen gesagt, wenn ich Ihnen diesen Sachverhalt geschildert hätte?«

Auch wenn es ihm nicht gefiel, wusste Karre, dass Engelhardt recht hatte. Nie und nimmer wäre in so einem Fall etwas unternommen worden. Allerdings war Stella Uhlig inzwischen seit mehr als vierundzwanzig Stunden nicht wieder aufgetaucht. »Und als sie am nächsten Tag nicht zur Arbeit erschienen ist, haben Sie sich auch nicht gewundert?«

»Doch, das habe ich. So habe ich sie nicht eingeschätzt.«

»Aber Sie haben dennoch nichts unternommen.«

»Nein, das habe ich tatsächlich nicht. Und vielleicht kann man mir das zum Vorwurf machen. Aber wissen Sie, auch ich kann den Menschen nur vor den Kopf gucken. Und auch wenn es für Sie hart klingen mag: Ich habe wirklich anderes zu tun, als mich darum zu kümmern, warum jemand nicht zur Arbeit kommt. Dafür gibt es unendlich viele Gründe.«

Die Aussage machte Engelhardt in Karres Augen zwar nicht gerade sympathischer, aber sie schien zumindest ehrlich zu sein. »Welche Aufgaben hat Stella Uhlig in Ihrem Unternehmen? Für welche Tätigkeiten haben Sie sie eingestellt?«

»Sie kam als Junior-Consultant zu uns. Das bedeutet, Sie arbeitet gemeinsam mit einem erfahrenen Mitarbeiter für bestimmte Kunden. Der Senior dieses Tandems trägt dabei die Hauptverantwortung.«

»Und mit wem hat Stella Uhlig zusammengearbeitet? Mit Ihrem Sohn? Schließlich sollten die beiden ja gemeinsam nach New York fliegen. Ihre Schwiegertochter scheint davon übrigens nichts gewusst zu haben.«

Engelhardt musterte Karre. Sein Blick war lauernd. Abwartend. Wie der eines Raubtieres, das zum Auspähen seines nächsten Opfers hinter den Büschen an einem Wasserloch in Deckung gegangen war. »Ja«, sagte er betont langsam. »Mit meinem Sohn. Aber hüten Sie sich davor, irgendwelche wilden Geschichten zu konstruieren oder Viktoria womöglich einen Floh ins Ohr zu setzen.«

»Was denn für einen Floh?«

»Sie wissen genau, was ich damit sagen will. Stella Uhlig ist eine unserer Mitarbeiterinnen. Derzeit weiß niemand, wo sie sich aufhält. Vielleicht ist ihr tatsächlich etwas zugestoßen. Aber wir haben damit nichts zu tun und was für Fragen Sie auch immer in dieser Angelegenheit haben, bei uns werden Sie keine Antworten darauf finden.«

»Wir werden sehen.« Karre stand auf und reichte Engelhardt die Hand.

»Ich bringe Sie noch zur Tür. So viel Zeit muss sein.« Nun lächelte er wieder. »Franziska wird Sie dann nach unten bringen und hinausbegleiten, wenn es Ihnen recht ist.«

Als sie an der Bürotür standen und Engelhardt schon die Hand auf die Klinke gelegt hatte, hielt er plötzlich inne. »Herr Karrenberg. Das mit Ihrer Exfrau und Ihrer Tochter tut mir übrigens sehr leid.«

Karre blieb wie angewurzelt stehen. Die Katze war aus dem Sack. Das ganze Gespräch über hatte er sich gefragt, ob Engelhardt sich darüber im Klaren war, dem Exmann seiner früheren Mitarbeiterin gegenüberzusitzen. Und ob Engelhardt wusste, dass Karre von der Liaison wusste, die Sandra mit ihrem früheren Chef über mehrere Jahre hinweg unterhalten hatte.

»Ihr Tod war ein schwerer Verlust. Für uns alle.«

»An dem Tag, an dem sie gestorben ist, war sie nicht mehr Ihre Mitarbeitrin. Sie hatte gekündigt und war auf dem Weg nach Hamburg.« Plötzlich war die Stimmung in dem Besprechungsraum frostig und Karre hatte das Gefühl, die Wände bewegten sich langsam aber unaufhaltsam nach innen, um ihn zu zerquetschen.

»Dennoch, Sandra war eine exzellente Anwältin und ein wunderbarer Mensch.«

Ja, für dich vermutlich auch genau in dieser Reihenfolge, dachte Karre.

»Wie geht es Ihrer Tochter?«

»Nicht gut, sie liegt nach wie vor im Koma«, antwortete Karre kurz angebunden. Er wollte das Gespräch über Sandra und Hanna so schnell wie möglich beenden.

»Das tut mir leid. Schrecklich, dieser tragische Unfall.«

»Herr Dr. Engelhardt, ich muss los. Ich danke Ihnen vielmals für Ihre Zeit.«

Engelhardt reichte Karre die Hand, während er ihm fest in die Augen blickte. »Auf Wiedersehen, Herr Karrenberg.«

»Ja, davon gehe ich aus.«

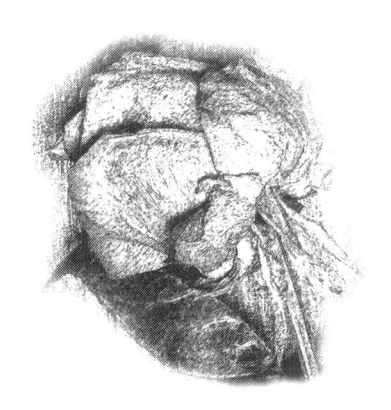

KAPITEL 46

Karre blickte in die angespannten Gesichter von Karim und Viktoria, die sich pünktlich um drei Uhr nachmittags zur Besprechung im Präsidium eingefunden hatten.

Karim hatte die Zeit nach dem Mittagessen genutzt, Umzugskisten zu packen, die nun mitten im Raum eine knapp zwei Meter hohe Pyramide bildeten. Viktoria war in der Zwischenzeit zu Hause gewesen und hatte sich ein wenig ausgeruht. Wäre es nach ihrem Chef gegangen, wäre sie auch nicht wieder zurück ins Büro gekommen.

»Ihr habt ja schon ganz schön was weggeschafft.« Anerkennend nickte er in die kleine Runde der Verbliebenen, wobei seine Gedanken um seinen ehemaligen Chef und Mentor, Willi Hellmann, um Corinna Müller und - natürlich - um Götz Bonhoff kreisten. Wenn ihr Team in diesem Tempo weiter schrumpfte, konnte man tatsächlich darüber nachdenken, die Gruppe demnächst ganz aufzulösen.

»Irgendwann müssen wir ja mal anfangen. Schließlich laufen die letzten Stunden in unserem alten Büro. Mann, wie ich mich auf diese Bruchbude freue, das könnt ihr euch nicht vorstellen.« Karim stieß ein sarkastisches Lachen aus.

»Hör bloß auf«, stimmte Viktoria zu. »Wenn ich an diese vergammelte Nissenhütte denke, kommt´s mir echt hoch. Dabei ist es hier ja schon ziemlich gewöhnungsbedürftig. Aber es zeigt sich mal wieder, dass es immer noch schlimmer kommen kann.«

»Also, was gibt´s Neues? Außer, dass du Silke Uhlig zum Essen ausgeführt hast, während Vicky und ich uns mal wieder mit Fastfood begnügen mussten.«

»Ich habe mit Silke Uhlig gesprochen, ja. Und die wesentliche Erkenntnis aus diesem Gespräch ist, dass sie uns angelogen hat. Entgegen ihrer damaligen Aussage wusste Oliver Redmann sehr wohl von seiner Tochter. Und umgekehrt wusste Stella von ihrem Vater seit ihrem sechzehnten Geburtstag. Das bedeutet, sie könnte heute durchaus ein großes persönliches Interesse haben, die Umstände seines Verschwindens, oder schlimmstenfalls seines Todes, aufzuklären.

Außerdem lässt diese Tatsache ihre Verbindung zu Martin Redmann in einem anderen Licht erscheinen. Meine Hypothese ist, dass die beiden sich verbündet haben und gemeinsam versucht haben, mehr über den Tod ihres Vaters herauszufinden. Ihres gemeinsamen Vaters. Stella hat sich zu diesem Zweck als Juristin in der Kanzlei Engelhardt & Partner beworben. Durch ihre Anstellung bekam sie Zugang zu Informationen, die sie sonst nie erhalten hätte. Erinnert ihr euch an die Nachricht, die wir bei Monika Redmann gefunden haben: *Letzte Warnung.*

Auf Grund dieser Botschaft, die zweifelsfrei für Martin bestimmt war, gehe ich davon aus, dass er nicht entführt wurde - weil sie ihn bisher nicht erwischt haben. Vielmehr glaube ich, dass er rechtzeitig untergetaucht ist. Offenbar ist man den beiden auf die Schliche gekommen, Martin hat das erkannt und hat sich abgesetzt. Wohin, das wissen wir derzeit nicht. Seine Spur verliert sich, nachdem er bei uns im Präsidium war. Was Stella betrifft, sehe ich zwei Möglichkeiten: Entweder, sie ist bei Martin Redmann und die beiden sind zusammen abgetaucht. In diesem Fall sagt Stephan Engelhardt die Wahrheit und er weiß nicht, wo sie steckt.«

»Du warst bei Stephan?«, unterbrach Viktoria ihn. »Was soll das? Wieso hast du uns nichts davon gesagt? Karim, wusstest du was davon?«

»Nein, das höre ich auch zum ersten Mal.«

Viktoria sah ihn mit zusammengekniffenen Augen an, woraufhin Karim abwehrend die Hände hob.

»Jetzt sieh mich doch nicht so an, ich wusste es wirklich nicht!«

»Karim wusste genauso wenig davon, wie du«, versuchte Karre zu vermitteln. »Ich habe es vorhin spontan entschieden, nachdem ich mit Silke Uhlig gesprochen hatte. Ich glaube nicht, dass es besonders clever gewesen wäre, Vicky, wenn ich dich mitgenommen hätte. Schumacher wäre ganz sicher alles andere als begeistert gewesen, wenn er davon erfahren hätte. Schließlich könnte Engelhardt bald dein Schwiegervater werden.«

Viktoria holte Luft, um etwas zu erwidern, entschied sich aber dagegen. Zuerst wollte sie sich anhören, was Karre noch zu berichten hatte.

»Zurück zu meiner Theorie«, fuhr dieser fort. »Die beiden könnten sich also gemeinsam versteckt haben und Engelhardt weiß tatsächlich nichts über Stellas Verschwinden. Oder aber, und das ist die schlechtere Variante, er hat doch etwas damit zu tun, weil er herausgefunden hat, dass sie heimlich Nachforschungen über ihn und sein Unternehmen angestellt hat. Martin könnte ihr dabei mit seinen Computerkenntnissen geholfen haben. In diesem Fall wird Engelhardt aber auch die Verbindung zwischen ihr und Martin kennen, denn nur so erklärt sich der Mord an Kim Seibold und Tobias Weishaupt, der eigentlich auf Martin Redmann abzielte. Er war ja offiziell noch in der Wohnung der beiden gemeldet. Daraus ließe sich übrigens ableiten, dass Engelhardt jemanden in die Wohnung geschickt hat, der Martin Redmann nicht persönlich kannte und somit nicht gemerkt hat, dass er jemanden erschießt, der mit der Sache gar nichts zu tun hat.«

»Oder es war eine Panikreaktion, als er seinen Irrtum bemerkt hat«, dachte Karim laut. »Er hätte sich vorher ja auch ein Foto von Martin Redmann zeigen lassen können.«

»Möglich. Offen ist, ob Engelhardt weiß, dass es sich bei Stella Uhlig um Oliver Redmanns Tochter handelt.«

»Wissen wir denn, ob Stella und Martin schon etwas Konkretes herausgefunden haben? Besitzen sie bereits belastendes Material, das Engelhardt gefährlich werden könnte?«

»Nein, das wissen wir nicht.«

»Falls ja, wäre es ein ganz klares Motiv, warum Engelhardt versucht haben könnte, Martin Redmann aus dem Weg räumen zu lassen. Dass es dermaßen schiefgeht und zwei unschuldige Menschen ermordet werden, war sicher nicht der Plan.«

»Frei nach dem Motto, alles lief nach Plan, aber der Plan

war scheiße.« Karim sah Karre und Viktoria an. Keiner der beiden lachte. »Sorry, blöder Witz.«

»Ich finde, es reicht jetzt. Ihr redet ja, als wäre Stephan ein Krimineller. Dabei wissen wir nicht einmal, ob er überhaupt etwas mit der Sache zu tun hat.«

Karim sah sie an. »Aber wenn du ehrlich bist, ist das unsere einzige heiße Spur. Und alles, was Karre sagt, klingt ziemlich schlüssig. Außerdem muss das fragliche Material ja nicht unbedingt Engelhardt selbst belasten.«

»Wie meinst du das?«

»Na ja, vielleicht gibt es in der Kanzlei Unterlagen, die für einige gute Kunden unangenehme Folgen haben könnten. In so einem Fall würde Engelhardt sicher auch einiges unternehmen, um zu verhindern, dass derartige Informationen an die Öffentlichkeit geraten.«

»Könnte sein.« Karre rieb sich das Kinn und kam zu der nebensächlichen Erkenntnis, sich unbedingt wieder einmal rasieren zu müssen. »Wenn unter Engelhardts Mandanten durchsickert, dass vertrauliche Informationen über sie an die Öffentlichkeit gelangt sind, wäre er geliefert. Einen solchen Vertrauensverlust würde seine Kanzlei nie und nimmer überleben. Ein Motiv, das durchaus für mehr als einen einzigen Mord ausreichen könnte, wenn ihr mich fragt.

In jedem Fall glaube ich fest daran, dass Stella und Martin auf irgendetwas gestoßen sind, was die Schicksale von Oliver Redmann, Sandra und Hanna erklärt. Und unsere einzige Chance herauszufinden, worum es sich dabei handelt, sehe ich darin, die beiden zu finden und sie zu fragen. Übrigens hat Engelhardt mich von sich aus auf Sandra und Hanna angesprochen. Und auf mich hat es wie eine reine Provokation gewirkt.

Vicky, es tut mir wirklich leid, aber ich glaube tatsächlich, dass er etwas mit ihrem Unfall zu tun hat. Gleiches gilt für Redmanns mysteriöses Verschwinden.«

»Und wie sollen wir jetzt weitermachen?«, fragte Viktoria. »Halte ich mich ab jetzt raus?«

»Du fährst jetzt nach Hause und kurierst dich aus. Und da du hier in deinem Zustand sowieso nichts zu suchen hast, wird auch niemand Fragen stellen, warum du dich erst mal aus den Ermittlungen verabschiedet hast. Mein Gespräch mit Engelhardt bleibt vorerst unter uns. Karim und ich machen weiter wie bisher, sonst können wir den Laden wirklich bald dichtmachen.«

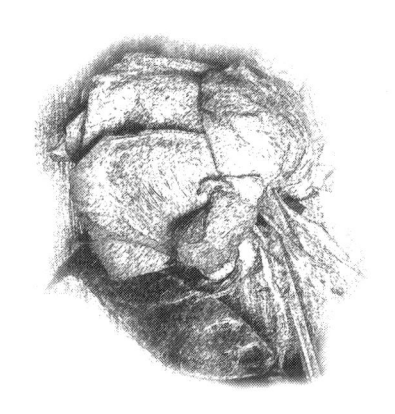

KAPITEL 47

Auf dem Weg nach Hause beschloss Karre, einen Umweg in Kauf zu nehmen, um noch einmal am Schrottplatz vorbeizufahren. Er parkte seinen Wagen vor dem im Wind flatternden Absperrband, das den Ort, an dem sein langjähriger Kollege Götz Bonhoff erst vor wenigen Stunden gestorben war, wenigstens symbolisch gegen unbefugte Besucher abschirmen sollte. Während er ausstieg und den Reißverschluss seiner Jacke bis oben hin zuzog, um sich, so gut es ging, gegen den allmählich stärker werdenden Regen zu schützen, dachte er darüber nach, wie auch Viktoria dem Tod direkt ins Auge geblickt hatte.

Wäre ihr Handy nicht in den Fußraum gefallen, hätte sie

ihn nicht in genau dieser Sekunde anrufen wollen … Ein eisiger Schauer durchfuhr ihn und er bemühte sich, die finsteren Was-wäre-wenn-Gedanken abzuschütteln.

Er duckte sich unter dem Band hindurch und folgte dem Verlauf der Zufahrt. Nach wenigen Metern erreichte er die Stelle, an der sich das Stahlseil quer über den Weg gespannt hatte. Er blieb stehen und schloss für einen Moment die Augen. Unwillkürlich tauchten gemeinsame Momente mit Götz Bonhoff vor seinem inneren Auge auf. Wie ein alter Super-8-Film flimmerte ihre gemeinsame Zeit im Schnelldurchlauf über die imaginäre Leinwand. Erst der Schrei einer Krähe riss ihn aus seinen Gedanken, als der Vogel mit kräftigen Flügelschlägen dicht über seinen Kopf hinwegflog.

Karre ging an dem alten Kirmeswohnwagen vorbei, dessen Tür von Viersteins Leuten mit einem Polizeisiegel versehen worden war. Das Team des Erkennungsdienstes machte seit Jahren exzellente Arbeit, so dass er keinen Anlass sah, das Siegel aufzubrechen und noch einmal in den Wagen zu gehen, um sich umzusehen. Die Fahndung nach Sergei Cherchi lief auf Hochtouren, hatte aber noch kein Ergebnis gebracht. Karre hoffte inständig, dass es ihm nicht gelungen war, sich trotz des engmaschigen Fahndungsnetzes ins Ausland abzusetzen.

Weiter hinten auf dem Gelände, von der Straße zurückversetzt und etwas verdeckt von den sich haushoch stapelnden Autowracks, befand sich die große Halle. Vor nicht allzu langer Zeit hatte Karre dort das angeblich verschwundene Wrack von Sandras Audi entdeckt. Doch bevor er es hatte abholen lassen können, war ihm jemand zuvorgekommen und hatte die Überreste des Fahrzeugs in der auf dem Gelände liegenden Schrottpresse entsorgt – gemeinsam mit dem damaligen Besitzer des Schrottplatzes.

Zu Karres Bedauern war der kompakte Block aus Stahl, Aluminium und Menschenfleisch, den die hydraulische Presse am Ende des vollautomatisch ablaufenden Prozesses ausgespuckt hatte, für eine Spurensuche - selbst für das Spitzenteam von Vierstein und seinen Mannen - gänzlich untauglich gewesen.

Wenige Meter hinter der Halle endete das Grundstück vor einem etwa drei Meter hohen Holzzaun. Er folgte dem Geländeverlauf entlang des Zauns gut fünfzig Meter weit, bevor er innehielt. Jemand hatte etwas an die verwitterte Holzwand gesprüht: eine etwa zweieinhalb mal zweieinhalb Meter große, tiefschwarze Fläche mit orangefarbener Umrandung. Abgesehen davon, dass das Kunstwerk von Büschen verdeckt wurde, sah es von weitem betrachtet entweder wie ein unfertiges Graffiti-Projekt aus, oder aber wie ein ins Nirwana führendes Schwarzes Loch. Aus der Nähe betrachtet war es allerdings weder das Eine noch das Andere. Bei der Malerei handelte es sich mitnichten um die unbeholfenen Versuche eines Sprayers, sondern sie diente einem ganz bestimmten Zweck. Denn die schwarze Klinke und die überstrichene Tür waren auf der schwarzen Fläche praktisch unsichtbar.

*

Er drückte die Klinke herunter. Verschlossen. Doch mit seinem Spezialwerkzeug, das ihm schon so häufig hervorragende Dienste geleistet hatte, dauerte es nur Sekunden, das Schloss zu überwinden. Er öffnete die Tür und betrat den dahinterliegenden Teil des Grundstücks. Der ebenfalls vollständig von einem Holzzaun gleicher Höhe umgebene Bereich war etwa sechs Meter breit und gute hundert Meter lang. Der Boden war mit roter Asche bedeckt, die Karre aus seiner Zeit in der Fußballjugend bestens vertraut war. Die violett-blauen Punkte an Knien und Oberschenkeln, an denen sich die Aschesteinchen tief unter die Haut gegraben hatten, waren bis heute zu sehen.

Hier und dort erwuchsen kleine Grasinseln aus dem roten Meer, ansonsten war die gesamte Fläche leer. Abgesehen von einer niedrigen Backsteinmauer, auf der jemand ein paar Bierdosen aufeinandergestapelt hatte, und den beiden Silhouetten menschlicher Oberkörper, die Karre weit entfernt am anderen Ende des schlauchartigen Bereiches erkennen konnte. Er beschloss, auf die beiden zuzugehen und als er gut zwei Drittel der Strecke zurückgelegt hatte, fand er vor sich auf dem Boden ein Sammelsurium unzähliger Patronenhülsen. Er zog einen Beweisbeutel aus der Tasche und machte sich daran, einige der Hülsen einzusammeln, wobei er darauf achtete, möglichst einen kompletten Querschnitt durch das gesamte Sortiment der unterschiedlichen Kaliber zu bekommen.

Auf den ersten Blick schätzte er, dass an dieser Stelle mindestens vier verschiedene Waffen zum Einsatz gekommen waren. Nachdem er fertig war, setzte er seinen Weg fort. Die zu den Hülsen gehörenden Projektile hatten die zwei Oberkörper am Ende des Areals regelrecht durchsiebt und waren erst in dem hinter den beiden Zielscheiben installierten Kugelfang steckengeblieben.

Auch hier bemühte er sich, eine möglichst umfassende Sammlung zusammenzustellen. Allerdings fiel ihm auf, dass einige der Projektile aufgrund ihrer Größe unmöglich zu den Hülsen gehören konnten, die er bisher gesammelt hatte. Also lief er die gesamte Strecke noch einmal ab und wurde tatsächlich fündig. In der von der Tür aus gesehen entgegengesetzten Richtung fand er Hülsen, die offensichtlich zu großkalibrigen Langwaffen gehörten. Auch diese sammelte er ein. Jo Talkötters Leute würden sich freuen, wenn er sie mit der ballistischen Analyse seiner Beute beauftragte.

Er wollte gerade gehen, als er das Bellen eines Hundes vernahm, das sogleich eine unangenehme Assoziation weckte. Nachdem der erste Schreck jedoch verflogen war, kam er zu der Erkenntnis, dass das zwar laute, aber nicht minder schrille und hochfrequente Kläffen niemals von einem der Rottweiler des Vorbesitzers, sondern bestenfalls von einem rentnertauglichen Schoßhündchen stammen konnte. Dennoch wunderte ihn, dass das Tier keine Ruhe gab.

»Alles in Ordnung bei Ihnen?«, brüllte er über den Zaun. Der Hund auf der anderen Seite dachte nicht im Traum daran, sein Gekläffe einzustellen, so dass die Stimme seines Herrchens es kaum bis an Karres Ohr schaffte.

»Alles in Ordnung. Er hat eine tote Katze im Gebüsch gefunden.«

»Eine tote Katze?«

»Ja, sieht nicht gerade appetitlich aus. Hat ein ziemlich großes Loch in der Seite. Fast so, als wenn sie jemand abgeknallt hätte. Ich muss jetzt aber weiter. Was machen Sie eigentlich da drüben? Das Grundstück ist doch abgesperrt, oder?«

»Machen Sie sich keine Sorgen, es ist alles in Ordnung.«

»Na, wenn Sie meinen. Ich muss weiter. Einen schönen Tag noch.«

Karre hörte, wie sich das nicht enden wollende Gebell des Hundes langsam entfernte, bevor er sich selbst auf den Weg machte. Hoffentlich war Talkötter noch nicht nach Hause gegangen.

*

Er war nicht nach Hause gegangen. Etwa vierzig Minuten später betrat Karre nach kurzer telefonischer Voranmeldung die unterirdischen Katakomben des Joseph »Jo« Talkötter. Auch heute vernahm er zuerst das metallische Knirschen des fest installierten Ventilators. Solange Karre Talkötter in seinem Reich besuchte, hatte es niemand für nötig erachtet, sich des wegen einer Unwucht nicht mehr rund laufenden Lagers anzunehmen, weswegen der Propeller in einem ewig gleichen Rhythmus am Gehäuse entlangschrammte. Karre wäre verrückt geworden, hätte er dieses Geräusch Woche für Woche, Jahr für Jahr, den ganzen Tag ertragen müssen. Nicht so Jo Talkötter. Er schien vollkommen immun zu sein.

Talkötter saß an einem der großen Labortische und musterte Karre durch die dicken Gläser seiner Brille. Als der Hauptkommissar ihm die Hand reichte, stand er auf. »Was bringst du mir denn zu so fortgeschrittener Stunde? Willst du mich wieder zu Überstunden verführen? Lass das nicht Schumacher hören, der legt im Moment großen Wert darauf, dass wir nicht mehr machen als unbedingt nötig. Jedenfalls was euch betrifft.«

»Hat er das so gesagt? Vermutlich sollt ihr die Ressourcen für Notthoff und seine Leute freihalten?«

Talkötter sah ihn an und verzog die Mundwinkel zu einer Grimasse, die ihn aussehen ließ wie Joker, den Erzfeind Batmans. »Von mir hast du das aber nicht.«

»Nein, keine Sorge. Manchmal frage ich mich, ob Schumacher eine Affäre mit Notthoff hat.«

»Wie kommst du denn darauf?«

»Na, so wie er ihm im Augenblick in den Arsch kriecht ...«

»Vielleicht hat Notthoff was gegen ihn in der Hand?«

»Was soll das denn sein?«

»Keine Ahnung. Vielleicht waren die beiden zusammen im Puff und Notthoff droht ihm damit, es seiner Frau zu sagen. Aber egal, deswegen bist du bestimmt nicht gekommen, oder?«

»Nein, in der Tat. Ich habe dir was mitgebracht. Was Spannendes. Und was zum Spielen.« Karre grinste ihn an.

»Und Schokolade?«

»Nein, es sei denn, du machst gute Arbeit und lieferst mir möglichst schnell etwas, das uns weiterhilft.« Er zog mehrere der durchsichtigen Beweisbeutel aus seinen Jackentaschen und breitete sie vor Talkötter auf dem Tisch aus.

»Dann lass mal sehen, was wir da haben.« Neugierig beugte er sich über die kleinen Tüten und prüfte deren Inhalt, indem er über den Rand seiner Brille schielte. »Du kennst ja meine Marke.«

»Bitte?«

»Der schottische Wishky, den du mir dafür schuldest.«

»Erst mal musst du liefern.«

»Da mach dir mal keine Sorgen. Also, zweimal Haare. Ich nehme an, du möchtest, dass ich sie miteinander vergleiche?«

»Bingo. Bestenfalls stammen sie von derselben Person.«

»Woher hast du die Proben?«

»Die eine kommt aus der Wohnung von Stella Uhlig.«

»Und die andere?«

»Das verrate ich dir, wenn du was rausgefunden hast.«

»Klar, lass mich ruhig dumm sterben. Und die Patronenhülsen und Projektile?«

»Schau doch mal nach, ob eins von den Projektilen in den Tüten da aus derselben Waffe stammt, mit der Kim Seibold und Tobias Weishaupt erschossen wurden. Und vielleicht kannst du mir anschließend noch was zu den

Patronenhülsen sagen.« Ein kräftiger Donnerschlag ließ ihn zusammenzucken. Der Ventilator setzte für einen Moment aus, drehte sich dann aber weiter. In der realen Welt über ihnen schien ein ordentliches Unwetter aufzuziehen.

»Sieht so aus, als würde ich da draußen nichts verpassen, wenn ich die halbe Nacht hier verbringe. Alleine für die Projektile brauche ich locker ein paar Stunden. Ist es eilig?«

»Wenn ich morgen was hätte, wäre es toll. Ich besorge auch eine besonders edle Flasche.«

»Vielleicht kriege ich ja noch einen meiner Leute ans Telefon und kann ihn überzeugen, mit mir eine Nachtschicht einzulegen. Du weißt ja, Kriminaltechniker haben alle kein Privatleben und freuen sich immer über Sonderaufgaben von ihren lieben Kollegen. Wie sieht´s aus? Trinkst du noch einen mit, bevor du mich mit deinem Zeug hier alleine lässt? Ich hab noch was von der letzten Flasche, die du mitgebracht hast.«

Karre überlegte kurz, aber ihm fiel nicht wirklich etwas ein, das dagegen sprach, Jo´s Angebot anzunehmen. Außerdem war durch den hinter dem Ventilator liegenden Lüftungsschacht mittlerweile heftiges Regenrauschen aus der Oberwelt zu hören. »Gerne«, sagte er deshalb und sah zu, wie Jo zwei Gläser und eine noch zu etwa einem Drittel gefüllte Whiskyflasche aus den Tiefen eines der Laborschränke zutage förderte.

Talkötter schenkte ein und reichte Karre ein Glas. »Cheers! Worauf trinken wir?«

»Auf Götz«, antwortete Karre wie aus der Pistole geschossen.

»Auf Götz!«, bestätigte Talkötter. »Was für eine verfluchte Scheißgeschichte. Seht bloß zu, dass ihr dieses Monster findet.«

»Worauf du dich verlassen kannst!«

Sie stießen an, leerten ihre Gläser und Jo schenkte noch einmal nach.

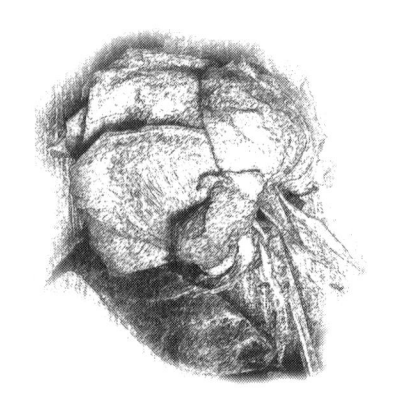

KAPITEL 48

Karre hatte es sich auf der Couch im Wohnzimmer bequem gemacht. Flackerndes Kerzenlicht tauchte den Raum in schummriges, unruhiges Licht. Es war still. Das einzig wahrnehmbare Geräusch war das Prasseln des Regens. Dicke Tropfen fielen aus tiefschwarzen Wolken zur Erde herab und trommelten seit über einer Stunde gegen die Fenster. In Strömen lief das Wasser an den Scheiben herunter, suchte sich seinen Weg über die Dachpfannen und verschwand gurgelnd in dem an die Dachrinne angeschlossenen Fallrohr.

Sein Griff ging zu dem halbvollen Glas Cabernet Sauvignon, das neben ihm auf dem Couchtisch stand, und er trank einen Schluck. Seitdem er nach Hause gekommen war, hatte er sich nicht von der Stelle gerührt. Er hatte sich auf die Couch gelegt, aus dem Fenster geschaut und die Ereignisse des Tages noch einmal Revue passieren lassen. Insbesondere das Gespräch mit Engelhardt.

Er hatte ihm nicht die ganze Wahrheit gesagt, davon war Karre überzeugt. Er wusste mehr. Ganz sicher. Aber wie konnte er es ihm nachweisen? Wie konnte er ihn aus der Reserve locken? Und war er damit automatisch auf der richtigen Spur, die Umstände von Sandras und Hannas Schicksal aufzuklären? Hatte er endlich eine Spur, die ihn nicht nur zu einem Täter, sondern darüber hinaus auch zu den Drahtziehern führen konnte? Und wie konnte er sicherstellen, sein Team – und insbesondere Viktoria – dabei nicht genau jenem Interessenkonflikt auszusetzen, den Engelhardt so treffend analysiert hatte.

Unzählige Male war er diese Gedankenschleife innerhalb der letzten Stunde durchgegangen, als es an der Tür klingelte. Er stand auf und verspürte einen leichten Schwindel, der allerdings genauso schnell verflog, wie er eingesetzt hatte, nachdem sein Kreislauf wieder in Schwung gekommen war. Barfuß, mit Jeans und T-Shirt bekleidet, ging er zur Tür.

»Ja?«, fragte er in den Hörer der Sprechanlage, während er das altmodische Spiralkabel verfluchte, das sich wieder einmal zu einem dicken Knäuel zusammengezogen hatte.

»Ich bin´s, Vicky.« Das Rauschen des Regens unten auf der Straße war so laut, dass es ihre Stimme beinahe übertönte.

Er drückte auf den Knopf, der das Haustürschloss öffnete. Anschließend lauschte er bei geöffneter Wohnungstür, wie ihre Schritte durchs Treppenhaus hallten. Als sie die oberste Etage erreichte, wusste er im ersten Augenblick nicht, ob er lachen oder weinen, ob er sie hereinbitten oder postwendend wieder nach Hause schicken sollte. »Hey, was machst du denn hier? Du gehörst nach Hause ins Bett. Abgesehen davon bist du klatschnass.«

Tatsächlich stand sie vor ihm wie ein begossener Pudel. Wasser tropfte aus ihren Haaren und ihrer Kleidung, so dass sich um ihre Schuhe herum bereits eine Pfütze gebildet hatte. »Bist du zu Fuß gekommen?«

»Haha! Sehr witzig. Hast du mal rausgeguckt? Leider gibt es in dieser Straße um diese Zeit keine Parkplätze. Also was ist, darf ich?«

Er trat einen Schritt zur Seite. »Klar. Komm rein, ich hole schnell ein Handtuch und was Trockenes zum Anziehen.«

»Ich befürchte zwar, dass du in deinem Kleiderschrank nichts in meiner Größe finden wirst, aber ausnahmsweise bin ich mal nicht so wählerisch.«

»Ich werd´ schon was für dich finden«, rief er ihr aus dem Schlafzimmer zu, während sie ihre Schuhe auszog und sie vor der Tür im Treppenhaus stehenließ. »Was brauchst du denn?«

»Wenn du einen Pullover oder ein Sweatshirt hast, bin ich schon glücklich.«

Wenig später kam er zurück und überreichte ihr einen feinsäuberlichen Stapel. »Bitte sehr. Ein Handtuch und ein Pullover. Ist wahrscheinlich etwas groß, aber besser als nichts.«

»Danke. Kann ich dein Bad benutzen?«

»Klar. Du kannst auch duschen. Ist kein Problem.«

»Nein danke, das geht auch so.« Im Gehen lächelte sie ihn an und zog die Badezimmertür hinter sich zu.

Zu seiner eigenen Überraschung spürte er einen leichten Anflug von Enttäuschung, als er das Klicken hörte, mit dem sich der Schlüssel im Schloss drehte. Er wischte den Gedanken beiseite, wahrscheinlich hatte er zu viel Wein intus und ging ins Wohnzimmer, wo er ein Glas für Viktoria aus dem Schrank nahm und es neben seinem eigenen auf dem Tisch abstellte.

Es dauerte keine fünf Minuten, bis Viktoria zurückkehrte. Mit den noch immer nassen, inzwischen aber glattgekämmten Haaren, sah sie aus, wie frisch geduscht. Zu ihren hellblauen Jeans, deren Oberschenkel vom Regenwasser dunkel verfärbt waren, trug sie den grauen Kapuzenpullover, den Karre ihr gegeben hatte. Aufgrund seiner Größe wirkte sie darin zwar ein wenig verloren, aber dennoch gefiel ihm, was er sah.

»Geht doch, oder?«, fragte sie ihn und ließ sich neben ihm auf die Couch fallen.

»Ich wette, du kannst alles tragen. Wein?«

»Gerne, aber nicht so viel. Ich muss noch fahren. Außerdem nehme ich immer noch diese Medikamente.«

»Hast du noch Schmerzen?«

»Nur wenn ich lache. Nein, im Ernst, es ist okay.«

Er schenkte ihnen ein und sie prosteten sich zu. »Was ich dir noch sagen wollte«, begann er, nachdem er sein Glas zurück auf den Tisch gestellt hatte. »Es tut mir leid, dass ich dir vorher nichts gesagt habe. Wegen deines Schwiegervaters … in spe.«

»Schon gut. Wahrscheinlich hätte ich an deiner Stelle nicht anders gehandelt. Glaubst du ihm, was er sagt?«

Karre sah sie ernst an. »Was ist mit dir? Glaubst du ihm? Du kennst ihn besser als ich. Viel besser.«

Sie zog ihre Beine auf die Couch und hockte sich in den Schneidersitz, so dass sie ihm gegenüber saß. »Ich möchte ihm glauben. Und eigentlich kann ich mir nicht vorstellen, dass er etwas mit Stellas Verschwinden zu tun hat. Von allem anderen ganz zu schweigen.«

»Aber?«

»Aber? Ich sehe die Fakten genauso, wie du sie siehst.

Und …«

»… wäre er nicht Maximilians Vater, hättest du eine ziemlich eindeutige Meinung, oder?«

Sie seufzte, griff nach ihrem Glas und starrte in die dunkelrote Flüssigkeit. »Vermutlich. Ja.«

»Dir ist klar, dass Schumacher es niemals zulassen wird, dass ich dich in die weiteren Ermittlungen einbeziehe, oder?«

»Weitere Ermittlungen? Du willst also definitiv in dieser Richtung weiterbohren?«

»Haben wir eine Alternative? Eine andere Spur? Vicky, wenn ich könnte, würde ich sofort in eine andere Richtung laufen, aber alle Wegweiser entlang der Straße deuten unmissverständlich auf ihn. Es wäre töricht und unverantwortlich, nicht in dieser Richtung weiterzumachen.«

Sie sagte nichts, trank einen Schluck und stellte das Glas zurück. Sie saßen sich eine Weile schweigend gegenüber. Jeder versuchte, dem Blick des anderen so unauffällig wie möglich auszuweichen.

Irgendwann fiel Karre auf, dass sie nervös auf ihrer Unterlippe nagte, während ihre saphirblauen Augen bewegungslos und ohne einen einzigen Wimpernschlag aus dem Fenster hinaus in die Dunkelheit stierten. In ihnen spiegelte sich die flackernde Flamme der Kerze.

Ihn überkam das seltsame Gefühl, dass er so oft verspürte, wenn er mit Viktoria alleine war. Das Gefühl, dass sie Trost suchte. Ob ausgerechnet bei ihm, das ließ er dahingestellt, aber für ihn stand fest, dass sie Dinge mit sich herumtrug, mit denen sie alleine nicht zurechtkam. Sie, die von außen betrachtet alles zu haben schien. Sie, die ein perfektes Leben führte und die sich einen Beruf ausgesucht hatte, weil sie ihn ausüben wollte und nicht, weil sie es musste oder weil sie dazu gedrängt worden war. Eher das Gegenteil war der Fall, da ihre Mutter sich auch nach Jahren noch alles andere als begeistert von ihrer Berufswahl zeigte. Und auch ihr zukünftiger Schwiegervater hatte ähnliche Töne angeschlagen. War das ihr Problem?

Hinzu kam das Thema Hochzeit, das sie mehr belastete, als dass es sie glücklich stimmte. Und dass die neuesten Entwicklungen in ihrem aktuellen Fall ihre Laune nicht unbedingt verbesserten, war durchaus nachvollziehbar.

»Ich wusste, dass Stella mit Maximilian zusammengearbeitet hat«, sagte Viktoria nach einiger Zeit, ohne ihren starren Blick vom Fenster abzuwenden. »Bevor du bei Stephan warst und es uns erzählt hast.«

»Du hast es gewusst? Seit wann?«

»Seit wir uns in ihrer Wohnung umgesehen haben. Das heißt, eigentlich hätte ich es schon früher ahnen müssen, aber ich habe nicht weiter darüber nachgedacht und es für einen Zufall gehalten. Ganz schön schräg, oder?«

»Du meinst die Sache mit dem Flug?«

»Klar. Wie wahrscheinlich ist es, dass zwei Menschen in deinem Umfeld zufällig denselben Flug buchen?«

»Na ja, ein paar Leute sitzen schon in so einem Flieger«, versuchte Karre, ihre Selbstzweifel zu entkräften.

»Trotzdem. Wir wussten, dass sie Jura studiert hat und dass sie am gleichen Tag wie Maximilian nach New York fliegen wollte. Wäre das nicht Grund genug gewesen, um nachzuforschen, wo genau sie eigentlich arbeitet?«

»Keine Ahnung. Vielleicht. Ich weiß es nicht. Ich denke, es war nicht so eindeutig, dass wir uns etwas vorzuwerfen haben. Aber was hat dich denn am Ende überzeugt, dass die beiden sich kennen?«

Sie sah ihn an und er registrierte, dass sich ihre Augen mit Tränen füllten. Er rückte näher an sie heran und legte ihr einen Arm um die Schulter. Sie wich zurück.

»Karre, ich muss dir etwas beichten. Ich habe Scheiße gebaut. So richtig.«

Er schwieg und wartete, dass sie weitersprach. Zugleich war er sich allerdings nicht sicher, ob er das, was nun kommen würde, wirklich hören wollte.

*

Ohne ein Wort zu sagen, starrte er auf den durchsichtigen Kunststoffbeutel. In seinem Inneren befanden sich zwei silberne Manschettenknöpfe, die Viktoria in Stella Uhligs Badezimmer gefunden hatte. »Und du bist sicher, dass es seine sind?«, fragte er schließlich.

Sie lachte, aber es klang alles andere als amüsiert. »Ich habe sie ihm vor zwei Jahren zu Weihnachten geschenkt. Und ich habe sie extra für ihn anfertigen lassen.«

Karre drehte die Tüte zwischen seinen Fingern hin und her und betrachtete die Knöpfe, auf denen die Initialen M. E. als Einlagen aus schwarzem Stein zu sehen waren. »Scheiße«, sagte er schließlich und legte den Beutel auf den Couchtisch.

»Das bedeutet, er hat nicht nur mit ihr zusammengearbeitet, sondern er war bei ihr zu Hause. Vermutlich am Abend vor seinem Abflug, während ich mit dem Essen auf ihn gewartet habe. Und wer weiß, wann sonst noch. So ein Arschloch.«

»Jetzt warte mal.« Sie saß noch immer im Schneidersitz vor ihm und Karre legte seine Hände auf ihre Knie, blickte ihr in die Augen. »Das heißt überhaupt nichts. Du bist auch gerade bei mir. Und ich war auch schon bei dir. Ich verstehe, dass du nicht grade begeistert bist, aber du solltest jetzt keine voreiligen Schlüsse ziehen.« Während er das sagte, dachte er an Engelhardts Worte: *Setzen sie meiner Schwiegertochter keinen Floh ins Ohr.*

»Dann bleibt immer noch die Tatsache, dass ich Beweismittel unterschlagen habe.«

»Wieso das denn?«

Sie deutete auf die Tüte.

»Du hast sie doch ordnungsgemäß bei mir abgeliefert. Vielleicht ein bisschen verspätet, aber das bleibt unter uns. Ich sorge dafür, dass die Dinger dorthin kommen, wo sie hingehören. Notfalls habe ich sie aus Versehen im Auto liegenlassen. Beim besten Willen, aber ich kann da keine Unterschlagung erkennen.« Er lächelte aufmunternd und sie erwiderte das Lächeln durch einen Tränenschleier.

»Danke.«

»Wofür?«

»Für alles.« Sie stand auf und er sah sie fragend an. »Ich muss los. Du hast selbst gesagt, ich gehöre eigentlich ins Bett.«

Er wollte auch aufstehen, doch sie schob ihn sanft zurück auf die Couch. »Ich finde alleine raus. Und danke für den Pullover, kriegst du morgen wieder.«

»Keine Eile, ich hab noch einen zweiten.«

»Na, dann bin ich ja beruhigt. Ich habe schon befürchtet, du hättest mir dein letztes Hemd gegeben. Also, wir sehen uns morgen.« Sie beugte sich vor und gab ihm einen flüchtigen Kuss auf die Wange, bevor sie sich umdrehte und ohne ein weiteres Wort verschwand.

Karre atmete tief durch, um seinen außer Kontrolle geratenen Puls zu beruhigen. Als dieser sich einigermaßen normalisiert hatte, sah er auf die Uhr. Kurz nach zehn. Schweigend blieb er einige Minuten sitzen und betrachtete den Beweisbeutel vor sich auf dem Tisch.

So ein verfluchter Mist.

Kopfschüttelnd schenkte er sich Wein nach.

*

Dr. Stephan Engelhardt saß auf der Rückbank seines Wagens, einem schwarzen Audi S8, und blickte gelangweilt auf den Cosmograph Daytona an seinem Handgelenk, während der Mann auf dem Fahrersitz im spärlichen Licht der Straßenbeleuchtung in einer Zeitschrift blätterte. Engelhardt hatte das Gefühl, schon seit einer Ewigkeit zu warten. Wie Schnecken bewegten sich die Zeiger über das in einem schweren Platingehäuse untergebrachte Zifferblatt. Er zog ein Handy aus der Innentasche seines Jacketts und tippte etwas auf dem für seinen Geschmack viel zu kleinen Display. Als er fertig war, ließ er das Gerät zurück in die Tasche gleiten. Es war kurz nach halb elf, als das Xenon-Licht eines sich nähernden Fahrzeugs das Ende der Sackgasse in grellweißes Licht tauchte. *Endlich.* Er öffnete die Fondtür und stieg aus.

*

»Was machst du denn hier?«, fragte Viktoria, nachdem sie ihren Mini neben der Luxuslimousine vor ihrer Doppelgarage geparkt hatte. »Wartest du schon lange?«

»Lange genug, um zu wissen, dass du … wie siehst du eigentlich aus? Hast du geduscht?« Er kniff die Augen zusammen und musterte sie demonstrativ kritisch von Kopf bis Fuß.

Erst jetzt fiel ihr ein, dass ihr Anblick in der Tat einige Fragen aufwarf. Ihre Haare sahen noch immer so aus, als wäre sie gerade aus der Dusche gestiegen und der zu große Herren-Sweater tat sicher sein Übriges. »Ich… also … ich bin nass geworden.«

»Ja, das sehe ich.«

»Regen«, sagte sie nur und ärgerte sich selbst über ihr

wenig souveränes Auftreten.

»Wie auch immer, ich muss mit dir reden.«

»Was gibt es denn?« Natürlich konnte sie sich an drei Fingern abzählen, weswegen er gekommen war. Und dass es ihm wichtig war, denn es kam nicht oft vor, dass Dr. Stephan Engelhardt den Weg zu seiner zukünftigen Schwiegertochter fand, wenn diese alleine zu Hause war.

»Gehen wir rein, ich habe dir was zu sagen.«

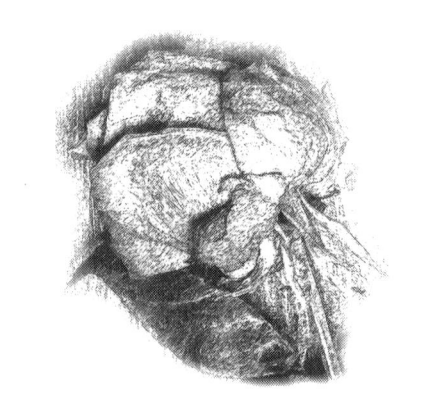

KAPITEL 49

Viktoria führte Stephan Engelhardt ins Wohnzimmer und bot ihm einen Platz auf der Couch an. »Setz dich. Möchtest du was trinken?«

»Nein, danke, ich bleibe nicht lange.« Er stutzte. »Sag mal, was ist denn mit deinem Gesicht passiert? Hast du dich geprügelt? Und was ist das überhaupt für ein Pullover? Das ist doch nicht deiner, oder?«

»Der ist von Maximilian«, log sie, um weiteren Diskussionen zu dem Thema von Beginn an das Wasser abzugraben.

»Und das da?« Er deutete auf die inzwischen verkrusteten Schnitte in ihrem Gesicht.

»Ein Unfall, ist aber nichts Ernstes.« Zum Glück hatte

sie sich zwischenzeitlich ihrer Halskrause entledigt, ansonsten hätte Engelhardt sie vermutlich auf der Stelle ins Auto gezerrt und zurück ins Krankenhaus gefahren.

»Unfall? Doch nicht der, bei dem dieser Polizist gestorben ist, oder? Warst du etwa dabei?«

»Ich habe mit ihm zusammen im Wagen gesessen, ja. Aber wie gesagt, mir fehlt nichts.«

Engelhardt verbarg das Gesicht hinter seinen Händen und atmete mehrmals hörbar ein und aus. »Du solltest dir wirklich überlegen, ob du diesen Polizeischeiß auf Dauer machen willst. Das ist nicht das Richtige für dich.«

»Du weißt, dass ich diesen *Polizeischeiß*, wie du es auszudrücken pflegst, liebe. Und bitte tue mir den Gefallen und lass uns nicht mit dieser Diskussion anfangen.«

»Ich kann deine Mutter verstehen.«

»Das weiß ich, du hast es mir oft genug gesagt. Trotzdem wäre ich dir sehr verbunden, wenn sie nichts von dem Unfall erfährt.«

»Keine Sorge, ich behalte es für mich.« Er zwinkerte ihr zu, was bei ihr ein gewisses Unbehagen auslöste.

»Gut, dann hätten wir das ja geklärt. Und jetzt mal Klartext: Warum bist du hier? Was treibt dich um diese Uhrzeit zu mir?«

»Du weißt, dass dein Chef bei mir war?«

»Ja, er hat von eurem Gespräch erzählt.«

»Und?«

»Und was?«

»Glaubst du mir?«

»Was genau? Dass du nichts über das Verschwinden von Stella Uhlig weißt?«

»Ich habe nichts damit zu tun. Allerdings möchte ich dir etwas sagen, das ich deinem Chef gegenüber unerwähnt gelassen habe.«

»Aha. Also doch.«

»Was willst du damit sagen?«

»Dass es vermutlich nicht so ist, dass du zur Klärung der Fragen hinsichtlich ihres Verschwindens nichts beitragen könntest. Und ich weiß auch gar nicht, ob ich das, was du mir zu sagen hast, wirklich wissen will.«

»Weil du Angst hast, dass es dich in einen Gewissenskonflikt stürzen könnte. Richtig? Weil du dich davor fürchtest, etwas zu erfahren, das du deinem Chef erzählen müsstest. Aber keine Sorge, ich will dich gar nicht in eine so missliche Lage bringen. Ich möchte dir nur etwas sagen, das dir vielleicht bei euren Ermittlungen weiterhilft. Allerdings erwarte ich von dir, dass du es nicht weitererzählst.«

»Warum denn nicht, wenn es dich nicht in Schwierigkeiten bringt?«

»Ich habe meine Gründe, das muss reichen.«

»Also?«

»Stella Uhlig ist eine Mitarbeiterin von uns. So weit, so gut. Aber sie ist mitnichten das Unschuldslamm, für das ihr sie augenscheinlich haltet.«

»Weiter. Was noch?«

»Sei doch nicht so bissig, ich will euch nur helfen.«

Das war das Letzte, woran Viktoria im Augenblick glaubte, aber sie schwieg.

»Sie arbeitet seit einem knappen Jahr bei uns und macht eigentlich einen guten Job. Einen richtig guten.«

»*Eigentlich* bedeutet, dass es *eigentlich* nicht der Fall ist.«

»Jetzt kommen wir zum Punkt: Vor ein paar Wochen haben wir eine E-Mail erhalten. Eine anonyme Mail, die sich nicht zurückverfolgen ließ. Und der Absender erwartet Dinge von uns, die das Vertrauen unserer Kunden nicht gerade stärken würden, wenn wir uns darauf einließen.«

»Ihr werdet also erpresst. Womit denn? Habt ihr ein

krummes Ding am Laufen?«

Er lachte. »Natürlich nicht.«

»Was ist dann sein Druckmittel?«

»Er hat einen Großteil der auf unseren Servern liegenden Daten verschlüsselt, so dass wir keinen Zugriff mehr haben.«

»Wer ist *er*?«

»Ein Hacker. Ein Krimineller.«

»Und dieser Kriminelle verwehrt euch den Zugang zu euren eigenen Dateien? Wie geht denn sowas?«

»Er hat sich in unser Netzwerk gehackt und die Daten entsprechend manipuliert.«

»Gibt es kein Backup?«

»Wofür hältst du mich? Natürlich gibt es das, aber auch da kommen wir nicht mehr dran. Er ist ein Profi, der genau weiß, was er tut. Selbst unsere IT-Abteilung ist machtlos, und wir haben wirklich gute Leute.«

»Wie ist er denn überhaupt in euer System gekommen? Das ist doch bestimmt gut gesichert.«

»Siehst du, jetzt kommen wir zum Knackpunkt. Stella Uhlig hat sich nur aus einem einzigen Grund bei uns beworben.«

»Und der wäre?«

»Um ihrem Partner, Komplizen, oder wie auch immer du ihn nennen willst, zu helfen. Bei der Suche nach dem Leck haben wir herausgefunden, dass sie einen USB-Stick auf der Herrentoilette in der Kanzlei deponiert hat. Sie hat es so aussehen lassen, als wären darauf brisante Daten über Mitarbeiter gespeichert. Und der vermeintlich glückliche Finder hatte nichts Besseres zu tun, als den Stick in den USB-Port seines Firmenrechners zu stecken. In dem Moment, in dem sich der Stick aktiviert hat, wurde ein Trojaner in unser Netzwerk eingeschleust, der dem Hacker Zugang zu allen Bereichen gewährt hat. Inklusive aller passwortgeschützten Daten.«

»Scheiße.« Das war ein Knaller. Endlich wussten sie, worum es ging. Stella und Martin hatten der Kanzlei wichtige Daten gestohlen, beziehungsweise diese verschlüsselt, so dass die eigenen Mitarbeiter keinen Zugriff mehr hatten. Und dann hatten sie die Firma damit erpresst. Aber passte eine Erpressung ins Bild? War es den beiden doch nicht darum gegangen, Missstände im Zusammenhang mit der Kanzlei aufzudecken und öffentlich zu machen? War die Verbindung zu Oliver Redmann doch nichts weiter als Zufall? Oder bestand ihr Racheplan darin, Geld oder was auch immer von Engelhardt & Partner zu erpressen?

»Und jetzt wird es erst richtig spannend: Weißt du, für wen Stella Uhlig arbeitet?«

»Nein, keine Ahnung«, log sie erneut.

»Himmel, wie löst ihr eigentlich eure Fälle, wenn ihr so wenig selbst herausfindet? Sie steckt mit dem Sohn eines ehemaligen Mitarbeiters unter einer Decke. Sein Name ist Martin Redmann. Oliver Redmann, sein Vater, hat ebenfalls bei uns gearbeitet. Vor drei Jahren ist er dann allerdings spurlos verschwunden und wurde irgendwann für tot erklärt.

Soweit ich weiß, hatte er psychische Probleme, weswegen er lange in Behandlung war. Wahrscheinlich hat er sich irgendwo von einer Brücke gestürzt und ist flussabwärts bis ins Meer getrieben. Aber seine Familie wittert seitdem eine Verschwörung. Sie glaubt, wir hätten etwas mit Redmanns Tod zu tun. Vollkommener Blödsinn.«

Er machte eine abfällige Kopfbewegung. »Jedenfalls sieht es so aus, als habe sein Sohn in seinem Rachewahn diese Uhlig angeheuert und sie für seine Zwecke eingespannt. Ihm geht es nur darum, sich an uns für etwas zu rächen, das wir nicht zu verantworten haben.«

»Wenn du das alles weißt, warum hast du ihn nicht längst angezeigt? Erpressung ist in Deutschland kein Kavaliersdelikt, aber das dürfte dir ja bekannt sein.«

»Weil er mit Sicherheit Kopien der verschlüsselten Daten angefertigt hat und ich nicht den geringsten Wert darauf lege, dass er die Informationen, die er sich unrechtmäßig unter den Nagel gerissen hat, öffentlich macht. Damit hat er nämlich gedroht. Kannst du dir vorstellen, was es für den Ruf der Kanzlei bedeutet, wenn die Essener High Society ihre Steuerbescheide plötzlich im Internet wiederfindet? Dann sind wir am Ende.«

»Was fordert er?«

»Geld. Viel Geld.«

»Red doch nicht um den heißen Brei. Wie viel?«

»Das spielt keine Rolle. Tatsache ist, ich werde darauf eingehen.«

»Tatsächlich? Gibt es schon einen Termin für eine Geldübergabe?«

»Nein, wir warten noch darauf, dass er sich meldet.«

»Eine Übergabe könnten wir überwachen.«

Engelhardt schüttelte den Kopf. »Zu riskant. Ich kann nicht riskieren, dass etwas schiefgeht und er die Daten der Öffentlichkeit zum Fraß vorwirft. Einen Fall wie WikiLeaks kann ich in meinem Geschäft nicht gebrauchen. Außerdem glaube ich nicht, dass es eine klassische Übergabe geben wird. So etwas lässt sich heute viel besser auf digitalen Wegen regeln. Geld gegen den Schlüssel, um unsere Daten wieder freizuschalten. Das ist kein Problem und für ihn deutlich weniger riskant.«

»Und was ist mit diesen Kopien, die er möglicherweise angefertigt hat?«, fragte Viktoria. »Wie wollt ihr jemals sichergehen, dass er die nicht weiterhin in der Hinterhand hat.«

»Da werden wir uns wohl oder übel auf sein Wort verlassen müssen. Aber wenn du mich fragst, hockt er schon irgendwo im Ausland und will sich mit dem Geld ein schönes Leben machen. Vielleicht ja sogar mit dieser Uhlig zusammen. Attraktiv ist sie ja. Habt ihr darüber schon mal nachgedacht?«

Das hatten sie. Dennoch waren sie bisher eher davon ausgegangen, dass es sich bei den beiden jungen Leuten um Opfer und nicht um Täter handelte. Konnte es stimmen, was Stephan da zum Besten gab? Oder wollte er nur von sich selbst und seinem Unternehmen ablenken?

Egal für wie plausibel sie die Geschichte um Martin Redmann und Stella Uhlig hielt, es erklärte weder den Fall Oliver Redmann, noch den vermeintlichen Unfall von Sandra und Hanna. Und nicht zuletzt war auch Karre davon überzeugt, dass hinter beidem mehr steckte, als zufällige Schicksalsschläge.

»Was erwartest du jetzt von mir?«, fragte sie ihren zukünftigen Schwiegervater.

»Dass du bei allem Pflichtbewusstsein nicht vergisst, wohin du gehörst.«

»Drohst du mir etwa?«

»Weißt du, meine Liebe, warum der Wiedehopf als ein verachteter Vogel gilt? Zumindest, wenn man alten Redensarten aus dem fünfzehnten und sechzehnten Jahrhundert Glauben schenken darf.«

»Nein, aber ich bin mir sicher, du wirst mich darüber aufklären.« Viktoria wünschte sich nichts sehnlicher, als dass diese Unterhaltung möglichst bald ein Ende fand. Sie war todmüde, die letzten Tage hatten ihr zu viel abverlangt und als wolle er diese Einsicht unterstreichen, schien ihr Schädel kurz vor der Explosion zu stehen.

»In Aristophanes Bühnenstück »*Die Vögel*« ist der Wiedehopf der König der Vögel. Unter anderem deshalb, weil er eine Krone trägt. Dennoch gilt der Wiedehopf, wie gesagt, als verachteter Vogel. Und zwar deshalb, weil man in der Zoologie des Mittelalters fälschlicher Weise annahm, er beschmutze sein eigenes Nest mit seinem Kot. Daher auch die Bezeichnung *Nestbeschmutzer*.

Viktoria, du weißt, wie sehr ich dich schätze und wie außerordentlich ich mich freue, dass du bald auch offiziell zu unserer Familie gehörst. Allerdings werde ich es auf keinen Fall zulassen, dass du unser und damit letztlich auch dein eigenes Nest beschmutzt. Aber ich bin mir sicher, du wirst in dieser Hinsicht die richtigen Entscheidungen treffen.« Er sah demonstrativ auf die Uhr. »So, jetzt bist du mich los, ich muss noch einmal ins Büro.«

»Jetzt noch? Es ist schon nach elf.«

»Ich habe nie einen Hehl daraus gemacht, dass es viel Zeit und Energie erfordert, sein eigenes Unternehmen aufzubauen und erfolgreich zu machen. Und ungleich mehr, den Erfolg auch zu halten. Aber genau deswegen werde ich es auch bis auf´s Blut verteidigen, wenn es sein muss. Insbesondere, wenn es darum geht, sich gegen unhaltbare Anschuldigungen zur Wehr zu setzen. Auch dann, wenn sie aus den eigenen Reihen kommen.«

Er ging zur Tür, doch bevor er hinaus in den noch immer währenden Regen trat, wandte er sich noch einmal Viktoria zu. »Ich mag mich täuschen, aber ich könnte schwören, Maximilian noch nie mit so einem Pullover gesehen zu haben.« Für einen kurzen Augenblick beobachtete er sie, versuchte, etwas aus ihrer Rektion herauszulesen. »Ich wünsche dir noch einen schönen Abend.« Dann zog er die Tür hinter sich ins Schloss und ließ Viktoria alleine zurück.

*

Mehr als zwei Stunden später wälzte sie sich noch immer

unruhig im Bett hin- und her. Nicht eine Sekunde hatte sie geschlafen und der Wecker zeigte bereits halb zwei an. Sie war todmüde, aber die in ihrem Kopf kreisende Gedankenflut ließ sie nicht zur Ruhe kommen. Das seltsame Verhalten von Maximilian, seine Manschettenknöpfe in Stella Uhligs Wohnung. Das Gespräch mit Stephan und die über allem schwebende Frage, wie sie sich in dieser Situation verhalten sollte. Wie würde Schumacher reagieren, wenn er von ihrer möglichen persönlichen Verbindung zum aktuellen Fall erfuhr?

Sie griff zum Telefon und wählte eine der eingespeicherten Nummern. Bereits nach dem ersten Freizeichen nahm der Angerufene ab.

»Ja? Vicky? Was ist los?«

»Bist du noch wach?« In derselben Sekunde, in der sie die Frage stellte, war ihr bewusst, wie bescheuert diese war.

»Lass mich so sagen: Du hast angerufen, mein Telefon hat geklingelt und ich bin drangegangen. Reicht das als Antwort?«

»Ja, okay. War ne blöde Frage. Sorry, wenn ich dich mitten in der Nacht um den Schlaf bringe, aber ich muss dir etwas sagen.«

»Noch eine Beichte?«

Vermutlich hatte er es im Scherz gemeint, aber sie spürte sofort den Kloß, der sich in ihrem Hals bildete. »In gewisser Weise schon.«

»Oh Gott! Na dann schieß mal los.«

»Notthoff und Schumacher.«

»Ja? Was ist mit ihnen?«

»Sie haben mir einen Job angeboten.«

»Sie haben was?«

Sie konnte förmlich hören, wie das Adrenalin in seinen Körper schoss und er von einer Sekunde zur nächsten hellwach war.

»Dir einen Job angeboten?«

»Ja, Notthoff will, dass ich in sein Team wechsele.«

»Wann hat er dir das denn gesagt?«

»Ich fürchte, das ist eine längere Geschichte. Zu lang für ein nächtliches Telefonat.«

»Und? Willst du es machen?«

»Ich … nein, natürlich nicht. Das heißt, ich … nein, eigentlich nicht, aber auf der anderen Seite … ach Scheiße, ich weiß es nicht. Das ist mir alles zu viel. Ich hätte nicht anrufen sollen. Tut mir leid.«

Sie legte auf.

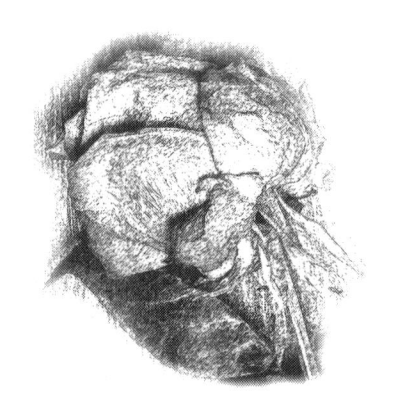

KAPITEL 50

»Jo, du siehst aus, als wäre ich dir was schuldig.« Sichtlich übernächtigt betrat Talkötter das Büro, in dem Karre und Karim den ersten Kaffee des Tages tranken. Trotz seiner kleinen und von roten Adern durchzogenen Augen machte der Kriminaltechniker auf den Hauptkommissar einen zufriedenen Eindruck.

»Guten Morgen zusammen, ich hoffe, ihr zwei habt ausgeschlafen?«

»Ganz im Gegensatz zu dir, wie mir scheint. Kaffee?«

»Gerne.«

Karim ging zur Kaffeemaschine und goss Talkötter einen Becher voll ein.

»Danke, den kann ich jetzt echt gebrauchen. Meine Leute und ich haben für euch eine Nachtschicht eingelegt. Aber, es hat sich gelohnt. Wir haben einen Treffer.«

Einen Treffer. Endlich. Vielleicht würden sich die Puzzleteile endlich zusammenfügen, denn selbst wenn ihnen Sergei Cherchi ins Netz ging, hatten sie noch immer keine lückenlose Beweiskette, an welchen Ereignissen der letzten Tage der Russe tatsächlich beteiligt gewesen war. »Dann schieß mal los«, sagte Karre erwartungsvoll und lehnte sich in seinem Stuhl zurück.

»Also, fangen wir mit der Haarprobe an, die Karre mir gegeben hat, um sie mit den Proben aus Stella Uhligs Wohnung abzugleichen.« Er legte eine Kunstpause ein und sah seine Kollegen abwechselnd an. »Treffer! Jetzt musst du uns nur noch sagen, woher die Gegenprobe stammt.«

Karre blickte in die erwartungsvollen Gesichter seiner Kollegen. »Aus dem *Blue Eden*.«

»Aus dieser Tabledance-Bar?«, kam es von den beiden wie aus einem Munde.

Karre nickte. »Ich habe sie bei der Durchsuchung mitgenommen, bevor Notthoff mich rausgeschmissen hat.«

»Bingo!«, rief Talkötter. »Damit steht fest, dass Stella in diesem Laden festgehalten wurde, bevor man sie woanders hingeschafft hat.«

»Na ja, es steht fest, dass sie dort war«, warf Karim ein. »Nicht, was sie dort gemacht hat.«

»Das stimmt, aber ich schätze nicht, dass sie dort gestrippt hat. Ich wage also mal die Hypothese, dass man sie dort gefangengehalten hat, nachdem man sie – vermutlich auf dem Weg zum Flughafen – entführt hat. Die Frage ist, ob man sie lediglich woanders hingeschafft hat oder ob man sie endgültig beseitigt hat.«

»Warum sollte man sie in ein anderes Versteck bringen?«, fragte Karim. »Glaubst du, die wussten vorher von der Durchsuchung? Und wenn ja, wer hat es ihnen gesteckt?«

Karre nickte. »Genau das ist die Frage. Jo, hast du noch mehr?

»Und ob. Das Material, das du auf diesem Schrottplatz gesammelt hast. Die Patronenhülsen. Was die kleineren Hülsen betrifft, sprechen wir über Munition von vier unterschiedlichen Faustfeuerwaffen. Interessant ist dabei eine Hülse, die meine Theorie hinsichtlich der Mordwaffe in unserem Doppelmord bestätigt. Karre, erinnerst du dich, was ich dir dazu erzählt habe?«

»Du hast vermutet, dass möglicherweise so ein russischer Revolver mit Schalldämpfer benutzt worden ist?«

»Genau. Ein Nagant M1895. Bei einer der Geschosshülsen, die du mitgebracht hast, handelt es sich um eine 7,62 x 38mm Nagant, was diese Annahme bestätigt. Sie wurde speziell für den Nagant-Revolver entwickelt. Der Täter hat diesen Revolver benutzt, vermutlich mit einem Schalldämpfer. Meine Eingangshypothese ist damit also bewiesen. So weit zu den Hülsen. Kommen wir zu den Projektilen. Ich habe die Projektile, die du auf diesem versteckten Schießplatz gefunden hast, mit den Projektilen abgeglichen, die Paul aus den beiden Leichen entfernt hat. Und, was glaubt ihr?«

»Treffer!«

Talkötter deutete mit dem Finger auf Karre. »Die ballistische Untersuchung hat gezeigt, dass sie zweifelsfrei übereinstimmen.«

Karre rieb sich nachdenklich das Kinn. »Ergo hat definitiv jemand mit der Mordwaffe auf die Zielscheiben hinter dem Schrottplatz geschossen. Ist diese Waffe bei der Durchsuchung des Schrottplatzes aufgetaucht?«

Talkötter schüttelte den Kopf. »Nein, leider nicht. Allerdings dürfte es alleine auf dem Schrottplatz Millionen

Möglichkeiten geben, eine Waffe zu entsorgen. Wenn er sie beispielsweise in einen Wagen gelegt hat, der danach in die Presse gewandert ist, wirst du nie wieder etwas von dieser Waffe zu Gesicht bekommen. Unabhängig davon könnte er sie auch an jedem anderen denkbaren Ort entsorgt haben.«

»Vielleicht hat Cherchi sie überhaupt nicht entsorgt, sondern trägt sie bei sich?« Karim stellte seine leere Tasse auf einem der Umzugskartons ab.

»Diese Spekulation bringt uns in keiner Weise weiter, denn solange wir ihn nicht festnehmen, weil wir nicht wissen, wo er ist, ist es auch völlig egal, ob die Waffe noch da ist.« Und Talkötter zugewandt fragte Karre: »Habt ihr noch mehr?«

»Ja. Und zwar gibt es da noch diese anderen Patronenhülsen, die du eingesammelt hast, nebst den dazu passenden Projektilen aus dem Kugelfang hinter den Zielscheiben. Kaliber 9 x 39mm. Dabei handelt es sich um sowjetische Unterschall-Munition.«

»Unterschall-Munition?«, fragte Karim. »Was genau bedeutet das?«

»Es bedeutet, dass sie gezielt daraufhin entwickelt wurde, den typischen Überschallknall zu vermeiden, der entsteht, wenn man herkömmliche Munition verwendet. Dadurch wird die Waffe per se erheblich leiser. Den verbleibenden Mündungsknall kann man zusätzlich noch mittels eines Schalldämpfers mindern. Diese Patrone wurde speziell für die Verwendung in genau solchen schallgedämpften Spezialwaffen konzipiert. Insbesondere in einem Wintores-Scharfschützengewehr.«

Karre atmete hörbar aus. Aus dem in seinem Kopf herrschenden Nebel schälten sich die unscharfen Konturen eines Gedankens, doch bevor er ihn greifen und hinterfragen konnte, hatte dieser sich bereits wieder verflüchtigt. »In einem Scharfschützengewehr? Und? Habt ihr die dazu passende Waffe auf dem Schrottplatz gefunden?«

»Nein, die war ebenso wenig auffindbar, wie der Revolver.«

»Okay. Auf dem Schrottplatz finden wir Munition aus der Waffe, mit der Kim Seibold und Tobias Weishaupt erschossen wurden. Zudem wurde Cherchis Auto am Tatort gesehen. Ohne Zweifel, Sergei Cherchi ist unser Mann. Zumal er auf der Flucht vor Götz und Vicky keine Sekunde gezögert hat, ihnen eine tödliche Falle zu stellen. Wir suchen also jemanden, der auch vor Polizistenmord nicht zurückschreckt.

Hinzu kommt, dass Sergei offenbar regelmäßig im *Blue Eden* war. Das hat uns Xenia alias Linda bestätigt. Ein paar Stunden nach dieser Auskunft war sie tot, was wohl kaum ein Zufall gewesen sein dürfte. Anderseits, einen Link zwischen ihr und Sergei, der beweist, dass er auch in ihrem Fall der Täter ist, haben wir bisher nicht.«

»Vielleicht doch«, unterbrach Talkötter seinen Kollegen. »Die Rolle Panzertape, die Viersteins Leute bei der Durchsuchung des Schrottplatzes gefunden haben. Eindeutig stammt das Stück, mit dem der Überlauf von Lindas Badewanne abgedichtet wurde, von dieser Rolle. Allerdings war Cherchi schlau genug, keine Spuren auf ihr zu hinterlassen. Als eindeutiges Indiz sollte es aber ausreichen. Vielleicht ergibt sich darüber hinaus aber noch eine Übereinstimmung zwischen dem DNA-Material, das in Lindas Wohnung sichergestellt wurde und den DNA-Proben aus Sergeis Wohnwagen. Das bleibt abzuwarten.«

»Okay, das nenne ich gute Neuigkeiten. Was Monika Redmann betrifft, die das Attentat mit der Kühltruhe mit Glück überlebt hat, wissen wir, dass Cherchis Wagen zur Tatzeit wenige Meter von ihrem Haus entfernt stand. Das reicht mir vorerst, um jemand anderen als Täter auszuschließen.

Zum Schluss bleibt noch die Frage nach Martin Redmann und Stella Uhlig. Beide sind seit Tagen verschwunden. Allerdings haben wir bei Martin bisher keinen Hinweis darauf, dass er nicht freiwillig abgetaucht ist. Vielleicht wurde ihm der Boden einfach zu heiß. Insbesondere falls er auch herausgefunden hat, dass Stella ihren New York-Flug nie angetreten hat.

Das bringt uns zu den alles entscheidenden Fragen: Wo ist Stella? Und: Ist Cherchi für ihr Verschwinden ebenfalls verantwortlich? Jo, habt ihr in dem Camaro vom Schrottplatz irgendetwas gefunden, was darauf hindeutet, dass Stella mit ihm transportiert worden ist? Vielleicht im Kofferraum?«

»Nein, der Wagen ist gründlich gereinigt worden. Aber wir haben etwas anderes entdeckt.« Er legte einen durchsichtigen Beutel auf den Tisch, in dem sich etwas befand, das wie dunkelblauer Lack aussah.

»Was ist das? Sieht aus wie die Farbe, die der Camaro eigentlich …« Karre stutzte und schlug sich schließlich mit der flachen Hand vor die Stirn. »Na klar, wir haben gedacht, er hätte ein neues Auto, weil wir für uns ausgeschlossen haben, dass er den Wagen in so kurzer Zeit neu lackiert hat. Dabei war es viel einfacher.«

»Yep. Du bist auf dem richtigen Weg!«

»Der Wagen war vorher mit Folie überzogen und nachdem wir ihm auf die Spur gekommen sind, musste er nur die Folie entfernen und der Wagen sah aus wie neu lackiert, während wir nach einem dunkelblauen Wagen mit gelben Streifen gesucht haben. Karim, erinnerst du dich noch, dass wir uns gefragt haben, warum sich jemand mit einem so auffällig lackierten Auto an diversen Tatorten blicken lässt? Wir dachten, er wäre dumm genug dazu, dabei war das alles nur ein Ablenkungsmanöver.«

»Dem wir voll auf den Leim gegangen sind. Bei einer so auffälligen Lackierung war ihm klar, dass wir genau danach suchen werden.«

Jo Talkötter zog die Stirn kraus. »Wäre er mit einem verrosteten Golf gefahren, wäre es noch weniger aufgefallen. Vor allem dann nicht, wenn er ihn gleich danach in seine Schrottpresse gesteckt hätte. Die Nummernschilder waren sowieso gefälscht. Er hätte den Wagen also ohne Schwierigkeiten ein für alle Mal verschwinden lassen können. Ohne jedes Risiko, dass er jemals wieder auftaucht.«

»Vielleicht war es unter seinem Niveau, mit so einer Karre rumzufahren. Wer weiß. Wo habt ihr die Lackfolie eigentlich gefunden?«

»In einem Karosseriespalt unter dem Frontspoiler. Du hast ja gesagt, wir sollen die Kiste quasi auseinandernehmen. Hat sich in diesem Fall gelohnt.«

»Gute Arbeit, Jo. Danke auch an deine Jungs. Jetzt müssen wir nur noch eine Idee entwickeln, wo Stella Uhlig festgehalten wird. Sofern wir mit dieser Annahme denn richtig liegen.«

»Vielleicht kann ich dazu sogar noch etwas beitragen«, sagte Talkötter und sein Blick wanderte zwischen den beiden Ermittlern hin und her. »Wir haben noch etwas gefunden. Normalerweise hätte ich mich wahrscheinlich nicht damit auseinandergesetzt, aber auf Grund deiner eindringlichen Bitte …«

»Jo, bitte komm zum Punkt. Wenn es wirklich dazu beitragen kann, Stella zu finden, sollten wir keine unnötige Zeit verlieren. Wer weiß, was sie mit ihr vorhaben. Vielleicht geht es um Minuten.«

*

Martin Redmann griff nach dem Telefon, als das Gerät vor ihm auf der Tischplatte zu vibrieren begann. Der auf dem Display erscheinende Name gaukelte ihm vor, dass es Stella war, aber er wusste es besser. »Habt ihr den Code bekommen?«, fragte er den Anrufer.

»Ja. Er hat funktioniert.«

»Natürlich hat er das.«

»Hör zu, ich sage dir jetzt, wo du die Kleine findest.«

»Ich höre.«

Er beschrieb ihm den Ort.

»Ich weiß, wo das ist.«

»Gut. In einer Stunde kommst du dahin. Die Kleine ist im Keller. Hinter der Stahltür am Ende des Ganges. In genau einer Stunde bist du da. Nicht früher, nicht später. Kapiert? Wenn nicht, ist die Kleine tot. Und keine Bullen.«

»Wenn ihr wollt, dass ich komme, dann will ich Stella sprechen. Ich will wissen, dass es ihr gut geht. Ist sie bei euch?«

»Jetzt pass mal auf. Wir haben das Mädchen. Das heißt, du bist nicht derjenige, der Forderungen stellt. Nicht mehr. Ach ja, das hätte ich fast vergessen. Wir haben der Kleinen etwas gespritzt und ich fürchte, es ist ihr nicht bekommen. Wenn du kommst, findest du neben ihr das Gegengift. Spritz es ihr in den Arm. Hast du mich verstanden?«

»Ja, aber ...«

»Wenn du nicht rechtzeitig kommst, wird sie sterben«, wiederholte er noch einmal. »Und wenn du zu feige bist, ihr das Mittel zu geben, dann auch. Die Zeit läuft, also beeil dich.«

Bevor Martin etwas erwidern konnte, war die Leitung tot.

*

»Okay«, sagte Talkötter und krempelte die Ärmel seines Hemds bis zu den Ellbogen hoch. »Der Wagen wurde zwar gründlich gereinigt und durch das Entfernen der Lackfolie haben wir auch so gut wie keine Schmutzrückstände mehr gefunden.«

»So gut wie keine? Das bedeutet, ihr habt etwas gefunden?«

»In der Tat. In dem Spalt zwischen Motorhaube und Windschutzscheibe, unter den Blättern der Scheibenwischer.«

»Und? Was habt ihr gefunden?«

»Vogelscheiße.«

»Bitte?«, fragten Karre und Karim im Chor. »Vogelscheiße?«

»Ja. Und wie gesagt, unter normalen Umständen hätten wir uns nie damit befasst, aber da wir sonst nicht viel hatten, haben wir uns an jeden noch so dünnen Strohhalm geklammert.«

»Und das heißt?«

»Ich habe eine Probe an einen Ornithologen gegeben. Ich kenne jemanden, der im Grugapark …«

»Jo! Komm zum Punkt!«

»Sorry. Also, er hat sich mit der Probe befasst und auf Grund der Beschaffenheit ist er zu dem Schluss gekommen, dass es sich mit hoher Wahrscheinlichkeit um Ausscheidungen eines Kormorans handelt. Chemische Details der Zusammensetzung von Kormorankot erspare ich euch an dieser Stelle. Wenn er mit seiner Vermutung aber Recht hat, könnte das ein Hinweis auf einen Ort sein, an dem sich Cherchi während der letzten Tage öfter aufgehalten hat.«

»Zum Beispiel, weil er entweder selbst dort untergetaucht ist oder jemand anderen versteckt hält«, dachte Karim laut. »Die Schlussfolgerung klingt vielleicht etwas gewagt, aber ich glaube, etwas viel Besseres haben wir im Augenblick nicht im Köcher. Allerdings war mir gar nicht klar, dass es hier in der Nähe überhaupt Kormorane gibt. Sind das nicht Seevögel?«

»Oh doch, es gibt sie. Und zwar jede Menge. Ich habe mir das schon angeschaut. Kormorane sind in der Tat Seevögel. Aber sie kommen fast überall in Europa vor, sofern sie ein ausreichendes Nahrungsangebot vorfinden. Und ihre Nahrung besteht zu nahezu einhundert Prozent aus Fisch. Bei uns leben Kormorane vor allem an der Ruhr und damit auch am Baldeneysee. Vor Jahren haben die Fischer und Angler einen ziemlichen Aufstand gemacht, weil sie behauptet haben, die Kormorane wären für die zurückgehenden Fischfänge verantwortlich.

Lange Rede, kurzer Sinn: Im Vogelschutzgebiet am Heisinger Bogen gibt es eine große Kolonie brütender Kormorane. Die Wahrscheinlichkeit, dass dir ein Kormoran aufs Autodach scheißt, dürfte also nirgendwo in Essen und Umgebung so groß sein, wie im unmittelbaren Umkreis dieser Brutstätte.«

»Das heißt:«, schlussfolgerte Karre. »Wir müssen uns überlegen, ob es im Umfeld dieser Nistplätze ein geeignetes Versteck gibt. Ein Haus, eine Hütte, was auch immer. Jo, kannst du dich mit deinen Jungs darum kümmern?«

Jo grinste. »Sie sind schon dabei, die Umgebung über Google Maps zu screenen.«

»Perfekt. Solltet ihr Gebäude finden, die infrage kommen, erkundigt euch bitte beim Grundbuchamt nach dem jeweiligen Eigentümer. Vielleicht können wir es darüber noch etwas mehr eingrenzen.«

Jo Talkötter erhob sich von seinem Stuhl und stellte die leere Tasse ab. »Ich gebe euch Bescheid, sobald wir etwas gefunden haben.« Er eilte zur Tür und bevor er sie hinter sich ins Schloss zog, rief Karre ihm hinterher:

»Jo, danke, das war wirklich spitze!«

*

Viktoria lag mit ihrem iPad auf der Couch im Wohnzimmer und blätterte durch die elektronische Fallakte. Seit Stunden hatte sie nichts anderes getan, als wieder und wieder dieselben Berichte zu lesen, dieselben Fotos anzustarren – und dieselben nutzlosen Schlussfolgerungen zu ziehen. Neben der Frage, inwieweit ihr zukünftiger Schwiegervater in all das verwickelt war, beschäftigte sie vor allem die Frage nach dem Verbleib von Stella.

Einmal mehr griff sie nach dem Fotoalbum, das sie in Stellas Wohnung gefunden hatte, und blätterte durch die Seiten. Dieses Mal blieb ihr Blick an einem Foto hängen, das sie zuvor bereits mehrfach betrachtet hatte. Stella stand an einem Strand, hinter ihr leuchtete glutrot die untergehende Sonne. Ihr Haar war sonnengebleicht, ihre Haut das genaue Gegenteil. Aufgrund des groben Sandes und der Bauart der hinter ihr im Flachwasser dümpelnden Boote, tippte Viktoria auf Ägypten. Stella trug weiße Shorts und ein türkisfarbenes Bikini-Top. Aber etwas anderes erregte ihre Aufmerksamkeit. Etwas, das ihr bei den vorhergehenden Betrachtungen nicht aufgefallen war.

Da sie das, was sie zu sehen geglaubt hatte, mit bloßem Auge nicht genau erkennen konnte, ging sie hinauf in ihr Arbeitszimmer und suchte nach einem Vergrößerungsglas. Als sie das Bild mit dessen Hilfe noch einmal genauer in Augenschein nahm, stieß sie einen lauten Pfiff aus und legte das Fotoalbum beiseite.

Sie spürte, wie sich ihr Puls beschleunigte, als sie zurück ins Wohnzimmer eilte und nach ihrem Handy griff. Als das Gerät die gewünschte Verbindung herstellte, befand sie sich schon auf dem Weg zu ihrem Auto.

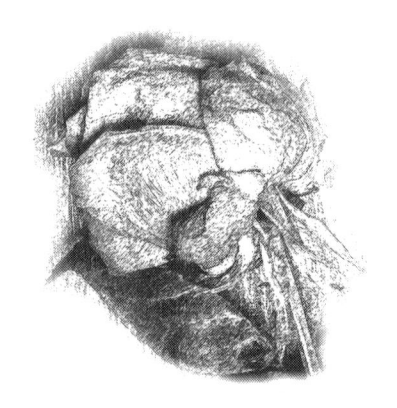

KAPITEL 51

Die Stahltür flog auf und krachte mit einem lauten Knall gegen die Backsteinmauer.

Stella schreckte aus ihrem Dämmerschlaf hoch. Sie schnappte nach Luft, als der Entführer ihr den Knebel aus dem Mund entfernte und sie zum ersten Mal seit Stunden wieder frei atmen konnte.

»Dein Süßer ist unterwegs, Schätzchen. Er sollte bald hier sein. Und dann ist es vorbei. Endgültig. Du hast doch nicht geglaubt, dass der Boss sich von euch verarschen lässt, oder?«

Er beugte sich über sie, griff mit seiner rechten Hand nach ihrem Kinn und drückte Daumen und Zeigefinger so fest in ihre Wangen, dass sie vor Schmerzen aufschrie.

»Selbst wenn Martin euch die Kopien gibt, nützt euch das gar nichts«, keuchte sie. »Er hat sie in tausendfacher Ausfertigung. Mit Sicherheit. Wahrscheinlich liegen sie schon längst der Presse und der Polizei vor.«

»Halt endlich deine vorlaute Klappe!« Die Ohrfeige explodierte in ihrem Gesicht. »Außerdem, was faselst du immer von Kopien? Es geht darum, dass er unsere Daten mit einem Codewort verschlüsselt hat, so dass wir nicht mehr darauf zugreifen können.«

»Was?« Ihre Stimme überschlug sich. »Was reden Sie da für einen Scheiß?«

Wieder explodierte etwas in ihrem Gesicht, so dass ihre Augen sich vor Schmerz mit Tränen füllten. »Ich habe keine Ahnung, wovon Sie reden.« Doch noch während sie sprach, kam ihr ein fürchterlicher Gedanke. Was, wenn der Typ Recht hatte? Was, wenn Martin tatsächlich nicht nur heimlich Daten kopiert, sondern sich zu weit aus der Deckung gewagt hatte. Die Möglichkeit dazu hatte er ohne jeden Zweifel gehabt. Aber wozu? Warum war er dieses Risiko eingegangen? Waren sie womöglich nur deswegen aufgeflogen?

»Du lügst doch wie gedruckt. Aber eigentlich spielt es auch keine Rolle mehr. Es wird höchste Zeit, dass wir uns auf das große Finale vorbereiten!«

Das Letzte, das sie spürte, bevor sie das Bewusstsein verlor, war der Nadelstich in ihrem Unterarm.

*

Obwohl sich der Himmel mit dicken, schwarzen Wolken zugezogen hatte und ein leises Grummeln hinter den im Osten liegenden Hügeln nichts Gutes verhieß, hatte Martin entschieden, sich dem vereinbarten Ort von der Seeseite her zu nähern. Da man ihn sicherlich am seitlichen Eingang erwartete, hatte er auf diese Weise vielleicht eine Chance, unbemerkt durch eines der Kellerfenster ins Gebäude zu gelangen, ohne seinen Widersachern direkt in die Arme zu laufen.

Er traute dem Braten nicht. Zwar hatte er ihnen den richtigen Code per E-Mail zugeschickt, so dass sie wieder Zugriff auf ihre Daten hatten, aber er wurde das Gefühl nicht los, dass sie ihn und Stella nicht so einfach davonkommen lassen würden. Schließlich hatten sie sie während der vergangenen Wochen ziemlich hinters Licht geführt und nichts konnte ihnen garantieren, dass er und Stella nicht doch noch Kopien der Unterlagen besaßen, die sie an die Presse weitergeben würden, sobald Stella wieder auf freiem Fuß war und sie gemeinsam das Weite gesucht hatten.

Zwischenzeitlich hatte er tatsächlich überlegt, Kopien der Beweise bei der Polizei oder bei der Presse zu hinterlegen, falls ihnen etwas zustoßen sollte. Aber der Presse, ganz konkret diesem Torge Barkmann, mit dem Stella sich bezüglich der Veröffentlichung der Informationen abgesprochen hatte, hatte er beim besten Willen nicht genug vertraut. Und die Polizei schien in Anbetracht seiner parallel durchgeführten Operation, von der nicht einmal Stella etwas ahnte, auch nicht der geeignete Partner zu sein.

Vielleicht hätte er mit dieser Polizistin reden sollen? Wie hieß sie noch gleich? Viktoria von Dingsbums. Die hübsche Blondine schien ihm die Einzige zu sein, der er sich eventuell hätte anvertrauen können.

Als ihm die Idee gekommen war, für den Fall der Fälle Kopien der Dokumente bei einem Anwalt zu hinterlegen, hatten sich die Ereignisse überschlagen und die Zeit war ihm davongelaufen. Immerhin hatte er das auf seinem Rechner befindliche Material in Sicherheit gebracht. Die

Frage war nur, ob es jemand fand, falls ihm etwas zustieß.

Erste Tropfen fielen vom Himmel und zogen Kreise auf der spiegelglatten Oberfläche des Sees. Obwohl der See zu dieser Uhrzeit kaum befahren wurde, zog er das Tempo an, als das Einer-Kajak die Fahrrinne kreuzte, die in erster Linie von den Ausflugsschiffen der Weißen Flotte genutzt wurde. Trotz der erhöhten Schlagzahl tauchte das Paddel beinahe geräuschlos, abwechselnd zu seiner Rechten und zu seiner Linken, ins schwarze Wasser ein.

Wenige Augenblicke später näherte er sich dem Ufer. Inzwischen goss es wie aus Kübeln und wieder und wieder verfingen sich die Blätter des Paddels in der dicht wuchernden Wasserpest, deren Blätterwald bis dicht unter die Oberfläche reichte. Als er schließlich am Ufer anlegte, war sein Oberkörper von Schweiß und Regen vollkommen durchnässt.

Er stieg aus dem Kajak und zog es ein Stück die Uferböschung hinauf, wo er es im Schutz einer Brombeerhecke zurückließ. Von hier aus musste er noch etwa einhundert Meter zu Fuß zurücklegen, bis er das Haus erreichte. Der Maschendrahtzaun, der das Grundstück zum Seeufer hin vor unbefugten Gästen schützte, war löchrig wie ein Schweizer Käse. Im Laufe der Jahre war er an einigen Stellen verrostet, an anderen hatten sich Neugierige mit entsprechenden Werkzeugen Zutritt verschafft. Für gewöhnlich waren es Jugendliche, die sich mit Rucksäcken voller Bier, Sekt oder Alkopops auf das verwahrloste Grundstück zurückzogen.

Im Schutz der Hecken und Bäume näherte sich Martin dem Gebäude. Durch die Kaskaden dichten Regens hindurch betrachtet, wirkte es noch abweisender und feindseliger als an sonnigen Tagen. Verborgen hinter meterhoch wucherndem Gestrüpp und Bergen von Unrat, befanden sich die schmalen Kellerfenster. Während in den oberen Etagen vor die Fenster montierte Gitter das Eindringen Unbefugter verhindern sollten, hatte man die lediglich aus dünnen Metallnetzen und inzwischen zerbrochenen Scheiben bestehenden Kellerfenster offenbar vergessen. So waren die meisten im Laufe der Zeit aufgebrochen und anschließend nicht wieder repariert worden. In der Regel reichte ein leichter Tritt und sie gaben den Weg frei.

Er zwängte sich durch eine der Fensteröffnungen und ließ sich hinunter in den Keller gleiten. Hier unten stank es nach Moder, Feuchtigkeit und Fäkalien. Das Rauschen des Regens hallte gespenstisch von den kahlen Wänden wider. Irgendwo tropfte es. Ein metallisches Geräusch, das mit uhrwerkartiger Präzision den zeitlichen Verlauf des Verfalls zu dokumentieren schien.

Entgegen der landläufigen Meinung war die alte Jugendherberge bei ihrer Aufgabe nicht vollständig leergeräumt worden. Martins Blick streifte doppelstöckige Bettgestelle aus verrostetem Metall, in denen einst Kinder und Jugendliche ihre Nächte verbracht hatten. Die dazugehörigen Matratzen lagen auf dem Boden. Stockfleckig und mit Schimmel, Mäuse- und Fledermauskot überzogen – die allmählich verrottenden Zeugen längst vergangener Zeiten. Soweit er wusste, würden bald die Bagger kommen und die sterblichen Überreste des Gebäudes dem Erdboden gleichmachen.

Er blieb stehen und lauschte in die herrschende Stille. Irgendwo links von ihm hörte er ein leises Rascheln. Vermutlich eine Ratte, die zwischen den Haufen gammeliger Supermarkttüten nach etwas Fressbarem suchte. Das Geräusch verstummte augenblicklich, als er den Raum durchquerte und hinaus in den Kellerflur trat. Ihm fielen die aufgestemmten Wände auf, die Plünderer auf der Suche nach verwertbaren Kupferkabeln und Rohren hinterlassen hatten. Der zurückgelassene Schutt knirschte unter seinen Schritten, während er, darauf bedacht, unnötige Geräusche zu vermeiden, einen Fuß vor den anderen setzte.

Er überlegte, seine Taschenlampe einzuschalten, entschied sich jedoch vorerst dagegen. Das durch die Kellerfenster der angrenzenden Räume fallende Restlicht reichte, um sich einigermaßen orientieren zu können. Ein flüchtiger Blick in die nächsten beiden vom Hauptgang abzweigenden Räume offenbarte das gleiche Bild: unterschiedlichste Hinterlassenschaften der ehemaligen Betreiber der Jugendherberge, aufgestemmtes Mauerwerk und Berge von Müll. Dazu der penetrante und allgegenwärtige Gestank. Er setzte seinen Weg fort und kam zu einer Metalltür. Sie war lediglich angelehnt und als er sie mit klopfendem Herzen öffnete, ertönte ein lautes Quietschen.

Er stieß einen leisen Fluch aus und sah sich um. Niemand war zu sehen. Er betrat den Raum und sein erster Blick fiel auf das doppelstöckige Metallbett an der links vom Eingang liegenden Wand. Und auf die Person, die mit ausgestreckten Gliedmaßen auf dem Metallrost lag.

*

Während der letzten dreißig Minuten waren Karre und Karim unruhig auf dem Flur vor ihrem Büro auf und ab gelaufen. Schließlich hatten sie es nicht mehr ausgehalten und sich selbst an ihren Rechner gesetzt, um auf Google nach infrage kommenden Gebäuden zu suchen. Schon nach wenigen Minuten waren sie auf einen langgezogenen Bau gestoßen. Da Google keine 3D-Ansicht der betreffenden Straße zur Verfügung stellte, dauerte es eine Weile, bis sie herausgefunden hatten, um was genau es sich handelte. Sie riefen Talkötter an, der ihnen wiederum erklärte, auch seine Leute hätten sich bereits mit dem Gebäude auseinandergesetzt. Sie hatten nicht nur herausgefunden, dass es sich um ein leerstehendes Haus handelte, sie konnten sogar mit einer Information über den Eigentümer aufwarten. Und die schlug ein wie eine Bombe.

»Es hat etwas gedauert, aber die Dame beim Grundbuchamt hat mir bestätigt, dass das Gebäude vor ein paar Jahren von der Stadt an einen Investor aus Übersee verkauft wurde. Dahinter steht irgendeine Offshore-Gesellschaft. Es ist also auf die Schnelle nicht so einfach herauszufinden, welche Person sich letztlich dahinter verbirgt. Spannend ist aber, dass der Name der Offshore-Gesellschaft mit der Eigentümergesellschaft des *Blue Eden* identisch ist.

*

»Wir haben einen Treffer!«, rief Karre Karim zu, der gerade mit zwei Flaschen Cola aus dem auf dem Flur aufgestellten Automaten zurückkam. Er fasste Talkötters Nachricht kurz zusammen und während sie sich auf dem Weg zur Tür ihre Jacken überstreiften, klingelte Karres Handy.

»Vicky. Sie muss einen sechsten Sinn für sowas haben.«

»Und? Sagst du ihr, was los ist? Ich meine, sie wohnt fast nebenan. Sie könnte …«

»Nein!«, sagte Karre entschlossen. »Sie soll schön zu Hause bleiben und sich auskurieren.«

Dann nahm er das Gespräch an.

»Karre!«, rief Vicky am anderen Ende der Leitung. »Hör mir zu, stell keine Fragen. Ich glaube, ich weiß, wo Stella Uhlig ist!«

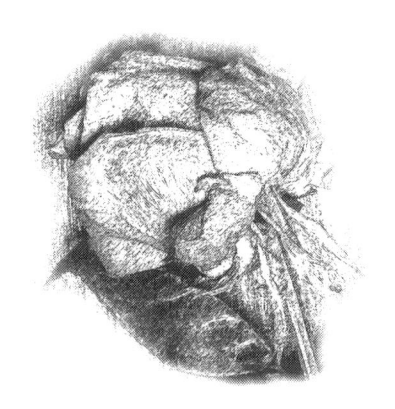

KAPITEL 52

Augenblicklich war Martin Redmann klar, um wen es sich handelte. Er stürzte auf das Bett zu und riss Stella, deren Fußknöchel und Handgelenke mit Kabelbinder an die Bettpfosten gefesselt waren, die Augenbinde vom Gesicht.

Ihre Augen waren geschlossen. Er löste den Knoten des Knebels, entfernte zunächst das Tuch und anschließend den Lederriemen samt der daran befestigten Hartgummikugel. Als Stella noch immer keine Reaktion zeigte, versetzte Martin ihr mit der Handfläche leichte Schläge auf die Wangen. Den Tränen nah, flüsterte er ihren Namen. Nach ein paar Sekunden, die sich wie Kaugummi zogen, öffneten sich ihre Augen zu zwei weißen, halbmondförmigen Schlitzen.

Sie murmelte etwas Unverständliches. Er legte sein Ohr dicht an ihren Mund. Glaubte zu verstehen, dass sie seinen Namen flüsterte. Und noch etwas. Worte, die wie Gift und Spritze klangen. Er streichelte über ihr von fiebrigem Schweiß verklebtes Haar, wobei sein Blick auf eine umgedrehte Holzkiste fiel, die direkt neben dem Kopfende des Bettes stand. Darauf lagen eine Spritze sowie ein Stoffriemen mit einer Verschlussschnalle aus Kunststoff.

»Und? Bist du bereit, ihr das Gegengift zu spritzen?«

Er fuhr herum, als die emotionslose Stimme das Blut in seinen Adern stocken ließ. Den Mann, der nur wenige Meter von ihm entfernt im Türrahmen stand und seine Pistole auf ihn richtete, erkannte er auf den ersten Blick.

»Weißt du, wie man so etwas macht, oder brauchst du Nachhilfe?«

Martin versuchte, seine Gedanken zu sortieren, doch in seinem Kopf herrschte Chaos.

»Eines solltest du wissen«, fuhr sein Gegenüber schließlich fort. »Wenn du noch lange wartest, wird sie niemand mehr retten können.« Er warf einen flüchtigen Blick auf die Uhr an seinem Handgelenk. »Mehr als ein paar Minuten bleiben dir nicht, wenn du ihr Leben retten willst.«

»Warum das Ganze? Warum habt ihr sie nicht einfach gehen lassen, nachdem ich euch den Code geliefert habe?«

Sein Gesicht verzog sich zu einer Fratze. »Warum? Das ist eine gute Frage. Warum spielen Katzen mit Mäusen, anstatt sie sofort zu töten?«

»In euren Augen sind wir also Mäuse?«, fragte er mit belegter Stimme. »Nichts als Spielzeug?«

»Habt ihr ernsthaft geglaubt, ihr könntet uns zum Narren halten?« Sein Blick wanderte zu der bereits aufgezogenen Spritze. »Nochmal, du solltest dich beeilen.«

Zögernd griff Martin nach der Spritze. »Ich ... ich habe so etwas noch nie gemacht.«

»Für alles gibt es ein erstes Mal. Achte nur darauf, dass du eine schöne Vene findest, damit es wirkt.«

»Hiermit?« Er griff nach dem Stoffriemen, der neben der Spritze gelegen hatte.

Der andere nickte, sagte aber nichts.

»Stella?« Er beugte sich über sie, versuchte mit seinen Fingern, einen Puls an ihrem Hals zu fühlen. Er sah an ihrer schwachen Reaktion, die seine Berührung auslöste, dass sie lebte – und ihn auch hörte. Allerdings schien sie nicht mehr in der Lage zu sein, ihm zu antworten oder ihn auch nur gezielt anzusehen.

Mit zitternden Fingern griff er nach der Aderpresse. Da ihr Handgelenk noch an den Bettpfosten gefesselt war, musste er deren Schnalle zunächst vollständig öffnen, damit er den elastischen Riemen um ihren Oberarm legen konnte. Nachdem er das lose Ende wieder eingefädelt und die Schlaufe entsprechend eng zugezogen hatte, traten die Venen in Stellas Unterarm bereits nach wenigen Sekunden deutlich sichtbar unter ihrer blassen Haut hervor. Er warf dem Kerl, der noch immer seine Waffe auf ihn richtete, einen fragenden Blick zu.

»Wenn du dich nicht bald entscheidest, kannst du es gleich bleiben lassen«, sagte dieser, ohne dass sich auf seinem Gesicht auch nur die geringste Regung abzeichnete.

Martin setzte die Nadelspitze an einer Stelle auf Stellas Arm an, an der die Adern dank des sich stauenden Blutes besonders gut zu sehen waren. Zögernd legte er den Daumen auf den Stempel der Spritze.

Er wollte, aber er konnte nicht. Sein Gehirn sandte den Befehl, das in der Spritze befindliche Serum in Stellas Körper zu drücken, doch die Muskeln und Sehnen seiner

Hand verweigerten den Gehorsam.

Schmutz und Steine knirschten unter seinen Sohlen, als der Mann mit der Waffe direkt neben Martin trat. Erst jetzt fiel ihm der auf den Lauf des Revolvers aufgesetzte Schalldämpfer auf, den er bereits auf dem durch die Webcam übertragenen Überwachungsvideo des Hotelzimmers gesehen hatte.

Sein Blick glitt zurück zu Stella. Ihre Augen waren geschlossen, Schweiß rann in Strömen über ihr aschfahles Gesicht. Eigentlich sah sie aus, als wäre sie bereits gestorben, doch zu seiner Erleichterung erkannte Martin, wie sich ihr Brustkorb unter ihrem T-Shirt langsam auf und ab bewegte.

»Und?«, fragte der andere. »Lässt du sie verrecken?«

Martins Hand begann erneut zu zittern. So stark, dass er absurderweise befürchtete, die Spitze der Nadel könnte abbrechen und in Stellas Arm steckenbleiben. Er schloss die Augen, während er den Stempel der Spritze langsam nach unten drückte. Stella entfuhr ein leichtes Stöhnen, während die Flüssigkeit in ihre Vene strömte. Nachdem er den Stempel bis zum Anschlag nach unten durchgedrückt hatte, zog er die Spritze heraus und löste die Aderpresse von Stellas Oberarm. Langsam, wie in Zeitlupe, legte er beides zurück auf die Holzkiste. Er beugte sich über Stella, die noch immer wie tot vor ihm lag und drückte ihr einen sanften Kuss auf die Stirn.

In diesem Moment applaudierte der andere und begann aus voller Kehle zu lachen.

*

Vollkommen verständnislos starrte er den Typ mit dem Revolver an, der sich lachend mit dem Griff der Waffe auf den Oberschenkel schlug. Was um alles in der Welt war so komisch daran, dass er Stella das Gegengift gespritzt hatte? Er hatte den Gedanken noch nicht beendet, da dämmerte ihm die grausame Wahrheit.

»Was war in dieser Spritze?«, fragte er, wobei er das Zittern seiner Stimme trotz aller Bemühungen, selbstbewusst zu wirken, nicht unterdrücken konnte.

»In der Spritze?« Während sein Blick zunächst zu der Spritze und anschließend zurück zu Martin wanderte, legte er eine Kunstpause ein, die er sichtlich genoss und die ihre Wirkung auf Martin zudem nicht verfehlte. »Erstklassiges Heroin. Ein echter Super-Stoff. Bei einem herkömmlichen Straßendealer kaum zu bekommen. In Kombination mit dem Sedativum, das ich deiner Süßen vorher verabreicht habe, allerdings ein absolut tödlicher Cocktail. Ja, du allein hast sie auf dem Gewissen. Hättest du es ihr nicht gespritzt, hätte sie einfach ihren Rausch ausgeschlafen und wäre in ein paar Stunden wieder fit gewesen. Aber so ...«

Martin taumelte rückwärts, stolperte, klammerte sich in letzter Sekunde an einem der Bettpfosten fest. Die Welt um ihn herum verschwamm vor seinen Augen, als sich diese mit Tränen unbändiger Wut und Verzweiflung füllten. Was um Himmels willen hatte er getan? Wie hatte er diesem Menschen bloß vertrauen können? Wieso hatte er ohne zu zögern daran geglaubt, dass sich in der Spritze tatsächlich ein Gegengift befand?

Andererseits, hatte er überhaupt eine Wahl gehabt? Was, wenn sie Stella wirklich ein Gift gespritzt hätten und nur er sie durch die Gabe des Antiserums hätte retten können? Sein Blick wanderte zu Stella, die noch immer reglos auf dem Bettgestell lag. Sah so tatsächlich jemand aus, dem gerade eine Überdosis Heroin verabreicht worden war? Oder spielte der andere erneut ein perverses Spiel mit ihm?

Als habe dieser seine Gedanken gelesen, sagte er mit geradezu abartig ruhiger Stimme: »Keine Sorge, sie wird allmählich dahinschlummern. Mediziner nennen es Atemdepression. Ihr Herz hört irgendwann einfach auf zu schlagen. Es ist bei weitem nicht so qualvoll, wie man gemeinhin glaubt.«

Zunächst spürte Martin den Schwindel, dann kam die Übelkeit. Mühsam würgte er das, was sich seinen Weg die Speiseröhre hinauf bahnte, wieder hinunter.

»Du fragst dich doch sicher, wie es weitergeht?« Er griff in die Tasche seiner Jacke und zog eine weitere aufgezogene Spritze daraus hervor. »Ein Liebespaar, das sich in einem alten Abrisshaus den goldenen Schuss gesetzt hat. Ist das nicht allerliebst? Beinahe wie bei Romeo und Julia. Magst du Tragödien? Shakespeare war ein wahrer Meister, was das anging. Wie gefällt dir Shakespeare?«

Als Martin die Worte hörte, setzte sein Verstand endgültig aus. Mit einem wütenden Schrei stürzte er sich in Richtung des Mannes, der noch immer den Revolver in der einen, und die Spritze in der anderen Hand hielt. Er spürte den Stich in seinem Unterarm, bevor ein Schwall unbeschreiblicher Hitze seinen Körper durchströmte, ihn jeglicher Kraft beraubte und die Welt um ihn herum in unendlicher Schwärze untergehen ließ.

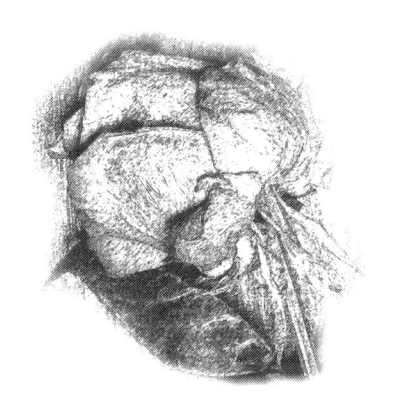

KAPITEL 53

Sie waren sich nur ein einziges Mal begegnet, in der Autowerkstatt von Hanno Gerber. Und doch bestand für sie nicht der geringste Zweifel, wen sie vor sich hatte. Er saß auf dem Gerippe eines verrosteten Metallstuhls und starrte sie mit schreckensstarren Augen an.

Sie hatte das Gebäude durch die vordere Eingangstür betreten. Das Vorhängeschloss, das die schwere Stahltür gesichert hatte, war zuvor entfernt worden. Ohne Gewalteinwirkung, sondern mit einem Schlüssel, wie sie nach kurzer Begutachtung feststellte. Hätte sie nicht das Armband wiedererkannt, dass Stella Uhlig auf dem Foto trug und das Viktoria beim Joggen nur wenige Meter vom Eingang des alten Abrisshauses entfernt gefunden hatte, wäre sie wohl nie auf die Idee gekommen, Stella könnte in die alte Jugendherberge verschleppt worden sein.

Sie folgte dem Flur, bis sie eine geöffnete Tür erreichte. In dem Raum, der direkt neben der Kellertreppe lag, waren früher vermutlich die Koffer der An- und Abreisenden zwischengelagert worden. Jedenfalls ließen die geräumigen Wandregale, die inzwischen ebenso vermodert waren, wie der Rest der ehemaligen Jugendherberge, etwas Derartiges vermuten. Von Schimmel überzogene Wände und Decken, Exkremente von Vögeln, Fledermäusen und Ratten waren auch hier allgegenwärtig.

Noch immer sahen sie sich an, doch ihr Gegenüber machte keinerlei Anstalten, etwas an der skurrilen Situation zu ändern. Der Grund dafür war die massive Kopfverletzung, die seinen Schädel nahezu gespalten hatte, so dass in seinem blutverschmierten Haar weiße Knochenfragmente und freiliegende Teile seines Gehirns zu sehen waren.

Viktoria trat neben den Mann und fühlte seinen Puls. Nicht, weil sie erwartete, eine Überraschung zu erleben, sondern lediglich aus einer Routine heraus, derer sie sich nicht erwehren konnte. Erwartungsgemäß fühlte sie nichts, aber die Wärme seiner Haut bedeutete, dass er nicht lange tot sein konnte.

Sie zog die P6 aus dem Halfter, entsicherte sie und horchte in die sich ausbreitende Stille. Bemüht, möglichst wenig Geräusche auf dem mit Dreck und Schutt bedeckten Boden zu verursachen, trat sie zurück in den Flur und bewegte sich in Richtung der in den Keller führenden Treppe. Vorsichtig stieg sie die steilen Stufen hinab in die am Ende der Treppe lauernde Dunkelheit. Der Handlauf aus rostigem Metall war an mehreren Stellen aus der Wand herausgerissen worden und wackelte bedenklich, als sie sich daran festhielt, um auf der schmalen, brüchigen Treppe nicht den Halt zu verlieren. Ein unachtsamer Schritt und mit etwas Pech würde sie sich das Genick brechen.

Nachdem sie das Ende der Treppe erreicht hatte, mussten sich ihre Augen zunächst an die neuen Lichtverhältnisse gewöhnen. Im Gegensatz zum Erdgeschoss, in das genügend Tageslicht fiel, gab es hier unten lediglich wenige schlitzförmige Kellerfenster, so dass die Räume nur spärlich beleuchtet wurden. Dennoch entschied sie sich dagegen, ihre Taschenlampe zu benutzen, und bewegte sich stattdessen vorsichtig durch die Dunkelheit. Sie folgte dem Hauptflur bis zu einer Stahltür. Diese war lediglich angelehnt und Viktoria atmete einmal tief ein und aus, bevor sie ihren Körper gegen das massive Türblatt drückte, das daraufhin schwerfällig nach innen schwang.

Der Raum, der sich hinter der Tür erstreckte, war größer, als sie erwartet hatte, und ebenso verwinkelt. Es gab zahlreiche Ecken und Nischen, die in vollkommener Finsternis lagen und weiß Gott welche Geheimnisse bergen mochten. Ihr Blick fiel auf das doppelstöckige Bettgestell aus Metall in einer Ecke des Raumes – und auf die Person, die mit ausgebreiteten Gliedmaßen auf der unteren Bettetage lag.

Ohne ihre Waffe aus der Hand zu legen, stürzte sie auf das Bett zu. Mit der freien Hand griff sie nach der an ihrem Gürtel baumelnden Taschenlampe, schaltete sie ein und richtete den Lichtstrahl auf die vor ihr liegende Person. Auch wenn sie Stella Uhlig zuvor nur auf Fotos gesehen hatte, erkannte Viktoria die junge Frau sofort wieder. Sie war vollständig bekleidet, woraufhin Viktoria zunächst ein Gefühl der Erleichterung verspürte, welches jedoch nicht lange anhielt.

Im grellweißen Kegel der LED-Lampe wirkte ihr mit Schweißperlen benetztes Gesicht unnatürlich grau. Ihr langes Haar hing ihr in verklebten Strähnen ins Gesicht und die halb geöffneten Augen zeigten keinerlei Reaktion. Trotz des wenigen Lichts waren ihre Pupillen deutlich verengt. Zudem zeigten sie keinerlei Reaktion, als der Lichtstrahl der Taschenlampe in ihre Richtung fiel.

Viktoria musste nicht erst die neben dem Bett liegende Spritze finden, um zu verstehen, was sich hier vor nicht allzu langer Zeit zugetragen hatte. Sie tastete nach Stellas Puls, gab aber nach mehreren Versuchen entmutigt auf. Im Laufe der Jahre hatte sie zu viele Drogenopfer gesehen, als dass sie hoffte, hier aus eigener Kraft etwas ausrichten zu können. Wenn Stella überhaupt noch eine Chance hatte, dann nur, wenn binnen weniger Minuten ein Notarzt vor Ort war, der ihr eine Dosis Naloxon verabreichte. Und selbst dann würde es ihrer Einschätzung nach fraglich sein, ob es für Stella überhaupt noch Hoffnung gab.

Sie legte die Taschenlampe auf dem Bett ab und zog ihr Handy aus der Hosentasche. Während sie feststellen musste, dass sie hier unten keinen Empfang hatte und wohl oder übel zuerst ins Erdgeschoss zurückkehren musste, bevor sie Hilfe holen konnte, folgte ihr Blick dem in die Dunkelheit schneidenden Strahl der LED-Lampe. Zufällig hatte sie die Lampe so platziert, dass ihr Licht eine der Nischen im hinteren Bereich des Raumes aus der Dunkelheit riss. Sie kniff die Augen zusammen. Eine unwillkürliche Reaktion, um vermeintlich besser sehen zu können, ob sich dort hinten tatsächlich etwas oder jemand bewegt hatte, oder ob ihre angespannten Sinne ihr lediglich einen Streich spielten.

Dann geschah alles gleichzeitig, denn sie hatte sich nicht geirrt. Sie registrierte eine Bewegung rechts von der Stelle, an welcher der Lichtstrahl auf das mit Graffiti beschmierte Mauerwerk traf, zog ihre Dienstwaffe und zielte auf die entsprechende Stelle. Der plötzlich auftauchende Schatten irritierte sie. Nur für den Bruchteil einer Sekunde, doch lange genug, dass der Andere einen gezielten Schuss in ihre Richtung abfeuern konnte.

Nahezu simultan löste sich der Schuss aus ihrer Dienstwaffe. Mit einem ohrenbetäubenden Knall raste das Projektil durch den Lauf der P6. Sie wunderte sich, dass sie ihre Schusshand in dem Augenblick zur Seite verriss, als sie den Abzug betätigte. Doch bevor der Fluch über den missratenen Schuss über ihre Lippen kam, spürte sie den Schmerz.

Jemand taumelte ihr aus der Dunkelheit der Nische entgegen. Spielten ihre Augen ihr einen Streich? Sie hätte alles darauf gewettet, dass es sich bei der marionettenhaft torkelnden Gestalt um Martin Redmann handelte.

Als sie endlich begriff, war es bereits zu spät. Ihre Knie begannen zu zittern, im Rückwärtstaumeln schlug sie mit dem Hinterkopf gegen die steinerne Wand und der Schmerz in ihrem Kopf breitete sich aus wie die Druckwelle einer Explosion. Zunächst sah sie Sterne, die grell und bunt vor ihren Augen aufglühten. Sie pulsierten, kreisten um sie herum wie Planeten um ihre Sonne, schneller und schneller, bevor sie schließlich erloschen. Zurück blieb ein Regen feiner, weißer Flocken, der vor ihren Augen wie Fallout aus einem unsichtbaren Himmel niederfiel. Dann folgte die Finsternis.

Viktoria stürzte in eine Schlucht, versuchte verzweifelt, sich an irgendetwas festzuhalten, um den Sturz abzufedern, doch der Griff ging ein ums andere Mal ins Leere. Eine unsichtbare Kraft zog sie hinab in bodenlose Schwärze. Sie verlor das Bewusstsein in dem Augenblick, als sie realisierte, dass die Kugel des anderen sie knapp oberhalb des Brustbeins getroffen hatte.

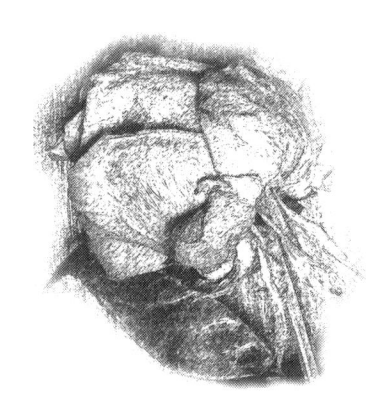

KAPITEL 54

Seit dem Aufstehen litt Karre an dem latenten Gefühl, ersticken zu müssen, und obwohl er den Knoten der schwarzen Seidenkrawatte lockerte, besserte sich die Situation nur unwesentlich. Der Gedanke an das bevorstehende Begräbnis schnürte ihm regelrecht die Luft ab.

Als Karim und er die alte Jugendherberge erreicht hatten, fanden sie ein Szenario des Grauens vor. Letztendlich war ihnen nichts anderes übriggeblieben, als die Toten abtransportieren zu lassen und den Fall für mehr oder weniger abgeschlossen zu erklären.

Mehr, weil sie den Mörder von Götz Bonhoff gefasst hatten. Allerdings war er tot. Jemand hatte Sergei Cherchi mit einer Eisenstange den Schädel eingeschlagen. Auch der Mord an Xenia, alias Linda Lebedew, ging auf Cherchis Konto. Entsprechende DNA-Spuren aus der Wohnung der jungen Club-Angestellten deckten sich mit Proben von Cherchis Leichnam.

Als weniger gelöst betrachtete Karre den Fall, da Karim und er im Keller des alten Gebäudes Stella Uhlig und Martin Redmann gefunden hatten. Für beide kam jedoch jede Hilfe zu spät. Der Notarzt hatte bei seinem Eintreffen in beiden Fällen den Tod durch eine letale Opioid-Überdosis feststellen müssen. Heroin, wie sich später im Rahmen der Obduktion der beiden jungen Leute herausstellte.

Dagegen schien plötzlich vollkommen unklar, wer Cherchis Mörder war und in welchem Zusammenhang Martin Redmann mit den Morden an Kim Seibold und Tobias Weishaupt stand. Denn unmittelbar neben seinem Leichnam lag die Eisenstange, mit der Cherchi erschlagen worden war. Hinterrücks und mit mehreren kräftigen Schlägen, wie die Obduktion durch Grass ergeben hatte. Ebenfalls neben ihm lag ein Revolver mit aufgeschraubtem Schalldämpfer, ein alter Nagant M1895, aus dessen Lauf während des Schusswechsels eine Kugel mit tödlicher Präzision auf Viktoria abgefeuert worden war.

Martin Redmanns Fingerabdrücke fanden sich auf beiden Tatwaffen. Zudem fanden Vierstein und seine Leute Martin Redmanns Fingerabdrücke sowohl auf dem Stempel der Spritze, mit deren Inhalt Stella Uhlig die tödliche Dosis verabreicht worden war, als auch auf der Spritze, mit der er sich anschließend offenbar selbst getötet hatte. Nur das zu ihren Annahmen passende Warum und Wieso blieb den Ermittlern schleierhaft.

Zwei unendlich langsam dahinschleichende Tage lang hatten sie auf die Ergebnisse der Kriminaltechnik warten müssen. Zwei Tage, in denen sie in der ständigen Hoffnung lebten, mit neuen Erkenntnissen von Talkötter und seinen Leuten den Tathergang zuverlässiger als bisher rekonstruieren zu können. Denn eine weitere Ungereimtheit bestand darin, dass das Projektil, das aus Viktorias Dienstwaffe abgefeuert worden war, trotz aller Bemühungen nicht gefunden wurde. Gab es möglicherweise eine weitere Person, die sich zur fraglichen Zeit in dem Keller aufgehalten hatte und in deren Körper die Kugel das Gebäude verlassen hatte? Vielleicht, weil Viktoria diese Person mit dem einzigen von ihr abgegeben Schuss ebenfalls getroffen hatte?

Karre und Karim waren gerade im Begriff das Präsidium zu verlassen, als Jo Talkötter, ebenfalls in schwarz gekleidet, das Büro betrat.

»Ah«, sagte er. »Gut, dass ihr noch da seid. Ich habe endlich die Ergebnisse der ballistischen Untersuchung.«

Karre und Karim sprangen gleichzeitig von den Kartons auf, auf denen sie sich niedergelassen hatten, um ihren Kaffee zu trinken.

»Und?«, fragte Karre, dem die Anspannung deutlich ins Gesicht geschrieben stand.

»Was soll ich sagen? Es ist so, wie du schon vermutet hast. Das Ganze war ein ziemlich schlampig inszeniertes Täuschungsmanöver. Ich vermute, der unbekannte Schütze hatte nicht mehr genug Zeit, um alles so herzurichten, dass es auch den weiteren Analysen standhalten würde.«

»Das heißt?«

»Das heißt, dass es keinerlei Anzeichen dafür gibt, dass Martin Redmann jemals einen Schuss aus diesem Revolver abgefeuert hat. Jemand hat ihm das Ding zwar zwischenzeitlich in die Hand gedrückt und dafür gesorgt, dass wir seine Fingerabdrücke auf dem Griff finden, aber geschossen hat er definitiv nicht. Es gibt keinerlei Schmauchspuren, weder an seinen Händen, noch an seiner Kleidung.«

»Und was ist mit Cherchi? Hat Martin Redmann ihm den Schädel eingeschlagen, bevor er zu Stella in den Keller hinuntergegangen ist?«

Talkötter schüttelte den Kopf. »Nein. Zwar hat der Täter auch hier versucht, es ihm in die Schuhe zu schieben, indem er ihm die Eisenstange in die Hand gedrückt und damit seine Fingerabdrücke auf das Metall gebracht hat. Allerdings haben wir an seiner Kleidung keinerlei Blut von Cherchi gefunden, was ihn bei der Schwere seiner Kopfverletzungen des Opfers und dem Blut, das wir um Cherchi herum im Erdgeschoss gefunden haben, als Täter sicher ausschließt. Genauso wenig glaube ich übrigens daran, dass Martin Redmann erst Stella und dann sich selbst den goldenen Schuss gesetzt hat. Auch dafür ist entweder Cherchi oder unser unbekannter Dritter verantwortlich.«

»Da wollte uns also jemand weißmachen, dass Martin Redmann unser Mann ist«, überlegte Karre laut.

»Aber warum war er so schlampig?«

»Vermutlich, weil er davon ausgegangen ist, dass nach Vicky noch weitere Polizisten auftauchen werden.«

»Womit er ja auch recht behalten hat«, stimmte Karim zu. »Er wollte sichergehen, nicht erwischt zu werden, und hat sich entsprechend schnell vom Acker gemacht.«

»Habt ihr inzwischen überprüft, ob während der letzten Tage jemand mit einer Schussverletzung in ein Krankenhaus eingeliefert wurde?«

»Haben wir. Aber es war nicht wirklich damit zu rechnen, dass er in ein Krankenhaus geht. Falls Vicky ihn denn tatsächlich verletzt hat. Er wird auch wissen, dass eine Schussverletzung in jedem Fall der Polizei gemeldet wird.«

Nun lockerte auch Karim den Knoten seiner Krawatte. »Das heißt, er ist entweder nicht besonders schwer verletzt und noch immer auf der Flucht, oder er hat sich in irgendein Versteck geschleppt, wo er allmählich krepiert. Ich weiß wirklich nicht, was mir lieber wäre.«

Karre sah Talkötter an. »Habt ihr das Handy von Martin Redmann schon geknackt?«

»Nein, der Junge wusste, wie man Daten verschlüsselt. Aber ich bin zuversichtlich, dass wir nicht mehr lange brauchen. Meine Leute melden sich, sobald sie so weit sind. Wie kommt ihr eigentlich zum Friedhof?«

»Wir nehmen ein Taxi. Wer weiß, wie das heute endet. Willst du mitfahren?«

Talkötter nickte.

»Okay, lasst uns runtergehen.« Karre nickte den beiden Kollegen zu. Er wusste, dass es für sie alle der schwerste Gang seit langem werden würde. Und so machten sie sich auf den Weg, ihrem geschätzten Teammitglied das letzte Geleit zu geben.

*

Nach dem Begräbnis versammelte sich ein Großteil der Gäste zum Leichenschmaus im Römerkrug, um die Trauerfeier bei Kaffee, Brötchen, Bienenstich sowie dem einen oder anderen Schnaps ausklingen zu lassen.

Während des Gottesdienstes hatte Schumacher eine für seine Verhältnisse einfühlsame Rede gehalten. Karre hingegen hatte nur dagesessen und geistesabwesend auf das Porträt-Foto gestarrt, das auf einer Staffelei neben dem Sarg aufgebaut worden war. Er konnte sich des Gefühls nicht erwehren, dass das auf ihn gerichtete Augenpaar ihn die ganze Zeit über anklagend musterte.

Wie konntest du das zulassen? Wo warst du, als du gebraucht wurdest?

In Gedanken war er den Fall wieder und wieder durchgegangen. Hatten sie Fehler gemacht? Hatte *er* Fehler gemacht? Hatte er als Leiter des Teams den katastrophalen Ausgang der Ermittlungen zu verantworten? Wenn er diese Fragen mit »ja« beantwortete, hatte er gnadenlos versagt. So sehr er auch darüber nachgrübelte, die Fakten immer wieder durchging und im Geiste von rechts auf links krempelte, er wusste es nicht. Gleich morgen würde er mit Schumacher reden und sollte dieser es ähnlich sehen, würde er ohne zu Zögern seinen Rücktritt anbieten.

Auch zu fortgeschrittener Stunde war er mit seinen Überlegungen zu keinem befriedigenden Ergebnis gekommen. Er saß alleine an der Bar und bestellte einen weiteren Wodka, als Willi Hellmann sich zu ihm gesellte. Der ehemalige Leiter des K3 sah trotz der Strapazen der vergangenen Stunden deutlich besser aus als bei ihrem letzten Wiedersehen.

»Du solltest nicht so viel trinken.« Hellmann legte ihm eine Hand auf die Schulter. »Es wird dir nicht dabei helfen, die bevorstehenden Herausforderungen zu meistern.«

»Was denn für Herausforderungen?« Ein angenehmer Nebel breitete sich in Karres Kopf aus. »Ich werde keine großen Aufgaben mehr annehmen, sofern Schumacher mir überhaupt noch irgendetwas anbieten wird. Außer meinem Rücktritt, meine ich. Willi, ich habe versagt. Auf der ganzen Linie.«

Hellmann schüttelte den Kopf und bestellte beim Wirt eine Flasche Wasser. »So etwas darfst du nicht einmal denken. Ihr habt den Täter, mehr kann man von euch nicht verlangen.«

»Ja, aber zu welchem Preis? Stella und Martin konnten

wir nicht mehr helfen. Außerdem ist die Geschichte noch nicht zu Ende. In dem Keller muss eine zweite Person gewesen sein. Cherchi hat ganz sicher Götz und Linda, die Tänzerin aus dem *Blue Eden*, auf dem Gewissen und er war auch an den Morden an Kim Seibold und Tobias Weißhaupt beteiligt. Ob er aber wirklich derjenige war, der sie erschossen hat, wissen wir nicht. Und ob er oder der Unbekannte die tödlichen Injektionen bei Stella und Martin gesetzt hat, ist für uns auch nicht sicher nachvollziehbar. Bestenfalls haben wir also für einen Teil der Morde einen Täter gefasst.«

»Wir alle wissen um das Risiko, das unser Beruf mit sich bringt. Außerdem kannst du nicht jedes Verbrechen verhindern. Du solltest die Flinte nicht vorschnell ins Korn werfen, sondern dir überlegen, wie es weitergehen soll.«

»Weitergehen? Hast du überhaupt verstanden, was ich dir eben gesagt habe?«

Der Wirt stellte die Flasche Mineralwasser auf den Tresen und Willi Hellmann füllte Karres Glas.

»Ich habe sehr gut verstanden. Ich kann nachvollziehen, was in dir vorgeht. Du machst dir Vorwürfe und denkst darüber nach, alles hinzuschmeißen und einfach wegzulaufen. Aber gleichzeitig willst du wissen, wer hinter alldem steckt. Dieser Cherchi war nur die Spitze des Eisbergs, ein ausführendes Organ. Ja, ihr habt einen Mörder gefasst, aber ihr wisst nicht, wer im Hintergrund die Fäden zieht, oder?«

»Ich fürchte, ich weiß schon mehr darüber, als mir lieb ist.«

Hellmann sah ihn fragend an.

»Nicht hier und nicht heute. Das ist eine längere Geschichte.«

»Es hat mit Sandra und Hanna zu tun, oder?«

Karre musterte seinen ehemaligen Chef mit zusammengekniffenen Augen, griff nach dem Wasserglas und leerte es mit einem einzigen Zug. »Wie kommst du denn darauf?«

»Ich kenne dich lange genug, um zu wissen, was in dir vorgeht.«

»Erst mal müssten wir rauskriegen, wer der Unbekannte da unten im Keller war. Vielleicht würden wir von ihm mehr erfahren. Sofern Vickys Schuss ihn nicht im Nachhinein in die ewigen Jagdgründe befördert hat.«

»So gefällst du mir schon besser.«

»Bist du dabei?«

»Bitte?«

»Ob du dabei bist. Willi, wir brauchen dich. Mehr denn je. Und wenn du zurückkommst, bist du wieder der Chef.«

»Karre, du weißt, dass ich mich dazu entschieden habe, nicht so bald zurückzukommen.« Die beiden Männer sahen sich schweigend an, bevor Hellmann schließlich weitersprach: »Und falls ich zurückkomme, dann ganz sicher nicht als Chef. Ich habe die Aufgabe damals aus gutem Grund an dich übertragen.«

»Tu mir den Gefallen und sprich mit Schumacher.«

Hellmann seufzte, atmete mehrere Male deutlich hörbar ein und aus. »Ich werde darüber nachdenken. In Ordnung? Aber ich kann dir nichts versprechen. Und wie du weißt, gibt es noch jemanden, der da ein Wörtchen mitzureden hat. Und zwar bevor ich mit Schumacher spreche.«

Karre sah ihn lange an, bevor er zustimmend nickte. »Grüß Leni von mir. Sag ihr, es geht nicht ohne dich.«

Und dann bestellte er für jeden von ihnen einen Wodka.

*

Irgendwann war Willi Hellmann nach Hause gefahren.

Karre, der keinerlei Lust verspürte, sich unter die Kollegen und anderen Trauergäste zu mischen und sich gezwungenermaßen an ihren Gesprächen zu beteiligen, war alleine an der Bar sitzengeblieben. Ein oder zwei Wodka später hatte sich Karim zu ihm gesellt und beobachtete ihn seitdem schweigend.

Mit stoischer Ruhe stapelte Karre Bierdeckel auf dem Tresen im Kartenhausstil aufeinander und Karim fragte sich, wie sein Chef das mit der Menge Alkohol, die er in den letzten zwei Stunden zu sich genommen hatte, fertigbrachte. Immerhin kam das Bauwerk inzwischen auf vier Etagen. Jemand klopfte Karre von hinten auf die Schulter, woraufhin das Bierdeckelgebilde in sich zusammenfiel.

Sichtlich genervt drehte Karre sich um, als Jo Talkötter sich zwischen die beiden Barhocker schob, auf denen Karre und Karim saßen. Das iPad, das der Kriminaltechniker neuerdings ständig mit sich herumtrug, legte er vor sich auf dem Tresen ab. Im Präsidium hielt sich das hartnäckige Gerücht, dass Talkötter seinen Tablet-PC nicht einmal dann auf seinem Schreibtisch zurückließ, wenn er sich zwischendurch auf das stille Örtchen zurückzog.

Karre fand, dass auch Talkötter ziemlich blass um die Nase wirkte, wenngleich seine Augen nicht unbedingt den Anschein machten, als habe er übermäßig tief ins Glas geblickt.

»Meine Leute haben das Handy geknackt«, brachte Talkötter sein Anliegen ohne Umschweife und damit ungewöhnlich schnell auf den Punkt.

»Und?«, fragte Karre. »Haben die Kollegen was Aufregendes entdeckt?«

»Allerdings.« Talkötter entsperrte den Bildschirm, indem er einen vierstelligen Code eintippte. Den Geburtstag seiner Mutter, wie Karre irgendwann durch Zufall herausgefunden hatte. »Auf dem Handy haben wir ein Video entdeckt, allerdings bin ich mir nicht sicher, ob ihr es wirklich sehen wollt.«

»So schlimm?«

»Schlimmer, wenngleich vollkommen anders, als du es dir im Augenblick vorstellst.«

»Jetzt rede nicht um den heißen Brei, zeig schon her!« Karre richtete sich auf, von einer Sekunde zur anderen erwachten die totgeglaubten Lebensgeister aus ihrer Lethargie. Seine Müdigkeit, ja selbst die Wirkung des Alkohols, schien bei der Aussicht auf neue Erkenntnisse von jetzt auf gleich verflogen zu sein.

Talkötter warf Karim einen kurzen Blick zu, woraufhin dieser aufmunternd nickte. »Also gut, aber behauptet hinterher nicht, ich hätte euch nicht gewarnt.« Talkötter sah sich um, doch erst nachdem er sich vergewissert hatte, dass niemand in ihrer Nähe stand und sie beobachtete, rief er die auf dem iPad gespeicherten Videodateien auf, um das Icon des zuletzt hinzugefügten Films anzutippen. Mit einer wie einstudiert wirkenden Bewegung rückten Karre und Karim näher zu ihrem Kollegen, um einen besseren Blick zu haben.

Als Talkötter das entsprechende Symbol drückte, startete der Film und entgegen aller Erwartungen geschah zunächst – nichts. Beinahe hätte man glauben können, es handele sich um ein Standbild, doch die in der rechten oberen Ecke mitlaufende Uhr zeigte das Verrinnen der Sekunden.

»Sieht aus wie das Bild einer Überwachungskamera«, meinte Karim.

»Eine Webcam«, präzisierte Talkötter, ohne seinen Blick von dem Bildschirm abzuwenden.

»Und was ist das?«, fragte Karre. »Ein Hotelzimmer?«

»Ja«, antwortete Talkötter knapp und deutete mit dem

Finger auf das Display. Wohl um zu zeigen, dass dort in Kürze etwas geschehen würde.

Plötzlich wurde das bisher relativ dunkle Bild von einem hellen Lichtstreifen vertikal in zwei Hälften geteilt. Im hinteren Bereich des von der Kamera eingefangenen Raumes öffnete sich eine Tür. Langsam schwang sie nach innen, so dass der in den Raum fallende Lichtstreifen sich entsprechend verbreiterte. Dann schob sich die erste Person durch den Türspalt in das Zimmer und Karre beobachtete konzentriert, wie sie einen Revolver unter dem grünen Parker hervorholte. Einen Revolver mit aufgeschraubtem Schalldämpfer.

»Das ist Sergei Cherchi, oder?«, fragte Karim.

Karre nickte. »Wessen Hotelzimmer ist das?«, fragte er, wagte aber nicht, seinen Blick auch nur eine Sekunde lang von dem Bildschirm abzuwenden.

»Martin Redmann.«

»Martin Redmann?«, wiederholte Karre.

»Ja, aber wart´s ab, es kommt noch besser«, antwortete Talkötter. Noch einmal sah er sich in dem Lokal um, aber auch weiterhin schien niemand Notiz von dem konspirativen Treffen zu nehmen, das abseits der übrigen Gäste am Tresen stattfand.

Obwohl sich bis zu diesem Zeitpunkt nur eine einzelne Person in dem Hotelzimmer befunden hatte, stellte Talkötter den Ton lauter.

Karre konzentrierte sich voll und ganz auf ein mögliches Geräusch, da betrat eine zweite Person den Raum. Der Mann trug Jeans und eine dunkle Lederjacke. »Scheiße«, entfuhr es Karre.

»Leck mich, das ist doch …«, pflichtete Karim ihm bei.

Fassungslos und ohne etwas zu sagen, sahen sie sich die letzten Momente der Aufnahme an. Nachdem das Video geendet hatte, klappte Talkötter die Abdeckung des iPads zu. »Und? Habe ich euch zu viel versprochen?«

»Ehrlich gesagt, kann ich nicht glauben, was ich da eben gehört und gesehen habe. Ich würde sagen, wir sollten dringend einen Hausbesuch machen, oder?« Er sah Karim fragend an.

»Auf jeden Fall.«

»Jo, hast du zufällig schon die Adresse besorgt?«

»Aber selbstverständlich. Kommt sofort.« Er machte sich an seinem iPad zu schaffen und Sekunden später vibrierte das Smartphone in Karres Hosentasche.

»Besten Dank. Wir sind dann mal weg.« Er befreite sich von seiner Krawatte und ließ sie zusammengerollt in der Tasche seiner Anzughose verschwinden. Bevor er aus dem Lokal stürmte, fügte er zu Karim gewandt hinzu: »Hey Kumpel, kannst du noch fahren?«

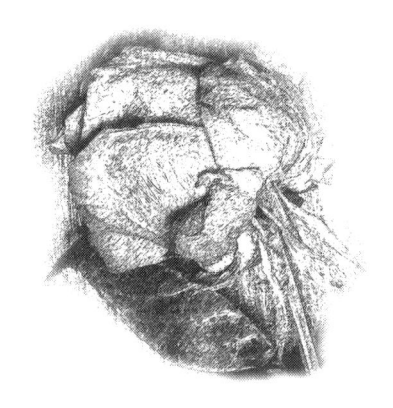

KAPITEL 55

Der Taxifahrer hatte sie auf dem Parkplatz vor dem Präsidium abgesetzt, wo sie nach einem kurzen Abstecher ins Büro in einen der Dienstwagen umstiegen. Dieses Mal saß Karim am Steuer, als sie zu der von Talkötter übermittelten Adresse fuhren. Der Streifenwagen, den Karre während der Fahrt zu ihrem Zielort als Unterstützung angefordert hatte, wartete bereits, wie von Karre instruiert, an der Einbiegung in die Zielstraße. Schließlich sollte ein zu frühes Eintreffen der uniformierten Kollegen ihrem Überraschungsbesuch nicht vorzeitig den Wind aus den Segeln nehmen.

Die Fahrzeuge parkten unmittelbar vor dem Haus, in dem sich die Wohnung der Zielperson befand, doch während Karre und Karim sofort ausstiegen und zur Haustür eilten, warteten die beiden Schutzpolizisten auf Geheiß der K3-Ermittler zunächst im Wagen. Glücklicherweise war die Haustür zwar zugefallen, aber nicht verschlossen. Entweder war das Schloss defekt oder jemand hatte den kleinen Haken umgelegt, der verhinderte, dass das Türschloss beim Zufallen verriegelte.

»In welcher Etage?«, fragte Karim, während er den ersten Treppenabsatz erklomm.

»Laut der Namen an den Klingelschildern in der zweiten oder dritten. Mal sehen, was an den Türen steht.« Natürlich mussten sie nicht nur in die zweite, sondern bis in die dritte Etage, doch die unfreiwillige körperliche Betätigung tat Karre überraschend gut und brachte seinen Kreislauf nach der betäubenden Wirkung des Wodkas wieder in Schwung.

Sie blieben vor der Wohnungstür mit dem entsprechenden Namen stehen, sahen sich an. Nach kurzem Zögern fasste sich Karre ein Herz und drückte den Klingelknopf. Einmal. Zweimal. Dreimal. Das schrille Klingeln im Inneren der Wohnung war selbst im Treppenhaus nicht zu überhören, dennoch öffnete niemand. Karre legte ein Ohr an die massive Holztür, doch dahinter war es still. Verdächtig still.

»Und was jetzt?«, fragte Karim.

»Wir gehen rein und sehen uns um.«

»Ohne Durchsuchungsbeschluss?«

»Gefahr im Verzug«, antwortete Karre knapp und hatte schon das Lederetui mit dem Dietrich gezückt.

»Was ist mit den Kollegen unten im Wagen? Wollen wir sie hochrufen?«

Karre überlegte kurz, schüttelte dann aber entschieden den Kopf. »Lass mal lieber, wer weiß, wie das hier vonstattengeht.«

Karim sah ihn mit besorgtem Blick an.

»Ist vielleicht besser, wenn wir unter uns sind.« Mit leisem Klicken sprang das Türschloss auf. Nahezu gleichzeitig zogen die beiden Ermittler ihre Dienstwaffen. Karre drückte die Tür nach innen und betrat die Diele. Obwohl er wusste, dass die Geste vollkommen überflüssig war, drehte er sich zu seinem Kollegen um und legte den Zeigefinger der freien linken Hand auf die Lippen. Auf Zehenspitzen setzten sie ihren Weg fort, warfen einen flüchtigen Blick in das von der Diele abzweigende Badezimmer, anschließend in die Küche. Nichts.

Auch im Schlafzimmer hielt sich niemand auf, das Bett war gemacht und machte nicht den Anschein, als sei es kürzlich benutzt worden. Karres Blick glitt über das gerahmte Poster einer Playboy-Schönheit, das über dem Kopfende des Bettes hing. Er war sich sicher, dass es sich bei der jungen Frau auf dem Bild um eine C- oder bestenfalls B-Prominente handelte, die er – allerdings vollständig bekleidet – vor einiger Zeit im Fernsehen gesehen hatte. Ein zu der Brünetten mit den perfekt modellierten Silikonbrüsten gehörender Name wollte ihm jedoch partout nicht einfallen.

Sie verließen das Schlafzimmer und betraten den letzten verbliebenen Raum. Und als Karre durch die Wohnzimmertür trat und sich umgehend nach links wandte, von wo er ein leises Stöhnen zu hören geglaubt hatte, sah er ihn.

*

Holger Becker lag auf der Couch, seinen Körper von den Fußspitzen bis zum Kinn unter einer Wolldecke verborgen. Als die beiden Ermittler sich der Couch mit gehobenen und entsicherten Waffen näherten, wandte

Becker den Kopf langsam in ihre Richtung.

Sofort bemerkte Karre den fiebrig-glasigen Blick seiner blutunterlaufenen Augen, mit denen Becker sie verständnislos anstarrte, als handele es sich bei den beiden ungebetenen Gästen lediglich um eine Fata Morgana.

Karre machte einen Schritt auf den benommen wirkenden Kollegen zu und riss mit einer ruckartigen Bewegung die Decke beiseite. Abgesehen von einem sichtlich durchgeschwitzten T-Shirt trug Becker lediglich Boxershorts und weiße Tennissocken.

Der Verband, mit dem er die Wunde an seinem Oberschenkel offenbar notdürftig selbst versorgt hatte, war von Blut und Eiter durchtränkt. Ein unangenehmer Geruch hing in der Luft. Für Karre ein untrügliches Indiz, dass Becker sich eine inzwischen fortgeschrittene Sepsis eingehandelt hatte, indem er die Schusswunde, die Viktoria ihm beigebracht hatte, nicht professionell hatte behandeln lassen.

Trotz seiner desolaten Verfassung blinzelte Becker Karre feindselig an und krächzte schließlich mit ungewohnt rauer Stimme: »Hast du es am Ende also doch rausgefunden. Dann bist du ja doch der clevere Superbulle, für den dich alle halten.«

Karre betrachtete ihn schweigend, bevor er mit der Schuhspitze leicht gegen Beckers Oberschenkel trat, woraufhin dieser aufschrie, als habe man ihm eine Speerspitze in den Leib gerammt.

»Was meinst du, Karim, lassen wir das Schwein hier einfach krepieren? Ich meine, wir könnten wieder zu den Kollegen zurückgehen, die unten im Wagen sitzen und ihnen sagen, dass wir niemanden angetroffen haben. Was schätzt du, wie lange er es noch macht? Vielleicht zwei Tage? Oder doch eher drei?«

»Du mieses Arschloch«, zischte Becker. »Ich hoffe, deine kleine blonde Schlampenkollegin schmort in der Hölle, wo sie hingehört. So wie die anderen beiden, denen ich den goldenen Schuss verpasst habe, aber das weißt du ja bestimmt längst, so schlau wie du bist.«

Karre wollte sich auf ihn stürzen, doch Karim hielt ihn in letzter Sekunde zurück. »Komm«, sagte er nur. »Lass uns gehen. Die Kollegen sollen ihn abholen.«

Karre riss sich los. »Zuerst will ich wissen, warum und für wen.« Er sah Becker an. »Wie viel haben sie dir gezahlt, damit du die Drecksarbeit übernimmst? Und wieso hast du deinen Kumpanen Cherchi erschlagen? Das geht doch auf dein Konto, oder?«

»Dieser Dilettant hat alles versaut.« Offenbar wollte er noch etwas hinzufügen, überlegte es sich im letzten Moment aber anders und schwieg.

»Hast du Sandra und Hanna auch auf dem Gewissen, du erbärmliches Arschloch?« Karre richtete seine Waffe auf Beckers Gesicht und einmal mehr hielt ihn nur Karims Schraubstockgriff davon ab, der während der letzten Wochen angestauten Wut und Verzweiflung genau hier und jetzt freien Lauf zu lassen.

»Lass ihn, er ist es nicht wert. Komm, wir gehen.«

»Von mir erfährst du nichts, das schwöre ich dir. Aber Sandra habe ich kein Haar gekrümmt. Du weißt, dass ich sie immer geliebt habe.«

»Du weißt doch überhaupt nicht, was Liebe ist. Und was Sandra betrifft: Sie hat schon gewusst, warum sie vom ersten Tag an einen großen Bogen um dich gemacht hat.« Er blickte auf die entzündete Wunde. »Wir lassen dich von den Kollegen abholen. Ich schätze, sie werden das Bein im Krankenhaus amputieren, dann hast du im Knast wenigstens ein Andenken daran, dass es etwas gibt, worüber du den Rest deines Lebens nachdenken kannst.«

Karre schob die P6 zurück ins Halfter, drehte sich um

und ging davon. Karim folgte ihm, einen letzten Blick auf Becker werfend.

Sie hatten die Diele beinahe erreicht, als Becker ihnen nachrief: »Verpisst euch, ihr elenden Scheißer!« Es klang wie das klägliche Heulen eines angeschossenen Raubtieres. Und in gewisser Weise war es das auch.

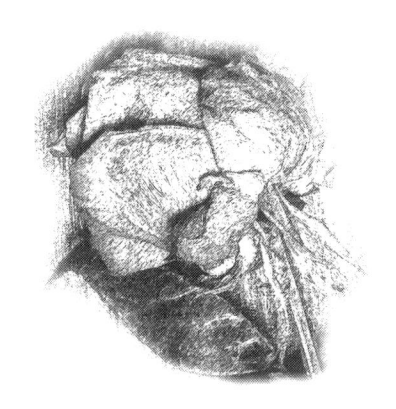

KAPITEL 56

Keine Stunde später eilten sie den menschenleeren Krankenhausflur entlang. Sie hatten noch abgewartet, bis Becker abgeholt und in die Klinik gebracht worden war. Sobald sich sein Kreislauf stabilisiert hatte, würde man ihn operieren und anschließend so schnell wie möglich auf eine Station des Gefängniskrankenhauses verlegen.

Die Dame in dem gläsernen Kabuff des Empfangsbereiches grüßte sie wortlos, als sie an ihr vorbeiliefen und nachdem Karre und Karim dem Gang um mehrere Biegungen und Abzweigungen gefolgt waren, standen sie schließlich vor der richtigen Zimmertür.

Karre klopfte, wartete aber nicht ab, ob sie jemand hereinbat. Stattdessen öffnete er langsam die Tür und steckte seinen Kopf, dicht gefolgt von Karim, durch den Türspalt.

Viktoria hockte im Schneidersitz auf dem Bett und tippte etwas in ihr Smartphone, als sie das Geräusch der sich öffnenden Tür registrierte und überrascht aufblickte.

Immerhin, dachte Karre, hielt sie sich dieses Mal an die von den Ärzten verordnete Bettruhe. Nachdem sie innerhalb kurzer Zeit zweimal eine Gehirnerschütterung erlitten hatte, bestanden die Ärzte ohne Wenn und Aber darauf, dass sie das Krankenhaus vorerst nicht verlassen durfte. Zu ihrem größten Bedauern schloss dieses Verbot auch die Beisetzung ihres Kollegen Götz Bonhoff ein, worunter Viktoria insbesondere im Vorfeld der Beerdigung stark gelitten hatte.

Ihr finsterer Gesichtsausdruck hellte sich augenblicklich auf und sie legte ihr Smartphone beiseite, als sie ihre beiden Kollegen erkannte. »Hallo! Schön, dass ihr da seid.«

Karre und Karim begrüßten sie mit herzlichen Umarmungen. Sie hatten ihre Kollegin während der letzten Tage des Öfteren besucht und freuten sich über die sichtbaren Fortschritte ihrer Genesung.

Karre, der Viktoria während der letzten Jahre gemeinsamer Zusammenarbeit ziemlich gut kennengelernt hatte, musterte sie. Eine innere Stimme sagte ihm, dass etwas nicht stimmte. »Was ist los? Ärger?«

Sie lächelte, aber es war offensichtlich, dass ihr das Thema unangenehm war. »Maximilian war gerade hier, er ist aus den Staaten zurück. Ihr müsst euch ganz knapp verpasst haben.«

»Und?«

»Er wollte wissen, warum du bei mir übernachtet hast.«

Karim riss überrascht die Augen auf und sein Blick wanderte zwischen Karre und Viktoria hin und her. »Du hast was?«

»Nicht so, wie du denkst«, versuchte Karre, ihn zu beschwichtigen. »Nach dem Unfall auf dem Schrottplatz habe ich Vicky nach Hause gebracht. Anschließend bin ich bei ihr auf der Couch eingeschlafen.«

»Ja«, seufzte Viktoria. »Dummerweise ist er morgens an mein Handy gegangen, als es geklingelt hat und Maximilian war darüber ein wenig verwundert. Vorsichtig ausgedrückt.«

»Aber er hat dir nicht wirklich eine Szene gemacht, oder?«, fragte Karre, dessen schlechtes Gewissen hinsichtlich der Telefonstory sich augenblicklich wieder zu Wort meldete.

»Nein, hat er nicht. Aber du weißt ja, wer im Glashaus sitzt ... Das habe ich ihm auch ziemlich deutlich zu verstehen gegeben.«

Karre wusste, dass sie auf die Manschettenknöpfe anspielte, die sie in Stella Uhligs Wohnung gefunden hatte. Obwohl er gerne gewusst hätte, was Maximilian zu Viktorias Fund zu sagen gehabt hatte, vermied er es, in Karims Gegenwart danach zu fragen. Sie sollte selbst entscheiden, ob sie es ihm eines Tages erzählen wollte.

»Übrigens habe ich ihm auch von unseren Ermittlungen erzählt. Und davon, dass du bei seinem Vater warst.«

»Das hat er vermutlich weniger entspannt aufgenommen, oder?«

»Kann man so sagen. Er ist total ausgeflippt und hat mich gefragt, ob ich wirklich glaube, was ich da erzähle. Jedenfalls ist er anschließend ziemlich überstürzt abgehauen.«

»Das tut mir leid. Echt.«

»Ist doch nicht deine Schuld. Wenn an der Sache wirklich etwas dran ist, müssen wir ihr nachgehen. Wobei mir Stephan ja versichert hat, nichts damit zu tun zu haben.«

»Und du glaubst ihm?«, fragte Karim.

»Keine Ahnung. Ich weiß es wirklich nicht.« Sie warf einen kurzen Blick auf das Display ihres Handys, bevor sie es in der Nachttischschublade verschwinden ließ. »War die Beerdigung sehr schlimm?«, wechselte sie abrupt das Thema.

Karre und Karim erstatteten ihr einen knappen, aber dennoch vollständigen Bericht von den Ereignissen der letzten Stunden. Inklusive ihres Besuchs bei Holger Becker.

Viktoria saß noch immer im Schneidersitz auf dem Bett und schüttelte ungläubig den Kopf. »Holger Becker? Ich meine, ja, der Typ war mir noch nie sympathisch, aber dass er ein Mörder ist, das hätte ich ihm wirklich nicht zugetraut. Und er hätte mich eiskalt erschossen, ohne mit der Wimper zu zucken.«

Sie rieb sich die noch immer schmerzempfindliche Stelle knapp oberhalb des Brustbeins. Die Verletzung, die Becker ihr zugefügt hatte, hatte sich glücklicherweise als wesentlich harmloser herausgestellt, als zunächst angenommen. Dank der schussabweisenden Weste, die sie, einer inneren Eingebung folgend, vor dem Betreten des alten Gebäudes angelegt hatte, hatte Beckers Schuss lediglich zu einem schmerzhaften Hämatom geführt. Ohne besagte Weste hätte sie den platzierten Schuss mit größter Wahrscheinlichkeit nicht überlebt.

»Aber warum hat er sich überhaupt darauf eingelassen? Für Geld?«

Karre zuckte mit den Schultern. »Ich weiß es nicht. Vielleicht wird er es uns sagen, sobald er wieder vernehmungsfähig ist, vielleicht aber auch nicht. Übrigens habe ich dir etwas mitgebracht.« Er kramte ein kleines Schächtelchen aus seiner Hosentasche und überreichte es ihr.

Als sie den Deckel anhob und hineinsah, hellte sich ihre

Miene sichtlich auf.

Karim musterte sie verwundert, als er sah, was sich im Inneren der Pappbox befand. »Manschettenknöpfe?«, fragte er. »Habe ich etwas verpasst?«

»Nicht so wichtig«, erwiderte Karre abwehrend, während Viktoria ihm einen Blick zuwarf, den nur er allein richtig zu deuten vermochte.

Bevor Karim weiter nachbohren konnte, klopfte es an der Tür.

Unwillkürlich legte sich Karres Hand auf seine Dienstwaffe, während er den jungen Mann eingehend musterte, der das Zimmer nach Viktorias Aufforderung betrat. Er stellte sich als Angestellter eines Blumenlieferanten vor und überreichte Viktoria eine längliche Pappschachtel. Auf die Frage, wer der Auftraggeber der Sendung sei, antwortete er, dies nicht zu wissen, dass sich im Allgemeinen aber eine Karte mit entsprechendem Absender im Inneren des Kartons befand. Er wünschte Viktoria gute Besserung und allen Anwesenden einen schönen Tag. Anschließend verschwand er ebenso schnell, wie er gekommen war.

Viktoria sah zunächst Karre, dann Karim an.

»Von Maximilian?«, fragte Karim.

»Wohl kaum. So schnell entschuldigt der sich nicht.« Sie entfernte die weiße Schleife und öffnete den Deckel der Schachtel. Im Inneren lag, auf weißes Pergament gebettet, ein Strauß langstieliger Rosen. »Oha«, entfuhr es ihr und ihr Gesichtsausdruck konnte die Überraschung nicht verbergen. »Wer schickt mir denn schwarze Rosen?«

Karre, der ebenfalls einen Blick in die Schachtel geworfen hatte, schüttelte langsam den Kopf. »Keine Ahnung. Ich wusste nicht mal, dass es so etwas gibt.«

Unter den schwarzen Blütenköpfen entdeckte Viktoria einen kleinen Umschlag. Sie entnahm ihn der Schachtel, öffnete ihn und zog mit spitzen Fingern eine weiße Karte daraus hervor. »Kein Absender«, stellte sie fest und betrachtete den aufgedruckten Text.

Karre sah die Gänsehaut, die sich auf ihren Armen bildete, und ihre Lippen bebten kaum merklich, während sie las:

Trauerspiel (Definition):
Die Hauptfiguren entstammen dem Bürgertum oder dem niederen Adel.
Das Stück hat ein tragisches Ende.

In diesem Sinne - möge das Spiel beginnen!

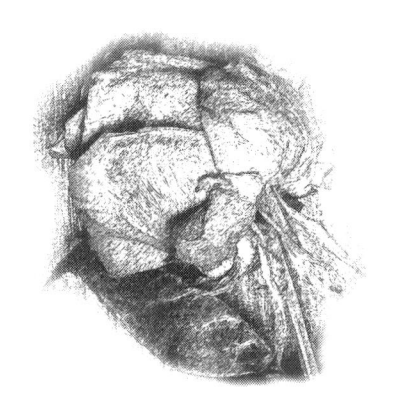

EPILOG

Sie stand so dicht hinter ihm, dass er ihren Atem auf seiner Haut spürte. Nicht nur die feinen Härchen in seinem Nacken richteten sich auf, als sie ihre Hände auf seine Schultern legte, um ihn behutsam zu massieren.

»Du bist verspannt«, sagte sie.

»Ist das ein Wunder? Ich habe das Gefühl, die Sache läuft allmählich aus dem Ruder. Wir können auf Dauer nicht jeden beseitigen, der Ärger macht.« Er stöhnte vor Schmerz auf, als ihre Finger den Druck auf einen Verspannungsknoten zwischen seinen Schulterblättern verstärkten.

»Ich habe schlechte Neuigkeiten«, sagte sie ohne Vorwarnung.

Er schloss die Augen. Ihm stand der Sinn absolut nicht nach einer weiteren Hiobsbotschaft. »Was?«, fragte er und seine Stimme klang gleichgültiger, als er es meinte.

»Er hat die Kontostände manipuliert.«

»Was willst du damit sagen?« Er dachte einen Moment nach, bevor er sich die Frage selbst beantwortete. »Doch nicht etwa, dass er uns bestohlen hat und ihr es nicht gemerkt habt, oder?«

»Er hat die Daten gefälscht.«

»Das heißt, er hat uns mit unseren eigenen Waffen geschlagen?«

Sie druckste ein wenig herum, was ihr überhaupt nicht ähnlichsah. Im Gegenteil, er konnte sich nicht erinnern, sie jemals so erlebt zu haben. Eine Tatsache, die nur eine einzige Schlussfolgerung zuließ.

»Wie viel?«, fragte er, wobei er aus dem Fenster starrte und beobachtete, wie der Zeppelin am Horizont einen sturzflugartigen Sinkflug einleitete.

»Fünfundzwanzig.« Ihre Stimme klang belegt und ungewohnt dünn.

Er schlug mit der Faust auf die Schreibtischplatte, schüttelte ihre Hände von seinen Schultern ab und sprang von seinem Stuhl auf. Wie ein Raubtier im Käfig tigerte er vor dem Fenster auf und ab, bevor er sich schließlich auf einer Ledercouch niederließ. Nickend deutete er auf den freien Platz neben sich. »Setz dich.«

Er wartete, bis sie seiner Aufforderung gefolgt war.

»Okay, noch mal von vorne. Diese kleine Hacker-Ratte hat fünfundzwanzig Millionen Euro von unseren Konten gestohlen? Und das haben wir nicht bemerkt, nachdem wir von ihm den Freischaltcode für unsere Systeme erhalten haben? Es ist mir zwar absolut schleierhaft, wie so etwas möglich ist, aber offenbar ist es nun mal passiert. Die Frage ist also: Wo ist das Geld und wie bekommen wir es zurück? Zumal wir den Dieb unglücklicherweise nicht mehr fragen können.«

»Ganz ehrlich? Im Moment habe ich keine Ahnung.«

»Es muss doch irgendwelche Aufzeichnung oder Hinweise geben. Vielleicht einen Laptop?«

»Bestimmt. Nur leider haben wir keine Anhaltspunkte, wo er etwas Derartiges versteckt haben könnte.«

»Du verstehst, dass mich diese Aussage aus deinem Mund nicht gerade beruhigt, oder?«

Sie nickte schuldbewusst, sagte aber nichts.

»Gehen wir also alles noch einmal durch. Was ist mit der Presse? Besteht die Gefahr, dass Redmann diesem …« Er suchte nach dem Namen.

»Barkmann. Torge Barkmann«, half sie ihm auf die Sprünge.

»Dass er diesem Barkmann schon Material übergeben hat, aus dem er uns einen Strick drehen könnte? Ein spekulativer Zeitungsartikel in der Klatschpresse oder noch schlimmer, in einer seriösen Tageszeitung, wäre im Augenblick das Letzte, was wir gebrauchen können.«

Dieses Mal kam ihre Antwort spontan. Ein wenig zu spontan, wie er fand. »Stella Uhlig hatte einen USB-Stick mit entsprechenden Kopien unserer Daten bei sich, als wir sie auf dem Weg zum Flughafen abgefangen haben. Wir vermuten, dass sie sich dort mit Barkmann treffen wollte, um ihm den Stick zu übergeben. Also nein, ich denke nicht, dass Barkmann schon etwas Belastbares gegen uns in der Hand hat.«

»Gut. Dennoch sollten wir ihm auf den Zahn fühlen. Um sicherzugehen. Bitte kümmere dich darum. Was ist mit unserem Mann? Hat er alles im Griff?«

Sie sah ihn überrascht an. »Sicher. Du kannst ihm vertrauen, er weiß, was zu tun ist.«

»Also gut. Kommen wir zu unseren Freunden und Helfern. Was wissen wir über Karrenberg?«

»Er ist besessen, den Verantwortlichen für den Unfall seiner Frau und seiner Tochter zu finden.«

»Ex-Frau. Sie waren geschieden«, korrigierte er sie.

»Wie auch immer. Ich glaube, er wird immer weiterbohren, solange ihm niemand Einhalt gebietet.«

»Dann sollten wir zusehen, dass genau das passiert. Andernfalls …«

Sie sah ihn forschend an, bevor sie seinen Satz vollendete. »Andernfalls könnte er möglicherweise auch in einen tragischen Unfall verwickelt werden. Was ist mit seiner Tochter? Vielleicht können wir ihn auf diese Weise überzeugen.«

»Vergiss sie. Sie ist so gut wie tot.« Er rieb sich nachdenklich das Kinn.

»Bist du dir da sicher?«

»Ja.«

»Und woher …«

»Ich habe meine Quellen. Vergiss die Kleine, die ist für uns nichts mehr wert. Aber was ist mit seinem Kollegen, diesem Türken? Könnte er uns gefährlich werden?«

»Karim Gökhan. Möglicherweise. Seine Frau ist …« Sie zögerte einen Augenblick. »… schwanger.«

Er lächelte. »Exakt.«

»Ich glaube, wir könnten ihn sehr leicht davon überzeugen, sich zukünftig aus dieser Angelegenheit rauszuhalten«, sagte sie. »Gegebenenfalls müssen wir seiner Motivation dazu allerdings erst ein wenig auf die Sprünge helfen. Ich kann das veranlassen.«

»Wir werden sehen«, sagte er ruhig und erhob sich. Zum ersten Mal seit langem fühlte er sich alt und müde. Er blickte auf sie herab und sah, wie es hinter ihrer Stirn arbeitete. Sie war eiskalt und würde ohne jedes Zögern alles Notwendige in die Wege leiten.

Er ging zu einem Sideboard am anderen Ende des Raumes und schenkte sich einen Drink ein, mit dem er zum Fenster ging, um hinaus auf die Stadt zu blicken. Der Zeppelin war nicht mehr zu sehen. Vermutlich war er gelandet, denn am Horizont zog eine schwarze Wolkenwand auf. Das bevorstehende Unwetter würde die Straßen mit Sturm und Regen vom angesammelten Dreck und Abfall befreien - oder die halbe Stadt in einer gewaltigen Flut mit sich fortreißen. Man konnte nie wissen.

Noch einmal drehte er sich zu ihr um. Sie war aufgestanden und ihm ans Fenster gefolgt, stand nur wenige Zentimeter von ihm entfernt. Er inhalierte ihren Duft.

Hypnotic Poison. Verführerisch. Schwer. Unwiderstehlich. Magisch.

»Ich werde tun, was nötig ist, um mein Lebenswerk zu schützen«, sagte er entschlossen und spürte, wie die allmählich zurückkehrende Kraft durch seinen Körper strömte und seinen Geist wiederbelebte. »Nicht mehr, aber keinesfalls weniger.«

NACHWORT

Danke, dass Sie »Trauerspiel« gelesen haben!« Danke, dass Sie mir einmal mehr Ihre kostbare Lesezeit gewidmet haben.

Und jetzt bin ich neugierig! Hat Ihnen das Buch gefallen? Ich hoffe, dass der zweite Band der Reihe um Karre und Viktoria Ihnen so viel Spaß gemacht hat, dass Sie sich freuen, dass es mit »Todesschmerz« bereits einen dritten Band gibt, in dem die Geschichte um Hanna in einem dramatischen Finale gipfelt.

Senden Sie mir eine E-Mail mit Ihrem Feedback, besuchen Sie mich auf meiner Facebook- oder Webseite (www.timsvart.de). Auf letzterer können Sie sich auch in meine Mail-Liste eintragen, damit Sie künftig garantiert nichts verpassen.

Und dann noch dies: Trauerspiel ist ein Roman. Ähnlichkeiten mit real existierenden Personen oder Handlungen sind rein zufällig und nicht von mir beabsichtigt.

Die meisten der in den Büchern um Karre und Viktoria beschriebenen Orte existieren tatsächlich. An einigen Stellen habe ich mir im Sinne der Geschichte jedoch die eine oder andere künstlerische Freiheit herausgenommen. Die Ortskundigen unter Ihnen mögen es mir nachsehen.

In diesem Sinne freue mich auf ein baldiges »Wiederlesen«! Schön, dass Sie da sind!
Ihr

Tim Svart

Essen, im Juni 2017

VERZEICHNIS WICHTIGER PERSONEN

»Karre« Karrenberg (Hauptkommissar): Seit dem Ausscheiden Willi Hellmanns Leiter des Kommissariats für Gewalt- und Tötungsdelikte. Seine Exfrau Sandra kam bei einem mysteriösen Autounfall ums Leben, bei dem auch ihre gemeinsame Tochter Hanna lebensgefährlich verletzt wurde und seitdem im Koma liegt. Karre glaubt, dass Sandra ermordet wurde, und versucht alles, die Schuldigen zu finden.

Viktoria von Fürstenfeld (Kommissarin): Karres Kollegin und engste Vertraute. Trotz ihres adeligen Familienhintergrunds und gegen den erbitterten Widerstand ihrer Mutter hat sie sich für den Polizeidienst entschieden. Seit einigen Jahren arbeitet sie im K3. Karre ahnt, dass es in ihrer Vergangenheit ein düsteres Geheimnis gibt, über das sie sich bisher beharrlich ausschweigt. Im Laufe der Zeit entwickelt sich zwischen Karre und Viktoria eine enge Freundschaft.

Karim Gökhan (Kommissar): Ebenfalls ein Kollege und enger Vertrauter von Karre. Die beiden verbindet eine lockere Freundschaft. Sie treffen sich mehr oder weniger regelmäßig in ihrer Freizeit.

Sila Gökhan: Karims Ehefrau. Karim und Sila erwarten zum ersten Mal Nachwuchs.

Götz Bonhoff (Hauptkommissar): Karres Kollege und der zweite Hauptkommissar im Team. Er ist mit Heike Bonhoff verheiratet, hat eine schwerkranke Tochter und zwei Söhne. Das Verhältnis zwischen ihm und Karre ist angespannt. Insbesondere, seitdem Karre zum Leiter des Teams ernannt wurde.

Heike Bonhoff: Ehefrau von Götz Bonhoff.

Sandra Steinhoff (ehem. Karrenberg): Karres Exfrau und Mutter seiner Tochter Hanna. Sandra starb bei einem Verkehrsunfall. Bis kurz vor ihrem Unfalltod war sie Partnerin der Kanzlei Engelhardt & Partner. Sie hatte mehrere Jahre lang ein Verhältnis mit Stephan Engelhardt.

Hanna Karrenberg: Die sechzehnjährige Tochter von Karre und Sandra. Sie liegt nach dem schweren Unfall im Koma und Karre verbringt viel Zeit an ihrem Bett.

Jo Talkötter (Spitzname »Maulwurf«): Leiter der Kriminaltechnik. Er unterstützt Karre immer wieder mit Aktionen abseits der offiziellen Dienstwege.

Dr. Paul Grass (Spitzname »Yoda«): Leiter der Rechtsmedizin.

Viktor Vierstein: Leiter des Erkennungsdienstes.

Willi Hellmann: Karres Chef und Mentor. Nach einem Herzanfall hat er sich aus der Polizeiarbeit zurückgezogen. Vor seinem Ausscheiden ernannte er Karre zu seinem Nachfolger.

Leni Hellmann: Willis Ehefrau.

Maximilian Engelhardt: Viktorias Verlobter. Er arbeitet

als Jurist und Steuerberater in der Kanzlei seines Vaters Stephan Engelhardt. Maximilian hat eine Schwester (Sophie). Seine Beziehung zu Viktoria durchlebt immer wieder Höhen und Tiefen.

Dr. Stephan Engelhardt: Gründer und Senior-Partner der Kanzlei Engelhardt & Partner.

Holger Becker: Polizeihauptmeister bei der Schutzpolizei. Becker und Karre kennen (und hassen) sich seit ihrer gemeinsamen Ausbildung. Becker neidete Karre seit jeher jeglichen Erfolg und insbesondere seine Beziehung zu Sandra, in die er ebenfalls verliebt war. Wann immer die beiden aufeinandertreffen, kommt es zu Provokationen durch Becker.

Torge Barkmann: Journalist. Er steht in Kontakt mit Martin Redmann und Stella Uhlig.

Hanno Gerber: Bekannter von Karre. Er besitzt eine Autowerkstatt.

Alexander Notthoff: Neuer Leiter des Dezernats für Organisierte Kriminalität. Er hat alle Freiheiten, die Ziele des Polizeipräsidenten erfolgreich umzusetzen. Dabei geht er recht rücksichtslos vor und gerät immer wieder mit Karre aneinander.

Corinna Müller: Die Team-Assistentin und jüngste Mitarbeiterin des K3. Zwischenzeitlich von Schumacher trotz Karres Widerstand in das Dezernat für Organisierte Kriminalität abgestellt. Sie versorgt Karre gelegentlich mit Informationen über die aktuelle Ermittlungsarbeit ihres neuen Chefs, Alexander Notthoff.

Schumacher (Kriminalrat): Karres direkter Vorgesetzter. Er ist sehr bürokratisch und neigt dazu, sich auf die Seite der vermeintlich Mächtigeren zu schlagen.

Jennifer: Eine junge Krankenschwester, die sich sehr liebevoll um Hanna kümmert. Karre geht mit ihr einmal aus.

Mia Millberg: Die gebürtige Schwedin ist geschieden und hat einen Sohn (Felix). Sie spielt Violine im Orchester der Essener Philharmoniker. Karre fühlt sich zu Mia hingezogen, tut sich aber schwer, seine Gefühle ihr gegenüber zuzulassen.

DIE JAGD GEHT WEITER!

Die Jagd nach den kaltblütigen Mördern geht weiter! »Todesschmerz – Karres dritter Fall«. Das große Finale der Hanna-Trilogie innerhalb der Reihe um Karre und Viktoria. Gelingt es den beiden - gemeinsam mit ihrem Team - die Drahtzieher hinter dem tödlichen Komplott zu überführen? Was wird aus Hanna?

Wer ist bereit, den gefährlichen Weg bis zum Ende mitzugehen? Denn der Preis, den jeder Einzelne im Team des K3 für den gemeinsamen Erfolg zahlen muss, ist hoch. Und mit jedem Schritt, den die Ermittlungen voranschreiten, erhöht sich der Einsatz.

Und zudem stellt ein neuer Mordfall Karre & Co. immer wieder vor Herausforderungen: Während sich die Fronten zwischen dem K3 und dem Dezernat für Organisierte Kriminalität zunehmend verhärten, gilt es für Karre und seine Kollegen, das Rätsel der verwesten Leiche in einer Seniorenresidenz zu lösen.

BISHER ERSCHIENENE BÜCHER DER KRIMI-REIHE UM KARRE UND VIKTORIA:

DAMENOPFER – Karres erster Fall
TRAUERSPIEL – Karres zweiter Fall
TODESSCHMERZ – Karres dritter Fall
Der Weihnachtsmann vom Dachboden (Kurzgeschichte)

WEITERE LIEFERBARE TITEL:

Das Schloss (Horror-Thriller)
Otherside – Jenseits der Grenze (Novelle)
Tödliche Nächte (Kurzgeschichtensammlung)
Musik der Finsternis (Kurzgeschichte)

BEITRÄGE ZU FOLGENDEN ANTHOLOGIE-PROJEKTEN:

Mängelexemplare 2: Dystopia
Kingsport – Ein Reiseführer
Horror-Legionen (Band 1)
Bösartiges Frühstück